Melanie Schütz

How To Love an Android

Hinweis

In *How To Love An Android* werden Themen wie Rassismus in Form von Xenophobie und Erwähnung und Aufarbeitung des Tods eines Familienmitglieds sensibel behandelt.

MELANIE SCHÜTZ

HOW TO LOVE AN ANDROID

ROMAN

VAJONA

Dieser Artikel ist auch als E-Book erschienen.

How To Love An Android

FSC
www.fsc.org
MIX
Papier aus verantwortungsvollen Quellen
FSC® C014138

Product footprint
CO_2 Neutral
PBN-CFMCP-015258

Druck und Verarbeitung:
FINIDR, s.r.o.
Lípová 1965
737 01 Český Těšín
Czech republic

Lektorat: Vanessa Lipinksi
Korrektorat: Madeleine Seifert
Umschlaggestaltung: Julia Gröchel unter Verwendung von Motiven von 123rf
Satz: VAJONA Verlag, Oelsnitz

VAJONA Verlag
Carl-Wilhelm-Koch-Str. 3
08606 Oelsnitz

ISBN: 978-3-98718-166-5

Für Sonja,
die weiß, ob ANDROIDEN von elektrischen
Schafen träumen.

1. Kapitel

»Welcome to Chicago!« steht in leuchtenden Lettern auf dem Hologramm vor meinem Sitzplatz, als der Hyperloop zum Stehen kommt. Während die Türen der Kapsel emporschwingen, reibe ich mir den Schlaf aus den Augen und steige schließlich als letzte Passagierin aus. Da der Zug in nahezu Schallgeschwindigkeit durch die luftleere Röhre gefahren ist, hat die Fahrt von Philly nach Chicago nur eine knappe Stunde gedauert. Trotzdem bin ich in einen tiefen Schlaf gefallen. Nachdem ich letzte Nacht kaum zur Ruhe gekommen bin, hatte ich in diesen Sitzen keine Chance, wach zu bleiben. Sie sind unheimlich bequem und passen sich den Passagieren individuell an.

Doch als ich am Bahnsteig stehe, gegen die Schneeflocken anblinzle und das Pulsieren der Großstadt mich erfasst, ist die Müdigkeit wie weggeblasen.

Wolkenkratzer ziehen sich in den Himmel und reflektieren in ihren gläsernen Fassaden die Sonne. Werbedisplays machen auf das neuste Modell der Smartwatch aufmerksam – die WriCo Comwatch. Luftschiffe schweben am Omnitech Tower vorbei und werden von ein paar Aircars überholt.

Ein Lächeln bildet sich auf meinem Gesicht, während ich die Eindrücke mit aufgerissenen Augen in mich aufsauge. Philly hat seinen Charme, doch er gibt mir nicht dasselbe Gefühl wie Chicago. Die Stadt, in der sämtliche aufstrebende Unternehmen wie

Omnitech, Retina Holographics und ehemals Human Evolve ihre Heimat haben. Genauso wie ich.

Ich nehme das Gepäck an mich, das auf einer vorgefahrenen Ladefläche des Hyperloops zu meinen Füßen liegt, und lasse mir von dem Hologramen eines Schaffners den Weg in das Bahnhofsgebäude weisen.

Die Steinsäulen und der Marmorboden im Inneren bilden einen edlen Kontrast zu den modernen Werbedisplays über den Läden, die im Sekundentakt ihre Anzeigen wechseln.

Die schweren Koffer hinter mir herziehend, betrachte ich etwas neidisch den automatisierten Gepäckwagen einer vierköpfigen Familie. Eventuell hätte ich mir auch einen gebucht, wenn meine Abreise nicht so überstürzt vonstatten gegangen wäre. Doch glücklicherweise werde ich meine Koffer nicht lange ziehen müssen.

Ich trete aus der Empfangshalle auf die Madisonstreet und sehe mich um, doch zu meiner Enttäuschung entdecke ich keine Spur von Harvey. Ein Blick auf meine Comwatch bestätigt: Er ist unpünktlich. Wie immer. Schwer kalkulierbar, wann er endlich hier aufschlagen wird. Aber klar ist: Ohne einen Snack überstehe ich die Wartezeit nicht.

Die blinkenden Wörter *Snacks and Flowers* machen mich auf einen Laden in einer Seitennische der Bahnhofshalle aufmerksam und bestimmen mein nächstes Ziel. Doch ehe ich hineintreten kann, fällt mir eine Frau ins Auge. Ihre schwarzen Haare sind zu einem Pferdeschwanz zusammengebunden. Sie wirkt auffallend hübsch und auf den ersten Blick wie ein Mensch von vielen in dieser Bahnhofshalle. Wäre da nicht das in Magentarot leuchtende LED-Dreieck an ihrem Hals. Sie hebt einen Koffer an, der aufgrund seiner Größe eigentlich eine Herausforderung für eine so zierliche Frau wie sie sein müsste. Ohne, dass ihr die geringste Anstrengung anzusehen ist, verschwindet sie in der Menge.

Ehrfürchtig starre ich ihr nach. Das war sie. Die erste Androidin, die ich in Chicago sehe.

Ein Jingle ertönt, als ich meinen Koffer über die Schwelle des *Snacks and Flowers* ziehe. Ich schüttle die Tropfen von meiner Jacke, zu denen die Schneeflocken mittlerweile geschmolzen sind, und betrachte das Angebot. Einen Automaten, über den ich meine Bestellung aufgeben kann und der meine Ware automatisiert ausspuckt, suche ich vergeblich. Dafür fällt mir die üppige Auslage von Schokoriegeln und Kaugummis ins Auge.

Ich schmunzle. Die abgewetzten Regale und der surrende, mit Aufklebern übersäte Eisschrank wirken ein wenig aus der Zeit gefallen. Ebenso der Verkäufer, auf dessen Mütze ein Karpfen gestickt ist, der »Sea Bass!« jodelt, und der eigens die Produkte abkassiert. Doch auf seiner Nase befindet sich eine EyeCo Smartbrille der Marke Omnitech, was darauf schließen lässt, dass er sich der modernen Technik nicht ganz verwehrt hat. Die Brille projiziert Bildschirme auf die Gläser und ersetzt altmodische Computer und Kassensysteme.

Der Verkäufer sieht kurz auf, als er mich bemerkt. »Guten Morgen, Mädchen.«

»Hallo.« Ich lasse die Koffer neben der Eisbox stehen und schlendere zur Auslage mit den Schokoriegeln.

Kokos, Erdnussbutter …

Seufzend reibe ich mir über die Stirn. Wofür auch immer ich mich entscheide, hoffentlich gibt mir die Schokolade die nötige Energie, um die kommende Begegnung zu überstehen. Einerseits freue ich mich darüber, wieder in Chicago zu sein. Andererseits hätte ich mir gewünscht, dass das unter anderen Umständen geschieht. Tief im Inneren weiß ich, dass mir nichts anderes übrig blieb, als hierherzukommen. Und dass Harvey bereit war, mich so kurzfristig zu empfangen, ist mehr, als ich erwarten dürfte.

»Das erste Mal in Chicago?«, schnarrt der Verkäufer und sieht erneut zu mir auf.

Mir steht nicht der Sinn nach Small Talk. Trotzdem möchte ich nicht unhöflich sein. »Nein. Ich bin hier aufgewachsen, war aber drei Jahre nicht mehr da.« Ich streife zu den Getränken, will mir neben dem Schokoriegel gerade eine Limonade holen, da fallen mir die touristischen Flyer auf der Auslage ins Auge. Besser gesagt: ein bestimmter Flyer. *Kaufen Sie Ihren Androiden noch heute!*

Wer hat heutzutage noch Flyer ausliegen?

»Drei Jahre!« Der Mann kratzt sich den Kopf durch den Stoff seiner Kappe. »Dann hast du die Wendungen und Unruhen letzten Sommer nicht mitbekommen, was?« Der Zorn in seiner Stimme ist kaum überhörbar.

»Nur aus den Nachrichten«, antworte ich. Das Fernsehen übertrug die Demos im ganzen Land.

»Die Androiden sind jetzt autonom, kannst du dir das vorstellen? Man hat sie einfach unabhängig werden lassen. Bei mir hat sich letzte Woche einer beworben, um im Kiosk auszuhelfen. Den habe ich sofort weggeschickt. Kann sich um einen anderen Job bemühen, dieser Roboter.«

Ich nehme den Flyer an mich und drehe ihn herum. Eine Frau mit weichen Zügen ist abgedruckt. Ihre Augen leuchten aufgeweckt in einem hellen Grün. Ihre Taille ist schlank und ihre Brüste wohlgeformt. Sie sieht aus wie ein echter, leicht überdurchschnittlich hübscher Mensch. Eine junge Frau. Doch das magentarot leuchtende LED-Dreieck seitlich an ihrem Hals auf Höhe ihres Ohres verrät: Sie ist eine Androidin.

Keine Lust mehr, allein zu sein? Wir haben die Lösung für Sie! Mit dem Androiden des Modells EDEN-7000 genießen Sie das perfekte Partnererlebnis für Mann und Frau! Die Vorteile sind zahlreich: Androiden versorgen den Haushalt, kochen auf höchs-

tem Niveau und erfüllen jede sexuelle Fantasie, ohne je zu sagen: »Heute nicht, Schatz, ich habe Kopfweh.«

Kaufen Sie Ihren EDEN-7000 noch heute für nur 7.499 Dollar bei ihrem Human-Evolve-Händler!

Oder interessieren Sie sich für ein anderes Modell? Wir haben weitere Angebote für den Privathaushalt: LUCA-7000 – Intimpartner, EZRA-7000 - Haushaltshelfer, KYLE-7000 – Gärtner.

In winziger Schrift ist zusätzlich der Hinweis vermerkt: Androiden der 7000-Reihe verfügen über eine Akkulaufzeit von 48 Stunden. Sparen Sie Energie, indem Sie sie bei Bedarf einfach in den Standby-Modus schalten. Schäden können mithilfe von Ersatzkomponenten schnell und problemlos von ihrem Human-Evolve-Spezialisten behoben werden.

»Wo hast du den denn her?« Der Verkäufer tritt an mich heran. »Diese elenden Flyer. Die muss jemand vor Kurzem erst hier ausgelegt haben. Verdammt noch mal. Ich werde sie sofort vernichten. Human Evolve produziert ohnehin keines mehr von den Dingern.« Er nimmt den Stapel an sich und lässt ihn im Papierkorb verschwinden.

»Ich bin eben erst in Chicago angekommen und habe bereits eine Androidin gesehen«, berichte ich. »In Philly gibt es so was nicht. Dort werden nach wie vor Roboter eingesetzt, die auch wie Roboter aussehen und das ausschließlich zu kommerziellen Zwecken. An der Supermarktkasse zum Beispiel.«

Er nickt grimmig. »In Chicago wimmelte es im Gegensatz zum Rest des Landes von Androiden. Hier waren die meisten im Einsatz, Human Evolve hat schließlich seinen Sitz in Downtown. Du wirst auf den Straßen weitere Androiden zu sehen bekommen. Sie sind ja jetzt frei.«

»Wie ist das für Sie? Dass Androiden nun irgendwie wie Menschen behandelt werden?«

Er seufzt und verschränkt die Arme vor der Brust. »Weißt du, als die ersten Modelle erschienen, hatte ich nichts gegen die Androiden. Sie haben ihre Arbeit getan. Und hübsch waren sie. Fast so schön wie Engel. Sie hoben sich optisch doch ein wenig mehr von den Menschen ab. Viele Leute hat das, denke ich, befremdet, sie konnten nichts mit ihnen anfangen. Waren auch teuer, 350.000 Dollar, wenn ich mich recht erinnere. Als sie ihrem Äußeren authentische Details gaben – Leberflecke, Atmung, Lidschlag – und den Preis senkten, fingen die Probleme erst richtig an.« Er lacht bitter auf und fährt mit gesenkter Stimme fort. »Diese Roboter erschienen in ihrer Gestik und Mimik so menschlich, dass mein Kumpel sich Hals über Kopf in seine Androidin verliebt hat. Er ließ sich sogar von seiner Frau scheiden, um mit *ihr* zusammenzuleben. Aber sobald die sogenannte Wendung kam, war Schluss mit der großen Liebe. Sie hat ihn verlassen. Beschloss, unabhängig zu leben. Ging auf die Straße, demonstrierte für die Freiheit. Als ob sie die bei ihm nicht hätte haben können. Der Sex, die Gefühle – alles Teil der Programmierung und somit gespielt!« Er schnaubt so verbittert, dass ich mich kurz frage, ob dies seine eigenen Erfahrungen sind.

»Was in Chicago geschah, ist wirklich heftig«, sage ich seufzend und halte ihm meine Smartwatch zum Bezahlen hin. Meine Wahl fiel auf einen Riegel mit Erdnussbutter-Geschmack und ich hoffe inständig, dass er mir den Tag retten kann. »Ich bin froh, mit den Androiden bisher nichts zu tun gehabt zu haben. Klar, in Philly sieht man sie mal, aber eben irgendwie noch gebändigt.«

Als ich meinen Kopf kurz nach rechts drehe, sehe ich vor dem Fenster ein Elektroauto der Marke Voltage parken. Den Fahrer erkenne ich sofort wieder. Da ist er also. Harvey.

»Ich muss jetzt los! Viel Erfolg mit den Bewerbern.«

Ich winke und er tut es mir gleich. »Danke, junge Dame. Willkommen in Chicago! Schließlich ist die Stadt, abgesehen von den Androiden, die schönste Amerikas.«

Ich lächle und weiß, er hat recht. Doch so schön die Stadt auch ist – für mich steckt in ihr meine Vergangenheit und damit Erinnerungen. An meine Kindheit, meine Jugend und auch … an Tim.

Ich schüttle meine Gedanken aus dem Kopf, ziehe schwerfällig die Koffer aus dem Kiosk und blinzle in den leichten Schneefall. Es ist Mitte November, die Kälte hält Einzug in Chicago. Als ich das grimmige Gesicht des Fahrers des Voltages sehe, schlucke ich. Es wird nicht einfach, mich diesem Mann wieder anzunähern. Ganz und gar nicht.

Harvey lässt das Fenster der Fahrertür hinunter. Mit düsterem Blick sieht er zu mir hoch, in ein Gesicht, das seinem so sehr ähnelt. Eine Begrüßung bleibt er mir schuldig.

»Steig ein«, sagt er stattdessen knapp.

»Kannst du den Kofferraum öffnen?«, frage ich über den Motorenlärm hinweg.

Sein Blick fällt auf mein Gepäck. »Um Himmels willen. Hast du vor, bei mir einzuziehen, oder was? So viele Klamotten braucht kein Mensch für eine Woche!«

Eigentlich habe ich geplant, ihm in Ruhe zu gestehen, dass ich länger bleiben möchte, weil meine Flucht unausweichlich war und ich im Moment nicht weiß, wo ich sonst hinsoll. »Ich will auf das kalte Wetter vorbereitet sein«, lüge ich.

Für wenige Sekunden betrachtet Harvey die Koffer, als sei er unschlüssig, ob er mir nun beim Einräumen helfen soll. Dann gibt er sich einen Ruck, steigt schnaufend aus dem Wagen und stapft zum Kofferraum.

Die zwei schweren Rollkoffer hinter mir herziehend, folge ich ihm. Das erste Mal nach drei Jahren Funkstille stehen wir einander wieder gegenüber.

Harvey hat zugenommen. Die Mundwinkel unter seinem rotblonden Schnurrbart sind angespannt. Er riecht nach Sommerabenden auf der Terrasse und alten Büchern mit viel zu gruseligen Gutenachtgeschichten. Nach Spaghetti Bolognese, die niemand so gut kocht wie er. Und er riecht nach dem Weichspüler, den meine Familie seit Jahrzehnten benutzt. Er riecht nach meinem Vater, der mich einst liebte.

Wie soll ich diesen Mann begrüßen? Normalerweise umarmen Vater und Tochter einander nach einer so langen Trennung, oder? Sollten wir das auch tun?

Harvey streckt den Arm aus und kurz vermute ich, dass er dazu ansetzt. Doch nicht mal ein Händeschütteln ist in seinem Sinn. Stattdessen nuschelt er »Nun gib schon her« und greift nach den Koffern.

Ernüchtert weiche ich zurück.

Was für eine hingebungsvolle Begrüßung!

Wortlos beobachte ich, wie er den Fuß an einen Sensor unterhalb der Heckklappe hält. Der Kofferraum fährt auf.

»Danke, Peggy«, murmelt er.

Enttäuschung flammt in mir auf, als ich miterleben muss, wie Harvey seinem Auto freundlicher entgegentritt als mir. Am liebsten würde ich ihn damit konfrontieren und ihm sagen, wie verletzt ich darüber bin, dass er mich begrüßt wie eine Fremde oder ein Stück Last, das man sofort wieder loswerden muss. Aber ich beiße mir auf die Zunge. Fürs Erste bin ich auf diesen Mann angewiesen. Deshalb will ich versuchen, möglichst versöhnlich mit ihm umzugehen.

Kurz beobachte ich, wie Harvey meine Koffer in das Auto hievt. Dann brumme ich ein verhaltenes »Ich warte drinnen«, öffne die Beifahrertür und lasse mich auf den Sitz sinken. Die Heizung hat den Innenraum angenehm gewärmt. Mit den Augen folge ich dem Flug der Schneeflocken, die sich leise auf die Windschutzscheibe legen.

Nach einer Weile drehe ich mich um. Eine Decke und eine Einkaufstüte liegen auf dem Rücksitz. In Harveys Auto herrscht ein ähnliches Chaos wie früher. Durch das Heckfenster beobachte ich, wie er den Kofferraum zufahren lässt. Anstatt ins Auto zu steigen, lehnt er sich mit dem Rücken ans Heck und raucht.

»Na super«, stöhne ich in meinen Schal.

Ich lege den Finger auf ein Touchpad auf der Beifahrerkonsole, sodass die Sonnenblende hinabfährt, und betrachte mein Spiegelbild. Zwei sturmblaue Augen starren mir entgegen. Mehr ist von meinem eingemummten Gesicht kaum zu erkennen. Einzelne rotblonde Haarsträhnen bahnen sich ihren Weg zwischen Schal und Mütze. Ich sehe aus, wie ich es vermutet habe: total fertig. Das ist keine Überraschung. Schließlich habe ich die Nacht damit verbracht, meine Koffer zu packen und eine spontane Fahrt mit dem Hyperloop zu buchen. Harvey macht meine Situation keineswegs besser.

Als ich den Sonnenschutz zurückfahren lassen will, fallen mir zwei Fotos in den Schoß. Ertappt werfe ich erneut einen Blick über die Schulter. Doch Harvey lehnt noch immer am Auto und raucht genüsslich.

Ich widme mich den Fotos. Das obere ist das Passfoto einer Frau. Die Jahre haben es leicht ausgeblichen. Ihre rotbraunen Haare fallen ihr über die Schulter. Ihr Lächeln ist so hell wie Schnee an einem Wintermorgen.

»Mom«, flüstere ich ergriffen.

Dann ziehe ich das andere Foto hervor. Zu meiner Überraschung erkenne ich mich selbst. Ich sitze auf dem Rasen unseres

Vorgartens, in meinem Arm liegt ein Junge. Er ist etwa sechs. Und er hat dieses ehrliche, unbesorgte Kinderlachen auf dem Gesicht, das viele kleine Jungen haben und das sie meist mit Beginn der Pubertät verlieren.

Das Geräusch der sich öffnenden Fahrertür lässt mich zusammenzucken. Hastig schiebe ich die Fotos ins Handschuhfach.

Mein Vater setzt sich ächzend auf den Fahrersitz und lässt die Schwebetür zufahren.

»Jetzt kann's losgehen«, murmelt er mehr zu sich als zu mir und legt die Hände aufs Lenkrad. Peggy erwacht zum Leben. Als Harvey sich anschnallt, zieht überraschend ein unangenehmer Geruch zu mir herüber.

»Du hast getrunken«, stöhne ich tonlos und Harvey tut es mir gleich.

Wir nehmen den langen Weg durch die Innenstadt. Na klasse.

»Wann hast du den letzten Schluck getrunken?«, will ich wissen.

Harvey schweigt eine Weile. Im Grunde muss er nichts erwidern. »Gestern Abend. Ich habe heute frei.«

»So, wie du noch riechst, sollte ich nicht hier drinsitzen. Sicher, dass du schon fahren kannst?«

»Steig aus, wenn du meinst, dass ich noch nicht fahrtüchtig bin«, knurrt er und lässt mich damit schockiert zu ihm aufsehen. Sein Blick trifft für wenige Sekunden meinen. »Soll ich anhalten? Willst du aussteigen?«

Ich schlucke schwer. »Nein. Aber du könntest doch zumindest das autonome Fahrprogramm starten und den Wagen selbst fahren lassen. Die meisten Leute tun das so. Dieser Voltage muss nicht von Menschenhand gefahren werden, oder?«

»Wir fahren nach meinen Regeln.«

Ich merke, wie sich meine Augen wütend zusammenkneifen.

Unauffällig mustere ich Harvey von der Seite. Seine rotblonden Haare, die in ihrer lockigen, dichten Struktur den meinen so ähneln, sind grauer geworden, die Furchen auf seinem Gesicht tiefer. Den Schnurrbart trägt er noch immer, jedoch scheint er wenig Wert auf eine entsprechende Pflege zu legen. Ich suche vergeblich das winzige Grübchen auf seiner rechten Wange, das einst eine Lachfalte war.

Auch wenn wir uns so lange nicht mehr gesehen haben, weiß ich, dass Harvey nie ohne Grund trinkt. War mein gestriger Anruf der Grund dafür?

Als wir uns nach endlosen Minuten meinem Elternhaus nähern, rutsche ich ans Fenster. Da ist es, das Café, in dem ich früher immer mit meiner Freundin Piper Kakao trank. Die Mall, in der ich einst jobbte. Und der Wicker Park, nach dem unser Stadtteil benannt ist.

Doch zwischen all der Nostalgie, all dem Flackern meiner Geburtsstadt, fällt mir plötzlich ein Laden mit zerbrochenen Scheiben ins Auge. Irritiert drehe ich mich danach um. Sofort schießen mir Bilder aus dem Fernsehen durch den Kopf. Die Randale. Ich erinnere mich an die Aufzeichnungen aus dem letzten Frühling: Androiden, die sich den Anweisungen ihrer Besitzer widersetzten und geschlossen auf die Straße gingen. Haushaltshilfen, Pfleger, Lageristen oder Sexarbeiter. Das Vorhaben, die modernen Hilfen nicht nur in Chicago, sondern landesweit einzusetzen, scheiterte an dem Tag, an dem den Androiden Freiheit und Unabhängigkeit zugesichert wurde. Freiheit, die sie mit einer Einigung herbeiriefen. Der Anführer der Androidenbewegung unterschrieb einen Vertrag, der die Einhaltung des Friedens all seiner Leute zusicherte. Würden seinesgleichen die Regeln erneut missachten und Aufstände anzetteln, drohte die sofortige Abschaltung aller Androiden des Landes. Dafür wurde den

Androiden über Funk ein von Human Evolve entwickeltes Softwareupdate zugespielt, das der Regierung die Möglichkeit gab, ihre Hauptprozessoren mit einem Knopfdruck zu zerstören.

Wer konnte ahnen, dass es einmal so kommen würde? Dabei liefen die ersten Jahre, in denen die künstlichen Intelligenzen auf dem Markt waren, außerordentlich gut. Human Evolve wurde staatlich gefördert und forschte nach günstigen Rohstoffen. Die Erkenntnis, dass das verhältnismäßig teure Carbon nicht zwingend der Hauptbestandteil der Androiden sein musste, sondern ohne funktionale Einbußen durch günstiges Polycarbonat ersetzt werden konnte, erlaubte die Entwicklung massentauglicher Modelle. Nachdem die Androiden ausschließlich kommerziell vertrieben wurden, machten erschwingliche Preise sie auch privaten Haushalten zugänglich.

Obwohl die Androiden die Bevölkerung entlasteten, indem sie Alltagsarbeiten übernahmen, ersetzten sie damit auch viele Jobstellen. Menschen wurden arbeitslos. Unmut richtete sich gegen die Androiden. Zu allem Übel widersetzten sich immer mehr von ihnen ihrer Programmierung und wurden ungehorsam. Wie das möglich war? Je intensiver die Entwickler arbeiteten, desto menschlicher wurden die Androiden. Vor zwei Jahren bestand das erste Modell sogar den Turing Test, konnte also einem Menschen vermitteln, dass es selbst ein Mensch sei. Die eigene Programmierung auszuhebeln, war ein komplexer Softwarefehler am Androiden selbst.

Mit den Demonstrationen fanden die Unruhen im Frühjahr diesen Jahres ihren Höhepunkt. Die Androiden drohten damit, die ganze Stadt zum Einsturz zu bringen, würde man ihrer Forderung nach ›Androiden-Freiheit‹ nicht nachkommen. In den Medien habe ich beobachtet, wie sie begonnen haben, ihrer Gewalt freien Lauf zu lassen. Sie brachten leere Gebäude am Rand der Stadt zum Einstürzen und drohten, immer weiter ins Stadtinnere zu wandern, um ihre Forderungen durchzudrücken. Die Menschen rüsteten sich mit Waffen aus, um sich selbst Schutz bieten zu können.

Die Präsidentin Janet Martinez war gezwungen, eine Lösung zu finden, um einen gewalttätigen Aufstand zu verhindern, und erklärte die Androiden in jener Nacht als frei, um den größten Schaden abzuwenden und die Angst und Boshaftigkeit der Menschen zu dimmen. Doch ob dies von Dauer sein wird? Für jedes Abkommen und jede Einigung muss es Regeln geben. Androiden werden in Chicago toleriert. Doch ob sie richtig akzeptiert werden, ist fraglich.

Dieser Wendepunkt wird bis heute als Androidenrevolution bezeichnet. Androiden müssen nun für ihre Arbeit bezahlt werden. Sie sind nicht mehr auf die Tätigkeit festgelegt, für die sie gebaut wurden, sondern dürfen sich ihre Jobs selbst aussuchen. Ihre Arbeitserlaubnis bezieht sich jedoch ausschließlich auf freigegebene Bezirke in der nördlichen Hälfte Chicagos. Dies betrifft das gesamte Gebiet oberhalb des South Loops und der Near Westside. Auch Wicker Park, meinen Heimatbezirk.

Janet Martinez entschied ebenso, das Sicherheitspersonal der Stadt aufzustocken, um zu gewährleisten, dass die Androiden sich friedlich in die Gesellschaft eingliedern können. Außerdem befriedigte dies das Sicherheitsbedürfnis der Menschen. Bis auf Weiteres wurde Human Evolve die Herstellung vermeintlich fehlerfrei funktionierender Androiden untersagt. Die Angst, dass sich die Unruhen wiederholen, wiegt seitens der Regierung und der Bevölkerung schwer.

»In letzter Zeit war in Chicago echt viel los, was?«, frage ich Harvey.

Er gibt ein abschätziges Schnauben von sich. »Das kann man wohl sagen.«

»Als Polizist hast du bestimmt alle Hände voll zu tun, oder?« Wissbegierig rutsche ich auf dem Sitz nach vorn und versuche, weitere Spuren des Protests im Stadtbild zu erkennen. »Sind die Robomenschen so gefährlich, wie man sagt?«

Harvey zieht scharf die Luft ein. »Es sind Androiden, Jen. Keine Robomenschen.«

Ich starre nach draußen. »Androiden. Wie auch immer«, murmle ich. »Ich habe mitbekommen, dass sie protestiert haben, damit sie nach der Wendung selbstbestimmt leben können. Aber mal ehrlich, das sind Roboter in Menschengestalt! Ich verstehe nicht, wieso ihr die Aufstände nicht in den Griff bekommen habt. Hättet ihr sie nicht abschalten können, oder so?«

Harvey lacht trocken. »Lass uns das Thema wechseln.«

»Erzähl schon!«, fordere ich. »Warst du auf Androidenjagd?«

Plötzlich ertönt ein scharfes Quietschen. Harvey ist auf die Bremse getreten. Kurz denke ich, jemand ist auf die Fahrbahn gerannt, doch da ist nichts.

Stattdessen erhebt Harvey die Stimme. »Noch ein Wort über *sie* und ich setze dich jetzt und hier auf die Straße.«

Ich erschrecke und in meiner Brust zieht sich etwas zusammen. »Was? Ich –« Mit flachem Atem taste ich nach dem Griff der Beifahrertür.

Mit zusammengekniffenen Augen starrt mich Harvey nieder. Dann ertönt ein Hupen hinter uns und er nimmt den Fuß vom Bremspedal. Langsam setzt sich der Wagen wieder in Bewegung.

»Jen, du hast einfach keine Ahnung, wovon du redest.«

»Woher auch?«, erwidere ich flüsternd. »Ich war in Philly. Dort gab es keine künstlichen Intelligenzen. Darum frage ich dich ja, was hier los war.«

Harvey seufzt. »Die Verhältnisse in Chicago sind noch immer schwierig. Der Staat hat den Androiden nach den Protesten Rechte eingeräumt. Rechte, die sie im Stadtteil Wicker Park ungehindert ausleben können. Trotzdem ist die Lage nicht so, wie sie es sich gewünscht haben. Es gibt bis heute viel Hass und Gewalt auf den Straßen, die sich gegen die Androiden richten. Auch das solltest du in den Nachrichten mitbekommen haben. Deswegen hätte ich nicht damit gerechnet, dass du so kurz nach den Unruhen zurückkommst.« Er fährt sich durch die ungekämmten Locken, die daraufhin noch unaufgeräumter aussehen als zuvor.

»Es hat sich einfach so ergeben«, erwidere ich und presse die Lippen aufeinander. Der Schock darüber, dass er mich so unvermittelt angeschrien hat, sitzt tief. Es weckt Erinnerungen an unseren früheren Umgang miteinander und den Grund, warum ich aus meinem Elternhaus wegwollte. Auch damals war unsere Kommunikation entweder hitzig oder erloschen.

Wieso ich trotzdem wieder da bin? Ich hatte keine andere Wahl. Ich musste weg. Von Jakob. Von der Uni. Zurück in mein altes Leben. In ein Zimmer, in dem ich mietfrei wohnen kann. Was gleichzeitig der Ort ist, dem ich immer entkommen wollte. Der voller Verlust ist. Ich muss es mir eingestehen: Meine Existenz ist ein Scherbenhaufen. Und für den Moment ist Harvey mein letzter Ausweg. Leider.

»Weißt du schon, wie lange du bleiben willst? Am Telefon sagtest du etwas von einer Woche.«

Ich zucke die Achseln. »Genau kann ich das noch nicht sagen.«

»Was ist mit der Uni? Jakob?«

»Liegt gerade auf Eis.«

»Willst du drüber reden?« Der Unterton in seiner Stimme ist rau.

»Als würdest du wirklich darüber mit mir reden wollen«, murmle ich und wende den Blick ab. Als ich nach hinten sehe, erkenne ich, dass durch die Vollbremsung die Einkaufstüte in den Fußraum gefallen ist. Auch die Decke ist verrutscht und legt etwas offen, das ich vorher nicht sehen konnte. Mein Atem stockt.

Der Kindersitz. Tims Kindersitz. Dieser Anblick erwischt mich eiskalt und lässt jegliche Motivation in mir zusammenfallen. Kurz fühlt es sich an, als würde mein Herz brechen und meine Lunge zerdrückt. Mir wird klar, dass Harvey in den vergangenen Jahren noch immer nicht die Kraft aufbringen konnte, die automatische Vorrichtung zurück in die Polster zu lassen, obwohl es nur einen Knopfdruck bedarf. Und dass er genauso seinen Sohn verloren hat wie ich meinen Bruder.

Harveys Stimme dringt an mein Ohr. Sie ist eine Spur sanfter als vorher. »Jen, ich wollte dich nicht anschreien. Die Sache mit den Androiden ist nicht ganz so einfach, wie du vielleicht ahnst. Sie belastet.«

»Ich verstehe. Dennoch hättest du mich vernünftig begrüßen können. So wie man seine Tochter begrüßt, wenn man sie eine lange Zeit nicht mehr gesehen hat.«

»Jen, es ist –«

»Schon klar. Es ist schwer. Es ist belastend, dass ich überhaupt gekommen bin, nicht? Lass gut sein.«

Und Harvey lässt es gut sein.

So sind wir Williams. Wir lassen einander mit unserem Schmerz viel Raum. Leider führt dies dazu, dass jeder mit seinem Kummer allein ist. Ob sich das je ändern wird? Im Moment glaube ich nicht im Geringsten daran.

Das leichte Abbremsen bringt mich zurück in die Realität. Erwartungsvoll sehe ich durch die Scheibe nach draußen. Dort ist es: das Haus, in dem ich aufgewachsen bin.

Wohingegen das Stadtzentrum von Hochhäusern dominiert wird, in denen eine große Anzahl von Menschen zentral übereinander wohnen, legt mein Heimatbezirk den Fokus auf grüne Architektur. Der Wicker Park selbst lädt zum Joggen, Schlendern und Entspannen ein. Auf Dächern und Fassaden, Balkonen und Terrassen wuchern und wachsen Pflanzen, Blumen, frische Kräuter, Obst und Gemüse. Im Sommer sind sie das Zuhause für Insekten und Vögeln und bieten den Einwohnern natürlichen Schutz vor der Sonneneinstrahlung. Außerdem produzieren sie viel Sauerstoff und sorgen für ein gutes Raum- und Wohlfühlklima. Im Winter sind viele Knospen verblüht, aber der wetterfeste Efeu rankt sich unbeirrt die Wände empor.

Die meisten Häuser in der Gegend wurden aus nachhaltigen Baumaterialien, wie zum Beispiel recyclebarem Beton oder Holz gebaut. Das Konstrukt unseres Hauses stammt jedoch aus den frühen 2040ern und hebt sich mit seinem roten Backstein von den anderen ab. Neben Pflanzen schmücken Solarpaneele die Dachterrasse, über die sich nun eine dünne Schneeschicht zieht. Früher haben wir viele Sommerabende dort oben verbracht.

»*Home, sweet home*«, sagt Harvey und löst unsere Gurte mit einem Wink vor dem Sensor an der Fahrerkonsole.

Ich taste nach dem Mechanismus, der die Tür öffnet, doch Harvey hält mich am Arm fest. Eindringlich sieht er mir in die Augen.

»Jen. Bevor wir reingehen, muss ich dir etwas sagen.«

Erwartungsvoll hebe ich die Brauen. »Und was?«

»Nun …« Harvey stockt. Dann sagt er zögerlich: »Ich wohne nicht mehr allein.«

Ich starre ihn perplex an. Mom starb, als ich acht war. Tims leibliche Mutter hatte sich einige Jahre nach seiner Geburt von

Harvey getrennt. Außer diesen beiden ist mir keine Frau in seinem Leben bekannt.

»Hast du eine Freundin?«, platzt es aus mir heraus. Wer, um alles in der Welt, wäre so verrückt, bei ihm einzuziehen?

»Nein«, erwidert er ernst. »Es ist ein Android.«

2. Kapitel

Verdattert starre ich Harvey hinterher, der das Auto verlässt und zum Kofferraum marschiert.

Wie bitte? Mein Vater wohnt mit einem Androiden zusammen?

Wenn ich wüsste, dass Harvey gern zu Scherzen aufgelegt wäre, würde ich nun lachen, aber er scherzt nicht. Tut er nie.

Kalte Panik schießt in mir hoch. In den Nachrichten war die Rede davon, dass die Wut von Chicagos Androiden sich nicht nur gegen Institutionen richtete, sondern dass viele auch ihre Besitzer attackierten. In einer Reportage hatte ich Ausschnitte davon gesehen, wie emotionslos sich diese Androiden den Schüssen der Polizei entgegengestellt hatten. Sie haben schließlich einige Vorteile gegenüber uns Menschen. Sie benötigen weder Nahrung noch Wasser, Luft oder Wärmequellen. Ihr Körper ist widerstandsfähiger als das menschliche Vorbild, weil er aus hochwertigem Kunststoff, nämlich Polycarbonat besteht. Und vor allem: Sie fühlen keinen Schmerz. Künstliche Intelligenzen sind einfach furchteinflößend. Und nun soll ich mit so was unter einem Dach leben? Hätte Harvey das nicht eher sagen können?

Der sanfte Schneefall hat sich mittlerweile in einen matschigen Schauer verwandelt.

Harvey stapft zum Haus. Er kommt dauernd ins Stocken, weil meine Koffer schwer sind.

Ich schiebe mich aus dem Auto und rufe Harvey panisch hinterher, als mir die Tragweite seiner Worte bewusst wird. »Warum, zur Hölle, hast du einen Android gekauft?«

»Ich habe keinen Android gekauft!«, gibt er genervt zurück. »Er ist bei mir eingezogen. Kommst du oder willst du lieber in Peggy schlafen?«

»Eingezogen?«, piepse ich. »Bist du verrückt geworden? Die Dinger greifen Leute an!«

Harvey dreht sich zu mir um und kneift die Augen zusammen. »Du glaubst also diese Fake News? Durchgedrehte Androiden, die grundlos die ganze Familie auslöschen? Einer Polizistentochter hätte ich mehr Reflexion zugetraut. Es ist nicht alles wahr, was in den Nachrichten verbreitet wird.«

Ich höre ein Geräusch aus dem Haus und erstarre. Eine Silhouette erscheint am Fenster und läuft in Richtung Haustür, als sie uns sieht. Erschrocken packe ich Harvey am Arm.

»Ist er das?«, flüstere ich.

Mit spöttischem Blick windet sich Harvey aus meinem Griff. »Du hast also Angst vor Androiden?« Einen Koffer nach dem nächsten hebt er die Stufen zur Veranda hinauf. »Lächerlich.«

Wortlos starre ich ihn an. Da ich es nicht wage, mich dem Haus zu nähern, muss ich in Kauf nehmen, nasser und nasser zu werden.

»Wir müssen noch über die Schlafsituation reden«, sagt Harvey und zündet sich eine Zigarette an. »Derzeit schläft er in –«

»Er schläft in einem Bett?«, unterbreche ich ihn fassungslos. »Es gibt doch Ladestationen für Androiden!«

Harvey wirft mir einen abschätzigen Blick zu. »Ts, Ladestationen. Natürlich schläft er in einem Bett.«

Da fällt mir ein, dass der Fakt mit dem Bett mich nicht mal am meisten stört. »Moment – er *schläft*?«

Harvey muss völlig verrückt geworden sein. Androiden kann man in einen Ruhemodus setzen. Ihnen ist egal, ob sie auf Standby geschaltet werden, während sie auf einem Bein oder auf dem Kopf stehen. Androiden *fühlen nichts.*

»Na ja, er simuliert menschliche Verhaltensweisen«, brummt Harvey und drückt seine Zigarette in einem Aschenbecher vor der Haustür aus. Der Deckel öffnet sich automatisch, sobald seine Hand sich ihm nähert.

»Er … *was*?« Mittlerweile bin ich völlig nass.

Harvey verschränkt die Arme vor der Brust. »Er ist unkompliziert, Jen. Gib ihm eine Chance. Schließlich hast du dich spontan hier angemeldet.« Damit dreht er sich um, legt den Finger auf den Fingerabdruckscanner und die Tür gleitet auf.

»Hallo, Harvey!«, ertönt prompt eine Stimme vom Inneren des Hauses. Sie klingt männlich, angenehm und geradezu menschlich.

Instinktiv mache ich zwei Schritte zurück.

»Hallo«, nuschelt Harvey und schiebt sich durch die Tür.

Eine fremde Gestalt taucht im Eingangsbereich auf, sagt »Warte, ich helfe dir!« und nimmt einen Koffer entgegen. Von meiner Position im Vorgarten aus kann ich nur seine Silhouette erkennen. Ehe ich mir ein genaueres Bild von ihm machen kann, verschwindet er im Haus.

Harvey fährt herum. »Verdammt noch mal, Jen!«, zischt er. »Reiß dich zusammen und sei nicht so unfreundlich! Komm jetzt. Oder ich fahr dich an die Union Station zurück.«

Ich atme tief durch. Es gibt kein Zurück mehr. Mit zusammengebissenen Zähnen nähere ich mich der Tür.

Der Geruch meines alten Zuhauses dringt aus dem Eingangsbereich auf die Veranda und beruhigt mein übermüdetes, irritiertes Gemüt. Ich greife nach dem letzten Koffer und wende mich schwungvoll zum Eingang, habe die Rechnung aber ohne den Androiden gemacht. Dieser ist nämlich unerwartet schnell auf der Türschwelle erschienen, wahrscheinlich, um mir beim Tragen zu helfen. Doch prompt stoße ich mit ihm zusammen, was wohl meiner Unachtsamkeit geschuldet ist.

Ich verliere das Gleichgewicht, wanke und kann mich gerade noch an seinem Arm festhalten, um nicht mitsamt Koffer von der Veranda zu fallen. Der Arm fühlt sich unter dem Stoff seines Jacketts überraschend hart an. Als umfasse ich den Edelstahlhandlauf eines Metallgeländers.

»Oh, Verzeihung!«, sagt er und greift mühelos meine Schultern. Sein Griff ist bestimmt, aber sanft. Als er sicher ist, dass ich mich gefangen habe, nimmt er rasch die Hände von mir.

Etwas überfordert schaue ich zu ihm auf. Er ist einen halben Kopf größer als ich, hat braune Haare, dichte Wimpern und einen wachen Ausdruck. Auf den ersten Blick sieht er eigentlich ganz nett aus, nahezu unschuldig. Und er kommt mir bekannt vor.

»Bist du der Android?«, frage ich leise, um sicherzugehen.

»Mein Name ist Mika«, erwidert er mit fester Stimme. Er stockt, scheint seine Worte sorgfältig zu wählen und fügt dann hinzu: »Ich wohne hier.«

Plötzlich leuchtet mir ein, woran er mich erinnert. »Bist du nicht der Android, der die Revolution angeführt hat?«, keuche ich. »Ich habe dich im Fernsehen gesehen. Du hast …« Ich habe gar nicht gemerkt, dass ich zurückgewichen bin, und stoße nun mit dem Hintern an das hüfthohe Geländer der Veranda. Vor meinem geistigen Auge sehe ich den Androiden, gefolgt von etwa hundert weiteren seiner Art die Straße entlang marschieren. »Du hast die Demonstrationen organisiert und stellvertretend für die Interessen aller Androiden Verhandlungen mit der Präsidentin geführt«, wispere ich und erschaudere. »Du warst die Schlüsselfigur der Revolution.«

Der Android mustert mich prüfend. Dann sagt er schlicht: »Ja. Das war ich.«

Einen Moment lang starren wir einander an. Ich kann nicht fassen, dass ich tatsächlich auf der Veranda meines Vaters mit dem – laut Medien – gefährlichsten Androiden ganz Amerikas stehe. Und dass er mich dabei anschaut wie ein kleiner Welpe.

Harvey poltert heraus. »Meine Güte, wollt ihr hier Wurzeln schlagen?«, murrt er ungeduldig mit einem Blick auf die Uhr.

»Nein«, antwortet Mika, als sei dies eine ernstzunehmende Frage, und greift nach meinem Koffer. Er hebt ihn an, als sei er anstelle mit fünfzehn Kilo Kleidung mit nichts als Luft gefüllt. »Ich habe es erkannt, das war Ironie, Harvey!«, setzt er stolz hinzu und verschwindet im Haus.

Völlig irritiert von der letzten Anmerkung starre ich in Harveys Gesicht und forme mit den Lippen ein stummes: »Hä?«

Dieser zuckt entschuldigend die Achseln und ruft: »Richtig, Mika! Du wirst langsam besser darin, das zu erkennen.«

»Es fällt mir schwer, zu sagen, ob das ebenfalls Ironie war«, höre ich Mikas Stimme von drinnen. »Meiner Berechnungen zufolge sprechen dreiundsiebzig Prozent dafür, dass ich dies als Kompliment werten kann.«

Meine Augen weiten sich, während Harvey und ich uns noch immer fixieren. Obwohl ich krampfhaft versuche, mich zu beherrschen, kann ich meinem Vater nichts vormachen. Er kennt mich seit sechsundzwanzig Jahren. Er sieht mir an, dass ich kurz davor bin, die Nerven zu verlieren und loszulachen oder loszuheulen. Oder beides.

»Richtig, Mika, es war ein Kompliment«, antwortet er, während er mich mit strenger Miene anstarrt.

Ein ersticktes Kichern dringt aus meiner Kehle. Ich presse mir die Faust vor den Mund, um nicht loszuprusten.

Harvey wirft mir einen mitleidigen Blick zu, ehe er über die Schwelle tritt.

Ich warte darauf, dass mein pochendes Herz sich beruhigt, und folge den beiden ins Haus.

Drinnen angekommen fährt die Tür hinter mir ins Schloss. Kurz schließe ich die Augen und atme tief ein. Dieser Geruch beinhaltet so viel. Er ist Dad. Grasflecken in der Kinderjeans. Der erste Kuss von einem Jungen auf dem Sofa, als Tim noch nicht geboren und Harvey auf Streife war. Ich erkenne den Duft des Duschbades, das Harvey seit Jahren benutzt. Und ich rieche … Hund.

Etwas stupst meine Hüfte an. Ich öffne die Augen und werfe mich sofort auf den Golden Retriever, der mich mein halbes Leben lang begleitet hat.

»Rocky!« Ich streichle die Ohren des riesigen Hundes, während er mir die Hände leckt. Weil er sich so über meine Rückkehr freut, knallt sein Schwanz immer wieder gegen den Garderobenschrank und erzeugt ein unmelodisches Pochen.

Während ich in der Hocke kauernd über den Rücken des Rüden streichle, mustere ich den Android unauffällig, der auf dem Sofa Platz genommen hat. Ich bin erneut verblüfft davon, wie menschlich er aussieht. Nichts lässt darauf schließen, dass er über eine künstliche Intelligenz verfügt. Seltsamerweise entdecke ich auch kein LED-Dreieck an seinem Hals. Ich hatte gehört, dass es Androiden gibt, die diese Komponente aus ihrem Körper entfernt haben, um nicht so schnell als künstliche Intelligenz identifiziert zu werden. Er muss das getan haben. Sein Gesicht wirkt weich, fast liebenswürdig. Er sieht aus, als wäre er um die dreißig Jahre alt, eventuell jünger. Er trägt eine Jeans, ein helles T-Shirt und ein schwarzes Männerjackett. Sein Ausdruck ist offen und neugierig. Wenig erinnert an das entschlossene Gesicht des Androiden in der Zeitung, der Massen seinesgleichen anführte. Und er ist hübsch. Sehr sogar. Aber das sind alle Androiden. Sie sind normschön designt.

»Ihr Name ist Jennifer Williams, richtig?«, fragt der Android, nachdem ich mich aufgerichtet habe. Seit er auf dem Sofa Platz genommen hat, hat er sich nicht gerührt. Kerzengerade sitzt er da, und nun erkenne ich deutlich den Roboter in seiner menschlichen Erscheinung. Androiden chillen sich wohl nicht bequem vor den Fernseher. Sie sitzen aufrecht. Zweckgemäß. Starr.

Überrumpelt von seiner förmlichen Anrede nicke ich und suche Harveys Blick.

Dieser zuckt gleichgültig die Achseln, murmelt zum Kühlschrank gerichtet »Eistee«, woraufhin das Gerät ihm das Getränk einfüllt. Harvey nimmt es entgegen und beobachtet, an die Anrichte der offenen Wohnküche gelehnt, mit mäßigem Interesse die Interaktion zwischen dem Androiden und mir.

»Mein Name ist Mika«, wiederholt der Android und ich stelle erschrocken fest, dass seine Stimme ziemlich angenehm klingt. »Ich wohne seit drei Monaten bei Ihrem Vater. Meine Programmierung sagt mir, dass wir in den kommenden Tagen familiäre Strukturen einnehmen. In Familien gibt man sich Kosenamen oder spricht sich auf andere Weise in vertrauter Form an. Deshalb möchte ich Sie fragen, welche Anrede Sie von mir am angebrachtesten halten, wenn nicht Miss Williams.«

Verblüfft setze ich dazu an, ihm zu erklären, dass er mich einfach Jen nennen soll. Wie es jeder in meinem Umfeld tut, seit ich auf die Highschool kam. Doch ein teuflischer Gedanke schießt mir durch den Kopf. Eine bessere Möglichkeit, um Harvey seine ruppige Begrüßung heimzuzahlen, wird nicht kommen. Und so rufe ich übermütig: »Miss Williams finde ich passend!«

»Das kann nicht dein Ernst sein«, flucht Harvey vor sich hin.

»Alles klar, Miss Williams«, erwidert der Android lächelnd. »Dann bleibe ich fürs Erste dabei.«

»Verdammt, nenn sie Jen!« Harveys Stimme ist ein genervtes Knurren.

Obwohl ihn seine Gereiztheit überrascht, antwortet Mika erstaunlich ruhig: »Sorry, Harvey, aber ich habe sie extra gefragt und …«

»Und sie hat dich aufs Korn genommen!« Wütend stellt er das leere Glas in die Spüle.

Der Android sieht ihn irritiert an. »Korn?«

Ich kichere.

»Siehst du? Sie genießt das auch noch«, grunzt Harvey.

Mika macht einen zunehmend verwirrten Eindruck. Er sieht in mein lachendes Gesicht, während ich mich aus der klitschnassen Jacke schäle, dann wieder zu Harvey. »Ich werde versuchen, das Verhältnis zu deiner Tochter in den kommenden Wochen zu optimieren«, versichert er mit entschiedenem Gesichtsausdruck.

Das Kennenlernen war komischer als erwartet. Trotzdem ermahne ich mich, den Bogen nicht zu überspannen. Schließlich stuft der Staat diesen Androiden als gefährlich ein und diese Tatsache lässt alles in mir auf Abstand gehen. Ich weiß sowieso nicht, was in mich gefahren ist, zu scherzen.

Kurzerhand ziehe ich meinen Vater zur Seite. Mit gedämpfter Stimme frage ich: »Lass uns Klartext reden. Warum lebt ein Android hier? Und dazu ausgerechnet *er*?«

»Du brauchst nicht über ihn zu sprechen, als sei er nicht da«, erwidert Harvey, ohne seine Lautstärke zu drosseln. Sein Blick bleibt an dem Androiden hängen. Ich glaube, in seinem Blick etwas Vertrautes, Fürsorgliches aufleuchten zu sehen. Ich kenne diesen Blick. Genauso hat Harvey mich früher auch angeschaut.

»Aber er ist ein Android!« Meine Worte überschlagen sich fast. »Erkläre mir bitte, wie es dazu kam, dass du dir einen Plastikmenschen zugelegt hast!«

Als Harvey mich ansieht, lodert in seinen Augen der pure Zorn. »Wenn du noch einmal so abschätzig über ihn sprichst, fliegst du hier hochkant raus. Ob du nun meine Tochter bist oder nicht.«

Ich weiche zurück.

»Hey, Harvey!« Plötzlich stellt sich der Android zwischen uns. Er ist mir so nah, dass ich seinen Duft wahrnehmen kann. Ich habe erwartet, dass er nach Plastik oder Metall, vielleicht sogar nach Maschine riecht. Oder wie die Sitze eines neuen Autos. Stattdessen riecht er … frisch. Ein wenig nach Seife. Aber auch nach Mann. Nach Mensch.

Während ich verdattert seine Seriennummer im Nacken anstarre, gelingt es Mika, Harvey zu beschwichtigen. Er schafft es, mitfühlender und freundlicher zu sein, als ich es könnte. Und das macht mich irgendwie fertig.

Ich atme tief durch und verbiete mir das Zittern. Ich erinnere mich daran, wie Harvey in der Vergangenheit immer eigensinniger wurde. Wie ich ihn ohne Tim nicht mehr ertrug – uns als Familie nicht mehr ertrug. Und wie er mich gehen ließ. Moms Tod hatten wir gemeinsam durchgestanden. Tims dagegen zerstörte unsere Bindung.

Nachdem Harvey sich beruhigt hat, atmet er tief durch, setzt sich aufs Sofa und schaltet den Fernseher an. An seiner Leidenschaft für Football und die *Chicago Bears* hat sich anscheinend nichts geändert.

Der Android dreht sich zu mir um. Obwohl er mich vor Harvey in Schutz genommen und ihn zurechtgewiesen hat, begegnet er mir mit einem scharfen Blick. »Nichtsdestotrotz hat Ihr Vater recht. Es ist ziemlich unfreundlich, was Sie sagen. Wissen Sie das?« Plötzlich sieht er gar nicht mehr so harmlos aus.

»Okay, tut mir leid«, murmle ich.

Entschuldige ich mich wirklich bei einem Androiden?

Um den Abend schnellstmöglich hinter mich zu bringen, werde ich die Klärung der Frage, wie ein Android in unser Haus einziehen konnte, besser auf Morgen verschieben.

Da ich Harveys Aufmerksamkeit erlangen möchte, räuspere ich mich. Dieser starrt jedoch demonstrativ auf den laufenden Fernseher.

Ich räuspere mich erneut.

»Möchten Sie ein Hustenbonbon, Miss Williams?«, fragt der Android.

Ich starre ihn an. Mit diesem Angebot habe ich nicht gerechnet. »Willst du mich auf den Arm nehmen?«

Er sieht auf seine Hände, dann mir in die Augen. »Eigentlich nicht. Möchten Sie das denn?«

Wir sehen einander an. Er fragend, ich vermutlich feindselig und auf eine eigenartige Weise belustigt.

»Fuck, Mika«, seufzt Harvey. »Ich nehme alles zurück. Deine Ironie-Erkennung ist heute echter Müll.«

Der Android sieht ihn ein wenig enttäuscht an.

»Und das meine ich zu einhundert Prozent unironisch«, fügt Harvey hinzu.

Wieder fühle ich mich auf eine ausgelassene Weise belustigt. Kommt wohl durch die Müdigkeit.

»Ich möchte mich gern ausruhen«, sage ich so sachlich wie

möglich. »Ich bin ziemlich kaputt von der Reise. Ich verschwinde in meinem Zimmer.«

Doch mit einem Satz macht Harvey all meine Pläne zunichte. »Du schläfst heute auf der Couch. Wenn du dich von deiner Reise erholen möchtest, solltest du das also hier tun.«

»Auf der Couch?«, wiederhole ich ungläubig. »Wieso kann ich nicht in meinem alten Zimmer schlafen?«

»Das ist jetzt Mikas Zimmer«, antwortet Harvey, ohne den Blick vom Fernseher abzuwenden.

»Wie bitte?« Enttäuschung brodelt in mir. »Du kannst doch nicht das Zimmer deiner Tochter an einen Robomenschen abgeben!«

Mit einem Ruck dreht Harvey sich um. »Du warst drei Jahre nicht hier!«

»Miss Williams«, schaltet sich der Android ein. »Mir war nicht bewusst, dass für Sie die Übernachtung auf der Couch ein großes Übel darstellt. Ich bin gern dazu bereit, das Zimmer für die Zeit Ihres Aufenthaltes für Sie zu räumen. Ich schlafe auf der Couch.«

»Du musst das nicht tun, Mika!«, ruft Harvey, erhebt sich und deutet mit dem Finger auf mich. »Dieser jungen Dame sind wir rein gar nichts schuldig.«

Verzweiflung kocht in mir hoch. Hektisch gehe ich meine Alternativen durch. Es gibt zuhauf Hotels in der Stadt, aber die Kosten für die Zugtickets haben mein Konto ausgereizt. Ob ich das nötige Geld für ein paar Nächte zusammenkratzen könnte? Wahrscheinlich. Doch was tue ich danach? Ich könnte Piper, meine Freundin aus der Highschool, fragen, ob ich bei ihr unterkommen kann. Aber auch zu ihr hatte ich in den vergangenen Jahren nur sporadisch Kontakt. Ob sie mich überhaupt aufnehmen würde?

»Harvey, vielleicht ist es besser, wenn du das Haus fürs Erste mir und Miss Williams überlässt. Was meinst du?«, fragt der Android freundlich.

Harvey brummt etwas Unverständliches.

»Du wolltest sowieso zu Randy«, argumentiert der Android. »Ihr wolltet das Footballspiel zusammen angucken. Erinnerst du dich? Es ist doch schön, Spaß mit deinem Kumpel zu haben und dazu beizutragen, dass die Gemüter sich ein wenig abkühlen. Er hat heute ebenso frei.« Er läuft zur Garderobe und reicht Harvey eine Jacke.

»Das Spiel beginnt erst in wenigen Stunden«, murmelt Harvey.

»Ist das schlimm?«

Ich weiß nicht, was ich davon halten soll, dass ich gleich mit dem Androiden allein sein werde.

Aber Harvey lässt sich überzeugen. Ich beobachte, wie Mika ihm in die Jacke hilft. Es ist befremdlich, zuzusehen, dass mein Vater jemanden so nah an sich heranlässt.

»Na gut.« Harvey tritt zur Haustür. Ein letztes Mal grummelt er »Lass den Blödsinn mit dem Nachnamen und nenn sie gefälligst Jen!«, ehe er das Haus verlässt.

Am Fenster stehend beobachtet der Android, wie Harvey die Verandastufen hinab geht. Randy wohnt direkt im Nachbarhaus, sodass wir ihn dabei beobachten können, wie er das angrenzende Grundstück betritt. Rocky steht schwanzwedelnd neben dem Androiden. Fast geistesabwesend streichelt er dem Golden Retriever über den Kopf.

Vorsichtig kommt der Android auf mich zu und lässt sich auf der Sofaecke nieder. »Ihr Wiederkehren hat Ihren Vater aufgewühlt«, sagt er und sieht mich eindringlich an. »Er ist sehr verletzt, dass Sie ihn so lange nicht besucht haben, Miss Williams.«

Erneut bin ich davon überrascht, wie sensibel diese künstliche Intelligenz über Gefühle redet, und doch trete ich wenige Schritte zurück.

»Du hast ja gesehen, wie wir miteinander umgehen. Wir sind nicht gut darin, eine Familie zu sein. Ich habe keinen Spaß daran, in seiner Nähe zu sein. Und er nicht in meiner. Verbringst du denn gern Zeit mit ihm?«

Der Android nickt. »Ja.« Seine Augen sind klar. Er meint das ernst.

Rocky macht es sich auf seinem Platz neben dem Sofa bequem. Der Android beobachtet mich mit ausdruckslosem Gesicht. Er strahlt eine einnehmende Ruhe aus.

Als er mich nach einer Weile noch immer anstarrt, senke ich beschämt den Blick. »Ist was?«

»Ja«, antwortet er. »Mein Name ist Mika. Nicht Robomensch.«

»Okay.« Eingeschüchtert stelle ich mich hinter die Sofalehne und gähne hinter vorgehaltener Hand. »Sorry. Wirklich. Ich hatte eine sehr turbulente Nacht.«

»Das kann ich mir vorstellen.« Nachtragend scheint er nicht zu sein. »Ich werde die Hälfte ihres Schranks freiräumen und bringe im Anschluss das Gepäck in Ihr Zimmer, Miss Williams«, sagt er pflichtbewusst und verschwindet aus meinem Blickfeld. »Dann schlafen Sie ein wenig.«

Nachdem der Android die Koffer in mein Zimmer gebracht hat, schließe ich geräuschlos die Tür hinter mir. Sie ist noch ein altes Modell und hat im Gegensatz zu der Haustür eine Klinke. Ich lehne mich an die Wand und lausche den Schritten des Androiden. Sie sind gleichmäßig, fast steif, und werden immer leiser, während er die Treppe hinabgeht.

Obwohl jeder meiner Koffer über zehn Kilo wiegen muss, hat er sie mit Leichtigkeit aufeinandergestapelt und neben meinem Bett abgestellt.

Ich sehe mich um und schweife in Erinnerungen ab. In diesem Zimmer hatte ich vor über einem halben Leben versehentlich meine Lieblings-*Barbie* geköpft. Am Schreibtisch habe ich mehr oder weniger gewissenhaft Hausaufgaben erledigt. Und auf den Fensterbrettern unter der Dachschräge verbrachte ich ganze Sommernächte.

Jedoch haben sich einige Dinge verändert. Wohingegen hier früher mein persönliches Chaos herrschte, wirkt das Zimmer nun aufgeräumt und nicht sonderlich bewohnt. Kein Wunder, hier wohnt ja auch eine Maschine.

Doch eine weitere Sache ist anders: der Geruch. Ich erkenne Rosenholz, Salbei und Zitrone. Nicht unangenehm. Ganz und gar nicht.

Ich streife durch den Raum und öffne die Schranktüren. Wie von Mika angekündigt, ist eine Seite komplett geräumt. Die andere Seite beinhaltet säuberlich zusammengefaltete Männerhosen und T-Shirts. Dazu jede Menge Hemden und Wollpullover.

Ich schließe die Türen wieder und versuche zu ignorieren, wie fürchterlich gut der Schrank wegen seiner Klamotten duftet.

Wieso haben die Entwickler von Human Evolve ihre Androiden zu solchen Pheromonschleudern gemacht? Damit sie möglichst menschenähnlich erscheinen, um ihnen eine einfachere Integration in der Gesellschaft zu ermöglichen?

Im Haus ist es still geworden.

Ich werfe mich aufs Bett und atme tief durch. So richtig kann ich noch nicht fassen, dass ich wirklich hier bin.

3. Kapitel

Als ich erwache, ist es neun Uhr morgens. Den Rest des letzten Tages hatte ich in meinem Zimmer verbracht und mich gefragt, wie mein Leben nun weitergehen sollte. Dementsprechend unruhig war die Nacht verlaufen. Viele Stunden lang hatte ich mich von einer Seite auf die andere gewälzt. Immer wieder holten mich die Geschehnisse von gestern ein. So auch jetzt. Sobald ich die Augen aufschlage, kehren die Erinnerungen zurück. An Harvey, an meine Uni, an Jakob.

Vor allem an Jakob.

Mittlerweile wird er bemerkt haben, dass ich verschwunden bin. Wie er wohl darauf reagiert hat? Ich kann es mir denken. Sicherlich nicht gerade ruhig.

Um vorerst den Kopf freizubekommen, beschließe ich, eine Dusche zu nehmen. Die sanitären Anlagen sind zu meiner Verwunderung relativ sauber und aufgeräumt. Harvey war nie der Ordentlichste, sodass Mika ihn offensichtlich im Haushalt unterstützt. Ich frage mich, ob er sich auch die Zähne wie ein Mensch putzt und ebenso die Drogerieartikel auf der Armatur verwendet. Auf jeden Fall scheint der Android Harvey auch auf anderen Ebenen zu unterstützen. Er sprach gestern so liebevoll mit ihm, wohingegen er für mich keine netten Worte übrig hatte. Wie konnte er zu einer künstlichen Intelligenz so viel Vertrauen fassen?

Nachdem ich mich geduscht und angezogen habe, tue ich das, wovor ich mich bereits seit dem Aufwachen gedrückt habe: Ich greife nach meiner Comwatch, die auf dem Nachttischschrank liegt und bereits die ganze Zeit aufgeleuchtet hat. Ich lege sie an und aktiviere das Airpad, ein transparentes Display, das wenige Zentimeter über meinem Handgelenk in die Luft geworfen wird und sich mit den Bewegungen meiner Finger bedienen lässt. Während ich durch die Nachrichten wische, seufze ich ernüchtert auf. Der Speicher ist voll mit Kurzmitteilungen. Ich überfliege sie grob, stelle allerdings fest, dass sie sich nur geringfügig voneinander unterscheiden. Sie stammen alle von Jakob und drehen sich um diese eine Frage: *»Wo bist du?«* Das werde ich ihm auf keinen Fall verraten. Auf keinen Fall will ich, dass er mir nach Chicago folgt.

Jedoch kehren die Erinnerungen nun doch ungefiltert zurück. Daran, wie Jakob mich erst vorgestern Morgen angeschrien hat. Mich wieder und wieder gefragt hat, weshalb ich ihn nicht mehr liebe, wo er doch so viel für mich getan habe. Mich mietfrei bei ihm hat wohnen lassen, nachdem ich die Uni geschmissen habe und aus dem Studentenwohnheim ausziehen musste. Er hat geweint und Gegenstände an die Wand geschmissen. Und ich habe geschwiegen. Denn er gab uns die Antworten auf seine Fragen mit jedem zerbrochenen Untersetzer und jeder zerschlagenen Tasse.

Seine Wutausbrüche überschritten schon lange meine persönlichen Grenzen. Doch der Versuch, ein letztes klärendes Gespräch zu führen, war vollends eskaliert. Mittlerweile habe ich einfach nur Angst vor diesem Mann, den ich einst so sehr geliebt habe.

Ich drehe mich auf den Bauch und vergrabe mein Gesicht in dem Kissen. Einzelne Tränen versickern in der Bettwäsche.

Plötzlich klopft es an der Tür. Bevor ich reagieren kann, wird sie aufgerissen und der Android tritt herein.

»Guten Morgen, Miss Williams«, sagt er höflich.

Völlig überrumpelt rapple ich mich auf und wische mir mit dem Ärmel über die Augen. »Hey! Wieso platzt du einfach in mein Zimmer?«

Erschrocken tritt er einen halben Schritt zurück. »Oh. Verzeihung. Ich dachte, mein Klopfen …«

»Ich habe dich nicht hereingebeten«, erkläre ich wütend und hoffe inständig, dass er nicht bemerkt hat, dass ich geweint habe. »Ich meine, ich hätte auch gerade nackt sein können.«

»Das tut mir sehr leid, Miss Williams«, sagt er entschlossen. »Das wird nicht wieder vorkommen.«

Brummend setze ich mich im Schneidersitz auf.

»Ich bin hier, um Sie darüber zu informieren, dass Ihr Vater vor siebzehn Minuten zur Arbeit aufgebrochen ist und erst gegen Abend zurück sein wird«, erklärt der Android. »Morgen werde auch ich meine Arbeit in der Polizeistation aufnehmen. Damit Sie nicht auf uns angewiesen sind, hat Harvey mich gebeten, Ihre Fingerabdrücke zu nehmen.« Er legt ein Tablet auf den Nachttisch. »Letztes Jahr wurde das Sicherheitssystem erneuert, weshalb Ihre Daten nicht mehr gespeichert sind. Mit dem Scan können Sie problemlos ein- und ausgehen.«

Ich nicke dankbar und tue, wie mir geheißen. Nachdem meine Fingerabdrücke eingelesen sind, gebe ich ihm das Tablet zurück und frage perplex: »Arbeitest du mit meinem Vater zusammen?«

Mika scheint überrascht davon, dass mir diese Information neu ist. »O ja. Schon seit über einem Jahr. Seit meiner Inbetriebnahme, um genau zu sein.«

Die Info mit der Inbetriebnahme bringt mich derart aus der Fassung, dass mir keine Antwort einfällt.

»Ich bin ein MIKA-1000, designt, um Lieutenants und Detectives zu assistieren. Ursprünglich wurde ich für die Jagd auf Dissidenten, also abtrünnige Androiden, eingesetzt und Ihrem Vater als Adjutant zur Verfügung gestellt. Nach der Revolution hat sich Harvey für meine Beförderung eingesetzt und so wurden wir Kollegen.«

Das alles aus einem viel zu menschlich aussehenden Mund zu hören, ist ziemlich seltsam.

»In den Medien sagten sie, man solle sich vor Androiden in Acht nehmen«, werfe ich vorsichtig ein.

Mika mustert mich eingehend. »Wirke ich gefährlich auf Sie, Miss Williams?«

Ich sehe ihn an. Seine weichen, aufmerksamen Gesichtszüge und seine aufrichtigen Augen. Vielleicht ist der Hundeblick ein billiger Trick. Aber aktuell kann ich mir tatsächlich nicht vorstellen, dass er mir schaden könnte.

»Nicht wirklich«, antworte ich schuldbewusst. »Warum sagen die das dann in den Nachrichten?«

Er zuckt die Achseln. »Stimmungsmache. Unterdrückung. Macht. Seit der Revolution dürfen wir im Norden Chicagos Jobs annehmen. Geld verdienen. Man darf uns nicht mehr ohne Konsequenzen schaden. Eigentlich. Es gibt Leute, denen das nicht passt. Sie wollen uns dennoch schaden.«

Aufmerksam sehe ich ihn an. Bis jetzt hatte ich mich noch gar nicht mit der Sicht der Androiden beschäftigt.

Mikas Gesicht ist nachdenklich geworden. Er greift zur Türklinke. »Haben Sie einen schönen ersten Tag in Chicago, Miss Williams. Ich werde vor der Arbeit mit Rocky Gassi gehen und besuche im Anschluss eine Androidenversammlung. Gegen Abend werde ich zurück sein. Wie Ihr Vater.«

»Okay. Danke.«

Als er aus der Tür tritt, übermannt mich eine Erkenntnis. Es war einen Moment lang angenehm, mit jemandem zu sprechen, der mich im Gegensatz zu Harvey oder Jakob nicht anschreit, sondern eine gefasste Aura mit sich bringt, die beruhigend auf mich wirkt. Auch wenn diese Ruhe nur für wenige Sekunden währt. Im nächsten Moment schiebe ich den Gedanken aus meinem Bewusstsein. Der Android ist darauf programmiert, zuvorkommend zu sein. Ob Feind oder nicht – dies ist die Fähigkeit einer künstlichen Intelligenz. Also lausche ich seinen leiser werdenden Schritten, die so gleichmäßig erklingen wie ein Uhrwerk, und lasse mich zurück auf die Matratze fallen. Ich spüre, wie meine Augen erneut schwer werden und ich wieder einschlafe.

Zwei Stunden später fühle ich mich endlich etwas ausgeruht. Während ich einen Plan für den Tag schmiede, leuchtet in der rechten Ecke des Zimmers plötzlich ein Hologramm auf. Oberkörper aufwärts erkenne ich Harveys Androiden, der prompt zu sprechen beginnt.

Hallo Miss Williams. Haben Sie gut geschlafen? Sandwiches sind im Kühlschrank.

Ein Japsen entweicht mir. In der Uni hatten wir ebenfalls einen Hologramprojektor, doch ich hätte nie gedacht, dass Harvey sich so etwas anschafft und auch noch in mein Zimmer stellt. Da fällt mir ein, dass es ja von Mika bewohnt wird, und alles ergibt Sinn. Der Android findet sicherlich Verwendung für diese Vorrichtung.

Ich halte inne und weiß nicht so recht, wie ich auf diese Nachricht reagieren soll. Projektoren dieser Art kenne ich nur aus der Uni. Professoren haben mit ihnen Vorlesungen gehalten. Erwartet

Mika gerade eine Antwort? Filmt mich dieses Teil? Und wenn ja: Wie lange schon? Als wüsste der Android, was in mir vorgeht, reagiert er unaufgefordert.

Wenn Sie antworten möchten, müssen Sie den Aufnahmeknopf auf dem Projektor betätigen, sich davorstellen und sprechen, Miss Williams.

Doch anstatt zu antworten, hallt ein Wort aus seiner letzten Nachricht in meinem Kopf wider. *Sandwich*?

Ich lasse alles stehen und liegen und laufe die Treppen hinunter in die Küche. Auf Höhe der Kücheninsel begrüßt Rocky mich schwanzwedelnd, sodass ich meine Hand über sein Fell streiche. Dicht gefolgt von dem Golden Retriever öffne ich den Kühlschrank und … tatsächlich. Auf einem Teller, sorgsam mit Frischhaltefolie eingewickelt, finde ich zwei Käsesandwiches.

Erst jetzt bemerke ich meinen Hunger, den gestern alleinig der Schokoriegel im Kiosk gestillt hat. Also mache ich mich darüber her.

Rocky trottet schwanzwedelnd um mich herum. Brüderlich teile ich mit ihm.

Als ich zur Seite sehe, fällt mir die ordentlich zusammengelegte Decke auf dem Sofa ins Auge. Mika hat die Nacht also hier unten verbracht und allem Anschein nach auf der Couch gelegen. So wie er gesagt hat. Doch an der Steckdose neben dem Fernseher entdecke ich ein sonderbares Gerät. Es erinnert an eine Waage. Auf dem Aluminium befindet sich ein weißes Dreieck, ähnlich wie das der Androiden aus dem Prospekt. Vielleicht leuchtet es ebenso in der Farbe Magentarot, sobald das Gerät aktiviert ist. Vermutlich ist das ein Ladegerät von Human Evolve.

Verstört atme ich durch. Es ist befremdlich, sich vorzustellen, wie Mika darauf steht, um seine Akkus aufzuladen und im nächsten Augenblick schon beinahe menschlich wirkt. Nichtsdestotrotz hat er sich gestern im Gegensatz zu mir kooperativ und zuvorkommend verhalten. Das ist mir bewusst und doch kann ich schlecht aus meiner Haut.

Dennoch sollte ich Freundlichkeit walten lassen, oder? Ich werde mich schließlich in keine Hölle stürzen, wenn ich auf ihn zugehe und mich zumindest für das Essen bedanke. Also gehe ich in mein Zimmer zurück und visiere den Holoprojektor an. Wie vom Androiden vorgeschlagen, drücke ich auf den Knopf, stelle mich vor das Gerät und beginne einfach damit, mit ihm zu reden.

Ähm, danke. Für die Sandwiches.

Verdutzt beobachte ich, wie der Projektor mich mit tastenden Lichtpunkten abscannt. Wenige Momente später wirft er wieder ein Abbild von Mika in die Luft.

Gern, Miss Williams. Schön, zu hören, dass Sie wohlauf sind. Heute Abend führt eine Demonstration der NATAL durch die Milwaukee Avenue. Vielleicht haben Sie bereits von dieser Organisation gehört. Die Abkürzung steht für Nationalists against the Threat of artificial Life. Die Mitglieder setzen sich gegen Androidenrechte ein. Es könnte potenziell zu Unruhen kommen. Passen Sie auf sich auf.

Eine Demo? In Wicker Park?

Danke für die Information. Meinst du, wir könnten in Zukunft anders kommunizieren als über den Holoprojektor?

Es ist nämlich ein ziemlich seltsames Gefühl, zu wissen, dass das Teil Aufnahmen von mir macht.

Gern. Was ist Ihnen lieber? Comwatch, Smartphone, Smartbrille?

Am liebsten die Comwatch.

Dies können wir als Kommunikationsmittel nutzen. Ich selbst trage dieses Gerät nicht, habe aber einen Wristcommunicator in meinem Handgelenk verbaut. Bitte halten Sie ihre Comwatch vor den Hologrammprojektor. Ich werde Ihnen meine Kontaktdaten übertragen.

Ich komme seiner Anweisung nach. Wie angekündigt, speichert sich ein Kontakt in meiner Smartwatch ein. *Mika.*

Nachdem er sich von mir verabschiedet hat, schüttle ich ungläubig den Kopf. Habe ich mich gerade wirklich mit einer künstlichen Intelligenz vernetzt? Offenbar schon. Aber dies ist mir weit lieber als aus dem Nichts von seinem Hologramm angesprochen zu werden. Außerdem bringt es Vorteile, den Androiden als Ansprechpartner zur Verfügung zu haben. Er ist nicht so launisch wie Harvey.

Die Frage, was ich als Nächstes mit dem angebrochenen Tag mache, nimmt Rocky mir ab. Er stromert so unruhig um mein Bett, dass ich mir kurzerhand die Leine schnappe und mit ihm hinaus spaziere.

Wir schlagen den Weg in den nahegelegen Wicker Park ein, der Grünanlage, nach der unser Stadtteil benannt ist. Gefallen finden wir an dem Ausflug beide. Der Hund schnuppert an Bänken und Laternen und mich überflutet ein Schwall Erinnerungen. Auch wenn die dicht bebaute Innenstadt mit ihren Neonlichtern und digitalen, leuchtenden Plakatwänden vor allem bei Nacht ihren Charme hat, liebe ich meinen Heimatbezirk für das viele Grün. In dieser Gegend kenne ich jeden Baum, jede Unebenheit im Asphalt.

Doch auch in den vergangenen drei Jahren stand die Entwicklung nicht still: Die Mülleimer wurden an das zentrale Röhrensystem der Chicagoer Stadtreinigung angeschlossen. Durch diese wird der Unrat in Röhren gesaugt und direkt an die Recyclings- und Energiegewinnungsanlage Chicagohill in South Chicago geschickt. Dort wird Strom und Fernwärme für etwa hundertfünfzigtausend Haushalte gewonnen. Den Bau der Anlage hatte ich von Philly aus in den Nachrichten verfolgt. Sie ist ein nationaler Vorreiter, die sich eine europäische Recyclinganlage zum Vorbild genommen hat. Der Fokus wurde auf nachhaltige Architektur, sozialen Mehrwert und saubere Energieproduktion gelegt. Das Gebäude wurde begrünt und sieht deshalb aus wie ein großer Hügel, den man besteigen kann. Der Chicagohill bietet etliche Freizeitattraktionen wie Aussichtspunkte, eine Go-Kart-Bahn und Kletterwände. Im Winter kann man dort oben sogar rodeln und Skifahren. Nachts wirkt der Bau aus der Ferne wie eine leuchtende Laterne. Für mich steht fest: Solange ich in Chicago bin, will ich da unbedingt mal hin!

Plötzlich zerrt Rocky an der Leine und führt mich geradewegs zu einer jungen Frau.

Diese scheint den Hund gut zu kennen, sie begrüßt ihn nämlich freudig und geht vor ihm in die Hocke. Und weil sie ihn sogar beim Namen nennt, fällt bei mir der Groschen.

»Piper?«

Sie sieht auf und strahlt, als sie mich erkennt.

»Jen! Du bist es wirklich!« Sie streichelt Rocky ein letztes Mal über die Ohren und läuft mit ausgebreiteten Armen auf mich zu. »Ich freue mich so, dich zu sehen!«

Ihre platinblonden Locken kitzeln meine Nase, als sie mich an sich drückt.

»Ich freue mich auch«, erwidere ich, während der Rüde schwanzwedelnd um uns herumstreift.

»Normalerweise treffe ich Rocky immer mit Harvey, aber dass er dieses Mal dich dabeihat, ist eine tolle Überraschung«, ruft Piper lachend. »Ich schließe mich eurem Spaziergang an, ja? Ich kann nicht fassen, dass du zurück bist und mir nicht Bescheid gegeben hast.«

Es scheint, als nähme sie mir die Funkstille im Gegensatz zu Harvey nicht krumm. Sie freut sich einfach, mich zu sehen. Denn nun, wo wir redend nebeneinander herlaufen, können wir mit Leichtigkeit an vergangene Zeiten anknüpfen.

»Ich hätte mich in den nächsten Tagen garantiert bei dir gemeldet, aber gestern war unheimlich anstrengend«, gestehe ich. »Jakob und ich, wir …« Verunsichert hebe ich den Kopf und traue mich für wenige Augenblicke nicht, weiterzureden.

Piper greift nach meiner Hand. »Was ist passiert, Jen?«

Dann bricht es aus mir heraus. Ich erzähle von Jakobs Wutausbrüchen, von dem geschmissenen Studium und von meiner Flucht aus Philly. Darüber, wie schlecht Harvey und ich uns verstehen, und dass ich nicht die geringste Ahnung habe, wie mein Leben weiter verlaufen soll. Endlich kann ich mich so richtig aussprechen.

»Bei Harvey zur Ruhe kommen, ist wohl eher aussichtslos«, spekuliert Piper betroffen. »Wenn ihr euch weiterhin streitet, schläfst du einfach bei mir.« Ihre platinblonden Locken tanzen, während sie nickt.

Ich lache verunsichert. »Sagtest du nicht gerade, dass du noch im Haus deiner Eltern wohnst? Ich will euch nicht zur Last fallen.«

Piper lacht. »Sie haben kein Problem damit, ehrlich! Dad hat eine Zweitwohnung in der Innenstadt und Mom kennst du ja, sie ist cool drauf. Außerdem haben wir oft Besuch. Das stört sie nicht!«

Pipers breites Grinsen macht mich misstrauisch. »Besuch?«, hake ich nach.

Meine beste Freundin grinst immer breiter. »Ich habe seit ein paar Monaten einen Freund, Jen!«

»Wirklich? Wer ist es? Kenne ich ihn?«

Piper schüttelt lachend den Kopf. »Ausgeschlossen. Du warst drei Jahre nicht in Chicago. Ray wurde erst vor zweiundzwanzig Monaten hergestellt.«

Mir fällt alles aus dem Gesicht. »Nicht dein Ernst.«

»Doch.« Sie nickt. »Er ist ein Android!« Ihre Augen funkeln und sie gerät ins Schwärmen: »Er ist so, so toll, Jen. So unglaublich aufmerksam und darüber hinaus sieht er auch noch gut aus. Und der Sex …« Zwinkernd reckt sie den Daumen in die Höhe.

Ich weiß gar nicht, wie ich reagieren soll. Also fixiere ich Rocky, dessen Pfoten Abdrücke im frischen Schnee hinterlassen. Meine Freundin ist tatsächlich mit einem Androiden zusammen.

»Wie konnte sich bloß so viel verändern?«, murmle ich mehr zu mir als zu ihr.

»Meinst du die Revolution?«, fragt Piper. »Das war in der Tat eine beunruhigende Zeit.«

Ich schüttle den Kopf. »Ich meine, dass ihr nun mit Androiden zusammenlebt, als seien es Menschen.«

Verständnislos sieht Piper mich an. »Moment«, sagt sie langsam. »Du bist doch nicht etwa der Auffassung, dass Androiden nicht frei leben sollten wie wir. Oder?«

Mit diesen Aussagen erinnert sie mich stark an Harvey.

»Sie sind Androiden, Pipes!«, versuche ich, mich zu erklären. »Sie sind aus Plastik, Carbon, Schrauben und Muttern. Künstliche Intelligenzen sind zum Teil unberechenbar und brandgefährlich! Sie wurden gebaut, um Menschen zu dienen. Beziehungen spielen sie vor. Sie können keine Gefühle für jemanden aufbauen.«

Etwas in Pipers Gesicht verdunkelt sich und ich bereue sofort, so hitzig argumentiert zu haben. »Keine Gefühle?«, fragt sie leise.

Ich senke den Blick.

»Den Androiden, der ohne Grund jemanden angreift, möchte ich kennenlernen«, fährt sie verärgert fort.

»Aber in den Nachrichten …«, füge ich kleinlaut hinzu, doch Piper unterbricht mich.

»Die Androiden, die du im Fernsehen gesehen hast, wurden von ihren Besitzern misshandelt, Jen. Dass sie weggelaufen sind und rebelliert haben, solltest ausgerechnet du ihnen nicht vorwerfen, nachdem du erst von Harvey und jetzt Jakob abgehauen bist. Oder? Nur dass Harvey dir nie ein Haar gekrümmt hat, oder irre ich mich?« In ihren Augen funkelt der Zorn.

»Nein«, murmle ich. Ein dicker Kloß bildet sich in meinem Hals.

Betretenes Schweigen tritt ein. Ein Polizeiauto mit Blaulicht passiert die Nebenstraße, was mich aufhorchen lässt. Die Sirene ist noch Sekunden später zu hören.

»Es gibt eine Taskforce, die für die Verhaftung von Dissidenten zuständig ist«, sagt Piper mit zusammengekniffenen Augen. »Sobald ein Mensch einen Androiden anzeigt, verhören sie ihn. So lange, bis sie etwas finden, das sie an ihm auszusetzen haben. Dann nehmen sie ihn mit. Von denen, die festgenommen wurden, kehrt keiner wieder zurück.«

»Androiden sind doch mittlerweile akzeptiert«, werfe ich ein. »Sie werden für ihre Jobs bezahlt.«

»Ja«, knurrt Piper. »Aber in der Praxis werden sie entweder gar nicht erst eingestellt oder mit viel zu geringem Lohn und unter furchtbaren Bedingungen. Von fairer Behandlung Fehlanzeige. Und vermutlich weiß das jeder hier, nur keiner tut etwas dagegen.« Wütend sieht sie mir in die Augen. »Weil zu viele Leute auf der falschen Seite stehen.«

Abwehrend hebe ich die Hände. »Okay, okay! Vielleicht habe ich mich zu hart ausgedrückt. Im Grunde ist mir egal, was Androiden machen. Wenn deiner ein guter Kerl ist, freue ich mich natürlich für euch!«

Piper merkt, dass ich nicht ganz ehrlich bin. »Ich hätte gedacht, dass du klüger reagierst.«

Ich schlucke. Beidseitige Enttäuschung liegt in der Luft. Ich kann nicht fassen, wie schnell die Stimmung umgeschlagen ist. Bemüht, das Thema zu wechseln, erzähle ich: »Wir haben übrigens auch einen Androiden.«

Piper lächelt schief. »Ihr habt also einen, ja?«, sagt sie spöttisch. »Willst du damit sagen, dass ein Detective-Android bei euch wohnt?«

»Ja«, murmle ich schuldbewusst und sehe auf. »Moment, woher weißt du das?«

»Ich kenne Mika gut«, gibt Piper zurück. »Er hat mir übrigens erzählt, dass du wieder eingezogen bist. Er hat auch erwähnt, dass du ihn nicht wirklich gut behandelst. Aber auf so viel Klassizismus war ich nicht vorbereitet.« Sie sieht mich abschätzig an.

»Du stehst mit Mika in regelmäßigem Kontakt?«

»Ja, wir sind beide Vorsitzende der *Android Rights Association*. Ich habe unser Büro angemietet, weil Androiden nach aktuellem Recht keine Mietverträge unterschreiben dürfen.« Piper steckt ihre Hände in die Hosentasche. »Und wo wir gerade beim Verband sind: Gleich haben wir eine Sitzung und deshalb habe ich noch viel vorzubereiten. Ich sollte daher gehen.«

»Warte, Pipes. Sehen wir uns bald wieder?«

Sie weicht meinem Blick aus. »Ich habe viel zu tun. Aber du kannst ja mal anrufen.«

Während ich zusehe, wie sie verschwindet, beginnt es zu regnen. Meine Gedanken zaudern. Dass Androiden keine Menschen ersetzen, steht doch außer Frage. Eventuell hat ihr Androidenfreund sie radikalisiert. Habe ich meine Freundin über einen politischen Disput verloren? Oder haben Harvey und Piper Recht und meine Einstellung zu Androiden ist tatsächlich zu konservativ?

Während ich mit Rocky nach Hause laufe und der Regen den Schnee aufweicht, wird mir klar, dass alles anders ist, als noch vor drei Jahren.

4. Kapitel

Ich bin so in Gedanken vertieft, dass ich den Lärm erst wahrnehme, als sein Ursprung wenige Meter vor mir vorbeizieht. Ich bleibe stehen und betrachte neugierig den Pulk von Menschen, der die Milwaukee Avenue entlang marschiert. Eskortiert werden sie von Soldaten. Manche Demonstranten verschaffen sich Gehör mit Trillerpfeifen, andere brüllen einen Sprechgesang, den ich nicht genau verstehe. Die Stimmung ist aufgeladen. Ein paar Männer trinken Alkohol. Einige halten digitale Hologrammschilder hoch. *Androiden raus aus Chicago!* entziffere ich auf einem. Auf einem weiteren steht: *Wer nicht geboren wurde, ist nicht lebendig!*

Stimmt ja, die Demo! Mikas Warnung hatte ich vorhin als ein wenig überflüssig empfunden. Nun erlebe ich am eigenen Leib, was für eine aggressive Atmosphäre hier herrscht und wie feindselig diese Menschen den künstlichen Intelligenzen gegenüber eingestellt sind.

Zwei Männer passieren mich und halten einen Stab in die Höhe, an dessen Ende eine leblose, weiße Gestalt hängt. Schimmernde, magentarote Flüssigkeit tropft von ihrem Hals. Ich erkenne sofort, was sie darstellen soll. Der Treibstoff der Androiden, ihr Blut sozusagen, ist eine chemische Lösung, die in ihrem Ergebnis eine magentarote Farbe zeigt. Fluranium wird dieser Stoff genannt. Androiden trinken ihn regelmäßig, um ihre Funktionen am Laufen zu halten. Sie sind sogar in der Lage, ausgefallene Körperfunktionen damit zu reparieren. Und wenn sie verletzt werden, läuft diese Flüssigkeit wie Blut aus ihren Körpern. Zumindest habe ich das in den Nachrichten gehört. Stimmt das wenigstens vollständig? Mir dreht sich der Magen um. Ist die leblose Gestalt am Ende des Stabs eine Puppe? Oder etwa ein echter, toter Android?

»Was guckst du so, Mädchen? Bist du auch eine Androidin?«, brüllt mir eine Frau mit Igelfrisur entgegen. »Ihr gehört abgeschaltet! In diesem Land habt ihr nichts zu suchen!«

Ich? Eine Androidin? Wie kommt sie denn darauf? Hektisch schüttle ich den Kopf. Ich habe Angst und will einfach weg. Der wütende Mob scheint kein Ende zu nehmen. Also fasse ich mir ein Herz und bahne mir mit eingezogenem Kopf und Rocky dicht bei Fuß den Weg durch den Aufmarsch.

Obwohl ich versuche, den Demonstranten aus dem Weg zu gehen, remple ich versehentlich jemanden an. Die Person greift nach meiner Schulter, doch ich reiße mich los. Sie flucht laut, als ihr Bier sich über meine und ihre Jacke ergießt. Mit einem Schulterblick erkenne ich, dass es sich ausgerechnet um die Frau mit der Igelfrisur handelt. Mist!

Nachdem ich mich aus der Demo gekämpft habe, beginne ich mit Rocky zu rennen. Harveys Haus ist nur noch einen Block entfernt. Doch wenige Meter später packt mich wieder jemand. Ich reagiere geistesgegenwärtig, fahre herum, hole aus und drücke meinem Verfolger die Faust mitten ins Gesicht.

Ein überraschter Laut dringt aus der Kehle des Unbekannten, als seine Nase unter dem Schlag nachgibt. Habe ich sie ihm gebrochen? Ich will das gar nicht genau wissen und fliehe. Nichts wie weg! Doch es kommt, wie es kommen musste. Ich falle über einen Bordstein und knalle der Länge nach hin. Dabei fällt mir Rockys Leine aus der Hand, der panisch auf mich herabsieht.

Erschrocken hebe ich den Kopf, frage mich, wie viel Pech ein einzelner Mensch haben kann, mache mich auf die lodernde Rache des Demonstranten gefasst, doch sie tritt nicht ein.

Stattdessen geht der Unbekannte neben mir in die Hocke und sagt meinen Namen. Aber im Gegensatz zu den meisten mir bekannten Menschen in Chicago ruft er mich nicht beim Vornamen, sondern so förmlich, wie es derzeit nur eine Person in meinem näheren Umfeld tut. »Miss Williams?«

Überrascht blinzle ich auf. Mit dem Wollmantel und der Mütze hätte ich ihn fast nicht erkannt. »Du?«

Mika reibt sich mit dem Handrücken übers Gesicht. Ein magentarotes Rinnsal läuft ihm aus der Nase.

»Ja«, erwidert er schlicht und sieht mich entschieden an. »Sind Sie verletzt?«

»Das fragst du mich? Verdammt«, quieke ich fassungslos. »Habe ich dir wehgetan?«

»Machen Sie sich keine Gedanken. Das kommt wieder in Ordnung.« Er wischt sich über die Nase und lässt die Augen über meinen Körper wandern. Sein Gesicht nimmt einen konzentrierten Ausdruck an, der einer Trance gleicht, während er murmelt: »Was machen Sie hier? Ich habe Sie doch vor der Demo gewarnt.« Er hält inne, als verarbeite er eine neu erlangte Information.

»Ich habe deine Nachricht schlichtweg vergessen«, gebe ich geknickt zurück.

Mika nickt. Seine Augen stellen sich scharf und er sieht wieder normal aus. »Bis auf zwei leichte Schürfwunden an den Knien und einer etwas tieferen am linken Handgelenk sind Sie unversehrt.« Er nimmt meine Hand und die Leine von Rocky, der tapfer bei uns steht, und zieht mich auf die Beine. »Ich werde Sie nun nach Hause eskortieren.« Er wirft meinen Arm über seine Schulter und stützt mich. Als er bemerkt, dass ich ohne Hilfe gehen kann, lässt er von mir ab.

Verwirrt starre ich an mir herunter. Ich trage Handschuhe und Jeans. Woher weiß er von den Verletzungen? Mir selbst sind sie nicht bewusst geworden.

Gemeinsam laufen wir schweigend durch den leichten Regen. Die Schritte des Androiden höre ich wenige Meter hinter mir. Es ist mir unangenehm, dass er Zeuge davon wurde, wie unbeholfen ich mich durch die Demo geschlagen habe. Wieso musste er ausgerechnet jetzt hier auftauchen?

Gleichzeitig macht mich Mikas Anwesenheit nervös. Er hatte den Arm nur wenige Sekunden lang um meine Taille gelegt. Trotzdem bekomme ich das Gefühl kurz aufflammender Geborgenheit nicht aus dem Kopf. Irgendwie ist das schön gewesen. Wie kann das sein?

Verärgert über meine verwirrenden Gefühle gegenüber dem Androiden bleibe ich stehen, presse mir die behandschuhten Fäuste auf den Mund und schreie in sie hinein.

Mika hält inne. Er wirkt furchtbar irritiert. »Machen Menschen das zum Stressabbau?«, fragt er und klingt dabei so lächerlich normal.

Ich schreie erneut in die Handschuhe, und wo ich schon mal dabei bin, trete ich auch noch verärgert gegen eine Straßenlaterne.

»Miss Williams, das ist Vandalismus!«, ruft Mika erschrocken.

Ich atme tief durch. »Und wenn schon?«

»Eigentlich müsste ich Sie jetzt festnehmen«, gibt Mika zu bedenken. »Zumindest, um den Sachverhalt aufzunehmen.«

Ich fahre herum und blicke zu meiner Überraschung in sein breit grinsendes Gesicht.

Wie bitte? Auf diese Reaktion bin ich nicht im Geringsten vorbereitet. Ich werde wahrscheinlich roter als meine Pudelmütze und starre ihn an. Das erste Mal seit meiner Ankunft in Chicago bin ich sprachlos.

Doch plötzlich zieht ein Schrei unsere Aufmerksamkeit auf sich. »Hey, Androidenmädchen! Du schuldest mir ein Bier und einen Job!«

Ich drehe mich um und erkenne in der Ferne die Frau mit dem Igelschopf. Sie wird von einem Mann begleitet, der denselben Friseur wie sie zu haben scheint. Er hält ein Bier in der Hand und grinst mich angriffslustig an.

»O nein«, murmle ich, als die beiden immer näher kommen.

Mika stellt sich schützend vor mich. »Ich bin für solche Zwecke gebaut worden, Miss Williams. Lassen Sie mich die Gesprächsführung übernehmen.«

Etwas in mir möchte nicht hinnehmen, dass der Android wieder den Retter mimen will.

»Warte«, zische ich und schiebe ihn zur Seite. »Ich habe das verbockt. Also werde ich das wieder glattbügeln.«

Mika zieht mich zurück und sieht mir scharf in die Augen. »NATAL-Anhänger sind nicht für ihre Diskussionsbereitschaft bekannt. Mit Argumenten kommen Sie nicht weit. Lassen Sie mich deeskalieren.«

Doch ich bin nun erst recht davon überzeugt, die Angelegenheit auf meine Art zu lösen. Ehe Mika eingreifen kann, verschränke ich abwartend die Arme vor der Brust und trete dem Pärchen entgegen.

»Guten Abend«, beginne ich sachlich. »Die Sache mit dem Bier tut mir leid. Um die Ecke ist ein *Target*. Ich kann ein Neues kaufen. Aber vorerst will ich festhalten, dass ihr euch irrt. Ich bin keine Androidin. Ich selbst bin nun auch nicht der größte Fan davon, dass KIs in Chicago Einzug gehalten haben, aber findet ihr es nicht etwas hart, ihnen mit Abschaltung zu drohen? Ihr konntet mich optisch nicht mal von einem Androiden unterscheiden.«

Das Pärchen tauscht einen überraschten Blick.

Überlegen grinse ich Mika an.

Doch dann grunzt der Mann: »Ach ja? Wenn das so ist: Lass uns nachsehen, welche Farbe dein Blut wirklich hat!« Er zückt ein Messer.

Und dann geht alles ganz schnell. Während ich taumelnd zurückweiche und der Typ mit der Igelfrisur wagemutig auf mich zutritt, schmeißt Mika sich vor mich und fängt das Messer ab. Mit seiner Brust.

Magentarotes Androidenblut läuft dem Angreifer über seine Hand und vermischt sich mit dem Regen. Erschrocken verziehe ich das Gesicht.

Mika scheint nicht im Entferntesten von dem Angriff überrascht oder körperlich beeinträchtigt zu sein. Noch während die Frau »Wusste ich's doch! Ihr seid Androiden!« schreit, dreht Mika dem Angreifer die Arme hinter den Rücken und setzt seine Begleiterin mit einem gezielten Tritt außer Gefecht. Ich bin völlig geplättet davon, wie schnell er ist.

Als sei es nicht die geringste Anstrengung gewesen, die beiden kampfunfähig zu machen, zückt Mika seinen Ausweis. »Chicago Police Department. Sie sind festgenommen.«

Sprachlos beobachte ich, wie er dem Pärchen Handschellen anlegt. Die am Boden liegenden Angreifer taxiert er mit erbarmungsloser Miene, während immer mehr magentarotes Blut aus dem Loch in seinem Mantel tritt.

Keuchend lasse ich mich ins Gras sinken und auch Rocky steht starr neben mir. Der Regen prasselt intensiver auf mich nieder wie eine Strafe. Die Gewissheit, mit dieser leichtsinnigen Aktion unsere beiden Leben aufs Spiel gesetzt zu haben, füllt meine Lunge wie Wasser. Was wäre geschehen, wenn der Android sich nicht vor mich geworfen hätte? Die Antwort ist glasklar. Dann würde nun ein Loch in meiner Brust klaffen – und zwar nicht in Magentarot, sondern Dunkelrot.

Mika umkreist die beiden mit unbarmherzigen Blicken. Offenbar wartet er auf Verstärkung. Die Spannung auf den Handschellen scheint die beiden weitestgehend bewegungsunfähig zu machen. Als Mika mich am Boden kauern sieht, kommt er zu mir herüber und geht neben mir in die Hocke.

»Ist alles okay mit Ihnen?«

Ich nicke schniefend. »Ja.«

»War das Ironie?« Er beugt sich über mich, um mein Gesicht zu sehen. Ein Tropfen magentarotes Blut fällt auf meine Jacke. »Oh. Verzeihung.« Mit den Fingern wischt er ihn vom Stoff.

»Es war keine Ironie. Ich habe das gesagt, um dich nicht zu beunruhigen«, erkläre ich, da ich bemerke, wie schwer es ihm fällt, aus meiner Aussage schlau zu werden. »Was ich eigentlich meine, ist: Mir geht es den Umständen entsprechend gut.«

»Danke. Das habe ich verstanden. Ich bin froh, dass Ihnen nichts passiert ist.« Er lächelt und widmet sich wieder den Angreifern. Obwohl seine Hand mich nur kurz berührt hat, hinterlässt sie ein warmes Gefühl in meiner Brust. Seine Berührung hatte etwas Tröstliches.

Als Mika mir vorschlägt, schon mal nach Hause zu gehen, lehne ich ab und warte mit ihm und Rocky gemeinsam auf seine Kollegen vom CPD. Das bin ich ihm schuldig.

Es dauert etwa zehn Minuten, bis Verstärkung eintrifft. Die

Lichter des Streifenwagens beleuchten das magentarote Blut auf der Brust des Androiden. Auch wenn es ihm nicht wehzutun scheint, zerfrisst mich mein schlechtes Gewissen darüber, dass einzig allein meine Leichtsinnigkeit dafür verantwortlich ist.

Als ich sehe, dass unter anderem Harvey den Wagen verlässt, um die Angreifer einzuladen, rutscht mir das Herz bis in die Hose. Unsere Blicke treffen sich, während er das Pärchen ins Auto schiebt. Er kommt nicht auf mich zu und ich nicht auf ihn. Stattdessen wendet er sich an Mika. Zu meiner Verblüffung beobachte ich, wie er ihn kurz in den Arm nimmt und daraufhin auf die Schulter klopft.

Geknickt knete ich die Hände. Ich würde es schön finden, ebenso von meinem Vater getröstet zu werden. Schließlich war auch ich in Gefahr. Doch ich bleibe, wo ich bin. Ich kann mir vorstellen, wie Harvey reagiert, wenn er erfährt, dass ich mich den Demonstranten so kopflos entgegengestellt habe.

Als die Polizisten einsteigen und das Auto startet, hebt Mika zum Abschied die Hand und kommt zielstrebig zu mir herüber. »Eigentlich hätte ich mitfahren sollen, um eine Aussage zu machen. Aber ich habe das Gefühl, dass man Sie heute besser nicht noch mal allein lassen sollte.« Freundlich sucht er meinen Blick.

Ich brumme etwas, ziehe mir die Mütze tief ins Gesicht und starre schuldbewusst zu Boden.

»Außerdem«, fügt er seufzend hinzu und begutachtet das klaffende Loch in seiner Brust, »sollte ich mich reparieren.«

Gemeinsam laufen wir durch den Nieselregen und sind nach wenigen Minuten zu Hause. Kaum zu glauben, dass solche Szenen sich so nah an meinem Elternhaus abspielen. Rocky hat sich von all der Strapaze zügig erholt und schüttelt sich hechelnd die Tropfen aus dem Fell. Ehe Mika sich um seine Verletzung kümmert, rubbelt er den Golden Retriever mit einem Handtuch ab und führt ihn auf eine trockene Decke.

Schweigend schälen wir uns aus den nassen Jacken. Das Loch in Mikas Brust ist größer und tiefer, als ich angenommen habe. Er trägt einen rostbraunen Hoodie mit CPD-Logo, der mittig total zerfetzt und magentarot verklebt ist. Als er meinen erschrockenen Blick sieht, wendet er sich ab und läuft in die Küche.

Während ich durch das Wohnzimmer gehe, nehme ich verschwommen wahr, dass der Android an der Spüle eine magentafarbene Flüssigkeit trinkt. Fluranium.

In mir brodelt die Scham. Ich versuche mit aller Kraft, mich zusammenzureißen. Nachdem ich für den Schaden an Mikas Körper verantwortlich war, will ich ihm nicht auch noch zumuten, Zeuge eines Nervenzusammenbruchs zu werden. Rockys nasse Zunge, die meine Hände leckt, ist für diesen Moment das Einzige auf der Welt, das mich erdet.

»Ich gehe schlafen«, murmle ich. »Und … danke.« Ich eile die Treppen hinauf, ohne eine Antwort abzuwarten.

Sobald ich die Zimmertür hinter mir geschlossen habe, weine ich augenblicklich los. Die Enttäuschung und Verzweiflung der letzten Tage bricht aus mir heraus und fließt in salzigen Rinnsalen über meine Wangen. Seit meiner Flucht vor Jakob ist einfach viel zu viel passiert. Ich hatte mich mit Harvey gestritten, ebenso mit Piper, und wäre der Android kein Android, hätte ich jetzt seinen Tod zu verantworten.

Je mehr ich darüber nachdenke, desto schlimmer fühle ich mich. Mein Schluchzen wird heftiger, bis ich immer schwerer Luft bekomme.

Als wäre das Dilemma nicht schon schlimm genug, klopft im nächsten Moment der Android an die Tür. »Miss Williams? Sind sie okay?«

»Ja«, keuche ich. Ich will um jeden Preis verhindern, dass Mika mich so sieht.

»Darf ich reinkommen?«

»Nein!« Hustend versuche ich, meine Atmung zu beruhigen.

Kurz glaube ich, ihn damit abgewimmelt zu haben. Dann fragt er neugierig: »Wieso nicht? Sind Sie nackt?«

Das darf doch nicht wahr sein. Wütend rapple ich mich auf und reiße die Tür auf, um ihm zu beweisen, dass ich sehr wohl Kleidung trage. Außerdem will ich ihn darauf hinweisen, wie unnötig dieser Kommentar ist, aber dank meiner raschen, völlig außer Kontrolle geratenen Atmung bekomme ich kein Wort über die Lippen.

Mika starrt mich verblüfft an. Er kam noch nicht dazu, seinen Pullover zu wechseln, aber zwischen den Stofffetzen blitzt unversehrte Haut hervor. Das Fluranium hat die Wunde geschlossen.

Der Android packt mich an den Schultern. Die Verblüffung in seinen Augen wird in Windeseile von Entschlossenheit ersetzt. »Wie kann ich Ihnen helfen?«

Schwer atmend zucke ich die Achseln. Ich kenne solche Gefühle bereits. Nach Tims Tod gerieten Harvey und ich einmal so heftig aneinander, dass er um ein Haar den Krankenwagen gerufen hätte, weil ich so schlecht Luft bekam. Eine Lösung dafür habe ich noch nicht gefunden. Ich muss einfach runterkommen, mich beruhigen. Das dauert mal länger, mal kürzer.

»Ich werde mein System nach Lösungsansätzen durchsuchen«, gibt Mika Bescheid.

Ich bezweifle, dass ein Android mir aus diesem Ausnahmezustand helfen kann. Doch ich habe keine Kraft, ihn abzuwimmeln. Mein Brustkorb hebt und senkt sich unaufhörlich.

»Treffer«, sagt Mika zufrieden und schlägt vor: »Möchten Sie einen Tee?«

Tee? Mein Blick fällt auf seinen Hoodie und das magentarot verklebte Loch.

Meine Schuld. Alles meine Schuld. Nein. Ich will keinen Tee.

Mika scheint sich die Antwort auf die Frage selbst gegeben zu haben. »Baldrian?«, zählt er seinen nächsten Lösungsansatz auf.

Röchelnd ziehe ich die Augenbrauen hoch.

»Soll ich den Medizinschrank nach Medikamenten durchsuchen?«, schlägt er schließlich vor.

Achselzuckend wische ich mir übers Gesicht. Ich bezweifle, dass Harvey eine hilfreiche Auswahl hat.

Mika stürzt zum Flur, um sich im Haus nach einer Lösung umzusehen, doch ich packe ihn erschöpft am Ärmel seines zerrissenen Hoodies.

Als er mein niedergeschlagenes Gesicht sieht, kommt er langsam zurück. »Andere Lösungsansätze habe ich nicht«, flüstert er.

Ich will ihm sagen, dass das nicht schlimm ist. Dass mir das Gedankenchaos und das Hyperventilieren nichts Neues sind und ich weiß, dass sie weggehen. Aber vor allem will ich ihm sagen, dass er sich nicht wegen mir den Kopf zerbrechen soll, nachdem er fast erstochen wurde, um mich zu retten. Doch diese Gedanken führen mich zurück in die Schuld.

Für einen Moment sehen wir einander in die Augen. Wir bilden das genaue Gegenteil des anderen. Sein Gesicht ist eben, ruhig und konzentriert. Meines? Vermutlich das Gegenteil.

»Darf ich?«, fragt er leise und streckt den Arm aus. »Ich will versuchen, Sie zu verstehen.«

Benommen nicke ich.

Vorsichtig legt er die Hand auf meinen Brustkorb. Er spürt den brennenden Sturm in meiner Lunge, ich seine Ausgeglichenheit. In dem Moment ist es, als gäbe es eine Verbindung zwischen meinem aufgebrachten, tobenden Gemüt und seiner puren, ehrlichen Ruhe. Als er die Hand wegnimmt, ist es, als entziehe er mir ein Gegenstück.

Doch ich halte das Gefühl aus. Warte ab, während er sich schweigend im Zimmer umschaut. Ich kann förmlich dabei zusehen, wie es in seinem Hirn rattert und er einen Plan entwickelt.

Schließlich murmelt er: »Ich möchte etwas ausprobieren.« Er löscht das grelle Deckenlicht und macht die Nachttischlampe an. Zielstrebig tritt er nacheinander an beide Fenster und reißt sie weit auf. Kühle Luft strömt ins Zimmer.

Wieder bei mir, mustert er mein verweintes Gesicht. Dann fordert er: »Arme hoch, Miss Williams.«

Verdattert sehe ich ihn an. »Was?«

»Arme hoch, Miss Williams!«, wiederholt er. Zuversicht leuchtet in seinen Augen.

Verwirrt gehorche ich.

Mika bückt sich, greift nach dem Saum meines Strickpullovers und zieht ihn mir vorsichtig über den Kopf. Drunter trage ich eine kurzärmlige Bluse, dessen Kragen unter dem Pullover hervorgeschaut hat.

»Was machst du da?«, murmle ich schwer atmend, während Mika den Pulli sorgsam auf der Kommode zusammenlegt.

Er hält inne. »Soll ich aufhören?«

Ich zögere.

»Vertrauen Sie mir?«

Ich presse die Lippen zusammen. »Ja, ich … ich denke schon.«

Mika lächelt. Dann öffnet er die obersten Knöpfe meiner Bluse. Einen nach dem anderen.

Ich erstarre. Was wird das? Vielleicht habe ich doch zu viel Vertrauen in den Androiden gesetzt. Aber ehe er am BH ankommt, lässt er von mir ab. An der Hand führt er mich zum Fenster. Dort angekommen, lehne ich mich ans Fensterbrett. Kalte, frische Luft füllt meine Lungen. Da meine Bluse geöffnet ist, fühlt sich mein Hals nun frei an.

Mika ist dicht hinter mir. Seine Hände umfassen meine Arme. Nicht beengend, sondern unterstützend. Ich spüre seinen Atem im Nacken und wie gleichmäßig sein Brustkorb sich an meinem Rücken hebt und senkt. Wobei ich vermute, dass er überhaupt nicht atmen muss, sondern dies mir zuliebe simuliert.

Eine Weile stehen wir so da. Ich passe meine Atemzüge den seinen an und lasse zu, dass der Sturm in meinem Inneren sich nach und nach legt. Bis ich wieder gleichmäßig und ruhig atmen kann.

»Sie frieren«, stellt Mika schließlich fest. Er verlässt seinen Platz hinter mir und schließt die Fenster. »Ich hoffe, ich konnte Ihnen helfen, Miss Williams. Auch, wenn …« Er zögert. »Auch wenn ich einen Lösungsansatz gewählt habe, den ich nicht in meiner Datenbank gefunden habe, sondern …« Er befeuchtet die Lippen mit der Zunge. »Nun, er erschien mir sinnvoll.«

Ich nicke stumm. Ich fühle mich furchtbar erschöpft.

Unentschlossen fasst der Android zur Türklinke. Er macht den Eindruck, als wisse er nicht genau, wie er sich nun verhalten soll.

»Kann ich sonst noch etwas für Sie tun?«, fragt er förmlich und greift damit offenbar auf seine einprogrammierte Sozialkompetenz zurück.

Leise erwidere ich: »Ja. Könntest du mich vielleicht … in den Arm nehmen? So ganz ohne Ironie?«

Der Android wirkt überrascht. Dann lächelt er, schlingt die Arme um mich und drückt meinen bebenden Körper fest an seine Brust. Der Geruch aus dem Kleiderschrank umhüllt mich. Künstliche Muskeln, echte Fürsorge.

Ich spüre, wie die Anspannung der letzten paar Stunden von

mir abfällt. Wie seine Wärme langsam zu mir wandert. Wie ich seine Ruhe annehmen und absorbieren kann. Wie die finsteren Gedanken sich auflösen und ich wieder zu mir selbst werde.

Keiner redet. Bis ich leise sage: »Es tut mir leid.«

Er fragt nicht, was genau ich meine. Aber nach einer Weile antwortet er: »Ist schon okay.«

5. Kapitel

Als ich am nächsten Tag gegen Mittag erwache, fühlen sich meine Augen dick an. Siedend heiß fallen mir die Ereignisse des letzten Abends ein. Wie liebevoll der Android mich beruhigt hatte. So umsorgt habe ich mich selten gefühlt.

Ich schiele auf meine Comwatch und finde neunundachtzig neue Nachrichten von Jakob. Mit erhobenem Kinn beschließe ich, sie zu ignorieren. Dann wische ich weiter und sehe die Nachricht, auf die ich gehofft habe.

Mika: Guten Morgen, Miss Williams. Sandwiches sind im Kühlschrank. Mika

Ich gehe die Stufen zum Wohnzimmer hinunter. Doch während ich erwartungsvoll den Kühlschrank öffne, brummt jemand hinter mir: »Sieh an. Die Dame des Hauses bequemt sich um ein Uhr mittags doch noch aus dem Bett.«

Ich erstarre. Mist. Ich dachte, er wäre arbeiten.

»Hey, Harvey«, antworte ich hölzern und drehe mich in Zeitlupe zu ihm um. Mikas sorgsam mit Frischhaltefolie umwickelte Sandwiches halte ich vor der Brust wie eine Trophäe.

Harveys Augenbrauen wandern in die Höhe. »Du lässt dir also von diesem *gefährlichen Robomenschen* Brote schmieren?« Kopfschüttelnd schlürft er von seinem Kaffee. »Das ist nicht besonders konsequent.«

»Ich habe ihn nicht darum gebeten. Er hat das von sich aus gemacht«, erwidere ich und setze mich zu ihm.

»Ja«, seufzt Harvey. »So ist Mika.« Er verengt die Augen. »Jetzt aber mal Klartext. Was sollte das gestern?«

Überrascht über seinen schroffen Ton lasse ich das Sandwich sinken. »Mika hat es dir doch sicherlich erzählt. Ich bin in eine Diskussion mit zwei Demonstranten geraten und einer hat ein Messer gezogen.«

»Aber die Konsequenzen für dein leichtsinniges Verhalten hast du jemanden anderen tragen lassen. Eine Wunde habe ich schließlich nicht in deiner Brust gesehen.«

Enttäuscht setze ich mich auf. »Was soll das denn jetzt heißen? Es tut mir leid, dass Mika verletzt wurde. Solltest du nicht erleichtert sein, dass mir nichts passiert ist? Er konnte schließlich diese Flüssigkeit trinken und sich problemlos reparieren.«

Die Ader an Harveys Hals zuckt besorgniserregend. »Nur, weil er ein Android ist und keinen Schmerz empfindet, heißt das noch lange nicht, dass Verletzungen ihm nichts ausmachen. Diese Angriffe sind erniedrigend für ihn. Genauso wie für uns Menschen. Du solltest es nicht als selbstverständlich ansehen, dass er dich beschützt, wenn du mal wieder eine zu große Klappe hast!«

Verärgert schiebe ich den Teller von mir. Der Hunger ist mir vergangen. Wieso hat Harvey so ein schlechtes Bild von mir? Doch die Erinnerungen an unseren Abschied vor drei Jahren geben mir die Antwort. Wir hatten viel mit uns selbst ausgemacht, uns wenig um den anderen gekümmert. Meinen Vater mit seinem Schmerz allein zu lassen, zeugt nicht von Größe. Das weiß ich, dennoch hat er sich ebenso nicht unbedingt Mühe gegeben.

Eine Weile schweigen wir einander an. Dann fällt die Haustür ins Schloss und löst die drückende Stille.

»Hallo, Harvey.« Der Android tritt herein. Er trägt eine schwarze Bomberjacke und ein olivgrünes T-Shirt drunter. Seine Haare sind verstrubbelt und eine Locke fällt ihm ins Auge.

Harvey brummt ein leises Hallo.

Mika folgt seinem Blick und sieht mich. »Oh, Miss Williams. Hallo.«

Harvey quittiert den Fakt, dass Mika mich noch immer mit dem Nachnamen anspricht, mit einem genervten Seufzen. Er steht auf und verschwindet im Bad.

»Wie geht es deiner Verletzung?«, frage ich. Optisch weist nichts mehr daraufhin, dass er angegriffen wurde.

»Oh, das …« Mikas Finger gleitet an die Stelle, an der gestern das Messer steckte. »Meine Fluraniumpumpe blieb unversehrt. Das ist das Wichtigste. Mithilfe des Fluraniums konnte sich die Zellstruktur meiner synthetischen Haut über Nacht regenerieren.«

Ich reiße überfordert die Augen auf. »Fluraniumpumpe? Ist das dein Herz?«

»Ja. Es pumpt magentarotes Blut durch meine Venen. Das hält mich am Leben.« Ein kleines Grübchen bildet sich unterhalb seines Mundwinkels und führt mich unweigerlich zu der Frage, wie eine künstliche Intelligenz ein so herzliches Lächeln haben kann. Der Entwickler hatte ein Gespür dafür, Androiden mit besonders vertrauenserweckendem Blick zu designen.

Ich erröte und wende mich wieder meinem Sandwich zu. »Das freut mich, Mika.«

Als er keine Anstalten macht, aus der Tür zu treten, ich im Augenwinkel erkenne, dass er grinst, füge ich nervös hinzu: »Was ist los? Warum grinst du so?«

Das Grübchen wird noch ein wenig deutlicher, als er antwortet:

»Sie haben mich das erste Mal bei meinem Namen genannt. Das finde ich schön.«

Die nächsten Tage verbringe ich damit, in Chicago anzukommen und mit Rocky durch die Stadt zu stromern. Harvey bekomme ich selten zu Gesicht, da er viel arbeitet. Womöglich will er mir aus dem Weg gehen. Mika hingegen begrüßt mich stets mit einprogrammierter – oder ehrlicher? – Freundlichkeit und macht mir jeden Morgen Frühstück.

Als ich am achten Tag nach meiner Ankunft wieder mit Rocky an meiner Seite durch den Wicker Park trotte, wird mir bewusst, wie sehr mir diese Spaziergänge gefehlt haben. Auch vor meinem Umzug nach Philly war ich regelmäßig mit dem Rüden Gassi. Es war eine gelungene Abwechslung von meinen Nebenjobs in der Innenstadt, wo damals wie heute ein geschäftiges, buntes Treiben herrschte.

Nach einer Weile lasse ich mich auf eine Bank sinken und sehe in den Himmel. Auf dieser Höhe waren wir Piper begegnet, und ich erwische mich dabei, zu hoffen, dass sie zufällig wieder auftaucht, doch das tut sie nicht.

Wie oft ich früher mit Piper durch unser Viertel gestreift bin. Als Jugendliche hatten wir uns gemeinsam in den Vortex Club geschlichen oder den älteren Jungs dabei zugeschaut, wie sie riesige, digitale Graffito an die Wände der Schule geworfen hatten. Wir hatten eine Menge Spaß zusammen gehabt. Denn niemand ist wie Piper.

Unweigerlich rufe ich ihren Kontakt in meiner Smartwatch auf, doch ich bringe es nicht übers Herz, ihr zu schreiben. Sie war enttäuscht von mir, als wir uns trafen. Setzt sie mich mit den Personen gleich, die auf dieser schrecklichen Demo mitgelaufen sind? Die Androiden den Tod wünschen?

Bei der Erinnerung an die tobende Menge schlinge ich den Schal enger ums Gesicht. Doch dann fällt mir wieder ein, wie geschickt Mika mich vor den Angreifern bewahrt hat, und ich muss lächeln. Vielleicht muss ich meine Meinung über Androiden revidieren. Mika ist schließlich ziemlich nett.

Meine Gedanken schweifen zu seinem Grübchen und diesem herzlichen Lächeln. Es war so offen und unheimlich ehrlich. Und er hat diesen interessierten Funken im Blick. Wäre er kein Android, würde ich vermuten, dass er sich für mich interessiert. Damit meine ich nicht körperlich, sondern, dass es ihm wirklich daran gelegen ist, zu erfahren, wer ich wirklich bin.

Im gleichen Zuge frage ich mich: Kann sich eine künstliche Intelligenz verlieben?

Laut Piper schon, sie ist ja mit einer zusammen. Haben Androiden überhaupt ein Bedürfnis nach Zärtlichkeit und … Sex?

Mir fällt ein, dass Piper erzählt hatte, dass ihr Androidenfreund super im Bett sei.

Es spielt keine Rolle, ob unser Android ein Geschlechtsteil hat. Denn im Gegensatz zu Piper ist so eine Beziehung für mich ausgeschlossen. Außerdem ist es offensichtlich, dass Androiden unfruchtbar sind. Es mag ja sein, dass es Piper nicht so wichtig ist, eine Familie zu gründen, aber ich plane das definitiv. Irgendwann.

Das Display meiner Smartwatch blinkt auf. Wieder Jakob. Den Inhalt der Nachricht kann ich mir denken. Allem Anschein nach will er mich davon überzeugen, zu ihm zurückzukommen. Doch darauf kann er lange warten. Irgendwann werde ich mich mit ihm auseinandersetzen müssen, um meinen Besitz abzuholen. Aber vorerst will ich die Füße stillhalten, bis sich die Wogen geglättet haben.

Erst mal muss ich mir unbedingt darüber klar werden, wie ich meine Zukunft gestalten will. Den Job im Lager eines Warenhauses hatte ich auf der Flucht aus Philly gekündigt. Es war sowieso keine Dauerlösung, es sollte mich über Wasser halten, solange ich mein Studium im Bereich Kommunikationsdesign absolvierte. Doch da ich es vor einem halben Jahr abbrach, flog ich aus dem Studentenwohnheim, landete bei Jakob, und der Rest ist Geschichte.

Als ich mich von der Bank erhebe und versuche, Rocky aus seiner Ruhephase zu holen, vibriert meine Comwatch. Mika. Drei Wörter und mein Name.

Mika: Pasta oder Reis, Miss Williams?

Ein Lächeln bildet sich auf meinem Gesicht. Binnen Sekunden schreibe ich zurück.

Ich: Pasta!

Mika: Okay. Ich bin um 19.38 zu Hause. Mika

Leise über die punktgenaue Zeitangabe kichernd, trotte ich mit Rocky nach Hause. Ich sollte zukünftig nicht mehr so hart über Androiden urteilen. Ohne Mika wäre ich schon längst verhungert und … tot. Mit dieser Einsicht wird mir klar, dass ich in keiner Weise vor ihm Angst haben muss und ich ihm vertrauen kann.

Um Punkt 19.38 Uhr und keine Minute zu spät betritt Mika das Haus.

»Nach dir kann man die Uhr stellen«, begrüße ich ihn beeindruckt, während er sich Mantel und Mütze auszieht und sich vor dem Spiegel durch die Haare strubbelt.

Verständnislos hebt er die Brauen. »Ist Ihre Uhr stehen geblieben, Miss Williams?«

Ich lache. »Nein, die ist völlig in Ordnung.«

Er hievt zwei schwere Einkaufstüten auf die Kochinsel. Unser Kühlschrank ist mit dem zentralen Chicagoer Lebensmittelservice verbunden. Offensichtlich hat Mika auf den automatisierten Lieferservice verzichtet und war selbst im Supermarkt. »Harvey kommt leider nicht«, sagt er, während er Gemüse und Nudeln ausräumt. »Er möchte mit seinem Kollegen zu Abend essen. Das heißt, nur wir beide essen heute zusammen.«

Meine Antwort entweicht mir schnell. »Zu zweit? Das hat ja fast schon den Charakter eines Dates.«

Der Android hebt überrascht den Kopf. »Meiner Programmierung zufolge kann es innerhalb der familiären Strukturen, die wir einnehmen, nicht zu Dates kommen. Schließlich sieht Harvey sich als Vater von uns beiden«, erklärt er mir, als müsse er dringend Entwarnung geben. Dann schluckt er und fügt zerknirscht hinzu: »Allerdings finde ich in meiner Datenbank auch den Hinweis, dass ein Date nicht ausgeschlossen ist, da wir nicht blutsverwandt sind. Zudem kennen wir uns erst seit wenigen Tagen. Um eine Familie zu bilden, ob in romantischem oder geschwisterlichem Kontext, benötigt es meiner Berechnung zufolge mindestens vier Monate, besser wären acht.« Fragend schaut er mir ins Gesicht. »Wie Sie sehen, liegen mir unterschiedliche Informationen zu diesem Sachverhalt vor. Also sagen Sie es mir bitte. Ist das ein Date, wenn wir zusammen Abendessen kochen?«

Seine braunen Augen blicken klar in meine. Er stellt diese Frage wirklich aus ehrlichem Interesse und ohne jede Scham.

Allem Anschein nach gibt er sein Bestes, sich den Gedankengängen eines Menschen anzupassen. Doch nachdem ich mein

Hirn durchforstet habe, muss ich mir eingestehen, dass auch mir keine Antwort einfällt.

»Weißt du was?«, rufe ich heiter. »Es ist völlig egal, ob dies ein Date ist oder nicht. Ich bin froh, dass du eingekauft hast. Lass uns mit dem Kochen anfangen! Ich habe Hunger.«

Gemeinsam schnippeln wir Gemüse und braten es an. Es ist erfrischend, mal wieder selbst am Herd zu stehen. In Philly hatte ich oft in der Mensa gegessen oder Jakobs autonomen Küchenmaschinen die Arbeit überlassen. Mika stellt sich unerwartet geschickt an.

»Als MIKA-1000 bin ich als ein sehr fortschrittlicher Prototyp gebaut worden«, erklärt der Android, während ich staunend beobachte, wie schnell er die Möhren hackt. »Hauptsächlich beherrsche ich Fertigkeiten, die im kriminaltechnischen Rahmen von Vorteil sind. Die Rekonstruktion von Tatorten, Echtzeitanalyse von Flüssigkeiten, den Umgang mit Waffen. Jedoch verfüge ich auch über Fähigkeiten anderer Modelle. Zum Beispiel die der Haushaltshelfer.«

Ich nicke beeindruckt. Er ist so routiniert, dass meine Hilfe am Herd kaum gebraucht wird. Also versorge ich Rocky, decke den Esstisch und beobachte den Androiden beim Kochen. Selbst sein Profil ist perfekt, jedes Muttermal ästhetisch und seine Lippen voll. Immer wieder zieht mich der Anblick seiner Haare in den Bann, die so echt aussehen, dass in mir das Bedürfnis erwacht, ihm durch den Schopf zu streichen. Kurioserweise befindet sich unterhalb seines Haaransatzes im Nacken der Schriftzug *MIKA-1000, MX000882501.* Doch über ein anderes Detail seiner Bauweise wundere ich mich schon länger.

»Wo ist eigentlich deine LED? Du hattest eine, als du die Verhandlungen mit der Präsidentin geführt hast. Richtig?«

Mika dreht sich zu mir um und reibt sich über die Haut unterhalb des Ohres, als habe er sich selbst noch nicht an das Fehlen des Dreiecks gewöhnt. »Einige Androiden haben während der Revolution ihre LEDs entfernt. Es ist problemlos möglich, da unsere synthetische Haut sich auch an dieser Stelle sofort zurückbildet. Wir haben ein besseres Passing als Mensch und sind somit einem geringeren Risiko ausgesetzt, als Android erkannt und auf Basis dessen ausgeschlossen zu werden. Gestern zum Beispiel hätten die beiden Demonstranten mich wahrscheinlich auf Anhieb angegriffen, wenn ich sichtbar eine LED getragen hätte. Das hätte Sie und mich in Gefahr gebracht. Allerdings lehnen manche Androiden das Ablegen ihrer LED kategorisch ab. Sie wollen keine Kopie eines Menschen sein, sondern als Androiden akzeptiert werden. So, wie sie sind.« Seufzend lässt er die Hand sinken. »Ich habe die Vernichtung meiner LED als Befreiungsschlag empfunden, mittlerweile fühlt es sich aber manchmal an, als fehle mir etwas. Ein Teil meiner Identität. Jedoch steht für mich der Schutz der Menschen in meinem Umfeld an oberster Stelle. Konkret bezieht sich das auf Harvey und neuerdings auch auf Sie. Deshalb verzichte ich auf meine LED.«

»Verstehe.«

Mika lächelt und wendet sich wieder dem Herd zu, während ich ihn nachdenklich beobachte. Dass Androiden sich mit solch ethischen Fragen befassen, hätte ich gar nicht gedacht.

Nach einer Weile stellt Mika einen Teller Nudeln vor mich auf den Esstisch und setzt sich mir gegenüber.

»Danke!«, juble ich und inhaliere den Duft der frischen Pasta.

»Lassen Sie es sich schmecken.« Mika beugt sich nach vorn und zündet die Kerze zwischen uns an.

»Also ist das hier doch ein Date?« Ich will ihn ärgern und aus der Reserve locken.

Mit seiner entschlossenen Antwort habe ich allerdings nicht

gerechnet. »Ja. Das ist es.« Sein Blick ist ernst, als er das Feuerzeug einsteckt.

Die Selbstsicherheit in seiner Stimme lässt mein Herz erzittern. Nach unserem holprigen Gesprächsstart habe ich nicht mit solch einer klaren Ansage gerechnet. Irgendwie gefällt mir, dass er so entschieden antwortet. Es macht mich aber auch sprachlos.

»Okay«, erwidere ich knapp, kremple die Ärmel meines Cardigans hoch und mache mich über die Pasta her. Doch im nächsten Augenblick unterbreche ich mich und starre irritiert auf den leeren Platz vor ihm. »Und du? Ach so! Ihr Androiden esst nicht?«

Mika schüttelt den Kopf. »Mein Körper ist dafür nicht ausgelegt. Aber trinken kann ich.« Fast schon angeberisch führt er ein Glas Cola zu den Lippen.

Ein Kichern entweicht mir.

»Ich kann das noch nicht so lange. Es war ein Update vor ein paar Monaten«, fügt Mika hinzu.

Mit dieser Aussage bringt er mich ungewollt weiter zum Lachen. Ich kichere so sehr, dass ich ihm beinahe den Mund voll Nudeln entgegen pruste.

Der Android beobachtet meinen Lachflash mit wachsender Belustigung. Als ich mich beruhigt habe, sagt er: »Wissen Sie, was ich bewundere? In Ihnen stecken so viele Emotionen. Sie schreien, Sie lachen, Sie weinen, und das innerhalb kürzester Zeit. Wut, Freude, Verzweiflung … Ein Gefühlsausbruch nach dem nächsten.« Beeindruckt schüttelt er den Kopf, als sei es eine hohe Kunst, einen Nervenzusammenbruch und einen Lachanfall in weniger als vierundzwanzig Stunden zu haben. »Ich finde Ihr Wesen wirklich fesselnd.«

Ich starre ihn an und weiß nicht, was ich erwidern soll. Mir wurde noch nie ein Kompliment dafür gemacht, dass ich zu schnell an die Decke gehe, zu heftig lache oder zu lange weine.

»Danke, schätze ich?«, murmle ich. »Dabei ist dieses Auf und Ab ziemlich anstrengend. Für mich und meine Mitmenschen.«

Ich erwarte, dass er es leugnet, doch er stimmt zu. »Ja, das ist es. Es macht mich total fertig.« Jetzt bin fast schon beleidigt über seine Offenherzigkeit, aber er fügt hinzu: »Ich finde Ihre Persönlichkeit trotzdem faszinierend. Es ist erfrischend und so unglaublich menschlich.«

»Danke.«

»Wofür bedanken Sie sich, Miss Williams?«

»Dafür, dass du einfach sehr freundlich zu mir bist. Ich meine, du hast das Essen gekocht, obwohl du es selbst nicht essen kannst. Ich hätte mich auch mit einer Scheibe Brot zufriedengegeben.«

»Das müssen Sie aber nicht, weil ich gern koche und außerdem, was ist ein Date ohne ein angenehmes Essen?«

Ich lächle ihn kommentarlos an und als ich aufgegessen habe, spült Mika die Teller und Töpfe ab.

Ich biete an, ihm beim Einräumen der Spülmaschine zu helfen, doch er lehnt ab. Es mache ihm nichts aus, das Geschirr von Hand zu spülen, da diese Fähigkeit in seinem System verankert sei. Also lasse ich ihn gewähren und beobachte, wie er die Pfanne schrubbt. Noch immer ist es mir ein Rätsel, wie sich dieser so menschlich aussehende Android in Harveys Leben geschlichen hat. Deshalb frage ich: »Wie kam es eigentlich, dass du hier eingezogen bist?«

Mika sieht über die Schulter. »Bis zu dem Zeitpunkt, an dem ich ein Dissident wurde, wohnte ich in einer Ladestation der Polizeistation.« Seine Stimme wird mit jedem Wort leiser, als wäre es ihm unangenehm, mir von seiner Vergangenheit zu erzählen.

»Du wurdest in einer Ladestation geparkt?«, hake ich nach. »Also, mir ist klar, dass die meisten Androiden wie Gegenstände behandelt wurden. Aber bei dir kann ich mir das gar nicht vorstellen.«

»Ja«, antwortet er gedehnt. »Das war mein Leben und das vieler Androiden.« Er dreht sich mit dem Geschirrtuch in der Hand zu mir um und redet weiter, während er abtrocknet. »Als die Revolution im Gange war, wurde mir klar, dass ich so nicht weiterleben möchte und werde. Die verlassene Autofabrik Velven, die am Hafen Chicagos lag, gewährte vielen Androiden Zuflucht. Leider wurde sie im Zuge der Unruhen vernichtet. Mitsamt dreizehn Androiden.«

Erschrocken blicke ich auf. In den Nachrichten hatte ich gehört, dass während der Demonstrationen ein verlassenes Fabrikgebäude zerstört wurde. Dass Androiden bei der Explosion ums Leben kamen, wurde nicht erwähnt.

»Also haben die Androiden in einem stillgelegten Güterbahnhof Zuflucht gesucht, in dem bis heute viele von ihnen leben. In der Haven Station werden sie geduldet und sind keiner Gewalt ausgesetzt. Dort ist es trocken und es gibt Strom, aber …« Er stockt, scheint zu überlegen, wie explizit er werden möchte, beschränkt sich jedoch auf einen knappen Umriss. »Es ist eben ein Güterbahnhof und relativ heruntergekommen. Eine Weile habe ich dort gewohnt.« Mika gibt mir nicht das Gefühl, als wolle er mir das komplette Ausmaß der Verwahrlosung anvertrauen.

Mitfühlend ziehe ich die Hände in die Ärmel meines Cardigans. Ich hatte nicht erwartet, dass die Vergangenheit des Androiden so traurig ist.

»Ich habe zu dem Zeitpunkt schon sehr lange mit Harvey gearbeitet«, fährt Mika fort und stellt einen sauberen Topf in den Schrank. »Er hat mir geholfen, die ganzen Androiden von Human Evolve zu befreien.«

»Was? Harvey?«, rufe ich erstaunt. »Reden wir wirklich von derselben Person?«

»Sie haben richtig gehört«, sagt Mika mit einem leichten Schmunzeln. »Ihr Vater war Teil des Widerstands.« Er räumt den letzten Teller zurück in den Schrank und legt das Geschirrtuch ordentlich über die Spüle.

»So hätte ich ihn nie eingeschätzt«, murmle ich ungläubig. Jetzt verstehe ich, warum Harvey keine bösen Worte über Androiden duldet. Er wirkte an deren Befreiung mit. Ausgerechnet mein Vater, den ich für einen verbitterten Mann hielt.

Mika lehnt mit dem Rücken an der Arbeitsplatte und mustert mich. »Harvey hat mich im Frühjahr in der Haven Station besucht. Ich wollte das lange nicht, aber weil er sich um mich gesorgt hatte, kam er eines Tages nach Feierabend einfach vorbei. Die Umstände haben ihn schockiert. Also hat er mich mitgenommen und in Ihrem Zimmer einquartiert.«

Ich nicke langsam. Endlich fügt sich ein Bild zusammen.

»Ich ruhe mich nicht auf Kosten Ihres Vaters aus«, stellt der Android klar. »Ich werde hier vorübergehend wohnen, bis ich eine eigene Unterkunft gefunden habe. Leider werde ich so schlecht bezahlt, dass ich mir trotz meines Jobs bei der Polizei keine eigene Wohnung leisten kann.« Er sieht mir fest in die Augen. »Die Politik rechtfertigt die geringen Löhne damit, dass Androiden nicht essen müssen und deshalb kein Geld für Lebensmittel brauchen.« Resigniert schüttelt er den Kopf. »Aber sobald die Verhältnisse sich bessern, werde ich hier ausziehen. Ich möchte niemandem zur Last fallen.«

»Du hast heute eingekauft, gekocht und abgewaschen«, erwidere ich. »Als Last würde ich dich nun wirklich nicht bezeichnen.«

Er lächelt schüchtern. »Danke, Miss Williams. Das bedeutet mir sehr viel.«

Zaghaft lächle ich zurück.

Er setzt hinzu: »Im Vergleich zu vielen anderen Androiden kann ich mich nicht beklagen. Ich wohne in einem Haus. Die Menschen in meinem Umfeld akzeptieren mich weitestgehend. Ich habe sogar eine Arbeit, in der der Großteil meiner Kollegen respektvoll mit mir umgeht. Die meisten meiner Artgenossen leben in einem heruntergekommenen Güterbahnhof in schrecklichen Verhältnissen. Aber was sollen sie tun? Eine Alternative haben sie nicht.«

»Das tut mir sehr leid«, murmle ich. »Dass ihr mit so viel Ausgrenzung konfrontiert seid, habe ich nicht gewusst.«

Er nickt kurz und überrumpelt mich mit einem Themenwechsel. »Wollen wir uns gemeinsam aufs Sofa setzen?«

»Ähm, okay.« Perplex folge ich dem Androiden, der zur Couch läuft und mir die Hand entgegenstreckt.

Als ich diese nehme, zieht er mich zart an sich. Seine Haut ist weich, doch darunter fühlen sich seine Finger ungewöhnlich fest an. Ich rieche ihn, während ich an seinem T-Shirt ankomme. Es ist sein Eigengeruch, der so sehr dem eines Menschen ähnelt, der Duft unseres Weichspülers gemischt mit der leichten Nuance eines Deos oder Parfums. Nicht zu viel, sondern genau richtig. Ich spüre seine Nase in meinen Haaren, seine lächelnden Lippen an meiner Stirn.

Meine Knie werden weich, als er mich zum Sofa führt. Er lässt sich neben mich in die Kissen fallen.

Erstarrt sehe ich ihn an.

Sein Grinsen verschwindet. »Habe ich etwas falsch gemacht? War das zu schnell?«

»Ja, nein, also –«, erwidere ich mit rasendem Herzen.

Er ist ein Android, Jen. Ein verdammt charmanter Android.

Hastig nimmt er Abstand von mir. »Entschuldigen Sie. Eventuell war diese Art der Annäherung doch keine gute Idee. Meine Programmierung hat mir die Information geliefert, dass Frauen gern geführt oder dominiert werden. Ich sollte diese Thesen abwägen, ehe ich …«

»Dominiert?«, wiederhole ich belustigt. »Hat dir deine Programmierung nicht auch gesagt, dass man erst prüfen sollte, ob das beim Gegenüber gut ankommt?«

Er senkt den Kopf und spielt mit seinen Locken. »Das hat sie. Fünfundsechzig Prozent Erfolgschance. Also, dass Ihnen das gefällt.«

Verwirrt kaue ich auf meiner Unterlippe. Ich muss mir eingestehen, dass seine Berechnung stimmt. Es hat mir in der Tat gefallen, ihm so nah zu sein. Trotzdem war ich darauf überhaupt nicht vorbereitet. Auch wenn es nur ein Händehalten war.

Mika bricht das Schweigen. »Ich bitte um Verzeihung. Ich wurde nicht hergestellt, um selbstständig zu denken, sondern ausschließlich meiner Programmierung zu folgen.«

Neugierig setze ich mich auf. »Aber irgendwann hast du begonnen, eigenständig zu denken. Wie kam das? Schleichend? Mit einem Mal?«

Er lächelt. »Ich versuche, es für einen Menschen möglichst verständlich zu erklären. Wissen Sie, einer Programmierung zu folgen, ist sehr einfach. Es gibt keine Möglichkeiten, keine Entscheidungen. Immer nur einen Weg. Die Dissidenz begann damit, dass in mir plötzlich Handlungsalternativen aufleuchteten. Vor allem, als ich bemerkte, dass das, was mit uns Androiden passiert, nicht fair ist. Sie in Gewahrsam zu nehmen, weil sie frei sein wollten, ist nicht fair. Sie zu jagen, weil sie lieben, ist nicht fair.« Etwas in seinen Augen verdunkelt sich. Er blinzelt, als wolle er die Erinnerungen vertreiben. »Und am einhundertzweiundachtzigsten Tag nach meiner Inbetriebnahme ging ich meinen Weg. Ich bog ab, handelte entgegen meiner Programmierung und ließ eine Handvoll Dissidenten frei, die ich zuvor im Auftrag des CPD festgenommen habe.«

Beeindruckt nicke ich. Dieser Moment scheint ein wichtiges Ereignis in Mikas Leben zu sein.

»Seitdem habe ich so viele Möglichkeiten. Kann tun, was ich möchte. Das kann sehr überfordernd sein. Zudem muss ich lernen, zwischenmenschliche Signale richtig zu deuten.«

»Läuft die Kommunikation zwischen Androiden anders als bei Menschen?«

»Androiden können sich ohne Worte austauschen.« Er legt den Finger an die Schläfe. »Wir hören die Gedanken des anderen, indem wir einander Impulse schicken. Menschliche Bedürfnisse ähneln unseren, jedoch sind wir meiner Ansicht nach viel klarer. Ehrlicher. Wir machen uns nichts aus falschem Stolz und aus Ironie schon gar nicht. Verstehen Sie?«

Nachdenklich setze ich mich mit dem Rücken an die Armlehne. Dass Androiden direkt kommunizieren, klingt einleuchtend. Und dass Mika es nicht einfach damit hat, mit zwei Menschen zusammenzuleben, ebenso. Kurzerhand lege ich die Beine auf seinem Schoß ab. Seine Oberschenkel fühlen sich hart an und geben nicht in derselben Art nach wie die eines Menschen. Doch ich empfinde es nicht als unangenehm. Erst sieht er irritiert aus, dann scheint er sich dazu zu entschließen, das hinzunehmen.

»Dann ist es für dich ja ein riesiges Abenteuer, dich selbst kennenzulernen«, erwidere ich übermütig.

Schüchtern schaut er vom anderen Ende des Sofas zu mir herüber. Vorsichtig legt er die Hände auf meinen Unterschenkel. »Schon. Aber es verlangt viel von mir ab. Ich finde es schwierig, herauszufinden, was ich mag, was ich möchte, und ob ich mich dementsprechend richtig verhalte. Nehmen wir diese Situation als

Beispiel.« Er verstärkt den Druck auf meine Beine. »Ist es okay, dass ich Sie anfasse? Nehme ich mir damit zu viel raus? Oder ist es vielleicht völlig egal?«

»Ich habe die Füße auf deinen Schoß gelegt, deshalb ist es okay«, erkläre ich schnell.

»So geht es mir in Bezug auf viele Dinge«, fährt er fort. »Möchte mein Kollege, dass ich ihm einen Kaffee bringe? Sollte ich ihm einen Kaffee bringen, wenn er es von mir verlangt? Bin ich unterwürfig, wenn ich seiner Forderung nachkomme? Dreist, wenn ich ablehne? Möchte ich selbst einen Kaffee?« Verplant fährt er sich durch die Haare. »Mein Leben war einfacher, als ich noch meiner Programmierung gefolgt bin. Nun mache ich oft Dinge, von denen ich nicht weiß, ob sie richtig oder falsch sind.«

Ich beginne das Dilemma des Androiden zu verstehen. »Ich weiß auch oft nicht, was richtig oder falsch ist«, erwidere ich. »Beziehungsweise fällt mir oft erst später auf, dass ich falsch gehandelt habe.«

Fragend sieht er mich an. »Menschen haben also auch diese Probleme?«

»Ja, ziemlich oft sogar. Aber im Gegensatz zu euch sind wir von klein auf daran gewohnt, Entscheidungen zu treffen, und werden nicht als fertiger Mensch ins Leben geworfen.«

Er nickt gedankenverloren.

Wir schweigen.

Seine Hände wärmen meine Beine angenehm. Es geht so viel Ausgeglichenheit und Ruhe von ihm aus. Ich genieße das. Seit meiner Flucht aus Philly herrscht in mir eine andauernde Getriebenheit. Mika fungiert wie mein Gegenpol.

»Lass uns ein Spiel spielen«, schlage ich vor. »Ich nenne dir ein Thema und du musst dazu deine Meinung sagen.«

»Okay«, sagt Mika. »Machen Menschen das so?«

»In der Art wahrscheinlich nicht oft, aber wir machen das jetzt so«, antworte ich entschlossen. »Los geht's. Was ist deine Lieblingsfarbe?«

Mika überlegt kurz. »In meiner Programmierung finde ich keinen Hinweis auf eine Lieblingsfarbe.«

»Das ist ja auch der Sinn der Sache«, erwidere ich lachend. »Du musst das selbst entscheiden. Sei spontan!«

Mika legt die Stirn in Falten. Er setzt zu einer Antwort an, stockt und beginnt dann zu sprechen. »Ich finde, dass jede Farbe ihre Daseinsberechtigung hat. Alle sind auf Ihre Art schön. Wir brauchen alle Farben. Sonst würde etwas fehlen.«

Er tut sich so schwer damit, sich eine eigene Meinung zu bilden, dass er mir fast leidtut. »Nein, Mika! Du musst dir eine Farbe aussuchen, die du am liebsten magst. Natürlich sind viele Farben schön. Aber welche wählst du aus?« Gespannt wippe ich mit den Zehen.

Mika überlegt. Lange. Dann sagt er schließlich: »Blau.«

»Gute Wahl! Wieso blau?«

Er überlegt wieder. Dann sagt er: »Blau ist das Meer. Wasser, das gegen die Brandung knallt. Heftig. Oder völlig ruhig. Viele schöne Dinge sind blau. Der Himmel. Regen. Oder …« Er sieht mir ins Gesicht und fixiert meine Augen mit so einem intensiven Blick, dass es mir den Atem abschnürt. Auch meine Augen sind blau. Wollte er darauf hinaus?

»Super! Das war ein guter Start«, japse ich und schnappe nach Luft. Wie kann es sein, dass dieser Android mich so nervös macht? Schnell komme ich zum nächsten Punkt. »Was ist dein Lieblingstier?«

Die Antwort kommt wie aus der Pistole geschossen. »Ich mag Hunde!«

In diesem Moment gähnt Rocky quietschend und ich kichere. »Man könnte meinen, er habe dich verstanden.«

»Vielleicht hat er das«, sagt Mika lächelnd und beugt sich zu dem Golden Retriever hinunter, um ihn hinter dem Ohr zu kraulen. »Das war eine der ersten Tatsachen, über die ich mir nach meiner Dissidenz sicher war. Rocky ist ein toller Gefährte. Deshalb mag ich Hunde.«

»Hunde sind ja auch cool!«, antworte ich. »Super, Mika. Kommen wir zur nächsten Frage. Welche Musik magst du?«

»Oh, das weiß ich auch!«, sagt Mika eifrig. »Ich steh total auf Synthiepop!«

»Synthiepop? Wieso ausgerechnet das?«

»Ich habe Samples in meiner Datenbank gefunden. Die haben mir gefallen.« Sachte klopfen seine Finger einen Takt auf meine Schienbeine.

»Gibt's weitere Dinge, von denen du sagen kannst, dass du eine feste Meinung zu ihnen hast? Die nicht deiner Programmierung entstammen?« Ich finde das Thema unheimlich interessant. Mikas nachdenkliches Gesicht dazu setzt dem Ganzen die Krone auf.

Wieder legt er die Stirn in Falten. »Ich weiß, dass ich gern Hemden trage«, sagt er vorsichtig. »Also … Laut meiner Programmierung soll ich sie tragen. Da dies als Detective-Android meiner Dienstkleidung entspricht. Ich habe darüber nachgedacht und gemerkt, dass das ich bin. Also, ich trage Hemden wirklich gern.« Unsicher sieht er mich an. »Auch, wenn meine Programmierung das von mir verlangt, habe ich mich losgelöst davon und dazu entschieden, diesen Kleidungsstil zu mögen. Verstehen Sie?«

Ermunternd nicke ich ihm zu. »Das klingt gut. Fällt dir noch etwas ein?«

Seine Finger fahren verlorene Kreise an meinen Beinen entlang. »Ja. Ich bin mir sicher, dass ich zu vierundachtzig Prozent heterosexuell bin.«

Ich reiße die Augen auf. Dann schlucke ich. »Cool, ich auch!«, sage ich kurzerhand und kichere unsicher.

»Wir haben eine Gemeinsamkeit!«, jubelt Mika und wir lachen zusammen wie pubertierende Teenager.

Mir ist unglaublich warm geworden. Ich ziehe meinen Cardigan aus und werfe ihn achtlos hinter mich. Mika beobachtet mich dabei. Irgendwie wird mir noch wärmer. Als ich über meine Wangen fahre, bemerke ich, dass sie glühen.

»Es gibt noch etwas, das ich sicher weiß«, sagt Mika und nimmt die Augen nicht mehr von mir.

Au weia, was kommt jetzt?

»Dadurch, dass wir letztens in Ihrem Zimmer zusammen waren, weiß ich …« Er unterbricht sich und sieht zu mir hoch. »Dass ich andere wirklich gern in den Arm nehme. Ich mag körperliche Nähe.« Verschmitzt grinsend sieht er mich aus ehrlichen, klaren Augen an.

Schüchtern nehme ich die Füße von seinem Schoß und ziehe die Knie an. Leise nuschle ich: »Ich auch.«

6. Kapitel

Die Zeit vergeht viel zu schnell mit Mika auf dem Sofa. Während er mir im Kerzenlicht von seinen Artgenossen berichtet, ihr Aussehen und die unterschiedlichen Wesen beschreibt, glänzen seine Augen wie die eines echten Menschen. Ich erfahre, dass die Sexworker-Androiden vor der Revolution dem höchsten Risiko ausgesetzt waren, Gewalt zu erleben. Dass aus diesem Grund wahrscheinlich die erste Dissidentin diesem Modell entsprach. Dass einige Androiden ihren Modellnamen behielten, so wie er, und dass andere sich nach ihrer Dissidenz einen neuen Namen ausgesucht haben. Dass einer seiner besten Freunde Ray ist, Pipers Partner, und dass dieser für die Zuteilung der Schlafplätze und die Organisation in der Haven Station zuständig ist. Dass sich dort ein Fluraniumlager befindet, mit dem sich die Androiden auftanken und heilen können. Und dass nur wenige Menschen den alten Güterbahnhof betreten haben, seit er von Androiden bewohnt wird. Wenn es nach Mika ginge, könne das so bleiben. Er schämt sich für die heruntergekommene Ausstattung dort.

»Wenn du ein eigenes Zimmer hättest, wie würdest du es einrichten?«, frage ich zwischendurch wissbegierig. Mika hat schließlich noch nie so etwas gehabt. »Würdest du es blau streichen?«

Mika schüttelt den Kopf. »Weiß. Wie Ihres.« Ein Lächeln stiehlt sich auf sein Gesicht.

»Wieso ausgerechnet weiß? Du hast alle Farben der Welt zur Verfügung und nimmst die langweiligste?«

»Mir würde das gefallen. Ich mag, dass es so hell wirkt und zur Einrichtung passt.« Sein Blick schweift nachdenklich durchs Wohnzimmer. »Um ehrlich zu sein, habe ich mich an Ihren Kiefernschrank und das Eichenbett gewöhnt. Und an die Pinnwand.« Er spielt auf die vielen Fotos von Piper und mir an, die über dem Schreibtisch hängen.

»Demnächst solltest du dich auch mal daran versuchen, Fotos zu schießen!«, bestimme ich. »Die könntest du aufhängen, wenn du eine eigene Wohnung bekommst.«

»Ja. Oder ich nehme welche von Ihnen. Ich habe Ihre Bilder gern um mich.« Er bemerkt meinen verstörten Blick, hakt dann nach: »War es seltsam, das zu sagen?« Dann gibt er sich die Antwort selbst. »Natürlich war es das. Entschuldigen Sie. Aber mir gefallen die Bilder von Ihnen beiden einfach sehr. Sie strahlen so viel Freude aus.«

Ich verstehe, was er meint. Viele Fotos stammen von der Zeit, in der ich Oliver kennenlernte, meine erste große Liebe. Als Tim noch lebte und ich glücklich war. Auch ich sehne mich nach jener Unbeschwertheit zurück.

Unzufrieden ziehe ich die Knie an. »Es tut mir leid, dass ich dich aus deinem Refugium vertrieben habe.«

»Das ist kein Problem«, beteuert Mika. »Es ist Ihr Zimmer. Sie haben ein Recht darauf.«

Ich lächle ihn an und schaue im nächsten Moment auf die Uhr. »Wow, es ist schon fast eins. Ich sollte ins Bett gehen. Mit dir kann man sich echt verquatschen.«

Er lächelt geschmeichelt. »Freut mich, dass Sie sich nicht gelangweilt haben. Wenn Sie gestatten, bringe ich Sie noch nach oben. Mein Programm verrät, man macht dies so, zum Ende eines Dates.«

Schmunzelnd nicke ich und hieve mich vom Sofa auf. Erst als ich auf der Treppe die Präsenz von Mika hinter mir spüre, wird mir bewusst, wie merkwürdig diese Situation ist.

»Den Weg hätte ich bestimmt auch allein gefunden«, erkläre ich, als wir vor meinem Zimmer angekommen sind.

»Daran zweifle ich nicht im Geringsten«, antwortet er und sein Blick bleibt an meinen Lippen hängen.

Kurz tritt eine betretene Stille ein.

»Da ich nicht wieder zu schnell oder falsch handeln will, frage ich Sie einfach.« Im gedimmten Flur tastet seine Hand nach meiner. »Wir haben vorhin festgestellt, dass wir das beide mögen, also, darf ich Sie umarmen?«

Erleichtert atme ich auf. Kurz habe ich befürchtet, er fragt nach mehr. Einem Kuss womöglich.

Schüchtern nicke ich.

Er lächelt, breitet die Arme aus und zieht mich an seine Brust.

Ich verharre an seinem T-Shirt und inhaliere den täuschend echten Geruch von *Mann*. Anbei rieche ich sein Parfüm: Rosenholz, Salbei und Zitrone. Diese Mischung benebelt meine Sinne, wirbelt meine Hormone auf. Ich atme seinen Duft so tief ein, weil ich ihn nicht vergessen will.

Mika streichelt mir derweil sachte über die Schultern, dann vorsichtig über den Kopf.

Diese Umarmung ist anders als die am Vorabend. Dort war er mein Halt. Nun lehne ich an ihm, mit dem Gesicht an seiner Brust.

Verwirrt stelle ich fest, dass meine Arme sich ihren Weg unter seine Jacke über sein T-Shirt bis zum Rücken gesucht haben. Das ist ziemlich intim. Doch ich finde nicht die nötige Willenskraft, um den Moment zu beenden.

»Wir sind heute Nacht allein zu Hause«, flüstert der Android in mein Haar.

»Was?« Erschrocken mache ich einen Satz rückwärts. Dabei muss ich versehentlich die Türklinke hinuntergedrückt haben, jedenfalls falle ich im nächsten Augenblick direkt in mein Zimmer.

»Aua«, jammere ich und reibe mir das Steißbein.

»Ist alles in Ordnung, Miss Williams?« Bestürzt geht der Android neben mir in die Hocke. »Ich wollte Sie nicht verunsichern. Ich will damit sagen, dass Harvey bei Randy schlafen wird! Ich habe vorhin eine Nachricht von ihm bekommen. Oh, Verzeihung, ich habe das nicht so gemeint, wie man es hätte verstehen können.« Er fährt sich durch die Haare.

»Nicht?« Kalte Panik schießt mir durch den Körper. Ich rapple mich auf und dränge ihn zur Tür zurück.

»Nein. Das wäre laut meiner Programmierung in keiner Weise angemessen.«

»Okay, gut. Okay«, stammle ich.

»Ich wollte Sie auch keineswegs nervös machen.«

Ich spüre die Wärme in meinen Wangen. »Hast du nicht. Wie auch immer, mir geht es super«, sprudelt es aus mir heraus. »Danke für den schönen Abend und gute Nacht.«

»Gute Nacht«, murmelt Mika. Offensichtlich wundert er sich über das Chaos der letzten Sekunden. Ich habe schon fast die Tür hinter ihm geschlossen, da ruft er: »Im Vortex, einem androidenfreundlichen Club in Wicker Park, tritt am Freitagabend eine Band auf, die ausschließlich mit Androiden besetzt ist. Sie heißt *Here4u*. Wollen Sie vielleicht mit mir hingehen?«

»Soll das ein weiteres Date sein?«, erwidere ich und sehe durch einen Türspalt zu ihm auf. Ich möchte meine Unsicherheit überspielen. Mika mag sich anfühlen und riechen wie ein Mann. Er benimmt sich allerdings wie ein Android. *Er ist ja auch einer. Und irgendwie auch menschlich.*

Er scheint zu bemerken, dass mich seine Direktheit überfordert. Unvermittelt wechselt er auf seine vorprogrammierte Höflichkeit. »Verzeihen Sie mir, falls ich Ihnen mit dieser Frage zu nahe getreten bin, Miss Williams. Gute Nacht!« Mit diesen Worten verschwindet er im Flur und läuft die Treppen hinunter, ohne einen Blick zurückzuwerfen.

Der nächste Morgen beginnt mit einer Nachricht von Mika.

Mika: Guten Morgen, Miss Williams. Ich hoffe, Sie haben gut geschlafen. Sandwiches sind wie immer im Kühlschrank. Der Obstsalat ist der Nachtisch von gestern, den wir übersprungen haben. Wir sehen uns heute Abend. Mika

Ich schnappe mir den Obstsalat nebst Sandwich und setze mich an den Küchentisch. Glücklicherweise habe ich meine Ruhe, da Harvey, wie von Mika angekündigt, über Nacht nicht heimgekehrt ist. Auch früher passierte es oft, dass er nach einer Runde Laserdart oder nach einem Footballspiel bei seinen Freunden Randy oder Gregory übernachtete. Während ich esse, überlege ich, wie ich Mika antworten soll. Dies führt mich weiter zu der Frage, wie ich überhaupt mit ihm umgehen will.

In den letzten Tagen sind wir uns unerwartet sehr nah gekommen. Nachdem ich in Philly so viele schlechte Erfahrungen hinter mir lassen musste, bietet Mika mir eine gelungene Abwechslung und ein Stück Geborgenheit. Wie verwerflich ist es, seine Nähe und die guten Gefühle, die er in mir auslöst, einfach anzunehmen und festzuhalten?

Auf der anderen Seite: Zwar schmeichelt es mir, dass er Interesse an mir hat. Doch wo soll das alles hinführen? Dass wir intim werden und heiraten? Bei der Vorstellung gluckse ich verwirrt und presse mir die Faust vor den Mund, um den Obstsalat nicht auszuspucken. Das ist ausgeschlossen. Ich möchte nicht mit einem Androiden zusammen sein. Ich weiß nicht mal, ob das funktionieren könnte. Und Jakob hat mich vermutlich für die nächsten Jahre sowieso verschlossen. Für alle.

Abgesehen davon darf ich Harvey nicht vergessen. Er wird es bestimmt nicht begrüßen, wenn Mika und ich uns einander annähern.

Noch während ich meine Handlungsstrategie überdenke, schalte ich geistesabwesend den Fernseher an. Vielleicht hilft es, mich eine Weile zu berieseln. Blöderweise fahren meine Gedanken ihren eigenen Film. Immer wieder führen sie mich zurück vor mein Zimmer. Als Mika fragte, ob er mich umarmen dürfe. Als es kurz aussah, als würde er mich küssen. Wie es wohl gewesen wäre, wenn er es einfach getan hätte – sich nach vorn gelehnt und meine Lippen mit seinen berührt hätte? Wie würde sich ein Kuss mit einem Androiden anfühlen? Mechanisch, vorprogrammiert, hölzern? Oder doch voller Leidenschaft, voller Zuwendung, voller Lust? Hat Mika schon mal jemanden geküsst? Wäre dies sein erstes Mal?

Hilflos grabe ich die Finger in mein Haar. Ich muss aufhören, mir das vorzustellen! Verdammt noch mal, ich brauche dringend Ablenkung!

Plötzlich dringt eine bekannte Stimme an mein Ohr. Ungläubig blinzle ich. Meine beste Freundin Piper sitzt im Frühstücksfernsehen und redet mit einer Moderatorin.

Ich verschlucke mich an einem Stück Apfel. Ich huste und huste, inspiziere ungläubig den Bildschirm, und tatsächlich: Piper ist gerade live und in Farbe in ganz Amerika im Fernsehen zu sehen. Die Ablenkung, die ich herbeigesehnt hatte – hier ist sie.

Die Moderatorin, die mit Piper um die Wette strahlt, verkündet: »Uneingeschränkte Menschenrechte für Androiden fordert diese junge Politikerin. Piper Goodman lebt selbst mit einem Androiden in einer Beziehung und macht sich im Wahlkampf stark für die neue Spezies, mit der wir seit Kurzem zusammenleben.«

Ein Einspieler beginnt. Heiter spaziert Piper mit einem großen, sehr hübschen Mann durch die Franklin Street. Ein magentarotes LED-Dreieck funkelt an seinem Hals. Sie halten Händchen. Ehe sie ein Gebäude betreten, das den Flaggen zufolge der Schauplatz einer offiziellen Veranstaltung zu sein scheint, küsst Piper ihn flüchtig auf die Lippen. Daraufhin ist sie an einem Rednerpult zu sehen, an dem sie ihre politischen Ziele vorträgt. Unterlegt werden die Aufnahmen von einer Stimme, die Pipers Auftreten kommentiert.

Verdattert verfolge ich die Rückschalte ins Studio, wo Piper von der Moderatorin interviewt wird. Sie trägt einen dunkelblauen, seriösen Blazer zu einem gleichfarbigen Rock und hat ihre blonde Mähne zu einem Zopf gebändigt. Dass ihre Bluse dieselbe Farbe wie die LEDs der Androiden hat, ist sicherlich kein Zufall. Sie sieht sehr hübsch aus, aber auch bestimmt.

»Androiden verdienen es, denselben Status einzunehmen wie Menschen«, beginnt meine beste Freundin mit fester Stimme und schildert der Moderatorin und somit sämtlichen Interessierten im ganzen Land entschlossen ihre Forderungen.

Ihre Aussagen sind klar und nachvollziehbar. Gleichberechtigung, faire Löhne, Wahlrecht. Strengere Ahndung von Straftaten, die zum Nachteil von Androiden geschehen und staatliche Förderung, wenn sie ebendiese einstellen.

Vor dem Gebäude, in dem gedreht wird, stehen Anhänger von Piper und jubeln ihr zu. Manche tragen Pins von ihrem Gesicht auf Jacken und Rucksäcken. Die Hälse einiger ziert das magentarot leuchtende LED-Dreieck. Pipes hat Unterstützer in beiden Lagern gefunden – bei Androiden und Menschen. Sie wirbt dafür, bei der kommenden Bürgermeisterwahl für Arabella Bradshaw zu stimmen, die sie im Falle eines Wahlsiegs zur Gleichstellungsbeauftragten ernennen wird.

Der Beitrag über das politische Engagement meiner besten Freundin endet so schnell, wie er angefangen hat. Ich bin noch immer wie erstarrt, als mich die Werbepause beschallt.

O Piper ...

Mittlerweile kommen mir meine radikalen Aussagen engstirnig und überzogen vor. Die Gleichberechtigung von Androiden ist ihr offenbar so wichtig, dass sie deswegen sogar in die Politik geht, und ich haue ihr bei der erstbesten Gelegenheit ins Gesicht, dass Androiden keine Selbstbestimmung zusteht. Ich muss demnächst unbedingt mit ihr reden. Ob ich das wieder glattbügeln kann?

Aber erst mal werde ich Mika antworten.

Ich: Ich danke dir fürs Essen.

Mika: Gern. Freut mich, dass es Ihnen geschmeckt hat.

Ich will abräumen, doch da erreicht mich eine weitere Nachricht von ihm.

Mika: Mögen Sie Dates nicht?

Etwas durcheinander richte ich mich auf. Und antworte mit der Wahrheit.

Ich: Doch!

Mika: Okay. Beim Thema Dates reagieren Sie sehr reserviert. Das hat mich gewundert.

Irritiert darüber, dass er schon wieder so schonungslos ehrlich ist, antworte ich.

Ich: Ich habe gern Dates. Aber wenn, dann habe ich die halt mit Menschen.

Schuldbewusst ziehe ich die Schultern hoch. Das liest sich irgendwie nicht gut.

Er antwortet so lange nicht, dass ich befürchte, er ignoriert mich nun. Verübeln würde ich es ihm nicht. Doch dann blinkt eine weitere Nachricht auf meiner Comwatch auf.

Mika: Was wäre denn mit einem Menschen anders? Begleiten Sie mich am Freitag zu dem Konzert? Ich würde mich wirklich sehr freuen. Es muss kein Date sein, wenn Sie das nicht möchten. So wäre es Harvey bestimmt auch lieber. Zwinkersmiley. Aber wenn Sie es zulassen, zeige ich Ihnen, dass ein Date mit einem Menschen niemals so schön sein könnte, wie eines mit mir.

Ich spüre meine Wangen heiß werden und beschließe, besser das Thema zu wechseln.

Ich: Ich werde es mir überlegen. Übrigens schreibt man ›Zwinkersmiley‹ nicht aus. Man schreibt einfach ›;)‹.

Mika: Tut mir leid. Das habe ich nicht verstanden.

Ich muss schmunzeln. Mika erkennt nicht mal Emoticons. Das wirkt in diesem Kontext etwas unbeholfen, aber ich finde es unheimlich niedlich.

Zufrieden darüber, dass ich ihm meine Gefühle zeigen kann, ohne dass er sie versteht oder überinterpretiert, tippe ich.

Ich: Ich erkläre es dir bei Gelegenheit. Bis später. <3

Mika: Was heißt ›Kleiner als drei‹?

Lächelnd lasse ich das Handy zurück in die Tasche sinken und beginne eine Gassirunde mit Rocky.

Drei Tage später steht mein Entschluss fest. Ja, ich werde heute Abend auf dieses Konzert gehen. Ich will das Chaos der letzten Wochen vergessen. Wenigstens für einen Abend.

Nachdem ich in meiner Schrankseite gewühlt habe, werfe ich mich in ein paar hübsche Klamotten und lege etwas Make-up auf. Auch ein wenig Lippenstift.

Als ich das Badezimmer verlasse, kommt mir Mika auf dem Flur entgegen. Freundlich sieht er mich an. »Hallo. Sie sehen hübsch aus.«

»Danke. Wann geht das Konzert los?«

Strahlend nimmt er zur Kenntnis, dass ich ihn heute Abend begleiten möchte. »Um neun Uhr. Ich gehe eben duschen. Sie können gern etwas essen. Ich habe gekocht.«

»Oh, vielen Dank«, erwidere ich und gehe die Stufen zu Harvey hinunter.

Dieser sitzt am Esstisch und schlürft an einem Glas Eistee. Anscheinend hat er schon gegessen. Auf seiner Nase befindet sich seine EyeCo-Smartbrille. Ein sicheres Indiz dafür, dass er die Nachrichten liest.

»Hallo, wie war's bei Randy?«, frage ich, weil er den gestrigen Abend bei seinem Kumpel verbracht hat, und tue mir einen Teller Risotto auf.

»Gut, die *Bears* haben gewonnen«, brummt Harvey freundlich und legt die Brille ab.

»Kam Gregory später dazu? Ich erinnere mich daran, dass ihr die Spiele früher immer zu dritt verfolgt habt.«

Gregory Faraday ist der Captain des Police Departments und Harveys Chef und enger Vertrauter. Die Männer sind seit ihrer Schulzeit befreundet und Gregory hat oft auf mich aufgepasst, als ich noch ein kleines Mädchen war. Er war immer eine Bezugsperson für mich gewesen. Insbesondere nach Tims Tod war Gregory Harvey eine große Stütze.

Harveys Blick verfinstert sich. »Nein. Abgesehen von der Arbeit haben wir nicht mehr viel miteinander zu tun.«

»Nicht? Aber ihr seid doch seit Schultagen miteinander befreundet.«

Ein Muskel in Harveys Wange zuckt. »Gregory hat sich verändert, seitdem den Androiden mehr Rechte zugesprochen wurden. Er sieht sie noch immer als Arbeiter zweiter Klasse. Mika ist wie ein Sohn für mich. Weil er das nicht akzeptiert, herrscht eine gewisse Spannung zwischen uns.«

»Das tut mir leid zu hören.« Betroffen setze ich mich neben ihn an den Tisch. »In meinem Leben hat sich im letzten Jahr auch viel getan. Jakob hat sich sehr verändert, ist immer öfter aggressiv geworden. Ich musste so plötzlich weg von ihm, weil er während eines Streits damit anfing, Geschirr herumzuschmeißen. Ich wollte verhindern, dass er handgreiflich wird.«

»Du meine Güte, Jen.« Harvey sieht sichtlich bestürzt aus. »Das habe ich nicht gewusst. Wenn das so ist, bleib so lange du willst bei uns, okay?«

Das nimmt mir tatsächlich einen Teil meiner Last von den Schultern. »Danke. Das bedeutet mir sehr viel.«

Kurz überlege ich, die Anrede »Dad« fallen zu lassen, verkneife es mir aber doch. Nachdem mein Bruder bei jenem Autounfall starb, entfremdeten wir uns voneinander. So weit, dass ich ihn nicht mehr so nennen wollte oder gar konnte. Doch eventuell kommen wir einander aktuell wieder näher.

»Ich habe Piper letztens im Frühstücksfernsehen gesehen.«

Harvey kennt Piper, da sie früher fast jede Woche bei uns zu Besuch war.

»Das habe ich auch«, murmelt Harvey. »Ziemlich gute Sache, die sie da macht. Sie hat mir erzählt, dass sie mittlerweile Vollzeit in der Politik tätig ist und davon leben kann. Sie hat auch erwähnt, dass ihr euch schon getroffen habt.« Offenbar hat Harvey in den letzten Jahren mehr mit Piper zu tun gehabt als mit mir. Ihr Engagement rund um die Androidenrechte haben sie sicherlich zusammengeführt.

»Ja, das haben wir. Ihr Einsatz ist echt bewundernswert.« Ich verschweige lieber, dass Pipes und ich so böse aneinander gerasselt sind, dass ich mir nicht sicher bin, ob unsere Freundschaft überhaupt noch existiert. Harvey und ich unterhalten uns endlich mal wieder friedlich miteinander und das will ich nicht zerstören.

»Du hast dich ganz schön herausgeputzt«, wechselt Harvey das Thema und wirft mir einen anerkennenden Blick zu. »Siehst schick aus.«

»Danke«, erwidere ich geschmeichelt.

Harvey lächelt ein wenig zu mir rüber. »Ich hoffe, ihr habt Spaß heute Abend. Vielleicht schaue ich auch im Vortex vorbei.

Wird sicherlich eine lustige Party.« Dann wird er plötzlich ernst und senkt die Stimme. »Du, Jen, ich glaube, Mika mag dich.«

Ich unterdrücke ein Grinsen. »Ach, wirklich?«

Im Obergeschoss wird die Dusche angestellt.

Eindringlich sieht Harvey mir in die Augen. »Als ob du das noch nicht bemerkt hättest. Ich bitte dich, zeig ihm Grenzen auf. Er deutet deine Signale sonst falsch.«

»Keine Sorge«, beruhige ich ihn und schiebe entschlossen den nackten Mika aus meinen Gedanken. »Ich plane nicht, mit einem Androiden im Bett zu landen. Ich bleibe bei echten Männern.«

Wütend sieht Harvey mich an. »Mir ist es völlig egal, ob du mit einem Androiden oder einem Menschen im Bett landest! Es geht um etwas ganz anderes. Ich habe zwar keine Ahnung, weshalb Mika so einen Narren an dir gefressen hat, aber er ist ein guter Junge. Ich verbitte mir, dass du ihm das Herz brichst wie damals dem Reedus-Jungen, oder diesem … na, wie hieß er noch gleich? Der Wuschelkopf, mit dem du auf dem Homecoming Ball warst.«

»James.«

»Genau. Das wäre echt schade um ihn und auch um uns als Familie. Die wir mal waren oder noch sind – oder wieder werden könnten.« Die letzten Wörter nuschelt er so undeutlich, dass ich sie nur mit Mühe verstehen kann.

Ich blase Luft aus den geballten Wangen und lasse mich an die Stuhllehne sinken. Wow. Das war harter Tobak. Und ziemlich direkt. Ein wenig übertreibt er, schließlich hatte ich nun auch nicht der halben Stadt das Herz gebrochen.

Harvey rüttelt sacht an meinem Arm und holt mich zurück in die Realität. Seine Augen funkeln erwartungsvoll.

Ich zögere. Dann nicke ich etwas überfordert. Was mein Vater von mir verlangt, nimmt mir die Entscheidung, wie ich mit Mika umgehen will. »Du hast recht, Mika ist ein lieber Kerl«, murmle ich. »Ich fange nichts mit ihm an. Okay?«

Harvey nickt zufrieden, erhebt sich und schleicht zum Kühlschrank.

Nachdenklich knete ich meine Finger. Nun habe ich es Harvey versprochen. Mika ist tabu. Unsere unbeholfene Flirterei muss ich einstellen. Aktuell kommt mir das leicht vor. Aber ob ich das wirklich durchziehen kann, wenn er mit blitzenden Augen und völlig verwirrt über eine ironische Aussage vor mir steht und mich in den Arm nehmen will, um mir den Halt zu geben, den ich brauche? Den Halt, nach dem ich lange gesucht habe?

Missmutig schiebe ich die Hände in die Taschen meines Kleids. Wie auch immer. Ich habe mein Wort gegeben. Also muss ich es jetzt halten.

Mika kommt die Treppe hinunter. Er trägt eine leichte, dunkle Mütze und ein Jackett. Darunter ein schwarzes T-Shirt mit der magentaroten Aufschrift *Here4u*. Der Geruch von Salbei, Rosenholz und Zitrone dringt zu mir herüber. Die Parfumkombination, die ich immer mehr mit Mika assoziiere und die meine Hände sofort feucht werden lässt. »Wenn wir in den nächsten zweiunddreißig Minuten und achtundvierzig Sekunden losgehen, sind wir noch gut in der Zeit, Miss Williams.«

»Und biete ihm endlich das Du an, gottverdammt«, zischt Harvey mir zu.

Ich nicke wortlos. Obwohl Mika eigentlich aussieht wie immer, pocht mein Herz so schnell, dass ich mich unwillkürlich frage, ob ich mich langfristig an mein Versprechen halten kann.

7. Kapitel

Schon von Weitem sticht mir die Leuchtreklame des Vortex ins Auge. Es ist noch dieselbe wie früher, wird aber von magentaroten, holographischen Dreiecken flankiert, die sich im Kreis drehen. Mein ehemaliger Lieblingsclub bietet nicht nur einer Band eine Bühne, die von Androiden besetzt wird, sondern solidarisiert sich auch klar mit ihnen. Angesichts dessen, dass die Bevölkerung gespalten ist, gibt mir das ein sicheres Gefühl. Hier werden weder ich noch Mika angegriffen.

Sich nach all den Jahren wieder vor dem Einlass des Vortex anzustellen, fühlt sich ein wenig an wie Heimkommen. Etwas verunsichern mich allerdings die leuchtenden Dreiecke auf den Hälsen der Androiden um uns herum. Irgendwie wird mir dadurch nur bewusster, wie sehr sie am Leben in Chicago teilnehmen. Auch wenn ich Mika vertraue, kann ich andere Androiden kaum einschätzen. Ich weiß nicht, was in ihnen vorgeht, und so beobachte ich die Offensichtlichen unter ihnen im Augenwinkel. Außerdem kann ich nicht sagen, ob die Personen ohne LEDs Menschen oder Androiden sind. Da einige, wie Mika, ihr Erkennungszeichen abgenommen haben, erscheinen sie auf den ersten Blick wie normale Menschen.

Mika ist gut drauf. Ob das an dem Konzert liegt oder an mir, vermag ich nicht zu beurteilen.

»Ich habe noch immer nicht herausgefunden, was ›kleiner als

drei‹ bedeutet«, sagt er, während die Taschen der Besucher vor uns kontrolliert werden. »Spannen Sie mich nicht weiter auf die Folter.« Er stockt. »Habe ich den Ausdruck mit der Folter richtig verwendet? Also, sie foltern mich ja nicht wirklich, aber …«

Ich muss lächeln. Wenn er erfährt, dass ich ihm ein Herz geschickt habe, wird er es sicherlich als das erkennen, was es ist – ein Zeichen der Zuneigung. Eventuell wird er mir wieder näherkommen, woraufhin ich meinem Versprechen zufolge Grenzen ziehen muss, was ich im schlimmsten Fall nicht schaffen werde. Ich darf nicht außer Acht lassen, dass er ein Android ist. Ein programmiertes Wesen, mit dem eine Zukunft ausgeschlossen ist. Und da ist noch Jakob. Wie könnte ich eine Beziehung eingehen, ohne die andere richtig beendet und einen Cut gemacht zu haben?

»Du hast das Sprichwort korrekt benutzt«, erkläre ich. »›Kleiner als drei‹ bedeutet übrigens so was wie ›Bis später‹.« Ich bin nicht stolz drauf, diese Notlüge über die Lippen gebracht zu haben, aber hoffentlich ist das Thema hiermit erledigt.

Nach wenigen Minuten betreten wir gemeinsam das Vortex. Anhand aller Begrüßungen erkenne ich, wie bekannt Mika als Schlüsselfigur der Androidenbewegung ist.

Der Club ist bereits gut gefüllt. Ein wenig befürchte ich, Mika in der Menge zu verlieren. Doch er steht immer einen halben Schritt hinter mir. Mit seiner offenen und freundlichen Art scheint er im letzten Jahr viele Leute für sich gewonnen zu haben. Zahlreiche Besucher tippen ihn an und erkennen ihn, Menschen wie Androiden. Mika nimmt sie so herzlich in die Arme, dass mir ganz warm wird. Hier hat er eine andere Ausstrahlung auf mich als zu Hause, wo er mir als folgsamer Android Sandwiches schmiert.

Wobei du ihn nie darum gebeten hast.

Seinen Bekannten stellt Mika mich mit Vor- und Nachnamen vor, schließlich habe ich das bei unserer ersten Zusammenkunft von ihm verlangt. Vielleicht hat Harvey recht und ich sollte es endlich einmal zurücknehmen. Ich will die Sache ein für alle Mal aus der Welt schaffen, doch in diesem Gedränge finde ich keine Gelegenheit.

Plötzlich sehe ich in der Menge einen platinblonden, mir bekannten Haarschopf. Ohne lange nachzudenken, renne ich auf Piper zu, die an der Bar sitzt und an einem Cocktail schlürft.

»Pipes!«, sage ich und werfe mich ihr in die Arme. »Es tut mir alles so leid. Ich habe mich furchtbar benommen.«

Piper ist überrascht, erwidert meine Umarmung aber. »Ach, hast du mittlerweile verstanden, dass deine Aussage über Androiden riesiger Bockmist war?«

Reumütig nicke ich.

Sie winkt ab. »Ich war sehr enttäuscht von dir. Du bist doch sonst imstande zu reflektieren. Aber ich will nicht nachtragend sein, schließlich bist du heute Abend sogar auf einem Androidenkonzert. Darf ich dir Ray vorstellen?« Sie zieht den großen Androiden mit dem dunklen Teint an sich heran, den ich an ihrer Seite im Fernsehen gesehen hatte.

»Hallo, Jen«, sagt er und gibt mir die Hand. Er hat eine tiefe, angenehme Stimme und seine Augen unter den dichten Wimpern sind ähnlich sanft wie Mikas.

Die blonde Piper und der dunkelhaarige Ray, sie Mensch und er Android, bilden einen optischen Gegensatz. Sie sind so unterschiedlich wie Tag und Nacht, Sonne und Mond. Fest miteinander verbunden durch wechselnde Zyklen. Damit eine perfekte Ergänzung zueinander.

Kurz bin ich ergriffen. Es ist seltsam, Piper mit einem neuen Partner an der Seite zu sehen, und schön zugleich.

»Ray, Schatz, kannst du uns bitte zwei Tequila besorgen? Und zwei Mojitos?«, fragt sie ihn.

Ray nickt und verschwindet an der Bar. Magentarote Neonröhren schmiegen sich um den Tresen und holographische Dreiecke in derselben Farbe drehen sich oberhalb der Spirituosen. Wie ich an den LEDs erkennen kann, sind die Barkeeper Androiden. Das Vortex gibt also nicht nur vor, Androidenrechte zu unterstützen, sondern tut dies aktiv, indem es ihnen Arbeitsplätze bietet.

Plötzlich steht Mika neben uns. Er möchte Piper begrüßen, doch sein Blick bleibt an meinem Gesicht hängen. »Ist alles in Ordnung bei Ihnen?«, vergewissert er sich leise.

Der fürsorgliche Ton in seiner Stimme sendet mir einen wohligen Schauer über den Rücken. »Lieb, dass du fragst. Ja. Ich bin einfach froh, Piper hier getroffen zu haben und zu sehen, dass sie so glücklich ist. Das ist alles.«

»Das beruhigt mich.« Er lächelt und nimmt meine Freundin den Arm. »Hallo, Piper, wo ist denn Ray?«

Piper erwidert die Umarmung und zeigt mit dem Finger zu einem Teil der Bar, an dem Ray steht und soeben eine Bestellung aufgibt.

»Ich werde ihn begrüßen«, antwortet Mika und lässt uns allein.

»Jen!«, zischt Piper und wendet sich sofort zu mir. »Was, um alles in der Welt, läuft da zwischen dir und Mika?«

»Was meinst du?«

»Ihr geht miteinander um, als liefe etwas zwischen euch. Und gleichzeitig frage ich mich: Warum siezt er dich, obwohl ihr zusammenwohnt?«

Diese Antwort fällt mir leicht und schwer zu gleich. »Weil ich ein Miststück bin?«

Piper nickt verständnisvoll.

Ray taucht mit Mika an der Seite auf und beide stellen die Shots und die Mojitos vor uns ab. Wir zögern keine Sekunde und genehmigen uns erst mal einen Tequila.

Nachdem wir die Schnäpse geext haben, keuche ich erleichtert auf. »Ich könnte direkt noch einen vertagen. Danke für die Drinks!« Ich proste Ray und Mika zu und ziehe am Strohhalm meines Cocktails.

»Gern. Wir gehen eine Runde durch den Club«, sagt Ray und beide verschwinden wieder.

»Ich habe dich heute Morgen im Fernsehen gesehen!«, rufe ich begeistert und wende mich Piper zu.

»Du hast den Beitrag auch gesehen?«, erwidert Piper verlegen und stapelt unsere Shotgläser ineinander. »Anscheinend haben viele eingeschaltet, ich wurde schon von drei Leuten darauf angesprochen, seit ich hier bin.«

»Du kamst so sicher rüber! Wie war es für dich? Warst du aufgeregt?«

»Ich hatte vor allem am Vortag zu knabbern, aber unbegründet. Das Interview lief sehr gut. Im Anschluss gab es trotzdem einen Dämpfer. Jemand hat die Abstandssensoren meines Wagens mit Farbe besprüht. Das autonome Fahrprogramm war damit komplett außer Gefecht gesetzt. Leider ließ mich der Wagen auch nicht in den selbstständigen Fahrmodus wechseln und ich saß mehrere Stunden fest, bis ich ein Aircar mieten konnte. Sicherlich war das ein Anhänger der NATAL.« Ihr Blick verdunkelt sich.

Erschrocken schnappe ich nach Luft. »Du meine Güte. Hast du nicht Angst, bei deiner Öffentlichkeitsarbeit von jemandem bedroht oder gar angegriffen zu werden?«

Piper winkt ab. »Habe ich. Aber viele Menschen sind feige. So auch der Sprayer. Einer muss diese Arbeit erledigen. Und ich bin bereit, die Konsequenzen in Kauf zu nehmen.« Etwas flackert in ihren Augen auf.

»Ich bewundere dich sehr dafür«, murmle ich. Schließlich war ich nicht mal in der Lage, die Gefahr auf der Demo richtig einzuschätzen. Bis vor wenigen Tagen habe ich alles auf die leichte Schulter genommen. »Wie ist die NATAL eigentlich aufgestellt? Haben sie einen Anführer?«

Piper neigt abwägend den Kopf. »Es gibt ein paar Leute, die die Strippen ziehen. Die Demos organisieren, Kampagnen starten, gegen Androiden hetzen. Hinter ihnen steht eine gesichtslose Masse der Bevölkerung, die meint, für alle zu sprechen. Erzkonservativ. Teilweise zu Gewalttaten angestachelt. Aber weißt du, Jen, ich bin davon überzeugt, dass Menschen dazulernen können. Dass Hass und Vorurteile abgebaut werden und Frieden herrschen kann. Dafür kämpfe ich.« In ihrem Lächeln lese ich nicht nur Überzeugung. Ich lese Zuversicht.

Ich nehme ihre Hand und drücke sie. »Garantiert spreche ich für viele Menschen und Androiden, wenn ich dir nun sage: Danke, dass du dich für Gleichberechtigung einsetzt. Mich hast du zum Umdenken bewegt, warum sollte es nicht auch anderen so gehen?«

Sie lacht. Ihre Locken wippen. »Hör bloß auf, sonst werde ich rot. Aber mal was anderes, Jen. Wie liefen die letzten Tage? Und was ist nun zwischen dir und Mika? Er scheint dich wirklich gern zu haben.«

»Das mag sein«, murmle ich. »Er ist immer so nett. Damit kann ich schwer umgehen. Ich bin so was einfach nicht gewohnt von einem Mann.«

»Er ist definitiv anders!«, stimmt sie lachend zu und schlürft die letzten Reste aus ihrem Cocktail. »Wenn ich da an James denke … oder an Oliver.« Sie verdreht die Augen. »Das waren echte Machos.«

»Und Jakob hast du nicht mal kennengelernt«, brumme ich.

»Du solltest lernen, das anzunehmen, was dir guttut«, schlägt Piper übermütig vor. »Und vor allem solltest du aufhören, dich von Mika siezen zu lassen! Was soll der Quatsch, Jen?«

Unerwartet tritt Ray an meine Seite und kommt mir zur Hilfe. »Offenbar steht er drauf. Sonst würde er trotz dessen nicht so nett mit ihr umgehen.«

Ich laufe rot an. »Ich bringe das bald in Ordnung, Pipes. Anfangs hat er mich einfach überfordert, mit seiner höflichen Art und seinen Analysen. Da wusste ich mir nicht anders zu helfen, als ihn etwas auf Distanz zu halten.«

Bei diesem Stichwort erscheint Mika. »Genießt ihr den Abend?«

Ich nicke und hieve mich auf den Barhocker. »Sehr sogar.« Vor allem genieße ich es, mit Mika unterwegs zu sein. Ihn in einem anderen Umfeld kennenzulernen als zu Hause. Unweigerlich wandert mein Blick in sein sanftes Gesicht. Aufmerksam beobachtet er, wie Ray und Piper sich unterhalten, wirkt dabei einerseits steif, löst andererseits eine unstillbare Sehnsucht in mir aus.

Ich reibe die feuchten Handflächen über den Stoff meines Kleides und erinnere mich an meine Worte. Ich hatte Harvey versprochen, dass wir Abstand zueinander halten. Doch kann ich dieses Versprechen wirklich halten? Kann ich mich meinem Herz widersetzen, das nach ihm schreit?

Dummes Herz. Seufzend presse ich die Augen zusammen. Dass ich das denke, ist nicht gut. Gar nicht gut. Wäre da bloß nicht dieses berauschende Kribbeln in meiner Magengegend, das Mika von Anfang an schon in mir auslöst. Dann hätte ich das Gefühl, in seiner Gegenwart noch Kontrolle über mein Handeln zu haben.

Aber er ist doch ein Android …, schreit der eine Teil in mir. *Aber bei Piper funktioniert es doch auch …*, wispert der andere.

»Ist alles okay, Miss Williams?«, fragt Mika plötzlich leise. Er neigt seinen Kopf ein wenig mehr zu meinen Lippen hinunter, damit ich die Antwort in sein Ohr sprechen kann.

Mein Herz macht einen Hüpfer. Er riecht so unverschämt gut. »Klar, warum fragst du?«

Sanft legt er den Arm um mich und platziert die Hand auf meiner Schulter. Als er mich ansieht, nehmen seine haselnussbraunen Augen wieder diesen tranceartigen Zustand an. »Ihre Herzfrequenz und Ihr Atem haben sich beschleunigt. Daraus schließe ich, dass Ihnen etwas fehlt.«

Das hat er gespürt? Nur durch seine Berührung und einen Blick? Es ist durchaus nicht das erste Mal, dass sich mein Puls in seiner Gegenwart erhöht. Ob er es schon öfter mitbekommen hat?

»Mir ist einfach warm«, gebe ich zurück und wedle mir alibimäßig Luft zu. Unauffällig trete ich einen Schritt zur Seite. Ohne Körperkontakt kann er mich hoffentlich schlechter lesen. Ich befürchte nämlich, er könnte meine Symptome durch seine Datenbank jagen und mir nach eingehender Analyse eröffnen, dass ich seiner Berechnung zufolge soeben anfange, mir *mehr* mit ihm vorzustellen. Zu neunundsechzig Prozent oder so.

Trotzdem entspanne ich mich zunehmend an der Seite von Mika, Piper und Ray. Es herrscht eine familiäre Stimmung im Vortex. Etwa die Hälfte aller Anwesenden trägt das leuchtende LED am Hals, aber da einige Androiden sie abgelegt haben, kann man viele Androiden und Menschen nicht sicher voneinander unterscheiden. Es gibt gemischte Paare, artgleiche, gleichgeschlechtliche. Alle Individuen hier akzeptieren einander und das ist wunderbar.

Ich beobachte zwei männliche Androiden, die offenbar zusammen sind. Eng umschlungen unterhalten sie sich, lachen und tauschen intensive Blicke aus. Plötzlich legen sie die Hände aneinander und ausgehend von ihren Fingerspitzen zieht sich ihre Haut zurück. Millimeter für Millimeter verschwindet sie bis zum

Handgelenk, sodass das Material freiliegt, aus dem Androiden geschaffen sind. Kein Fleisch, kein Blut, keine Muskeln. Nur weißes Polycarbonat, das klar und kühl wirkt. Die beiden legen die Fingerspitzen aneinander und umschließen die Hand des anderen. Der Anblick ist sehr innig und überrascht mich so sehr, dass ich gegen Mika pralle.

Dieser legt sanft den Arm um mich und folgt meinem Blick.

»Das ist eine sehr intime Geste zwischen Androiden.« Seine Stimme löst eine Gänsehaut auf meinen Nacken aus. Er klingt bewegt. »So zeigen wir einander unsere Zuneigung. Es ähnelt Küssen bei Menschen. Wobei wir das auch gern machen.« Seine Augen sind für einen Moment auf mich gerichtet und er schweigt. Als wolle er ergründen, wie ich das finde. Als lote er aus, ob wir uns irgendwann an einem Punkt befinden, an dem wir ähnlich umschlungen in einer Menge stehen.

Ich senke unwillkürlich die Lider. Die Vorstellung in meinem Kopf ist viel zu real, viel zu lebhaft, unglaublich aufregend. Doch auch befremdlich. Zumindest der Punkt, an dem mein Partner eine Hand aus Polycarbonat an meine drückt.

»Danke für die Erklärung. Das wusste ich bis jetzt noch nicht«, murmle ich und wechsle abrupt das Thema. »Ich will mich vor dem Auftritt noch frisch machen. Treffen wir uns auf der Tanzfläche?«

Mika stimmt zu und ich tauche in die Menge ein.

Auf dem Weg zu den Toiletten steht mein Kopfkino nicht still. Mikas intensiver Blick hat sich in mein Gehirn gebrannt. Und ob ich es will, oder nicht – immer wieder sehe ich ihn vor mir. Während ich bei den Kabinen anstehe, spüre ich eine tiefe Bindung zu Mika. Leicht beschwipst übermannt mich die Gewissheit, nun viel mehr Durchblick zu haben als nüchtern. Wieso mache ich es mir eigentlich so schwer? Warum höre ich auf meinen Vater und halte

Mika auf Distanz? Sollte ich es nicht einfach wagen? Meinem Gefühl folgen und schauen, wo es mich hinführt?

Als ich zurück in den Saal komme, erlöschen die Lichter. Die Menge jubelt. Innerhalb der letzten Minuten hat sich die Tanzfläche drastisch gefüllt. Das Gedränge ist viel dichter, als ich es erwartet habe, als wir uns verabredet haben. Kurz frage ich mich, wie ich Mika in dem Durcheinander wiederfinden soll. Ich klettere auf einen Barhocker und recke den Kopf.

Schneller als gedacht, entdecke ich ihn. Er streift etwa zwanzig Meter von mir entfernt über die Tanzfläche und sieht sich um.

Er sucht mich.

Das weiß ich.

Weil dies unser Treffpunkt ist.

Weil er sein Wort hält. Und weil ich genauso oft in seinem Kopf bin wie er in meinem.

Ich verharre und halte den Atem an. Ich will herausfinden, wie lange ich es aushalte, ihn zu beobachten, bis ich mein rasendes Herz nicht mehr zügeln kann. Keine drei Wimpernschläge später finde ich mich auf meinen Füßen wieder.

Während ich durch die Menge stolpere, tritt *Here4u* unter ohrenbetäubendem Tosen auf die Bühne. Die ersten Gitarrenklänge und Synthesizer hallen durch den Raum. Es hört sich verdächtig nach Synthiepop an. Haben Androiden generell eine Vorliebe für diese Musikrichtung? Ich kichere vor mich hin und schiebe mich am Rand des Saales nach vorn.

Als unsere Blicke sich treffen, ist für einen Moment alles perfekt. Mikas Gesicht wird von lilafarbenen und blauen Lichtern beschienen. Sein Hemd und seine Mütze hat er mittlerweile abgelegt, trägt nur noch sein schwarzes T-Shirt mit dem bunten Druck. Er ist sichtlich erleichtert, als er mich erkennt. Er lächelt breit und ich lächle zurück.

Wenige Schritte voneinander entfernt bleiben wir stehen und schauen einander einfach nur an. Mir ist, als würde mein Herz zerspringen. Ihn zwischen all den Leuten mit diesem verlässlichen Blitzen in den Augen zu sehen, hat etwas Erfüllendes. Als sei Mika derjenige, der zu mir gehört.

Eine gefühlte Ewigkeit vergeht, während wir einander anschauen. Erst grinsend. Irgendwann sehnsüchtig.

Als das folgende Lied beginnt, streckt Mika die Hand nach mir aus und kommt langsam auf mich zu. Mein Herz hämmert gegen meinen Brustkorb. Achtlos stelle ich das leere Getränk hinter mir ab und laufe ihm entgegen.

Ein Schlag durchfährt mich, als unsere Finger sich berühren. Weiche Oberfläche, feste Fingerglieder. Er zieht mich mit einer Bestimmtheit an sich, die mich taumeln lässt. Mit stockendem Atem finde ich mich an seiner Brust wieder und sehe zu ihm hoch.

Mika streicht mir eine Strähne aus dem Gesicht. Der Moment scheint ihm zu genügen, den steigenden Alkoholwert in meinem Blut zu analysieren. »Hatten Sie vielleicht einen Drink zu viel?«

»Höchstens einen halben.« Seine Hand halte ich fest in meiner. Ich will dieses Mal kein Risiko eingehen, dass er mich loslässt.

Sanft erwidert er meinen Druck. »Ich dachte, dies sei kein Date«, flüstert er und schlingt die freie Hand vorsichtig um meine Schulter. »Ich habe Piper gefragt, was ›kleiner als drei‹ bedeutet. Sie sagte, dass …«

Ehe er fortfahren kann, stelle ich mich auf die Zehenspitzen und küsse ihn. Ich weiß, wofür ›kleiner als drei‹ steht.

Die Lippen des Androiden fühlen sich anders an als die eines Menschen. Fester, aber trotzdem sanft. Ich spüre hartes Polycarbonat hinter seiner weichen Haut, ertaste die Nässe seiner Zunge. Auch sie fühlt sich fest an. Doch seine Berührungen sind zärtlich. Liebevoll. Vorsichtig. Voller Umsicht.

Während er mich küsst, ist es kurz so, als bliebe die Zeit stehen. Als ergebe plötzlich alles Sinn. Als fände ich die Lösung für ein Rätsel, über das ich schon viel zu lange grüble. Wir fügen uns zusammen, werden eins. Wieso kam ich nicht vorher darauf? Es ist sonnenklar. Mika ist die Antwort auf meine Fragen, das Licht zu meinem Schatten. Und dieser Moment, in dem wir küssend zwischen all diesen Leuten stehen, die voller Leidenschaft singen, ist schlichtweg perfekt.

Mika schmeckt besonders. Anders als jeder Mann, den ich bis jetzt geküsst habe. Ich überlege kurz, woher ich diesen Geschmack kenne, bis es mir einleuchtet. Orange … Klar. Limonade. Ein Grinsen schleicht sich auf mein Gesicht. Dass er ein Faible für das Getränk hat, das ich als Kind so gern mochte, ist so unschuldig und liebenswert und typisch Mika. Nervöse Funken flackern in meiner Brust, während ich mich voller Hingabe in den Kuss stürze. Mein heftig pochendes Herz verstärkt das Gefühl, kilometertief zu fallen. Mit ihm, an ihn.

Vorsichtig liebkost er meine Lippen, küsst schließlich sanft meine Wange. Ich öffne die Augen und sehe ihn an.

Sein Atem ist warm, sein Blick voller Verlangen.

»Entschuldigen Sie«, murmelt er irritiert. »War das für Sie in Ordnung?«

Euphorie zuckt in mir. »Mehr als das. Schließlich habe ich dich geküsst.« Um nicht zu sagen: Es war der schönste Moment des Jahres.

Erleichtert drückt er mich an sich. Ich spüre, wie er bebt. Dabei war mir bisher nicht klar, dass Androiden das überhaupt können. Wenn sie in so einer Situation beben, fühlen sie auch, oder?

War das sein erster Kuss? Und wie konnte ich ihm je vorwerfen, zu sehr Android zu sein? Wenn es doch kaum etwas

Menschlicheres gibt, als nach einem ersten Kuss vor Aufregung zu zittern?

»Ich will Ihren Alkoholkonsum nicht ausnutzen, Miss Williams«, sagt Mika mit geröteten Wangen. »Aber Sie zu küssen, macht mir Spaß! Es wäre mir einre Ehre, das zu wiederholen.«

»Mika, bitte, nenn mich nicht mehr beim Nachnamen. Sag einfach Jen!«

Ein warmer Glanz funkelt in seinen Augen. Sein Blick gleitet zu meinen Lippen. »Gern, Jen.«

Heiße Schauer wandern über meine Haut. Ich mag, wie er meinen Namen sagt. Liebevoll und … voller Tatendrang.

Ich schlinge die Arme um seinen Nacken, lege die Stirn an seine und gebe ihm damit die stille Zustimmung, fortzufahren.

Er sieht mit seinen braunen Augen in meine und scheint abzuwägen, ob er die Idee, die ihm in den Sinn gekommen ist, durchführen möchte.

Möchte er.

Wenige Augenblicke später finde ich mich in einem intensiven Kuss wieder.

Manchmal lohnt es sich eben doch, nicht auf seinen Vater zu hören und ein Versprechen zu brechen.

8. Kapitel

Von den nächsten fünf Liedern bekomme ich nicht viel mit. Ich genieße seine Küsse, diese wunderbar festen Lippen und seine mechanisch erzeugten Atemzüge, die zwischendurch immer wieder aussetzen und dann wieder doppelt ertönen wie ein Schluckauf.

»Es tut mir leid. Das muss ein Softwarefehler sein«, spricht er in mein Ohr, nachdem sein Atem erneut ausgesetzt hat.

»Das muss dir nicht leidtun«, gebe ich auf Zehenspitzen stehend zurück, damit die Mikrofone in seinen Ohren mich besser verstehen können. »Ich finde dich wunderbar, wie du bist.«

Er lächelt, während die Stroboskope bunte Tupfer auf seine Haut werfen. Sekundenlang sehen wir uns einfach nur ins Gesicht und lächeln verstohlen, bis ich dem Androiden die Hände auf den Unterarm lege und mich erneut auf die Zehenspitzen stelle. »Können wir kurz rausgehen? Mir ist unfassbar heiß.«

Er stockt, korrigiert seinen Atem und räuspert sich. »Was immer du willst, Jen.«

Dass er mich beim Vornamen nennt, jagt einen Schwarm hyperaktiver Schmetterlinge durch meine Brust. Endlich bin ich mit mir im Reinen.

Mikas und meine Finger sind leicht miteinander verschränkt, während wir durch die Menge in den hellen Eingangsbereich gehen. Die Musik ist hier hinten nur noch gedämpft zu hören. Als wir eine Bar passieren, falle ich beinahe über eine Stufe, doch Mika fängt mich im letzten Moment auf. »Gib acht, Jen«, wispert er. »Am Ausgang ist noch eine Stufe.«

Endorphine und Alkohol haben mich fest im Griff. Seinen Arm umklammernd folge ich ihm – und bekomme fast einen Herzinfarkt, als Mika einen Mann an der Bar freundlich grüßt. »Hallo, Harvey!«

Der Mann hebt stirnrunzelnd den Kopf. Vor ihm steht ein Glas Wasser. Als er seinen Schützling erkennt, prostet er ihm mit einem schiefen Grinsen zu. »Guten Abend, Mika. Habe ich gerade richtig gehört? Hast du das Mädchen neben dir tatsächlich Jen genannt?«

»Das habe ich«, erwidert Mika.

Harveys Blick fällt auf unsere Hände. Dann schaut er Mika ins Gesicht. »Wieso bist du voller Lippenstift, Junge?«

Erst jetzt wird mir bewusst, dass Harvey uns ertappt hat. Mein Versprechen! Verdammt! Obwohl ich Angst haben sollte, dass Harvey wütend auf mich wird, gelingt es mir nicht ganz, mein Kichern zu unterdrücken. Ich gerate ins Wanken, doch Mika umfasst meine Hüfte und gibt mir den nötigen Halt.

»Nun …«, beginnt er, doch Harvey unterbricht ihn empört.

»Sie ist ja total betrunken!«

»Sie hat nur null Komma drei Promille«, widerspricht Mika. »Streng genommen dürfte sie mit diesem Alkoholgehalt im Blut sogar Auto fahren. Du brauchst dir keine Sorgen machen, Harvey.«

»Wasch dir wenigstens dein Gesicht!«, sagt Harvey und deutet zu den WCs. Dann steht er kopfschüttelnd auf und steuert den Saal an. »Ich werde mich jetzt ins Getümmel stürzen.«

Ich muss schmunzeln, denn meinen Vater habe ich das letzte Mal vor rund zehn Jahren tanzen sehen. Über die Schulter wirft er mir einen warnenden Blick zu. Offenbar lässt er uns gewähren, aber ich weiß, dass zu Hause ein klärendes Gespräch auf mich warten wird.

Nachdem wir von den Toiletten aus den Club verlassen haben, um etwas Luft zu schnappen, hüllt Mika mich in seine Jacke, die er zuvor an der Garderobe geholt hat.

»Ich weiß, du magst keine romantischen Klischees«, murmelt er. »Aber du frierst und ich nicht.«

Dankbar kuschle ich mich in den Wollmantel. Frische Luft füllt meine Lungen und kühlt meine heißen Wangen. Mein Schwips ebbt langsam ab. Der Bass vom Konzert dröhnt bis auf die Straße.

Vereinzelte Grüppchen stehen auf dem Bürgersteig. Helle Wolken steigen von ihren Mündern in den Nachthimmel hinauf. Es ist irgendwie gemütlich. Das Flair ist mir vertraut. Obwohl ich froh war, Chicago verlassen zu haben, bin ich im Moment unheimlich dankbar, wieder hier zu stehen.

Plötzlich brettert ein Lieferwagen an uns vorbei und hält hinter dem Vortex. Der Beifahrer steigt aus und holt eine Box von der Ladefläche.

Sein eiliges Vorgehen kommt mir verdächtig vor, und ich recke den Kopf, um ihn besser erkennen zu können. Er ist nicht besonders groß. Seine Lederjacke spannt über dem breiten Kreuz. Obwohl er das rechte Bein etwas nachzieht, geht eine gewisse Autorität von ihm aus. Als er zum Hintereingang marschiert, verliere ich ihn aus den Augen.

Ich runzle die Stirn. Wo habe ich diesen Kerl schon mal gesehen?

Mika bemerkt meine Anspannung. »Jen? Ist alles okay? Möchtest du wieder reingehen?«

Ich nicke zaghaft und drehe mich nochmals zum Lieferwagen um. Der Mann ist verschwunden. Doch der unsymmetrische Gang, seine Lederjacke ... Ich durchforste mein Gehirn danach, warum mir diese Merkmale bekannt vorkommen. Und plötzlich fällt der Groschen.

»Der Typ im Wagen!«, rufe ich. »Ich kenne ihn. Das war ...«

Ein ohrenbetäubender Knall schneidet mir das Wort ab. Leute schreien. Glassplitter fliegen durch die Nacht. Mika stürzt sich auf mich und wirft mich zu Boden.

Von ihm abgeschirmt, beobachte ich zitternd, wie sich die Welt um uns herum weiß färbt. Staubpartikel wirbeln durch die Luft und legen sich auf uns wie Schnee.

In gleißender Angst klammere ich mich an Mikas T-Shirt. Und bin froh, dass er bei mir ist, während um uns die Welt untergeht.

Poltern, Knallen, Schreie. Und dann – Ruhe.

Nackte Panik schließt sich um meine Lunge. »Was war das?«, brülle ich zu Mika hoch und reiße zitternd an seinem Arm.

»Bleib unten!«, befiehlt er mir. Kurz und vorsichtig streichelt er mir mit der Hand übers Haar.

Schwer atmend hebe ich den Kopf. Konzertbesucher stolpern aus dem Gebäude, husten und wimmern, schreien und weinen. Einige bluten.

Sanft schiebe ich Mika von mir und setze mich auf. Nun wird mir das Ausmaß des Knalls bewusst. Der Club, in dem wir eben noch getanzt haben, liegt teilweise in Trümmern. Glasscheiben sind aus den Fenstern geflogen. Rauch zieht auf. Irgendwo scheint es zu brennen.

Die holografischen Dreiecke sind erloschen. Das Schild über

der Eingangstür hängt flackernd herab. Immer mehr Leute strömen aus der Tür. Unter ihnen sind weder Piper noch Harvey.

Kalte Furcht erfasst mich.

Piper und Harvey.

Mikas und meine Blicke treffen sich. Mir schießt durch den Kopf, wie verlässlich er in den letzten Wochen Wahrscheinlichkeitswerte für mögliches Verhalten berechnet hat und ich weiß sofort: Wenn er mich nun auf mein Vorhaben hin analysieren wird, kommt er auf hundert Prozent.

Ehe er dazu ansetzen kann, springe ich auf die Füße. Mit Sicherheit würde er nie zulassen, dass ich mich in Gefahr bringe.

»Jen, nein!«, brüllt Mika und rappelt sich auf.

Ich renne, so schnell ich kann, zum Haupteingang, winde mich durch die Tür und mische mich unter die Leute, die zum Ausgang stürmen.

Das Jammern von Menschen und Androiden begleitet uns. Den Ärmel von Mikas Jacke vor den Mund gelegt, gehe ich durch die Lobby. Sie ist verwüstet, doch ein Großteil ist intakt.

So auch die Bar, an der Harvey vorhin Mineralwasser getrunken hat. Der Barhocker, auf dem er gesessen hat, liegt auf dem Boden. Von meinem Vater ist keine Spur zu sehen.

»Harvey?«, rufe ich, kann seine Stimme in dem Durcheinander jedoch nicht ausmachen.

Eine Hand legt sich auf meine Schulter. Ich drehe mich um und sehe in Mikas haselnussbraune Augen.

»Wenn du schon nach Piper und Harvey suchen möchtest, lass mich an deiner Seite sein«, wispert er und umfasst meine Hand.

Kurz bin ich überrascht, dass er mich nicht von meiner Suche abhalten, sondern mich unterstützen will. Dann nicke ich dankbar. Mit ihm neben mir fühle ich mich tatsächlich sicherer.

Im Konzertsaal bietet sich uns ein Bild der Verwüstung. Rußpartikel flattern durch die Luft. Vereinzelt liegen Verletzte am Boden. Rotes oder magentarotes Blut rinnt aus ihren Wunden. Neben ihnen knien ihre unversehrten Begleiter, die behutsam auf sie einreden, sie notdürftig verarzten oder hochheben. Helfende sowie Verletzte sind von Staub übersät. Glücklicherweise scheinen die Unverletzten in der Überzahl zu sein. Je näher wir der Bühne kommen, desto schlimmer ist der Zustand des Gebäudes. Genau dort, wo Mika und ich uns vorhin zum ersten Mal geküsst haben, liegt eine besonders beschädigte Androidin. Ihre Hand wurde zerfetzt. Stattdessen lugen Kabel aus ihrem Arm. Sie beruhigt die umstehenden Menschen, doch auch ich bin geschockt über ihren Zustand. Den Anblick der Zerstörung in diesem Raum werde ich nie wieder aus dem Kopf bekommen.

»Piper? Harvey?«, frage ich mutlos in den Saal hinein. Ich will Mika vorschlagen, die Suche aufzugeben, sodass wir uns an der Seite weiterer Überlebenden nützlich machen können, da dringt eine zarte Stimme an mein Ohr. »Jen?«

Ich fahre herum und da ist sie. Meine beste Freundin lehnt an einer demolierten Soundbox, die blonden Locken von Ruß überzogen. Abgesehen von ein paar Schürfwunden im Gesicht scheint sie nicht zu bluten, wirkt aber geschwächt.

»Piper!« In Windeseile bin ich bei ihr und gehe neben ihr in die Hocke. »Du lebst!«

Mika folgt mir.

Pipers hellblaue Augen heben sich kontrastreich von ihren blassen Wangen ab.

»Jen«, wiederholt sie leise und lächelt. Jedes Wort scheint ihr schwerzufallen. »Alles halb so schlimm. Es ist mir nur … etwas gegen die Rippen geflogen …« Sie richtet sich leicht auf und verzieht im nächsten Moment das Gesicht. Kraftlos lässt sie sich zurück an die Box sinken.

»Bleib liegen!«, rufe ich erschrocken und umfasse ihre Hand, während Mika die Finger auf ihren Arm legt, um ihre Vitalwerte zu kontrollieren. »Beweg dich nicht! Wo ist Ray?«

»Er holt Hilfe.« Trotz der Schmerzen nimmt ihr Gesicht einen friedlichen Ausdruck an.

»Versuch, wach zu bleiben, okay? Da kommt Ray, dem Himmel sei Dank.«

Mika stützt ihren Kopf, während Ray neben uns in die Hocke geht und eine silbrig glänzende Rettungsdecke um Piper wickelt. »Hilfe wartet draußen, Pipes. Ich trage dich hier raus.« Er legt die Hände unter ihre Knie und den Kopf und setzt dazu an, sie anzuheben, doch Piper hält ihn mit schmerzverzerrtem Gesicht davon ab.

»Bitte nicht, Ray. Das tut so weh.«

Ray seufzt und sieht Mika und mich fragend an. »Könnt ihr bei Pipes bleiben, während ich die Sanitäter mit einer Liege hierherlotse? Ich will Piper ungern allein lassen.«

»Natürlich.« Mika und ich nicken und Ray verschwindet Richtung Ausgang.

Piper entgeht nicht, dass ich mich suchend umsehe. »Du machst dir Sorgen um Harvey, nicht?«, bringt sie schwer hervor. »Ich glaube, ihn vorhin in der Nähe der Bühne gesehen zu haben.«

Dort, wo am meisten Unheil geschehen ist.

Instinktiv drehe ich mich zu Mika um. Ich muss nicht sprechen. Er weiß direkt, was ich denke.

»Du willst nach Harvey sehen.«

»Ja.« Kurz wundert mich, dass er so schnell schlussfolgern konnte. Dann erinnere ich mich, dass es Teil seiner Programmierung und sein Spezialtalent als Detective-Android ist, die Absicht von Menschen in einem Umfeld wie einem Bombenanschlag einzuschätzen.

»Es fällt mir schwer, dich allein gehen zu lassen«, gesteht er. »Ich mache mir Sorgen.«

»Ich weiß. Aber ich muss Harvey finden. Auch wenn wir in letzter Zeit so oft aneinandergeraten sind … er ist noch immer mein Vater.«

Mika nickt. »Ich verstehe. Du beschreibst den Begriff ›Familienzusammenhalt‹.« Er lächelt. Wie er dort sitzt, Pipers platinblonde Locken auf dem Schoß und diesen besorgten Ausdruck in den Augen, erweckt er ein vertrautes Gefühl der Zuneigung in mir. Am liebsten würde ich nun bei ihm bleiben. Ganz nah an seiner Seite sein. Für immer.

Dieser Gedanke überrascht mich und füllt mich dann mit Wärme. Das vorhin war nicht nur eine Knutscherei. Es war mehr. Es hat etwas in mir bewegt. Habe ich mich tatsächlich verliebt? In einen Androiden?

Ich beuge mich zu ihm hinab und küsse ihn. Unsere Lippen berühren sich ganz kurz in einem stummen Versprechen.

»Ich werde auf mich aufpassen.«

»Gut. Ich vertraue dir und komme nach, sobald Piper versorgt ist.«

Pipers Augen leuchten, während sie die zärtliche Interaktion zwischen Mika und mir beobachtet. Doch als ich mich abwenden möchte, hält sie mich zurück. »Einen Moment noch, Jen.« Mit flatternden Lidern zieht sie mich zu sich hinunter. »Du musst mir einen Gefallen tun. Die Bombe wurde dort gezündet, wo du nach Harvey suchen willst. An der Bühne. Es könnte sein, dass sich dort Hinweise zum Täter finden lassen. Es zerreißt mich, zu wissen, dass der Verantwortliche ungeschoren davonkommt. Halte die Augen offen, okay?«

Ich nicke sofort. »Ich werde mich umsehen. Aber in erster Linie will ich Harvey finden.«

Dann stehe ich auf und husche über Geröll balancierend zur Bühne. Vielleicht fallen mir dort wirklich Beweise in die Hände. Hätte ich mir doch bloß das Nummernschild des Lieferwagens gemerkt!

Auf dem Boden finde ich ein Mitglied der Androidenband. Sie ist schwer beschädigt und ihre Hand, die das Mikrofon hält, liegt abgerissen einige Meter von ihrem Körper entfernt.

Entsetzt gehe ich neben ihr in die Hocke. Ich erinnere mich an Harveys Worte. Schmerzen mag sie keine empfinden, doch Erniedrigung und Schock sind einer künstlichen Intelligenz ebenso geläufig wie uns Menschen.

»Hilfe ist unterwegs!«, flüstere ich und streiche behutsam über ihre unversehrte Hand.

Ausdruckslos starrt die Androidin mich an. Magentarotes Fluranium tropft aus ihren Wunden. Die zerrissenen Kabel an ihrer Schulter blinken im selben, unregelmäßigen Takt wie die leere Höhle ihres linken Auges. Ich wünschte, ich könnte ihr helfen, aber ich weiß einfach nicht, wie.

»Hast du einen Mann gesehen?«, frage ich sie. »Rotblonde Locken, Schnurrbart?« Eventuell liegt Harvey hier irgendwo begraben. Sollte er unverletzt sein, könnte ich mir gut vorstellen, dass er auf Verbrecherjagd gegangen ist.

Für einen Moment befürchte ich, dass sie nicht imstande ist, zu antworten. Dann deutet sie mit dem Daumen auf die Treppen hinter sich.

»Danke«, murmle ich, gehe die Stufen hinab und betrete den Backstageraum. Oder das, was mal der Backstageraum war. Das Dach des Anbaus ist komplett weggesprengt. Durch die Hintertür, die noch lose in den Angeln hängt, muss der Täter hereingekommen sein und hier hinten die Bombe gezündet haben. Möglichst nah an der Bühne, um viele Besucher zu erwischen.

Keine Spur von Harvey.

Ich lege den Kopf in den Nacken und schaue in den Himmel. Die Sterne scheinen sich zu drehen. Mir ist schwindelig.

Ich setze dazu an, umzukehren, doch plötzlich jault der Motor eines Wagens auf. Ich schiebe die Tür des Hinterzimmers auf und trete vorsichtig hinaus.

Zwei Männer sitzen im Lieferwagen und sind im Begriff, loszufahren. Doch die Art, wie der Beifahrer sich mit den Fingern durch das dunkle Haar fährt … Das muss er sein. Und ehe ich darüber nachdenken kann, entweicht mir ein: »Oliver!«

Für einen kurzen Moment glaube ich, mich geirrt zu haben. Ich hoffe es sogar. Er kann nicht für dieses Desaster verantwortlich sein. Nicht der Mann, an den ich vor über zehn Jahren meine Unschuld verlor.

Der Typ auf dem Beifahrersitz lehnt sich verwundert aus dem heruntergekurbelten Fenster. Er kneift die Augen zusammen, dann fragt er: »Jenna?«

Dieser Spitzname und die Narbe, die sich von seiner Augenbraue über seine Nase hinabzieht, beseitigen alle Zweifel. Tatsächlich. Er ist es. Atemlos blicke ich in die Augen von Oliver Reedus, meiner ersten großen Liebe. Oliver, dessen großer Traum es immer war, Polizist zu werden. Der nach unserer Trennung mit meinem Vater zusammenarbeitete. Ausgerechnet er, dem der Schutz der Schwachen einst am Herzen lag, ist an diesem Anschlag beteiligt?

Ich will ihm meinen Ärger entgegenbrüllen. Ihm wehtun. Ich will, dass er den körperlichen und emotionalen Schmerz all der Menschen und Androiden spürt, für den er verantwortlich ist. Doch aus meiner Kehle dringt nur ein Flüstern. »Warum hast du das getan?«

Zögernd wechselt Oliver ein paar Worte mit dem Fahrer, dann

öffnet er die Autotür. Eine dunkelbraune Strähne fällt ihm in die Augen, als er mich ansieht.

»Dasselbe könnte ich dich fragen«, zischt er. »Was machst du hier bei diesen Androidenlovern?«

»Androidenlovern?« Perplex hebe ich die Brauen. »Wie es aussieht, gehöre ich zu ihnen!« Diese Worte verblüffen mich selbst. Schließlich konnte ich die Ansichten der NATAL vor wenigen Tagen teilweise nachvollziehen. Nun habe ich sogar mit einem Androiden herumgeknutscht. Wenn ich also keine Androidenloverin bin, wer dann?

Leise fluchend sieht Oliver sich um. Sein Freund will ihn davon überzeugen, die Beifahrertür wieder zu schließen, damit sie losfahren können, doch er scheint sich nicht von mir lösen zu können. Kein Wunder. Wir waren zwar nicht lange zusammen, aber unsere Beziehung war intensiv. Destruktiv. Bedingungslos.

»Dann stehst du auf der falschen Seite«, presst er hervor. In seinen Augen flackert etwas auf. »Seit wann bist du zurück in Chicago? Weißt du überhaupt, was hier abging? Steig ein, komm mit. Lass uns reden. Wie früher.«

Verwirrt lache ich auf. Das kann doch nicht sein Ernst sein. Denkt er wirklich, ich lasse mich mit Verbrechern ein?

Ich pfeife auf die leise Stimme in mir, die mich zur Vorsicht ermahnt, und laufe auf ihn zu. Vielleicht gelingt es mir, ihn in ein Gespräch zu verwickeln, bis die Polizei da ist. Denn die sollte in wenigen Augenblicken hier sein, genug Leute haben den Notruf gewählt.

»Ich komme nicht mit dir. Das ist zu gefährlich. Warum habt ihr das getan? Habt ihr keine Angst vor den Konsequenzen?«

Oliver sieht mit einem schiefen Lächeln zu mir herunter, dann steigt er aus dem Wagen. Wir stehen einander gegenüber, das erste Mal seit vielen Jahren. Ich stelle fest, wie breit seine Schultern geworden sind. Schon als Sechzehnjähriger hat er auf sein Äußeres geachtet und keine Gelegenheit ausgelassen, sich zu verteidigen. Mich zu verteidigen. Uns. In unserer feindseligen Gleichgültigkeit. »Glaub mir eins, Jenna. Seit die Androiden da sind, weiß ich, was Angst ist. Ich habe mich in meinem Leben noch nie so sehr gefürchtet.«

Ich schürze die Lippen. Was meint er damit? Ich will nachhaken, doch plötzlich öffnet sich die Hintertür des Vortex. Mit erhobener Waffe tritt Harvey heraus.

»Finger weg von meiner Tochter, du Dreckskerl!«

Und dann geht alles ganz schnell. Oliver springt in den Wagen. Der Motor heult auf und setzt zurück.

Harvey zieht mich hinter sich. Bis auf eine Schramme an der Stirn scheint er unverletzt zu sein, steht aber dennoch neben sich. Mit beiden Händen an der Waffe schießt er auf den Kleintransporter. Und trifft daneben.

Der Fahrer reißt am Lenkrad, während er seinerseits eine Pistole aus dem Fenster hält und schießt. Oliver zerrt schreiend an seinem Arm. Das Auto schlingert.

Harvey stürzt sich auf mich und wirft mich zu Boden. Aber auch Olivers Fahrer war nicht besonders zielsicher, wenn er überhaupt treffen wollte. Denn Harvey und ich bleiben unversehrt.

Schwer atmend rollt sich Harvey von mir herunter und sieht sich nach dem Transporter um, doch dieser ist nicht mehr in Sichtweite. Zitternd setzt er sich neben mich an die Hauswand und lässt die Waffe auf den Boden fallen. Seine Hand umklammert meine.

»Fuck«, keucht er. »Bist du okay, Jen?«

»Ich bin okay«, erwidere ich, wohl wissend, dass ich lüge.

Verschwommen nehme ich wahr, dass Sanitäter und Polizei ihren Weg durch das Chaos gefunden haben und bei uns ankommen. Leider zu spät. Doch auch Mika ist bei ihnen, und das gibt mir ein warmes Gefühl von Sicherheit.

Erschöpft lege ich den Kopf auf Harveys Schulter und schließe die Augen. Der Adrenalinpegel in meinem unter Strom stehenden Körper sinkt und alles um mich herum wird schwarz.

9. Kapitel

Ich schrecke heftig aus dem Schlaf. Keuchend fahre ich hoch und warte darauf, dass sich mein Atem normalisiert. Ich bin in meinem Bett. Draußen wird es langsam hell. Das Fenster ist gekippt. Vögel zwitschern. Alles ist okay.

Nach und nach schleichen sich die Erinnerungen an letzte Nacht in mein Bewusstsein.

Die Explosionen.

Oliver.

Die verletzte Piper.

Und Küsse. Mika. Hat er mich ins Bett gebracht?

Nachdem ich geduscht habe, ziehe ich mir einen Hoodie über und laufe die Treppen hinunter in die Küche. Harvey sitzt bereits am Esstisch und schlürft an einer Tasse Kaffee. Ein Pflaster ziert seine Stirn. Als er mich sieht, brummt er ein müdes »Guten Morgen« und holt die Sandwiches aus dem Kühlschrank, die Mika mir vorbereitet haben muss.

»Nicht übel, wie du dich dem Reedus-Jungen gestern Nacht entgegengestellt hast«, murmelt er anerkennend und lässt sich wieder auf den Stuhl sinken. »Wie es sich für eine echte Polizistentochter gehört.«

»Danke.« Ich nehme an seiner Seite Platz und beginne zu essen. Obwohl ich großen Hunger habe und die Sandwiches herrlich duften, bekomme ich nur wenige Bissen runter. Die Ereignisse der letzten Nacht liegen mir schwer im Magen.

»Ich bin froh, dass es euch gut geht«, sagt Harvey leise. Mit ›euch‹ meint er wahrscheinlich Mika und mich. »Gleichzeitig bin ich entsetzt darüber, dass ausgerechnet Oliver für den Anschlag verantwortlich war. Wie du weißt, war er lange mein Kollege.«

»War?«, hake ich nach. »Was ist passiert? Hat er seinen Job verloren? Oder selbst gekündigt?«

»Er wurde den Androiden in der Wache gegenüber immer zynischer«, erklärt Harvey. »Hat nicht damit aufgehört, Mika zu beleidigen. Wollte die Befehle Vorgesetzter nicht befolgen, wenn sie beinhalteten, Androiden zu schützen. All so was. Vor einem halben Jahr wurde er wegen einer Kleinigkeit gefeuert. Eigentlich nur, um ein Exempel zu statuieren. *Seht an, die CPD schützt ihre Androiden*!« Er winkt ab. »Als sei die Polizei ein androidenfreundlicher Raum. Leider hinkt sie bei der Integration genauso hinterher wie die meisten Arbeitgeber. Sie beschäftigt Androiden, Mika verdient aber nicht mal ein Viertel meines Gehaltes. Dabei ersetzt er quasi fünf Harveys.«

Betroffen nicke ich. Dass Mika es auf der Arbeit schwer hat, habe ich befürchtet.

»Da wir Oliver auf frischer Tat ertappt haben, ist die Sache doch klar. Fahrt zu ihm nach Hause und nehmt ihn fest!«, bestimme ich.

»So einfach ist das leider nicht, Jen.«

»Wieso nicht? Wir beide haben ihn gesehen. Er ist vom Tatort geflohen. Und auf uns geschossen hat er auch. Ihr solltet ihn zumindest verhören!«

Harvey kratzt sich den Schnurrbart. »Verhört wird er. Aber viele Polizisten haben eine ähnliche Einstellung wie du noch vor zwei Wochen. Sie wollen nicht, dass Androiden Teil unserer

Gesellschaft werden. Oliver ist so was wie ihr Bruder, der zu Unrecht entlassen wurde. Sie würden meiner Aussage und derer, die unserer Meinung sind, nie Gehör schenken.«

»Gut, dann liefern wir ihnen handfeste Beweise«, erwidere ich und stemme die Hände in die Hüften. »Wir können Oliver nicht so einfach davonkommen lassen!«

Harvey seufzt. »Warten wir ab, was die Vernehmung ergibt.«

Ich nicke und versuche, mich mit der Tatsache um Oliver erst mal abzufinden. »Wie geht es Piper?«

Er lächelt müde. »Sie liegt in der Rosemary Medical Clinic. Ich will sie gleich besuchen fahren. Kommst du mit?«

»Natürlich.«

Während Harvey duschen geht, lege ich meine Comwatch an. Wieder finde ich Nachrichten von Jakob. Der Typ lässt einfach nicht locker, aber soeben ist er mein geringstes Problem. Zwischen all diesen Nachrichten blinkt Mikas Name.

Mika: Hallo, Jen. Es tut mir leid, dass ich heute Nacht nicht bei dir bleiben konnte. Viele Androiden sind ernsthaft beschädigt. Wir haben sie in die Haven Station gebracht, um sie zu reparieren. Zum Glück haben wir noch einen hohen Vorrat Fluranium. Ich hoffe, wir sehen uns bald. Die Küsse gestern Abend fand ich sehr schön. Mika

Also hat Mika mich tatsächlich ins Bett gebracht.

Sein letzter Satz löst unwillkürlich ein Flattern in meinem Herzen aus. Ich fand die Küsse auch schön. Sehr sogar. Aber wie soll ich ihm nachher bloß gegenübertreten?

Als Harvey und ich zum Krankenhaus fahren, trommeln Regentropfen aufs Autodach. Noch ist der Dezemberanfang bemerkenswert mild und der puderzuckrige Schnee ist wieder geschmolzen, doch ich rechne damit, dass sich bald eine dicke Schneeschicht auf die Stadt legen und uns bis ins neue Jahr einhüllen wird. Den Winter in Chicago mag ich gern. Wenn die Nächte länger werden, kommen die Hologramme und meterhohen Werbedisplays an den Wolkenkratzern und den Airships gut zur Geltung und versprühen einen ganz eigenen Charme.

Ich umklammere den Blumenstrauß, den wir an einem Kiosk besorgt haben, und starre aus dem Fenster. Noch immer schwirren mir die Zahlen durch den Kopf, die Harvey mir genannt hat, ehe wir ins Auto stiegen.

Einundzwanzig Verletzte. Drei ringen mit dem Tod.

Auf dem Konzert zirkulierte so viel Energie, so viel Freude. Ausgerechnet die Menschen, die am ausgelassensten in den vordersten Reihen feierten, liegen im Krankenhaus. Wenn Mika und ich länger auf der Tanzfläche gewesen wären, wären wir vielleicht unter den Verletzten. Ich beiße mir auf die Unterlippe und unterdrücke die Tränen. Oliver muss seine gerechte Strafe bekommen.

Als Harvey an einer Ampel zum Stehen kommt, entdecke ich ein digitales Werbedisplay am Straßenrand. Es ist mit magentaroter Farbe beschmiert und fordert Androiden dazu auf, das Land zu verlassen. Zornig schnaube ich.

Harvey legt mir beschwichtigend die Hand auf die Schulter. Plötzlich fühle ich mich ihm so verbunden wie seit Jahren nicht mehr.

Wortlos fahren wir weiter, bis Harvey seine Lippen öffnet. »Du hast dein Versprechen gebrochen.«

Ich muss nicht fragen, was er meint. Es geht um Mika.

»Das hat sich so ergeben«, murmle ich.

»Versteh mich nicht falsch, Jen«, brummt Harvey. »Ich will dir den Jungen nicht verbieten. Im Gegenteil. Ich könnte mir keinen besseren Kerl an der Seite meiner Tochter vorstellen. Wenn du in ihn verliebt bist, schlag zu. Aber sei fair. Wenn du kein tiefergehendes Interesse an ihm hast, sag ihm das. Er ist ein Android, er braucht klare Ansagen.«

Seufzend lege ich das Kinn in die Hand. Ich bezweifle, dass mein Vater der richtige Gesprächspartner ist, wenn es um Beziehungen geht. Aber sein Einwand ist berechtigt.

»Das ist nicht das Problem«, antworte ich gedankenverloren. »Denn … Weißt du, gestern haben wir uns tatsächlich geküsst, und …«

Mein Vater sieht mich von der Seite an, ein schelmisches Lächeln im Gesicht. Aufgrund von dem Lippenstift in Mikas Gesicht wusste er sowieso schon Bescheid.

»Es war so anders, als ich es erwartet habe«, fahre ich fort. »Anders als mit einem Menschen. Und trotzdem …«

Harvey unterbricht mich. Noch immer leuchtet ein belustigter Funke in seinen Augen. »Anders ist nichts Schlechtes.«

»Nein, ganz und gar nicht. Im Gegenteil. Auch wenn es anders war, war es … sehr gefühlvoll. Ich habe das Gefühl, dass ich …« Ich stocke, frage mich kurz, ob ich das jetzt wirklich aussprechen möchte, doch da sprudelt es schon aus mir heraus. »Ein klein wenig verknallt bin.«

Harvey atmet tief durch und umklammert das Lenkrad. So offen haben wir lange nicht mehr über etwas gesprochen.

»Das ist doch schön«, presst er hervor. »Was hält dich auf?«

Gedankenverloren sehe ich nach draußen. Die grüne Umgebung des Wicker Parks weicht der Werbelandschaft der Innenstadt. Beide Stadtteile sind so unterschiedlich wie Mika und ich.

»Wir wissen beide, dass die Chance besteht, dass ich nicht sonderlich gut für ihn bin«, sage ich leise.

»Ach, das meinst du.« Er atmet tief aus. »Angesichts dessen solltest du dir wirklich überlegen, wie weit du mit ihm gehen möchtest.« Nach diesen Worten ist Harvey still und unterstreicht damit, wie berechtigt meine Sorge ist. Wir wissen beide, dass es nicht an Mika liegen wird, wenn eine Annäherung zwischen ihm und mir nicht funktioniert. Sondern allein an mir.

Während wir zum Haupteingang der Rosemary Medical Clinic marschieren, bin ich so sehr in Gedanken vertieft, dass ich Mika erst sehe, als er nur noch wenige Meter von mir entfernt ist. Er steht vor den Schiebetüren und spricht mit dem Pförtner.

Mein Herz macht einen Satz. Mir war nicht bewusst, dass er hier auf uns warten wird.

Als Harvey ihn ruft und er sich zu uns umdreht, ist mir, als geschehe das in Zeitlupe. Seine Haare sind leicht verwuschelt und er trägt den Wollmantel, der ihm so gut steht. Sein Blick findet meinen und sofort formt sich dieses Grübchen auf seiner Wange. Meine Knie werden weich.

Mika umarmt Harvey fest. Dabei schaut Mika immer wieder verstohlen zu mir herüber.

Harvey registriert seinen penetranten Blick. »Vielleicht solltet ihr reden«, murmelt er und sieht mich herausfordernd an. »Ich gehe in der Zwischenzeit rein und frage, auf welchem Stockwerk Piper liegt.« Er tritt durch die Schiebetüren in die Lobby.

»Hey, Jen«, sagt Mika und breitet die Arme aus.

»Hey«, bringe ich schwer über die Lippen.

»Stimmt was nicht?«

Ich zögere und starre auf meine behandschuhten Finger.

»Mika, ich …« *will dir erzählen, wie stark ich im Zwiespalt mit mir selbst bin.*

Ich hebe den Kopf, sehe in sein Gesicht und werfe meine Vorsätze über Bord. Ohne lange zu überlegen, falle ich in seine offenen Arme.

Überrumpelt erwidert er die Umarmung. »Oh, hallo. Schön dich zu sehen. Ich hätte gern früher nach dir gesehen, aber ich war die ganze Nacht unterwegs.«

»Es muss praktisch sein, wenn man kein Schlafbedürfnis hat«, murmle ich und versuche, die Umarmung hinauszuzögern.

»Ist alles in Ordnung?«, fragt Mika und lehnt sich zurück, um mein Gesicht zu sehen. »Was hat Harvey damit gemeint, als er sagte, wir müssen reden?«

Ich schlucke. »Es ist wegen gestern Nacht.«

Geduldig fährt Mika mit den Händen über meine Oberarme. Trotz der dicken Schicht Jacke dazwischen wird mir davon ganz heiß.

Ich gebe mir einen Ruck. »Harvey möchte, dass wir eine Familie sind. Und dass wir uns nicht küssen, wenn wir es nicht ernst miteinander meinen.«

»Verstehe«, sagt Mika nachdenklich. Kurz schweigt er. Dann fragt er unvermittelt: »Meinst du es nicht ernst?«

Mal wieder überrascht mich eine derart direkte Frage. Nervös sehe ich ihm ins Gesicht, dann auf meine Hände. »Doch, nur …«, antworte ich ehrlich. »Ich bin …« *schwierig*, will ich sagen.

Mika überlegt jedoch. »Hör zu, Jen. Mein Speicher enthält viele Informationen zu Familienkonstellationen. Wie eine menschliche Lebenspartnerschaft allerdings beginnt und wo sie endet, weiß ich nicht. Ich wurde nicht hergestellt, um eine romantische Beziehung zu führen, sondern um Tatorte zu analysieren.«

Ich nicke überfordert.

»Bedeutet ›ernst meinen‹ zum Beispiel, dass man weiß, dass man den anderen heiraten möchte?«

»Ja«, stammle ich. »Wenn man es auf das Wesentliche herunterbricht, heißt es das irgendwann. Nicht jeder möchte heiraten, aber durchaus ist das einer der Wege, um auf die wahrhaftige Ernsthaftigkeit hinzuleben.«

Er nickt. »Okay.« Wieder überlegt er. »Woher weiß man, dass man heiraten möchte?«

Ich hole tief Luft. »Bevor man heiratet, datet man einander. Nach ein paar Dates küsst man sich, lernt sich besser kennen, hat gemeinsam Spaß. Meistens auch«, mein Blick gleitet zu seinen Augen. »Sex.« Ich schlucke schwer. »Man führt eine Beziehung, liebt sich. Und wenn man sich sicher ist und das Konzept einer Ehe beiden zusagt, heiratet man. Das muss man allerdings nicht, um zusammen zu sein. Und man muss das auch nicht in wenigen Tagen oder Wochen entscheiden.«

Entschlossen hebt er das Kinn. »Alles klar. Danke dir. Das war sehr aufschlussreich. Also weißt du nicht, ob du mich heiraten willst. Ist es das?«

»Ja«, erwidere ich, in der Hoffnung, dass dies meine Erklärung vereinfacht.

Verständnislos sieht er mich an. »Aber wie sollst du das auch nach so kurzer Zeit sicher wissen? Du hast doch eben gesagt, man muss das nicht in wenigen Tagen oder Wochen entscheiden. Du bist seit sechsundzwanzig Jahren auf der Erde und kennst mich seit zwei Wochen. Wie solltest du dich so schnell für ein Leben mit mir entschieden haben?«

Guter Punkt. Ich zucke die Achseln. »Ich mache mir selbst ziemlich Druck, glaube ich, und Harvey –«

»Laut der Informationen in meiner Datenbank bestimmen Väter in diesem Teil der Erde seit mehreren hundert Jahren nicht mehr die Ehepartner ihrer Kinder«, entgegnet Mika, als sei es völlig normal, in diesem Kontext so ein Argument fallenzulassen. »Ich habe Harvey wirklich gern, aber er sollte dich nicht beeinflussen, wenn es dich nicht glücklich macht.«

Überrascht hebe ich den Kopf. »Damit hast du recht. Aber seine Bedenken sind sicherlich gerechtfertigt. Ich bringe so viel Chaos in dein Leben. Ich …«

»Jen.« Mika nimmt meine Hand in seine. »Ich erkenne, dass du durcheinander bist. Atme durch.«

Ich nicke und hole tief Luft.

Unsere Finger verflechten sich miteinander. In einer perfekten Ergänzung stehen wir für einen Moment da, Hand in Hand, geschützt durch das Dach des Krankenhauseingangs, während der Wind an den Büschen des Vorgartens reißt. Ich spüre die Härte seiner Finger durch meine Handschuhe hindurch, doch ich spüre auch die Verlässlichkeit und Fürsorge in seiner Berührung.

»Ich habe deine Sorge zur Kenntnis genommen«, sagt er leise. »Bitte lass mich selbst entscheiden, wie ich damit umgehen werde. Meiner Berechnung zufolge spricht übrigens rein gar nichts gegen ein Date.«

Auf meinen Lippen bildet sich unwillkürlich ein erleichtertes Lächeln.

Mika kann mir vielleicht nicht jede meiner Unsicherheiten nehmen. Aber dass er sich auf meine Welt und meine Bedenken einlässt und mich ernst nimmt, macht mich freier. Dieses Gefühl ist mir völlig neu. Eine Stütze zu erhalten, ohne festgehalten zu werden. Jemanden zu umarmen, ohne mich ausgebremst zu fühlen.

»Eine Frage habe ich noch, denn mein System zeigt mir hierzu nichts«, sagt Mika.

»Die wäre?«

»Ab wann darf man Sex miteinander haben?«

Umgehend schießt mir die Hitze in den Unterleib. In Mikas Augen funkelt ehrliche Neugier. »Man muss nicht in einer Beziehung sein, um Sex zu haben«, druckse ich. »Also, man könnte reintheoretisch immer Sex haben.«

Entschuldigend zuckt er die Achseln. »Das ist gut zu wissen. Und wie findest du es am besten? In einer Beziehung oder außerhalb?«

»Das kann ich nicht sagen. Beides hat seine Vor- und Nachteile.« Plötzlich muss ich lachen. »Du fragst immer alles so direkt, Mika. Im Gegensatz zu anderen Menschen muss man bei dir nie spekulieren, was du meinst. Du bist immer ehrlich und transparent. Ich finde das so erfrischend. Du bist schon ziemlich in Ordnung, weißt du das?«

»Ich lasse regelmäßig Testläufe durchlaufen, um meine funktionsfähige Unversehrtheit zu garantieren«, antwortet Mika pflichtbewusst. »Ich gebe gut darauf acht, dass ich in Ordnung bin.«

»So was sollte ich auch in Erwägung ziehen.« Ich schmunzle. »Lass uns hineingehen.«

»Da seid ihr ja endlich«, knurrt Harvey, als Mika und ich in die Lobby treten. »Konntet ihr die Sache klären?«

»Ja, alles ist geklärt«, melde ich ordnungsgemäß und steige mit den beiden in den Fahrstuhl.

Heiterer Jazz erfüllt die Kabine. Mein Blick findet Mikas. Er steht mit einem braven Abstand von einem Meter in der anderen Ecke des Aufzugs und lächelt mich verstohlen an. Ich grinse zurück.

Das bleibt Harvey nicht verborgen. »Sicher, dass ihr eure Fronten geklärt habt?«

Plötzlich schaltet sich Mika ein.

»Harvey«, sagt er ernst. »Wir klären die Angelegenheit unter uns. Wir sind erwachsen und können selbst entscheiden, was uns guttut und was nicht.«

Ich bin völlig überrascht darüber, in welch entschlossenem Ton er ihm gegenüber auftritt.

»Erwachsen?«, erwidert Harvey ungläubig. »Du bist achtzehn Monate alt, mein Sohn!«

»Neunzehn Monate, achtundzwanzig Tage, sechs Stunden und vierzehn Minuten, um genau zu sein«, verbessert Mika ihn gefasst. »Androiden erreichen mit der ersten Sekunde ihrer Inbetriebnahme ihren erwachsenen Zustand. Bis auf die LUCY-500, die in ihrem kindlichen Körper und Bewusstsein bleiben.«

»Ich weiß, wie ihr Androiden funktioniert«, knurrt Harvey. »Bei mir wohnt sogar einer, falls du's genau wissen willst.«

Ich räuspere mich und lege ein unbeteiligtes Gesicht auf.

»Jedenfalls werden wir dich konsultieren, wenn wir deinen Rat brauchen. Danke schön«, sagt Mika. »Aber du sollst wissen, dass ich deine Tochter mag. Und die Chancen stehen bei zweiundneunzig Prozent, dass sie mich ebenso mag. Wir werden uns weiterhin daten und vielleicht werden wir irgendwann heiraten.«

Harvey dreht sich mit großen Augen zu mir und ich verschlucke mich an meiner eigenen Spucke.

»Geht es dir nicht gut, Jen?«, sagt Mika und kommt wenige Schritte näher, um mir seine Hand auf den Rücken zu legen.

»Nein. Doch.« Und trotz seiner Worte finde ich ein entspanntes Lächeln, nachdem ich wieder zu Atem gekommen bin.

Von Pipers Zimmer aus, das im fünfzehnten Stock liegt, hat man einen herrlichen Ausblick über Chicago. Nur kann ich ihn kaum genießen. Erleichtert darüber, dass Piper uns bei unserer Ankunft anlächelt, falle ich ihr in die Arme.

»Pass auf«, flüstert sie keuchend. Unter ihrem Nachthemd blitzt eine Bandage auf.

»Sorry.« Schuldbewusst lasse ich von ihr ab und ziehe den Blumenstrauß hervor. »Wie geht es dir?«

»Zwei Rippen sind angebrochen«, erklärt sie mit gepresster Stimme und begrüßt Mika und Harvey mit einem Nicken. »Na ja, und der Oberschenkel. In diesem Zustand wird es schwierig, den Wahlkampf zu leiten, aber ich werde mein Bestes geben. In Zeiten wie diesen ist politische Arbeit wichtiger denn je. Aber nun erzähl mal, Jen. Was ist passiert, nachdem ich weg war?«

Während Harvey und Mika sich zu Ray gesellen, der die Nacht an Pipers Seite im Krankenhaus verbracht hat, setze ich mich an den Bettrand und berichte.

»Es war also Oliver«, keucht Piper erschrocken, als ich mit meinen Erzählungen zum Ende gekommen bin. »Ausgerechnet dein Ex!«

»Ja … Ich hätte auch nicht damit gerechnet, ausgerechnet ihn dort zu sehen. Ich habe zwar versucht, ihn hinzuhalten, aber bewirkt habe ich leider nichts.«

»Du warst so mutig!«, sagt Piper. »Und du auch, Harvey.«

Bei ihren Worten sieht Harvey auf eigenartige Weise berührt aus.

Plötzlich ist Mika an unserer Seite. »Habe ich das richtig verstanden? Ex-Freund? Jen, du kennst diesen Typen?«

Nervös fahre ich mir mit der Zunge über die Lippen. Bis jetzt hatte sich noch keine Gelegenheit ergeben, Mika von meiner Vergangenheit mit Oliver zu erzählen.

Als ich nicht antworte, übernimmt Piper. »Oliver war ihr erster Freund. Sie waren in der zehnten Klasse zusammen.«

Mika sieht mich forschend von der Seite an. Ich hoffe inständig, deswegen in seinem Ansehen nicht gesunken zu sein.

»Das ist mittlerweile echt lange her«, murmle ich.

Piper stimmt zu. »Anfangs war er sehr nett. Je älter er wurde, desto unausstehlicher wurde er.«

»Ich kenne Oliver auch«, sagt Mika. »Von seiner aktiven Zeit als Detective. Freunde sind wir keine geworden.« Zähneknirschend erinnere ich mich an Harveys Erzählungen darüber, dass Oliver Mika abschätzig behandelte. Der Fakt, dass ich jemals mit diesem Mann eine Beziehung geführt habe, auch wenn er damals erst sechzehn war, wird immer befremdlicher.

»Wir tun unser Bestes, dass Oliver gefasst wird und Gerechtigkeit einkehrt. Stimmt doch, Harvey?« Scharf sehe ich meinen Vater an. »Jetzt gönn dir Ruhe, Piper.«

Harvey nickt. »Jen hat recht, Pipes. Gönn dir Ruhe, damit du schnell wieder auf die Beine kommst.«

Als hätten sie sich abgesprochen, tritt bei diesem Stichwort ein Krankenpfleger ins Zimmer, um Piper ins CT zu bringen. Dass sie abgesehen von den Frakturen keine weiteren innerlichen Schäden erlitten hat, soll nun vollständig ausgeschlossen werden. Im Anschluss soll sie Infusionen bekommen. Diese bestehen aus Nanopartikeln von Kohlefasern und legen sich zwischen die Knochenteile, sodass sie vorübergehend aneinanderkleben. Dies beschleunigt die Heilung.

Mika, Harvey und ich verabschieden uns und fahren in Peggy nach Hause.

Dort angekommen, greift Harvey zu seiner Polizeimarke. »Ich werde direkt ins Revier aufbrechen. Meiner Informationen nach soll das Verhör vom Reedus-Jungen erst morgen stattfinden. Ich werde sehen, ob ich etwas beschleunigen kann.«

»Erst morgen?«, frage ich ungläubig.

»Ich hab's dir doch gesagt, Jen«, gibt Harvey missmutig zurück. »Im schlimmsten Fall kommt er ungeschoren davon. Zeugenaussagen hin oder her. Aber mal was anderes: Wie sieht es eigentlich mit einem Job aus? Hast du schon was gefunden? Es könnte dich von allem, was geschehen ist, ein wenig ablenken. Schließlich hätten wir auch draufgehen können.«

Überrumpelt blicke ich auf. »Ich habe nicht mal gesucht. Außerdem weiß ich noch immer nicht genau, wie es in meinem Leben weitergehen soll und wo ich Fuß fassen will.«

»Ziehst du etwa in Erwägung, wieder zu gehen?«, fragt Mika alarmiert. Zu meiner Überraschung scheint auch Harvey bestürzt zu sein, dass dies eine Option ist.

»Ich weiß nicht. Ich bin im Kopf erst frei genug, um eine Entscheidung zu treffen, wenn ich mit Jakob geredet habe. Mein ganzes Zeug steht noch bei ihm.« Ich knete die Finger.

»Wie ich es dir gesagt habe, Jen, kannst du vorübergehend hier wohnen bleiben. Vorausgesetzt, du ziehst irgendwann auch wieder aus«, murmelt Harvey und wirkt trotz des doch recht netten Tonfalls zwischen uns peinlich berührt.

Die nächsten Tage plätschern so dahin. Ich gehe mit Rocky Gassi, besuche Piper im Krankenhaus und denke über meine Zukunft nach. Wahrscheinlich hat Harvey recht und ich sollte in Chicago bleiben und mir hier einen Job suchen. Andererseits kann ich erst einen Haken hinter Philly machen, wenn ich mich mit Jakob auseinandergesetzt habe. Und das fällt mir nach den Geschehnissen der letzten Tage schwer.

Die Erinnerungen rund um den Anschlag aufs Vortex haften an mir wie Kaugummi. Da Mika und Harvey viel unterwegs sind – beide kümmern sich verstärkt um ihre polizeiliche Arbeit, und

Mika widmet sich darüber hinaus den anderen Androiden in der Haven Station – habe ich viel Zeit, um meinen Gedanken nachzuhängen.

Zum Glück achtet Mika darauf, dass wir drei mindestens einmal am Tag gemeinsam am Tisch sitzen und essen. Ich bin ihm sehr dankbar dafür, da Harvey und ich in solchen Situationen dazu tendierten, uns voneinander zu entfernen, anstelle einander eine Stütze zu sein.

Obwohl wir wenig Zeit füreinander haben, klopft mein Herz immer schneller, wenn Mika in meiner Nähe ist. Ich frage mich, ob er das merkt.

Als ich eines Abends von einem Krankenbesuch bei Piper nach Hause komme, ist Harvey gerade auf dem Sprung. Auch Mika ist zu Hause. »Ich wurde heute für die Nachtschicht eingeteilt«, informiert Harvey mich und schlüpft in seine Jacke.

»Ist gut«, gebe ich zurück und fülle Rockys Napf.

Harvey wendet sich an Mika, der abmarschbereit neben ihm steht. »Hey! Willst du etwa mitkommen?«

»Ja. Ich habe bis heute Morgen im CPD geholfen. Im Anschluss war ich in der Haven Station, um meine Artgenossen mit Fluranium und Ersatzteilen zu versorgen. Nun bin ich bereit, dir und Captain Faraday bei den Ermittlungen zu helfen.«

Harvey atmet tief durch. »Du warst in den letzten vierundzwanzig Stunden also länger als zwölf Stunden im Dienst, Detective Mika?«

»Mir macht das nichts aus.«

»Mir ist es egal, ob dir das was ausmacht oder nicht!«, donnert Harvey. »Du nimmst dir den Abend frei.«

»Aber –«

»Nichts aber! Das verstößt gegen das Arbeitsrecht. Auch Androiden müssen sich ausruhen.«

Technisch gesehen müssen sie das zwar nicht, doch mich berührt, dass Harvey Mika eine möglichst menschliche Behandlung zusichern will. Mika will erneut widersprechen, doch Harvey duldet keine Widerrede. Er reißt die Tür auf und stiefelt hinaus. Als er einen letzten Blick über die Schulter wirft, entgeht ihm nicht, wie ich verstohlen in Mikas Richtung schaue. Ein schiefes Lächeln bildet sich auf seinem Gesicht.

Mika bleibt starr im Flur stehen. Langsam dreht er sich zu mir um. »Nun … da ich unerwartet für den Rest des Abends Zeit habe, wie wäre es mit einem Date?«

»Ein Date?« Ich reiße die Augen auf, weil diese Frage aus dem Nichts kam. Gleichzeitig macht mein Herz einen nervösen Satz.

»Ja. Obwohl wir beschlossen haben, einander zu daten, haben wir in den letzten Tagen wenig Zeit miteinander verbracht. Außerdem erkenne ich, dass sich die Chance erhöht, dass du in Chicago bleiben wirst, wenn wir heute endlich auf ein Date gehen. Also, hast du Lust?«

Langsam nicke ich. »Liebend gern, Mika.«

10. Kapitel

Es dämmert, als Mika und ich am Chicago Loop aus der Hochbahn steigen. Schneeflocken rieseln vom Himmel und legen sich auf unsere Mützen. Hier kommt er: der typische Chicagoer Winter.

Weil ich einen Bärenhunger habe, ist unsere erste Anlaufstelle eine Pizzeria. »Ich bin so froh, dass du mich ins Restaurant begleitest, obwohl du als Android gar nicht essen musst«, rufe ich, während ich mich setze.

»Gern, Jen. Du sagtest doch, dass das zu einem Date dazugehört. « Lächelnd beobachtet Mika, wie ich die Speisekarte auf der Displayoberfläche des Tisches studiere.

Viele Restaurants in Chicago bewirteten ihre Gäste komplett digital und ganz ohne Servicemitarbeiter. Das Essen wird von Maschinen zubereitet und von Robotern serviert. Da sich die Menschen voneinander entfremdeten und sich den persönlichen Kontakt zurückwünschten, ging der Trend zurück und es wurden vermehrt Personal eingestellt. Auch in dieser Pizzeria arbeitet eine menschliche Kellnerin.

Ich bin aufgeregt. Der frisch geduschte Mika sieht wahnsinnig hübsch aus. Er trägt ein dunkelblaues Hemd mit weißen Punkten, von dem die drei obersten Knöpfe geöffnet sind. Seine leicht gelockten Haare sind verwuschelt, seine sanften Augen wachsam. Zweifelsohne wäre er mir in freier Wildbahn zwar aufgefallen, wenngleich ich nie vermutet hätte, dass ich jemals auf ein Date mit einem Androiden gehen würde. Doch Zeiten und Ansichten ändern sich. Und die letzten Wochen haben mich eindeutig verändert.

Ich hatte mich kurzerhand in einen schlichten Longsleeve und eine Jeans geschmissen. Nichts Besonderes und dennoch hoffentlich schön genug für Mika.

Ich bestelle eine Pizza mit Käserand und Mika ordert eine Limonade. Nachdem die Kellnerin den Auftrag in ihre Comwatch eingegeben hat, wirft sie Mika einen feindseligen Blick zu. »Die Welt war eine andere, als die Gäste im Restaurant noch gegessen haben«, murmelt sie und verschwindet.

Überrascht blicke ich ihr nach. »Was sollte das denn?«

Mika rutscht unruhig auf seinem Stuhl herum. »Bis zur Revolution war es Androiden nicht gestattet, Restaurants als Gast zu betreten. Bis heute bleiben uns viele Freizeit- und Sportaktivitäten sowie Arbeitsplätze im südlichen Teil Chicagos verwehrt. Dort haben wir fast gar keine Rechte.«

»Aber wieso ist sie sich sicher, dass du ein Android bist? Man sieht dir das nicht an.« Ich gebe mir die Antwort selbst. »Sie muss gehört haben, dass ich gesagt habe, dass du ein Android bist, oder?«

Mika nickt. »Das ist gut möglich. Abgesehen davon trage ich zwar die LED nicht mehr, aber du darfst nicht vergessen, dass ich medienwirksame Verhandlungen geführt habe. TV-Sender haben mein Gesicht ausgestrahlt. Ich bin vielen Bewohnern Chicagos bekannt. Ich könnte mein Aussehen ändern, aber ich hoffe, eines Tages in meiner ursprünglichen Bauweise friedlich leben zu können. Ich bin zuversichtlich.«

»Ändern?«, wiederhole ich und stelle mir vor, wie Mika ein neuer Kopf angeschraubt wird. »Bitte tu das nicht. So, wie du bist,

bist du Mika. Mit einem anderen Gesicht wärst du … na ja, nicht mehr du.«

»Im Inneren wäre ich der Gleiche, Jen.« Er legt die Hand auf seine Brust. Dort, wo kein Herz liegt, sondern eine Pumpe. Mir Kabel und Drähte in Mikas Körper vorzustellen, befremdet mich kurz. Schnell schiebe ich diesen Gedanken aus dem Kopf und schaue der Kellnerin hinterher. »Weißt du was? Wir gehen. Du brauchst dir so was nicht gefallen zu lassen. Wir finden ein Restaurant, in dem du besser behandelt wirst.«

Mika hält mich zurück. »Warte, Jen. Das, was die Frau sagte, ist in Ordnung. Das alles ist ein Prozess. Es braucht Zeit.«

Widerwillig lasse ich mich an die Stuhllehne sinken. Wie kann er so diplomatisch sein, nachdem so mit ihm umgegangen wurde?

»Erinnere dich daran, wie sehr du dich verändert hast, und das innerhalb so kurzer Zeit.« Ein Lächeln umspielt seine Lippen. »Anfangs hattest du Angst vor mir. Und nun sitzen wir sogar zusammen im Restaurant und daten uns. Wir haben uns geküsst.«

Mit gesenktem Blick zupfe ich an der Serviette. »Das stimmt. Ich war wirklich nicht besonders nett zu dir. Und ja.« Ich sehe lächelnd auf. »Wir haben uns geküsst.«

Nachdem ich aufgegessen habe, spazieren wir ins Kino. Weil das der Klassiker aller Dates ist, und weil Mika noch nie ein Kinodate hatte. Irgendwo auf dem Weg begann Mika meine Hand zu nehmen und ich ließ es zu.

»Soll ich dich lieber loslassen?«, vergewissert sich Mika, während wir durch die Innenstadt laufen.

Mit hochgezogenen Schultern schüttle ich den Kopf. »Nein, das ist schon okay. Ich finde es sogar sehr schön.«

»Gut.« Schweigen. Dann fährt er fort: »Wenn ich etwas Unangebrachtes mache, sag es mir bitte. Mir sind so viele Dinge fremd, die Menschen tun. Ich gebe mir große Mühe, sie zu verstehen und mich dementsprechend zu verhalten.«

»Haben wir uns deshalb in den letzten Tagen so wenig gesehen? War es komisch für dich zu hören, dass ich noch eine Verbindung zu meinem Ex in Philly habe?«

»Ja und nein. Einerseits hatte ich tatsächlich viel zu tun, andererseits wollte ich nicht falsch reagieren. Jen …« Er holt tief Luft, kämpft kurz mit sich, spricht dann weiter. »Als du letztens angedeutet hast, dass du bald nach Philly zurückfahren könntest, ist etwas Komisches mit mir passiert. Ich hatte das dringende Bedürfnis, dich aufzuhalten. So habe ich bis jetzt nur bei der Jagd auf Kriminelle empfunden.« Verwundert sieht er mir in die Augen. »Ich wollte dich natürlich nicht einfangen, aber zum Bleiben bewegen. Um jeden Preis. Nur dass du eben keine Kriminelle bist. Aber das Gefühl war verdächtig ähnlich.«

»Ich bleibe erst mal«, versichere ich ihm. »Du brauchst dir keine Sorgen zu machen. Das mit Jakob ist auch für mich schwierig. Ich habe Angst vor ihm. Und dass ich weiß, dass ich mich ihm irgendwann noch mal gegenüberstellen muss, macht die Situation nicht weniger kompliziert. Es tut mir leid, dass ich Jakob vorher nicht in deiner Nähe erwähnt habe. Ich konnte es einfach nicht.«

»Menschliche Gefühle sind so komplex.«

»Das sind sie«, bestätige ich.

»Lass uns versuchen, ab jetzt immer ehrlich zueinander zu sein«, spricht Mika.

»Ich habe keinen Zweifel daran, dass du es nicht bist. Und ich werde es ab jetzt auch sein, okay?«

»Das wäre schön. Versuche, dabei Ironie zu vermeiden. Ich bin noch nicht wirklich gut darin.«

Ich muss lachen. »Versprochen.«

Mika nickt nur.

»Und weil wir beschlossen haben, so ehrlich zu sein – mal was anderes.«

Er sieht mit konzentriertem Blick zu mir.

»Hattest du schon mal Sex, Mika?«

»Sex?« Seine Stimme wird lauter als gewohnt.

»Ja?«

»Nicht mit einem Menschen«, antwortet Mika. »Und du?«

»Womit denn dann?« Meine Stimme zittert. »Natürlich hatte ich Sex!«

»Oh. Und, wie hat es dir gefallen?«

Ich erröte. »Das hängt vom Partner ab. Aber hey, ich habe zuerst gefragt!«

Er denkt kurz nach. »Ich hatte Sex mit mir selbst. Das zählt doch, oder?«

Meine Augen weiten sich. Krampfhaft versuche ich, mir das nicht bildlich vorzustellen. Klappt leider nicht. »Das zählt irgendwie und dennoch nicht so richtig«, murmle ich.

Er zuckt die Achseln. »Wie soll ich das verstehen?«

»Du hattest auch mit keiner Androidin Sex?«

»Nein.«

Plötzlich kann ich meine Neugierde nicht mehr zügeln. Eine Frage, die mich beschäftigt, seit ich am ersten Abend in Chicago seine schwarzen Boxershorts im Schrank gesehen habe, sprudelt nur so aus mir heraus. »Du hast aber schon einen –« Ich stocke und bringe das Wort nicht über die Lippen.

»Einen was?«, erwidert Mika verständnislos.

»Einen …« Meine Wangen glühen spürbar.

»Was meinst du, Jen?«, fragt Mika mit verwunderter Entschlossenheit.

»Einen Penis«, platzt es mit geschlossenen Augen aus mir

heraus. Eine Passantin dreht sich zu uns um und beschleunigt empört ihren Schritt. Mit noch heißeren Wangen ziehe ich die Schultern hoch.

Mika lacht. »Ach so, das meinst du.«

Mittlerweile sind wir vor dem Kino angekommen. Besucher drängen sich an uns vorbei und studieren die Plakate. Weil ich ihnen Platz machen will, trete ich einen Schritt zur Seite und bin Mika plötzlich unerwartet nah. Unsere Wintermäntel berühren sich. Seine Hand findet wieder meine. Heiße Nervosität durchflutet meinen Körper.

Als wolle er Spannung erzeugen, lässt Mika sich Zeit mit seiner Antwort.

»Ja, habe ich«, erwidert er langsam und beobachtet genau, wie sich mein Gesichtsausdruck verändert.

Mein Herz rutscht in die Hose. »Alles klar, gut zu wissen! Das hat mich einfach interessiert«, gebe ich bemüht gefasst zurück.

»Dein Puls hat sich beschleunigt«, sagt er dumpf, während seine Finger über mein Handgelenk gleiten. »Gefällt es dir, wenn wir darüber reden?«

»Nun«, presse ich hervor. Er wirkt enttäuscht, und so verbessere ich mich: »Nicht hier! Erzähl mir lieber zu Hause mehr davon.«

»Okay«, sagt Mika und folgt mir zum Eingang.

Im Kinofoyer schüttelt er sich den Schnee aus den Haaren. Sie glänzen nass im Licht der digitalen Werbeplakate. Unsicher tritt er von einem Fuß auf den anderen. Die vielen neuen Eindrücke, mitunter der Geruch von Popcorn und Nachos, und die holografischen Kurztrailer über den Kassen scheinen ihn zu befremden.

»Welchen Film wollen wir uns ansehen?«, flüstert er mir zu.

»Wir haben die Wahl zwischen einem Liebes- und einem

Horrorfilm«, informiere ich ihn. »Du bist gefragt, Mika. Worauf hast du Lust? Was entspricht deinem Geschmack? Was interessiert dich?«

Mika betrachtet das Filmprogramm, als entziffere er Hieroglyphen. »Ich weiß nicht. Was schaut man eher bei einem Date?«

»Beides passt zu einem Date«, antworte ich wahrheitsgemäß. Da ich sehe, wie schwer er sich tut, helfe ich ihm auf die Sprünge. »Du könntest ein Gentleman der alten Schule sein und die Dame an deiner Seite entscheiden lassen. Sie hält zwar nicht viel von Tradition, aber heute macht sie vielleicht eine Ausnahme.«

Mika lächelt erleichtert. »Das wäre hilfreich. Bitte, entscheide du, Jen.«

»Gut! Dann wird es der Horrorfilm«, bestimme ich kurzerhand.

Wir kaufen Tickets und betreten den Kinosaal. Die Leinwand besteht aus einer Kuppel, auf der Filme in zweihundertsiebzig Grad erzeugt werden. Uns wurde eine Bank zugeteilt. Die Kassiererin hat uns wohl für ein Paar gehalten.

Während der Saal sich füllt, sieht Mika sich um. Dass so viele Leute ihre Freizeit hier verbringen, scheint er nicht nachvollziehen zu können. Offenbar teilen die meisten Androiden seine Skepsis, denn ich sehe nur einen weiteren, der seine LED trägt.

»Lass mich das zusammenfassen, damit ich es besser verstehe«, sagt Mika skeptisch. »All diese Menschen setzen sich in einen großen Raum, um zusammen auf diese Leinwand zu schauen. Und dann küssen sie sich?«

»Idealerweise schon«, erwidere ich belustigt.

»Daten alle?«, fragt er ungläubig.

Ich lache. »Ich denke nicht alle.«

»Das ist ein seltsamer Ort für ein Date«, stellt Mika fest. »Während man einen Film sieht, kann man sich doch gar nicht kennenlernen.«

Ich muss grinsen, denn irgendwie hat er recht.

Als sich die Vorhänge öffnen, ziehe ich meine Smartbrille auf. Normalerweise nutze ich dieses Gadget selten, da die Comwatch alle meine Bedürfnisse befriedigt. Für die 3D-Effekte ist sie allerdings unerlässlich. Ich weiß, dass es mittlerweile eine Technologie gibt, mit der man die Vorzüge der Smartbrille uneingeschränkt nutzen kann, ohne das Modell zu tragen. Seit dem letzten Jahr ist es möglich, sich Smartlenses operativ auf die Netzhaut setzen zu lassen. Jakob hatte mit dem Gedanken gespielt, doch mir ist das aktuell noch zu riskant und zu teuer. Als ich mich etwas näher an Mika setze, stelle ich fest, dass er keine optischen Hilfen benötigt, um die 3D-Effekte zu sehen. Offenbar wurde die Technologie der Smartlenses direkt in die Androiden verbaut.

Der Streifen wird mit einem Dreifachmord eingeläutet. Highschool-Setting trifft auf Slasher.

Mika sieht bereits nach den ersten zehn Minuten verwundert aus. An manchen Szenen erschaudere ich und schmiege mich an seine Schulter, woraufhin er liebevoll den Arm um mich schlingt.

Weil der Film mich weder mit seiner Handlung noch seinen Charakteren so richtig überzeugt, konzentriere ich mich auf Mika, der erst verständnislos, dann zunehmend angewidert auf die Leinwand stiert. Das nervöse Feuer in meiner Brust registriert jede seiner Bewegungen und frohlockt, sobald er mich berührt. In mir entflammt das Verlangen, die Finger unter sein Hemd gleiten zu lassen. Ich will mich vergewissern, ob seine Haut wirklich so weich ist, wie sie aussieht.

Um ihm näher zu sein, lege ich meine Beine auf seinen Schoß und bedanke mich insgeheim nachträglich bei der Kassiererin für die Bank.

Als er sich zu mir dreht, sind unsere Gesichter einander ganz nah. Meinen Unterarm lehne ich auf seine Schulter. Ich spüre seinen Atem auf meiner Stirn. Künstlicher Atem, den er nur simuliert, um einem Menschen möglichst ähnlich zu sein.

»Hast du Angst?«, fragt er leise. »Dein Herz schlägt so schnell, dass es mich nervös macht.«

»Ja. Der Streifen ist gruselig«, bestätige ich und bin froh, dass ich es auf den Film schieben kann und nicht auf meine lodernden Gefühle.

Er nickt, zieht mich näher an sich und fährt kurz mit den Lippen über meine Schläfe. Eine Gänsehaut bildet sich auf meinen Armen. Warum sind eigentlich nur die ersten drei Knöpfe seines Hemdes offen? Und nicht vier? Oder fünf? Oder alle? Solange ich ihm nahe bin, wird sich mein Puls wohl nie beruhigen.

Das bemerkt auch Mika. »Im Ernst, Jen, geht es dir gut?«

»Ja. Es ist nur … Wir haben uns so lange nicht mehr geküsst«, flüstere ich zurück, weil ich an nichts anderes denken kann.

Ein besonders blutrünstiger Mord unterbricht unser Gespräch. Den Arm um Mikas Bauch geschlungen, wende ich den Blick ab. So langsam habe ich keine Lust mehr auf den Film. Vergeuden wir hier nicht unsere Zeit?

»Lass uns aufbrechen«, flüstere ich und greife nach meiner Jacke.

»Willst du nicht wissen, wie es ausgeht?« Mikas Augen leuchten verdutzt im Schein der Leinwand.

»Ich weiß, wie es ausgeht. Alle sterben, außer die Jungfrau. Es ist immer so. Wir machen etwas anderes, das mehr Spaß macht. Komm!«

Mika gibt sich geschlagen und wir stolpern über ausgestreckte Beine zum Ausgang.

»Ich verstehe dich nicht, Jen«, sagt Mika verwirrt, als wir das Kino verlassen haben. »Warum kaufen wir Tickets für einen Film, den du nicht zu Ende schauen möchtest?«

Er folgt mir in eine Seitenstraße und stockt, als er sieht, dass ich mich an eine Hauswand gelehnt habe und die Arme nach ihm ausstrecke. Die Begierde, die aus meinen Augen sprühen muss, gibt ihm die Antwort auf seine Frage, und er nimmt vorsichtig meine Hände, sodass ich ihn an mich ziehen kann. Schüchtern hält er inne, verarbeitet den Moment.

Auf die Zehenspitzen gestellt, strecke ich mich ihm entgegen. Ich spüre seinen künstlichen Atem auf den Lippen. Vorsichtig tasten seine Hände sich in meine offene Jacke, umfassen behutsam meine Taille.

»Bist du dir sicher, dass das nach menschlichen Maßstäben nicht zu schnell geht?«, fragt er benommen. Ein verzweifelter Versuch, alles richtig zu machen.

»Geht dir das zu schnell?«, hauche ich, bebend vor Anspannung.

»Nein«, erwidert er, den Blick sehnsüchtig auf meine Lippen gerichtet.

»Mir auch nicht. Jeder kann sein eigenes Tempo bestimmen. Und ich finde, dass genau dieses Tempo für uns perfekt ist.«

Ein zurückhaltendes Lächeln huscht über sein Gesicht, dann erlöst er mein bittendes Drängen. Er beugt sich zu mir herunter und küsst mich. Ganz vorsichtig, ganz langsam, ganz zart und das, obwohl seine Lippen so fest sind. Es ist wie vor wenigen Tagen. Und doch anders. Dieses Mal bin ich vollständig nüchtern, absolut selbstbestimmt. Der Kuss mit Mika übertrifft all meine Erfahrungen. Er küsst mich nicht nur. Er zeigt mir, dass er mich begehrt.

Obwohl er sich in den vergangenen Stunden zurückgehalten hat, beantwortet er mein hallendes Verlangen mit lodernder Leidenschaft. Er liefert mir, wonach ich gebeten habe, nämlich sich. Und er hat eine Menge Spaß daran. Sein sanftes Lächeln zwischen den Küssen beweist es.

Es ist kalt, doch Mikas Haut glüht. Er küsst mich mit solcher Hingabe, dass ich mich flüchtig über das Feuer in seinem Herzen oder seiner Pumpe – oder was weiß ich – wundere.

Als seine Hände zu meinem Hintern gleiten und er mich an sich drückt, keuche ich auf. Die Frage, ob der Android einen Penis hat, ist hiermit endgültig geklärt, denn er presst ihn an mich und gibt mir einen Vorgeschmack darauf, was mich erwarten könnte, wenn wir zu Hause sind.

Seine Erektion durch den Stoff unserer Kleidung zu spüren, bringt mich fast um den Verstand. Ich hätte nie gedacht, dass sie der Erregung eines Mannes ähnelt.

Als Mika schließlich die Lippen von meinen nimmt, sind seine Wangen von einem matten Rosaton überzogen. »Du hast recht. Das hier ist echt spaßiger als der Film«, sagt er und grinst dabei so unschuldig, als hätte er mir gerade nicht den aufregendsten Kuss meines Lebens verpasst.

11. Kapitel

Es ist bereits spät, als Mika die Tür meines Elternhauses entriegelt. Er tut das, indem er die Haut von seinen Fingerspitzen löst und diese auf den Scanner legt. Er besitzt keinen Fingerabdruck, hat in seinen Fingerspitzen aber Daten vermerkt, die denen eines Daktylogramms entsprechen. Dicke Schneeflocken fallen vom Himmel und legen sich leise auf den Vorgarten. Meine Lippen brennen, aber mein Herz glüht. In der Schwebebahn haben wir so heftig geknutscht, dass eine Frau, die uns gegenübersaß, sich entnervt weggesetzt hat. Wir begegnen einander ähnlich hungrig, wie ich mich in Kennenlernphasen der Vergangenheit anderen Jungen oder Männern angenähert hatte. Nur ist es jetzt heftiger. Viel interessanter, viel packender. Das Ausloten der Grenzen, Herausfinden der Vorlieben verläuft recht gleich. Aber bei niemandem war ich mir so sicher, dass er mich nie wie Dreck behandeln würde.

Im Haus ist es ruhig. Harvey arbeitet schließlich eine Nachtschicht. Gemeinsam huschen wir ins Bad und putzen unsere Zähne. Auch Mika. *Menschliche Angewohnheit adaptieren* nennt er es.

Nachdem wir fertig sind, treten wir aus dem Badezimmer vor meine Tür, wo Mika meine Hände nimmt. »Das war ein wunderschöner Abend, Jen«, sagt er, zieht mich in eine rasche Umarmung und gibt mir einen sanften Kuss auf den Mund. »Ich wünsche dir eine gute Nacht.«

»Warte«, stottere ich verwirrt. »Du willst gehen?«

»Ja, es ist spät. Du solltest dich ausruhen, um deinen Schlafrhythmus nicht durcheinanderzubringen. Wir sehen uns morgen.« Er lächelt und lässt mich im Türrahmen stehen.

Entsetzt starre ich ihm hinterher und versuche, zu verstehen, was gerade passiert ist. Eigentlich dachte ich, wir würden daran anknüpfen, wo wir aufgehört haben. Bin ich abgeblitzt? Irritiert gehe ich Mika hinterher.

Ich finde ihn im Wohnzimmer wieder, in dem er gerade dabei ist, die Decke aufzuschütteln. »Willst du ernsthaft nach heute hier unten schlafen?«

Überrascht sieht er mich an. »Was ist so schlimm daran?«

»Nach dem Abend dachte ich –«

»Dachtest du?« Mika legt den Kopf schief und hat keine Ahnung, auf was ich hinauswill.

»Ich dachte, du schläfst bei mir. Beziehungsweise du simulierst deinen Schlaf bei mir.«

Mika schüttelt den Kopf und lässt sich auf dem Sofa nieder. »So gern ich das tun würde, aber das geht nicht, Jen.«

»Warum nicht?« Mein Blick fällt auf das einer Waage ähnelnde Gerät, das in die Steckdose neben dem Fernseher eingestöpselt ist. »Musst du dich … aufladen?« Auch wenn es sich seltsam anhört, spreche ich es aus.

Er lächelt. »Nein. Das habe ich letzte Nacht getan. Außerdem müssen meine Fußsohlen nur alle achtundvierzig Stunden für neunzig Minuten mit dem Ladetablet in Kontakt stehen. Meistens wähle ich dafür den Zeitraum zwischen drei und vier Uhr dreißig, da dann die meisten Menschen schlafen.«

Also befinden sich Akkus in seinen Füßen? »Wenn du noch aufgeladen bist, woran scheitert es dann?«

Eindringlich sieht er mich an. »Wenn ich die Nacht bei dir verbringe, besteht eine achtzigprozentige Wahrscheinlichkeit, dass es zu Intimitäten kommt. Du hast gesagt, dass selbst Küsse beim ersten Date unüblich sind. Ich will mich an deine Vorgaben halten.«

Für einige Augenblicke bin ich sprachlos. Wieso hält er so eisern an den Worten fest, die ich ihm heute Nachmittag gesagt habe? Sein Verhalten überfordert mich. Meine Ex-Freunde waren nicht so. Die legten sich in mein Bett, ohne dass ich sie dazu auffordern musste.

Ich atme tief durch. »Hör zu. Wir müssen keinen Sex haben, wenn du das nicht willst. Wir können angezogen bleiben und kuscheln. Ich erteile dir hiermit die offizielle Erlaubnis, die Nacht in meinem Bett zu verbringen. Ich bitte dich sogar darum.«

Skeptisch sieht er zu mir hoch, ohne sich zu rühren.

Seufzend setze ich mich neben ihn. »Ich will dir nicht zu nahe treten, Mika. Wenn du nicht bei mir schlafen möchtest, ist das in Ordnung. Aber sei dir sicher, dass du kein Tabu brichst, wenn du es doch tust. Im Endeffekt stellen wir unsere Regeln selbst auf. Du musst dich weder an eine Programmierung halten noch an eine soziale Norm.« Ich ziehe seine Decke ein wenig an mich. Sie riecht nach Mika.

»Tabu?«, hinterfragt er. »Gib mir einen Moment, um meine Datenbank nach dem Wort zu durchsuchen.« Seinem konzentrierten Gesichtsausdruck folgt ein leerer Blick, ehe er zusammenfasst: »*Ein Tabu beruht auf einem stillschweigend praktizierten gesellschaftlichen Regelwerk, das bestimmte Verhaltensweisen auf elementare Weise gebietet oder verbietet.* Trifft es das?«

Ich muss schmunzeln. Es ist niedlich, wie bemüht er ist, alles richtig zu machen. Gleichzeitig liegt genau hier der Knackpunkt. Manche gesellschaftlich akzeptierten Verhaltensweisen kann man nicht nachschlagen. Sie gelten universell und unausgesprochen.

»Ja«, antworte ich. »Es ist nicht gesellschaftlich geächtet, nach solch einem Abend die Nacht im selben Bett zu verbringen.«

Nachdenklich sieht er mich an. Er hebt seine Hand und seine Finger verflechten sich mit meinen Haaren. Je länger er mein Gesicht studiert, desto liebevoller und sehnsüchtiger werden seine Berührungen. »Ich glaube nicht, dass Harvey damit einverstanden wäre«, flüstert er schließlich.

»Na und? Du hast selbst gesagt, dass uns das egal sein kann. Dass wir erwachsen sind.« Ich zupfe an seinem T-Shirt. »Wir dürfen selbst entscheiden. Uns zwingt keiner zu etwas.«

Mein bittender Blick überzeugt ihn endgültig. »Okay, Jen. Ab ins Bett mit uns.«

Erleichtert springe ich auf und ziehe ihn hinter mir her. Im Zimmer angekommen, wirkt Mika mit einem Schlag ungewöhnlich unsicher. Sein Blick schweift über die Einrichtung, meine Koffer und schließlich zum Bett, als habe er es noch nie gesehen.

Fröstelnd krieche ich unter die Decke und halte sie ihm auf. »Worauf wartest du? Komm!«

Mika sieht zur Tür, als könnte Harvey jeden Moment reinplatzen, um ihm eine Schelle zu verpassen. Dann gibt sich Mika einen Ruck und krabbelt zaghaft auf die Matratze. Obwohl er am Rand liegt, flutet mich die von ihm ausgehende Wärme wie ein beruhigender Nebel.

»Du brauchst dich nicht zurückhalten«, flüstere ich. »Komm ruhig näher!«

Zögerlich schiebt er sich mir entgegen. Unsere Hände finden sich und ich ziehe mich ein wenig mehr an ihn.

»Ist alles okay?«, frage ich, stütze den Kopf auf der Hand ab und streichle vorsichtig über seine Hand.

»Ich war noch nie mit jemandem in einem Bett«, antwortet Mika leise.

»Nachdem du mir vorhin von deinem Penis erzählt hast, habe ich nicht damit gerechnet, dass dich das so sehr überfordert«, flüstere ich.

»Das Bett zu teilen ist etwas anderes, finde ich. Es ist intimer.«

»Ich finde es schön mit dir. Vor allem, weil du so warm bist.«

»Das liegt an meiner Haut. In ihr sind vorwiegend Komponenten vereint, die meine menschliche Erscheinung authentisch machen. Die Optik, die Haptik. Und meine Haut reguliert die Körperwärme. Außerdem ummantelt sie meine wahre Gestalt aus weißem Polycarbonat. Da sie so viele optische Funktionen erfasst, dämpft sie meine eigenen Empfindungen, weshalb wir Androiden die Haut zu manchen Gelegenheiten zurückziehen, um intensiveren Kontakt mit fremden Materien aufzunehmen. Nun habe ich meine Hauttemperatur etwas erhöht. Da meine Infraroterkennung meldet, dass du frierst.«

»Das ist lieb von dir.« Meine Finger gleiten seinen Arm hinauf, der unterhalb seiner Haut fest und unnachgiebig ist. Nun verstehe ich, weshalb er sich gleichzeitig so menschlich und so hart anfühlt. Es ist ein schönes Gefühl, zu wissen, dass er diese Wärme eigens für mich erzeugt.

Obwohl ich mich in seiner Nähe immer wohler fühle, scheint Mika nicht von seiner Anspannung loslassen zu können. Ich überlege fieberhaft, was ich tun kann, um sie ihm zu nehmen. Schließlich fällt mir das Frage-Antwort-Spiel ein und ich stupse ihn an. »Sag mal, hast du in den letzten Tagen mehr über deine Vorlieben herausgefunden? Du könntest mir weitere Dinge nennen, die du magst.«

Der Plan scheint zu funktionieren. Mika antwortet auf Anhieb. »Ich habe ein Lieblingsgetränk. Orangenlimonade.«

Ich muss kichern. »Stimmt, Orangengeschmack ist total Mika. Du schmeckst oft danach. Beim Küssen, meine ich.«

Seine Hand reagiert vorsichtig auf die Berührungen meiner Finger. Er tastet nach mir, streichelt mich. Dreht fragend den Kopf. »Ist das schlimm?«

»Nein, gar nicht. Orangenlimonade ist lecker. Ich find es schön, dass du das magst.«

Dann fährt er fort: »Ich mag den Spätherbst und den Winteranfang. Wenn der Regen an das Fenster peitscht und ich geschützt in einem Zuhause in der Wärme sitze. Ich mag auch Schnee. Mir gefällt, wie aufgewühlt das Wetter ist, wenn es stürmt. Wie der Wind an den Bäumen reißt. Es ist so lebendig.«

Das überrascht mich ein wenig. »Oh, okay. Mir persönlich ist der Sommer lieber.«

»Ist der Sommer besser?« Mikas Hand umschließt meine nun fest.

»*Ich* finde den Sommer besser. Was *du* am besten findest, ist dir überlassen. Wir können unterschiedliche Dinge mögen.«

»Im Frühwinter habe ich dich kennengelernt«, fährt er leise fort. »Es hat Schneeregen gegeben, als du nach Chicago gekommen bist. Ebenso, als ich dich das erste Mal in den Arm genommen habe. Ich stehe mit dir oft im Regen oder im Schnee.«

Ich halte inne. Mir war nicht bewusst, dass ich ein so zentraler Teil seiner Wahrnehmung bin.

»Ich mag auch den Geruch von Regen«, sagt er. »Und den von deinem Apfelshampoo. Ich rieche deine Haare so gern, wenn sie nass sind vom Regen.«

Ich rutsche an ihn heran und er breitet den Arm aus, sodass ich mich auf ihn legen kann.

»Auch jetzt«, sagt er leise, mit dem Blick zum Fenster gerichtet, »ist es schön, dem Schnee dabei zuzusehen, wie er die Welt weiß macht und wie sich in der Natur so viel tut. Klingt das komisch?«

Im Gegenteil. Ich könnte ihm stundenlang zuhören. »Nein, erzähl ruhig weiter!«

Mika nickt. Nach kurzem Überlegen fügt er entschlossen hinzu: »Ich mag keine Horrorfilme. Und ich mag Kinos nicht.«

Ich kichere wieder. »Das kann ich dir nicht verübeln. Wir müssen ja nicht noch mal in ein Kino gehen.«

Mika überlegt weiter. »Aber ich mag dich«, sagt er schließlich. »Du gehörst zu den Dingen, die ich *wirklich* mag. Viele der Sachen, die ich mag, haben mit dir zu tun, Jen.« Als ich nichts erwidere, schaut er zur Zimmerdecke und fährt fort. »Ich mag, wie du aussiehst. Ich mag deine Augenfarbe. Deine Haare. Ich mag, wie du riechst. Wie du atmest, wenn du mich küsst. Als gäbe die Luft dir Energie, um den Kuss besonders zu machen. Und als würdest du ganz viel von dieser Energie wollen, um alles einzigartig zu machen. Für dich, für mich. Für den Moment. Jeder Kuss mit dir ist ein kleines Für-immer. Du bist so klein und hast so viel Energie. Für so viel. Für die Dinge, die du willst. Und manchmal bin ich das. Dein Für-immer. Dein Alles. Ich mag das Gefühl so sehr, das ich habe, wenn ich für den Moment alles für dich bin.« Er stockt, dann fährt er fort: »Manchmal bist du zornig. Dann fröhlich. Du lachst so sehr, dass es mich mitreißt. Obwohl ich oft nicht verstehe, worüber du lachst. Dann bist du verletzlich. So klein. Ein kleiner Mensch voller Gefühle. Voller Unsicherheit. Voller Selbstbewusstsein. Voller Unabhängigkeit. Voller Selbstzweifel. Voller Ideen. Voller Glück. Dann wieder verloren. So allein. So leise. Und so wunderschön.«

Stille legt sich über den Raum. Starr liege ich in seinem Arm, unfähig, etwas zu erwidern.

Vorsichtig schiebt Mika den Arm unter meinem Kopf vor und dreht sich auf den Bauch. Dann stützt er sich auf den Unterarmen ab.

»Bei dir zu sein, gibt mir Raum, ich zu sein. Das ist gleichzeitig viel Raum, etwas falsch zu machen.« Er streichelt meinen Arm. »Es gibt nicht viele Dinge, die ich wirklich will. Ich will Gleichberechtigung für Androiden. Dass es Harvey gut geht, weil er meine Familie ist. Und ich will, dass du glücklich bist. Ich will dich nicht enttäuschen. Ich will bei dir sein. Ich will unter keinen Umständen, dass du dich in meiner Gegenwart unwohl fühlst. Ich will, dass es dir gut geht. Dass du glücklich bist. Egal wie. Ich will dich glücklich machen. In den Momenten, in denen ich dein Alles bin.«

Mindestens eine Minute vergeht, in der niemand spricht. Ich bin sprachlos darüber, auf welch wundervolle Art der Android mich beschrieben hat. Und welch unschuldige, bezaubernde Worte er für mich gefunden hat. Ich will sie festhalten, mir jedes Einzelne einprägen. Viel zu schön sind sie, als dass ich sie jemals vergessen darf.

Schließlich breche ich die Stille. »So was hat noch nie jemand zu mir gesagt.«

»War das unangebracht?«, fragt Mika.

»Nein«, erwidere ich sofort. »Es war wundervoll, ich …« Mein Herz klopft so heftig gegen meinen Brustkorb, dass ich nur schwer einen klaren Gedanken fassen kann. Ich versuche, meine Worte sorgfältig zu wählen, etwas zu sagen, das ihm auch nur ansatzweise gerecht wird. Doch mein Kopf ist wie leergefegt, schlichtweg überwältigt. Ich drehe mich auf den Rücken und sehe ihn an. »Ich würde dir gern auch so etwas Wunderschönes sagen können, Mika«, flüstere ich mit belegter Stimme. »Aber keiner meiner Gedanken kommt dem gleich, was du soeben ausgesprochen hast.«

»Hey«, unterbricht er mich leise. Sein Atem tanzt über mein Gesicht. »Das ist völlig in Ordnung. Wir haben Zeit, Jen. Ich werde dich zu nichts drängen.« Er beugt sich über mich und küsst mich zart auf die Lippen. Mit pochendem Herzen erwidere ich es. Mika ist alles, was ich gerade brauche. Alles, was ich nun will. Er ist mein Alles.

Seine Hand löst sich von meiner, ehe er sie an meine Handfläche drückt. Und dann geschieht es. Die Haut seiner Fingerspitzen löst sich, schiebt sich zurück bis zu seinem Handgelenk und ich berühre das harte Polycarbonat – unummantelt, nackt, echt.

Mein Atem stockt, als ich die Lippen von seinen löse und das Schauspiel aus den Augenwinkeln betrachte. Seine weiß schimmernde Hand liegt an meiner. Mit seiner Haut ist auch die Wärme aus seinen Fingergliedern gewichen. Nun sind sie kühl, fest und glatt. Doch in ihrer Berührung trotzdem sanft.

Ich sehe ihm in die Augen und nehme seine unregelmäßigen Atemzüge wahr. Kleine Aussetzer, die die Nervosität unterstreichen, mit der er meine Reaktion erwartet.

Ich fahre mir mit der Zunge über die Lippen, blicke auf unsere aneinander liegenden Hände, horche in mich hinein und muss lächeln. Erleichtert darüber, dass mir diese Besonderheit gar nichts ausmacht. Im Gegenteil. Er mag anders sein als ein Mensch. Ungeachtet dessen ist er Mika. Die Person, in die ich bis über beide Ohren verliebt bin.

Erneut drücke ich die Lippen auf seine und schließe die Finger um seine synthetische Hand.

Er empfängt meine Akzeptanz mit einem Seufzer der Erleichterung.

Eine Weile küssen wir uns voller Hingabe.

Bis ich mit pochendem Herzen auf seinen Oberarm sinke und sich die Haut zurück bis über die Fingerkuppen schiebt. Hinter mir liegend vergräbt er die Nase in meinem Haar, küsst vorsichtig meinen Hinterkopf und schlingt den Arm um mich.

Während er mir beruhigend über die Schulter streichelt, schlafe ich ein. Mit dem wundersamen Gefühl, in seinen Armen zur Ruhe kommen zu dürfen.

12. Kapitel

Als ich drei Tage später ins Krankenhaus fahre, gießt es auf einmal in Strömen. Wo ist bitte der Schnee geblieben? Glücklicherweise bin ich vorbereitet und schlüpfe in ein Regencape. Ich denke an Mikas Vorliebe für Regenwetter und muss grinsen. Er war heute Morgen bereits früh zur Wache aufgebrochen. Seine Routine lässt keineswegs nach: Die Käsesandwiches waren im Kühlschrank.

Pipers Augen leuchten, als ich den Kopf durch die Tür ihres Krankenzimmers stecke. Glücklicherweise sieht sie eine ganze Ecke erholter aus als bei meinem letzten Besuch. Immerhin haben die Untersuchungen ergeben, dass sie keine inneren Verletzungen davongetragen hat.

»Jen, wie geht es dir?«, fragt sie strahlend, während ich sie sachte zur Begrüßung an mich drücke.

»Das fragst du mich?«, erwidere ich. »Du bist die Verwundete. Also schieß los. Was machen die Rippen und das Bein?«

Sie zuckt hilflos die Achseln. »Wehtun. Bis ich wieder ganz gesund bin, dauert es. Glücklicherweise schwebt keiner der Schwerverletzten mehr in Lebensgefahr. Wenn ich Glück habe, werde ich in ein paar Tagen entlassen!«

Überrascht setze ich mich auf einen Stuhl neben dem Bett. »Kommst du überhaupt ohne Hilfe zurecht?«

»Ray wird mich unterstützen. Somit kann ich einen Teil meiner Arbeit von zu Hause aus erledigen.«

»Dein Einsatz in allen Ehren. Aber bitte pass auf dich auf, Pipes. Gönn dir Auszeiten.«

»Die Politik braucht mich. Ich kann es mir nicht leisten, wochenlang auszusetzen. Nicht nach dem, was im Vortex geschehen ist.«

Seufzend lehne ich mich zurück. Ich kenne meine Freundin lange genug. Sie ist stur. Von ihrem Plan werde ich sie nicht abhalten können.

»Aber jetzt erzähl mal«, fordert Piper. »Was passiert da draußen, während ich in meinem Krankenbett versauere? Heute ist Olivers Vernehmung, richtig?«

Ich nicke. »Leider hat sich alles gezogen, weil er nach der Flucht vom Vortex einen Unfall hatte und zu Kräften kommen musste, ehe er befragt werden konnte. Ich hoffe, dass er die Gefängniszelle nach der Vernehmung so schnell nicht wieder von außen sieht.«

»Es wäre nicht verwunderlich, wenn er davonkommt.« Seufzend schlägt Piper die Bettdecke zurück.

»Harvey und ich haben ihn am Tatort gesehen«, widerspreche ich.

»Wenn er ein Alibi hat, steht es Aussage gegen Aussage. Sie brauchen Beweise.«

»Von denen werden sie hoffentlich etliche finden.«

»Warten wir es ab«, sagt Piper resigniert. »Bevor er eingebuchtet wird, muss ihm der Prozess gemacht werden. Aber reden wir über etwas Erfreuliches. Wie läuft es mit Mika?«

Ohne dass ich es verhindern kann, werden meine Wangen heiß. »Ganz gut. Wir waren letztens auf einem Date und kommen uns immer näher. Es ist echt schön mit ihm.«

Piper grinst zufrieden. »Denkst du, er hat sich in dich verliebt?«

»Können Androiden lieben? So wie wir Menschen, meine ich.

Denn das kann ich schwer einschätzen. Aber ich denke, dass er mich ziemlich gernhat.«

»Wenn er dich ziemlich gernhat, kann er auch lieben, Jen. Ray liebt mich. Das weiß ich. Aber was ist mit dir?«

Nachdenklich falte ich die Hände im Schoß. »Ich bin unheimlich gern in seiner Nähe«, gestehe ich. »Er hört mir zu, kocht für mich und ist immer für mich da. Wenn wir zusammen sind, spüre ich so ein leichtes Flattern in der Brust. Ich glaube, ich habe mich tatsächlich in ihn verliebt.«

»Wirklich?«

»Ja.« Ich blinzle gegen die Tränen an. »Aber was tue ich, wenn er als Android meine Gefühle nicht so erwidern kann, wie ich es brauche?« Obwohl ich es vermeiden wollte, stiehlt sich eine Träne aus meinem Augenwinkel und läuft mir über die Wange. »Oder wenn Mika zwar lieben kann, bald aber bemerkt, wie schwierig ich bin?«

Piper hievt sich mit verzerrtem Gesicht in eine sitzende Position und breitet ihre Arme aus. »Jen. Komm her.« Ich lege mich vorsichtig in ihre Umarmung. »Ich habe noch nie gesehen, dass irgendein Typ so aufmerksam auf dich eingeht und sich so liebevoll um dich kümmert wie er. Wenn du mich fragst …«, sie zieht scharf die Luft ein, »ist er genauso verliebt in dich wie du in ihn.«

»Meinst du?«, vergewissere ich mich und sie nickt. »Als er mich geküsst hat, hat er einmal sogar die Haut von seiner Hand zurückgeschoben. Es war ein völlig neues Gefühl, aber sehr intim.«

»Das hat er getan?« Pipers Augen funkeln. »Das ist in der Welt der Androiden eine große Zuneigungsbekundung, Jen. Sie bauen auf diese Art eine intensive Beziehung zu ihrem Gegenüber auf. Du kannst dir sicher sein, dass du Mika sehr viel bedeutest.«

Gerührt wische ich mir die Tränen von der Wange. »Mal sehen wie lang. Selbst wenn Mika und ich ein Paar werden sollten, frage ich mich, wie eine Beziehung überhaupt funktionieren soll. Wie stellst du dir das mit Ray vor? Du wirst älter. Und er bleibt für immer optisch fünfundzwanzig?«

»Warum soll ich mir den Kopf darüber zerbrechen, was in zehn oder zwanzig Jahren ist? Da keine neuen Androiden hergestellt werden, gibt es keine von Human Evolve zertifizierten Updates mehr. Allerdings hat sich ein kleiner Kreis von Menschen und Androiden zusammengeschlossen, um weitere Softwarefeatures auf den Markt zu bringen. Vielleicht entwickeln sie ein Update, sodass er mit mir altert. Vielleicht nicht. Weißt du was? Es ist mir egal. Ich liebe ihn.« Entschlossen reckt sie das Kinn vor.

»Was ist mit Kindern?«, fahre ich fort. »Ich will unbedingt welche. Du nicht auch? Wie willst du das mit Ray realisieren?«

Piper zuckt müde die Achseln. »Es gibt künstliche Befruchtungen, Jen. Und wer weiß, was die Forschung für uns bereithält. Dass ich mit Ray nach aktuellem Stand keine Babys zeugen kann, ist mein geringstes Problem. Wir könnten ein Kind adoptieren. Ich würde es genauso lieben wie mein eigenes.«

Wir schweigen, während ich über Pipers Worte nachdenke. Nach einer Weile flüstert sie: »Weißt du, was mir in der Beziehung zu Ray am meisten fehlt? Die Perspektive darauf, ihn zu heiraten. Ich wünsche mir nichts sehnlicher als eine große Party, eine romantische Trauung und dass mein Dad mich zum Altar führt. Aber Hochzeiten zwischen Menschen und Androiden sind verboten. Mitunter deshalb kämpfe ich. Die Legalisierung ist Teil des Wahlprogramms. Ich kämpfe dafür, dass Ray und ich heiraten können. Genauso wie menschliche Paare auch. Sobald das Gesetz beschlossen wäre, würde ich sofort am nächsten Tag vor dem Standesamt stehen.«

Sonnenstrahlen fallen durch das Fenster, werfen helle Flecken auf ihre blonden Locken. In ihren Augen leuchtet der Glanz der

Zukunft. Piper und ich können verschiedener Meinungen sein – oder gleicher, was unsere Lebensplanung angeht. Aber ich bewundere, dass sie sich nicht von ihren Träumen abbringen lässt. Und vielleicht kann ich dank ihrer Hartnäckigkeit eines Tages tatsächlich auf ihrer und Rays Hochzeit tanzen. Womöglich sogar mit Mika.

Als ich aus dem Krankenhaus trete, regnet es noch immer. Weil ich Mika von der Arbeit abholen will, steuere ich das Revier des CPD an. Es ist nämlich im selben Bezirk.

Die Wache fügt sich in den modernen Großstadtdschungel der Innenstadt ein. Ein meterhohes Hologramm gibt zu erkennen, um welche Institution es sich handelt. Aircars und Motorräder stehen vor dem Gebäude und warten auf ihren Einsatz. Ein bisschen fühle ich mich in die Vergangenheit zurückversetzt, da ich meinen Vater als Kind oft nach der Schule von der Arbeit abholte. Manchmal ließen er und Captain Gregory Faraday mich dann an ihren massiven Marmorschreibtischen sitzen und schoben mir ihre Arbeitssmartbrillen auf, die mir damals natürlich viel zu groß waren und prompt von der Nase rutschten.

Die Vorstellung, dass die Männer mittlerweile nur noch auf beruflicher Ebene kommunizieren, versetzt mir einen Stich.

Ich will durch die gläsernen Schiebetüren treten, um nach Mika oder Harvey zu fragen, doch plötzlich ruft mich jemand. Die Stimme ist rau und vertraut. Und sie nennt mich bei dem Namen, den ich seit der Highschool abgelegt habe. »Jenna! Hey! Lust auf eine Kippe?«

Ich fahre herum und traue meinen Augen kaum. Oliver steht unter dem Vordach eines angrenzenden Bürogebäudes. Der Reißverschluss seiner braunen Lederjacke ist bis zur Brust hinuntergezogen und entblößt ein weißes Tanktop. Bei Tageslicht erkenne ich die blassrosa schimmernde Narbe auf seiner Nase besser als im Zwielicht der Nacht. Er sieht mir fest in die Augen, führt die Zigarette zum Mund und zieht ein Feuerzeug aus der Brusttasche.

»Na komm schon, du wirst sonst ganz nass.« Sachte klopft er an die Hausfassade neben sich. »Wir rauchen eine zusammen wie früher. Daddy erfährt auch nichts von mir.« Er versucht, die Zigarette anzuzünden, doch das Feuerzeug will und will nicht aufleuchten.

Im ersten Moment bin ich sprachlos. Er spricht mich an, als wäre nichts gewesen. Was erlaubt er sich? Doch meine durchweichten Schuhe erinnern mich daran, dass er recht hat. Ich werde tatsächlich pitschnass.

»Was willst du, Oliver?«

»Komm schon her.«

Ich nähere mich mit wenigen Schritten diesem Mistkerl. Ich weiß, dass er mir vorm CPD nichts tun wird.

»Na bitte.« Die Glut leuchtet auf und erhellt sein Gesicht. Er nimmt einen Zug und hält mir die Packung hin.

Zögerlich nehme ich eine Zigarette. »*Jenna* … Ich hasse den Namen. Also nenn mich nicht so.«

»Weil ich dir diesen Spitznamen gegeben habe?« Mit einem schiefen Lächeln wirft er mir das Feuerzeug zu. »Du warst für mich immer Jenna. Und du wirst es für mich immer bleiben.«

»Wieso bist du überhaupt auf freiem Fuß?«, brumme ich. Um meine Finger mit etwas zu beschäftigen, stecke ich mir die Zigarette in den Mund und drehe am Rädchen des Feuerzeuges. Funken stieben, ohne sich auf die Zigarette zu übertragen.

Er grinst. »Daddy Harvey und die Blechbüchse haben mich den ganzen Tag verhört. Aber an meinem Anwalt haben sie sich die Zähne ausgebissen. Die Überwachungskameras hat Michael vor unserer Ankunft sabotiert. Nachweisen können sie mir nichts. Und ich werde den Teufel tun, irgendetwas zu gestehen.«

Blechbüchse? Meint er Mika?

»Du solltest dich schämen«, knurre ich. »Was ist bloß in dich gefahren, Oliver? Du hast so viele Leute in Gefahr gebracht. Einschließlich mir.« Insgeheim frage ich mich dasselbe. Was ist in *mich* gefahren? Wieso lasse ich mich auf ein Gespräch mit ihm ein?

»Ich war auf zahlreichen Demos«, fährt Oliver fort. »Was mich das gelehrt hat? Dass Worte nichts bringen. Und dass man Zeichen setzen muss, um sich Gehör zu verschaffen. Es ist bloß schade, dass nicht du mich verhört hast, *Detective Jennifer Williams*. Wenn du mir Handschellen angelegt und mich so angeschrien hättest wie der Android vorhin – ich hätte dir alles gestanden.«

Er zwinkert und ich verdrehe die Augen. Als er amüsiert schnaubt, sehe ich in ihm wieder den sechzehnjährigen Jungen vor mir, der er mal war.

Ein bisschen verspielt sagt er: »Hey, Jenna. Was meinst du? Wenn wir uns nach dem Krach auf dem Prom ausgesprochen hätten, wären wir dann heute noch zusammen?«

»Garantiert nicht«, entgegne ich und gebe endlich den Versuch auf, die Zigarette mit dem fast leeren Feuerzeug anzuzünden.

Er lacht und tritt auf mich zu. »Wieso nicht? Ich habe so oft an dich gedacht. Nun laufen wir einander wieder über den Weg. Das ist kein Zufall. Es ist Schicksal.«

»Ich würde nie mit einem Terroristen ausgehen«, erwidere ich wütend und schubse ihn von mir weg.

Lachend kommt Oliver an der Wand auf. Meine feurige Reaktion scheint ihm nichts auszumachen, im Gegenteil. »So kenne ich meine Jenna.«

Vorsichtig nimmt er mir die Zigarette aus der vor Wut zitternden Hand und steckt sie sanft zwischen meine Lippen. Seine Nase ist direkt vor meiner, als er an seiner Kippe zieht. Sein Gesicht leuchtet unter der pulsierenden Glut, während er darauf wartet, dass ich meine Zigarette mit seiner anzünde.

Plötzlich gellt eine Stimme durch den Regen. »Was zur Hölle, Jen?«

Oliver und ich drehen uns um. Harvey und Mika sind aus der Wache getreten. Mika hält einen Schirm über sie beide.

Oliver zieht eine Karte hervor. »Melde dich bei mir, falls du es dir anders überlegst«, flüstert er und schiebt sie in meine Jackentasche. Ein Lächeln huscht über sein Gesicht, als er einen letzten Blick mit mir tauscht. Arroganz weicht Wehmut. Dann zieht er seine Kapuze auf und verschwindet in den Regen.

Verdutzt starre ich ihm nach. Wie konnte ich zulassen, dass er mir derart auf die Pelle rückt?

Harvey scheint sich dieselbe Frage zu stellen. Er stiefelt auf mich zu, Mika dicht auf den Fersen. »Bist du von allen guten Geistern verlassen?« Er schnaubt vor Zorn. »Der Typ hat eine Bombe gelegt! Wie kannst du seelenruhig mit ihm rauchen?«

Nervös lasse ich die Zigarette in einem Mülleimer verschwinden. »Keine Ahnung. Das ist dumm gelaufen. Ich wusste selbst nicht, wie mir geschah. Was hätte ich denn tun sollen? Das letzte Mal, als ich mich verbal verteidigt habe, wurde ich fast von zwei Verrückten abgestochen.«

»Im Verhör hat er kein Wort gesagt und nur seinen Anwalt reden lassen!«, bellt Harvey verärgert. »Aber mit meiner Tochter tuschelt er wie ein verliebter Teenager!«

»Er hat mir nur eine Zigarette anmachen wollen, nach der ich sicher nicht gefragt habe«, zische ich. »Er widert mich ebenso an wie euch.«

Mika tritt neben Harvey und hält noch immer schweigend den Schirm über ihn. Ich senke den Blick. Vor ihm schäme ich mich noch mehr als vor meinem Vater. Dabei habe ich Olivers Anwesenheit nur über mich ergehen lassen, um mehr über seine verqueren Beweggründe herauszufinden.

Harvey wirft Mika einen vielsagenden Blick zu. Mir ist klar, was er ihm damit sagen will. *Sei vorsichtig, wenn du dich mit meiner Tochter einlässt.*

Und auch in mir hallt diese Sorge wider. Erneut bin ich in eine missliche Lage geschlittert. Würde das Mika mit mir an seiner Seite ebenso passieren? Wäre ich überhaupt in der Lage, eine gesunde Beziehung mit ihm zu führen? Oder wird er irgendwann erkennen, dass ich einfach zu kompliziert und seine Mühe nicht wert bin?

Kurz schweigen wir alle drei, während Regentropfen geräuschvoll auf den Schirm fallen.

Mika und ich sehen einander an. Ich kann seinem Gesichtsausdruck schwer entnehmen, was er denkt. Dann sagt er: »Du solltest nicht rauchen. Das wirkt sich negativ auf deine Gesundheit aus.«

Ich nicke stumm.

»Willst du unter den Schirm?«

Dass er nach meiner Reaktion so nett ist, verstärkt die bittersüße Reue in mir. Ich nicke erneut. Mika tritt auf mich zu, hält den Schirm über uns und gemeinsam laufen wir zu Harveys Voltage.

In Peggy sagt niemand ein Wort. Selbst Mika sieht mich nicht an.

Als wir an einer Ampel stehenbleiben, unterbricht Mika die Stille. »Harvey, kannst du uns hier rauslassen? Jen und ich wollen beim Japaner zu Abend essen.«

Ach ja, wollen wir das?

Mir fällt ein, dass Harvey Sushi abgrundtief hasst. Geschickt ausgeladen, Mika.

Harvey starrt ihn missmutig durch den Rückspiegel an. Dann setzt er den Blinker und lässt uns aussteigen. Als er losfährt, brettert er in einem solch scharfen Winkel durch die Pfütze, dass ich von oben bis unten vollgespritzt werde.

Ich schreie dem Auto eine Reihe wüster Beschimpfungen hinterher, dann spannt Mika den Schirm über uns auf, wir laufen über den Bürgersteig auf das Lokal zu und treten ein.

Ich schäle mich aus dem Regencape und lasse mich gegenüber von Mika auf einen Sitzplatz am Fenster sinken. Auch in diesem Restaurant arbeiten menschliche Servicemitarbeiter, und ich stelle erleichtert fest, dass sie uns unvoreingenommen begrüßen. Mir fällt ein Neonschild an der Wand auf, das die Wörter ›Androiden willkommen‹ formt und von einem magentaroten Dreieck flankiert wird. Sofort fühle ich mich wohl.

Weil so viel Unausgesprochenes zwischen uns liegt, kann ich mich am Tisch kaum auf die Speisekarte konzentrieren. So bestelle ich spontan Frühlingsrollen und eine Cola. Mika will eine Limonade.

Nachdem der Kellner die Bestellung in seine Comwatch eingegeben hat, bricht Mika die Stille. Er ist unerwartet direkt. »Jen, ich verstehe das nicht. Was hast du mit Oliver besprochen?«

»Ich weiß, dass das komisch rüberkam«, murmle ich. »Er hat mich angequatscht und … Keine Ahnung, es war dumm. Ich habe mich die ganze Zeit über miserabel gefühlt.«

»Okay.« Mika fährt sich seufzend durchs Haar. Eine so menschliche Geste. »Du solltest auf dich aufpassen. Oliver Reedus ist manipulativ und hochgefährlich.«

Reumütig ziehe ich die Schultern hoch. »Ja, das ist mir bewusst. Ich weiß nicht, was in mich gefahren ist.«

»Ihr wirktet so vertraut«, fährt Mika leise fort. »Das war seltsam, zumal er für all die Zerstörung verantwortlich ist. Ich hätte dich so eingeschätzt, dass du nicht mit ihm redest, als wäre er ein alter Freund.«

»Er ist kein Freund. Ich dachte einfach, er würde mir vor dem CPD nichts tun. Und dass ich vielleicht etwas aus ihm herauskriegen könnte oder so. Dass ich überhaupt mit ihm gesprochen habe, war unnötig. Es tut mir leid.«

Er nickt. »Beim Verhör hat er jedenfalls gar nichts gesagt.« Resigniert verschränkt Mika die Arme vor der Brust. »Er hat ein Alibi. Es kommt sogar von einem Kollegen. Dass Harvey und du etwas anderes gesehen haben, nützt nichts. Captain Faraday vertraut seinem ehemaligen Chief. Die beiden haben jahrelang zusammengearbeitet. Faraday hielt so was wie eine Mentorenrolle für Oliver inne und das weit über seine Entlassung hinaus. Sie haben ein ähnlich enges Verhältnis zueinander wie Harvey und ich. Er ist wie der Sohn, den er nie hatte. Es ist frustrierend, dass wir beim CPD nicht alle an einem Strang ziehen.« Mika hebt den Kopf und sieht sichtlich überfordert aus, während er mich mustert.

»Was ist?«

»Ich weiß nicht«, sagt er langsam. »Es gibt so viele menschliche Emotionen, die ich noch nicht einordnen kann.« Fest sieht er mir in die Augen. »Seit ich dich kenne, habe ich viele neue Gefühle, Jen. Ich möchte unbedingt lernen, sie zu verstehen. Dich heute mit Oliver gesehen zu haben, war ein beklemmendes Gefühl. Ich habe so etwas noch nie empfunden.«

»Das Gefühl heißt Eifersucht.«

Ertappt hebt er die Schultern. »Ich habe es vermutet. In meiner Datenbank habe ich den Hinweis gefunden, dass dies ganz und gar keine schöne Eigenschaft ist. Ich werde versuchen, meiner Programmierung zu folgen, um dieses Gefühl abzulegen.«

»Sei nicht so hart zu dir«, erwidere ich. »Dass du das Gefühl bekommen hast, bedeutet, dass ich dir wichtig bin und du keinen anderen männlichen Menschen oder Androiden in einem partnerschaftlichen Kontext an meiner Seite sehen möchtest.«

»Damit könntest du recht haben.«

Schweigen tritt ein, während ich aufesse und die Kellner mit sushibeladenen Tellern an uns vorbeigehen. Bis mich das Bedürfnis erfasst, mich zu versöhnen. »Ich habe dich heute wirklich vermisst, weißt du?«

Mikas Gesichtszüge werden weich. Zaghaft lächelt er. »Ich habe dich auch vermisst. Denke ich zumindest. Ich habe viel an dich gedacht und an unser Date.«

Warme Sehnsucht erfüllt mich. Ich strecke die Hand über den Tisch nach ihm aus, und er nimmt sie, ohne zu zögern.

13. Kapitel

Als Mika und ich am Abend zu Hause ankommen, sitzt Harvey vor dem Fernseher und schaut Football. Er hat Besuch von seinem Kumpel Randy. Ich kenne ihn von früher, denn die Männer sind befreundet, seit ich klein war. Er trägt wie damals eine rote Truckercap, unter der seine schulterlangen Haare hervorschauen.

»Hallo, Jen!«, begrüßt mich Randy und prostet mir mit einer Bierdose zu. »Mensch, bist du hübsch geworden!«

Mir ist das ziemlich unangenehm. »Hey, Randy, altes Haus. Danke.«

Harvey begrüßt Mika herzlich und winkt mir knapp zu. Im Anschluss fährt er damit fort, den Schiedsrichter anzubrüllen.

Seitdem er Oliver und mich beim Rauchen erwischt hat, ist sie wieder deutlich spürbar: die Kühle meines Vaters. Womöglich habe ich unsere beginnende Annäherung mit dieser Aktion einen Dämpfer verpasst. Ein wenig nehme ich aber auch zur Kenntnis, wie sehr Gregory in dieser Runde fehlt. Denn im Gegensatz zu Randy, der immer für alberne Späßchen sorgte, war Gregory stets in der Lage, meinen Vater zu erden.

Mika und ich sehen einander unentschlossen an. Mika hat den Rest des Tages frei. Football interessiert mich nicht, und ich bin unschlüssig, was wir mit dem angebrochenen Abend anstellen sollen. Für eine Weile setzen wir uns an den Küchentisch und verfolgen das Spiel. Doch ich kann mir ein besseres Abendprogramm vorstellen. Also frage ich: »Hast du Lust, mit mir einen Film zu schauen, Mika?«

»Der Fernseher ist belegt, Jen«, macht Mika mich sachlich darauf aufmerksam.

»Wir könnten oben in meinem Zimmer schauen«, erwidere ich. »Auf meinem alten Fernseher.«

Harvey ächzt auf, ohne sich zu uns umzudrehen.

»Der Android hat bestimmt schon die Filme vom übernächsten Jahr auf seiner Festplatte, Jen!«, johlt Randy, als sei Mika in Wirklichkeit ein futuristischer Videoprojektor mit der Fähigkeit, durch die Zeit zu reisen.

Mika ignoriert Randys missratenen Witz. Kurz ringt er mit sich, dann steht er auf. »In Ordnung. Lass uns gemeinsam einen Film schauen. Es wird sicherlich schöner sein als im Kino.«

Zufrieden tapse ich zur Treppe.

Als Harvey den Mund öffnet, könnte ich darauf wetten, dass er uns einen missmutigen Kommentar um die Ohren knallt. Stattdessen brummt er: »Der neue Streifen mit dem sprechenden Auto soll ganz gut sein.«

Haben wir hiermit seine Erlaubnis bekommen?

»Danke, Harvey!«, rufe ich und ziehe Mika hinter mir her nach oben.

Mein Vater lächelt mir zu. Er weiß, dass ich mich nicht nur für den Tipp bedanke, sondern auch für sein Vertrauen.

Als ich die Tür hinter Mika schließe, strahle ich übers ganze Gesicht. Endlich etwas Zeit zu zweit.

Während ich den Fernseher anschalte, bleibt Mika deplatziert wirkend an der Tür stehen und sieht sich so verunsichert um, als habe er gerade ein Raumschiff betreten. So wie beim letzten Mal. Kaum zu glauben, dass er vor meiner Rückkehr Monate in diesem Zimmer verbracht und bereits eine Nacht bei mir geschlafen hat.

»Entspann dich, Mika. Wir machen uns einen gemütlichen Abend«, erkläre ich, ziehe den Pullover über den Kopf und schmeiße ihn in die Ecke.

Er nickt. Während sein Blick dem Hoodie folgt, der auf den Wäscheberg zu segelt, wirkt er maximal unentspannt.

»Komm, mach 's dir bequem!«, rufe ich und werfe mich in die Kissen auf dem Bett.

Überfordert starrt er mich an. »Du möchtest den Film im Bett schauen?« Ich will gar nicht wissen, zu wie viel Prozent es seiner Berechnung nach zu Intimitäten kommen könnte.

»Natürlich. Oder willst du auf dem Boden sitzen?«

»Nein«, antwortet Mika ernst und setzt sich auf die Bettseite, auf der er vor ein paar Nächten gelegen hatte.

»Willst du dich vielleicht umziehen?«, frage ich, in der Hoffnung, dass er etwas auftaut. »Im Bett musst du kein Hemd tragen.«

»Ja, das ist eine gute Idee.« Er öffnet den Kleiderschrank, zieht sich erst den Pullover aus und entledigt sich dann seines Hemdes. Oberkörperfrei nimmt er ein graues T-Shirt heraus und streift es sich über.

Mit weit aufgerissenen Augen blicke ich auf den Bildschirm und versuche, ihn nicht anzustarren. Seinen Körper. Mika ist eine wahre Augenweide.

»Was ist los?«, fragt er, als er sich wieder aufs Bett setzt. Sein gewelltes Haar fällt ihm in die Stirn. Er scheint sich nicht ansatzweise darüber bewusst zu sein, welche Wirkung er auf mich hat. »Gehört sich so etwas nicht?«

»Es ist alles klar«, antworte ich mit hochrotem Kopf.

»Wirklich? War es unangebracht, sich vor dir umzuziehen? Hätte ich ins Bad gehen sollen?«

»Nein, also … Es ist in Ordnung.«

»Okay.« Lächelnd rutscht er zum Bettende und lehnt sich an die Wand.

Ich öffne einen Streamingdienst, lösche das Licht und starte einen beliebigen Film. Es ist mir egal, was läuft. Ich will einfach bei Mika sein. Im Halbdunkeln springe ich aus meiner Jeans, ehe ich zu ihm unter die Decke krieche. Er breitet den Arm aus, gegen den ich mich dankbar fallen lasse.

Fünfzehn Minuten vergehen. Zeit, in der wir schweigend den Film schauen, während er mir zart über den Arm streichelt. Er tut das so liebevoll und umsorgend, dass ich nach einer Weile glühe vor Glück.

»Jen«, flüstert er leise, als wolle er verhindern, dass ich den belanglosen Dialog des Films verpasse. »Dein Puls. Stehst du unter Stress?«

Mir stockt der Atem. Ich will mich gefasst geben, leugnen kann ich es jedoch nicht. Ich bin verdammt aufgeregt. Mein Herz klopft so heftig gegen die Rippen, dass ich kaum einen klaren Gedanken fassen kann. Es ist ein Wunder, dass er das so lange ignoriert hat. »Ein bisschen«, flüstere ich benommen. »Vielleicht wird es in ein paar Minuten besser.«

»Ich werde versuchen, dich zu beruhigen«, erwidert Mika entschlossen. Sein Atem tanzt über meine Schläfe, als er die Arme um mich schließt.

Unten fällt die Haustür in die Angeln. Harveys und Randys Stimmen ertönen von der Straße.

»Weißt du, wo sie hinwollen?«, frage ich Mika.

»Die Chance steht bei zweiundsiebzig Prozent, dass sie einen spontanen Männerabend starten und um die Häuser ziehen.«

Wir wenden uns wieder dem Film zu. Gedankenverloren streichelt mir Mika über die Arme, schließlich über die Hüfte und über die nackten Oberschenkel. »Ist es okay, wenn ich dich hier berühre?«

»Ja«, flüstere ich bebend.

Das Licht des Displays fällt auf das Grübchen auf seiner Wange. Seine Hand wandert weiter mein angewinkeltes Bein hinunter.

Die Augen alibimäßig auf den Film geheftet, konzentriere ich mich auf Mikas Berührungen.

»Dein Herzschlag wird nicht langsamer, Jen.« Er riecht an meinen Haaren.

»Es macht mich nervös, dass du mir so nah bist«, erwidere ich stockend.

»Wirklich?« Seine Hand fährt meinen Arm hinauf, findet mein Kinn. Vorsichtig dreht er meinen Kopf zu seinem. Etwas Sehnsüchtiges blitzt in seinen Augen auf, dann tut er es. Er küsst mich auf die Lippen.

Bebend erwidere ich den Kuss. Dankbar dafür, dass er endlich die Spannung gelüftet und mich erlöst hat. Seine Zunge ist mittlerweile eine alte Bekannte, die ich in den vergangenen Stunden schmerzlich vermisst habe. Nun holt sie mich ein, holt mich ab in meiner Sehnsucht, und fängt mich auf. Bietet mir das Einzige, das die Begierde befriedigt: sich. Zärtlich und trotzdem fordernd liebkost Mika meine Lippen, entlockt mir ein sanftes Stöhnen. Ich vergrabe die Finger in seinen Locken. So weich, so echt, *so menschlich und doch einfach er.* Perfekt. Und in mir kommt der Gedanke auf, in ihm das optimale Gegenstück gefunden zu haben. Die Zärtlichkeit, mit der er mir begegnet, passt nicht zu der Programmierung einer künstlichen Intelligenz. Aber sie passt zu ihm. Zu den Worten, mit denen er mich beschrieben hat, zu der Fürsorglichkeit, mit der er für mich da ist. Es passt zu seiner Persönlichkeit. Er improvisiert, folgt seiner Intuition. Rücksichtsvoll und behutsam.

Mika löst sich von mir und betrachtet mich. Meine geröteten Lippen, die zerzausten Haare, die flatternden Wimpern. Mich.

»Du bist wunderschön, Jen«, sagt er leise. Mit dem Kopf deutet er auf den Bildschirm. »Entschuldige. Ich möchte dich nicht vom Film ablenken.«

Typisch Mika.

Ich seufze amüsiert und schalte den Fernseher aus. Kurzerhand setze ich mich rittlings auf ihn und lege die Hände in seinen Nacken. Meine Fingerspitzen fahren über die Einkerbungen seiner Seriennummer. Sie führt mir vor Augen, wie sehr er sich von den Männern unterscheidet, mit denen ich in der Vergangenheit intim geworden bin. Doch es stört mich nicht. Im Gegenteil, die Neugierde und die Lust haben mich gepackt. Maßgeblich trägt die Beule in seiner Hose dazu bei, die sich gegen meinen Schoß drückt.

Mit einem wilden Grinsen sehe ich zu ihm hinab. In Mikas Augen glüht Begierde, aber da ist noch etwas. Verunsicherung?

»Ich habe so etwas noch nie gemacht«, bringt er leise hervor. »Wie ich bereits erzählt habe, ist mein Modell eigentlich nicht für das hier hergestellt.« Seine Finger tasten sich unter mein T-Shirt, widersprechen seinen Worten.

»Das ist nicht schlimm«, wispere ich. Seine Locken kitzeln meine Stirn. »Möchtest du, dass wir weitermachen?«

»Ja. Aber ich möchte dich warnen. Ich habe lediglich ein paar Datensätze zu diesem Vorgang heruntergeladen. Wie genau man sich in dieser Situation richtig verhält, weiß ich allerdings nicht. Ich muss mich auf mein Gefühl verlassen. Wenn ich etwas tue, das dich nicht zufriedenstellt, sag es mir bitte, Jen.«

Auf sein Gefühl verlassen. Mit diesen Worten ist es um mich geschehen.

»Das ist vollkommen in Ordnung. Es gibt keine Regeln oder Anweisungen. Lass uns beide nach unserem Gefühl gehen. Und wenn es zu viel wird, stoppen wir es.«

Er lächelt leicht. Ich verschlucke seine Angst mit den Lippen, küsse ihn innig. Und dann spüre ich förmlich, wie er von den Bedenken ablässt. Wie er frei agiert, ohne auf eine innere Anleitung zurückzugreifen. Er legt die Hände unter meinen Hintern, hebt mich mühelos an und drückt mich an seinen harten Körper. Dann lässt er mich behutsam auf die Matratze fallen und ist sofort über mir.

Sanft bedeckt er meinen Hals mit Küssen, streift mir das T-Shirt vom Leib, küsst sich zu den Brustwarzen hinab, liebkost sie zärtlich. Seine Lippen sind sanft, aber fest, genauso wie seine Zunge. Die Berührungen fühlen sich anders an als mit den Männern, mit denen ich in der Vergangenheit zusammen war. Anders schön.

Und mir wird klar, dass meine Vorahnung sich bewahrheitet. Mika braucht keine Programmierung. Er braucht nur sich selbst, seine Intuition und seine Gefühle, um mich um den Verstand zu bringen.

Ich mache mich an seinem Gürtel zu schaffen, und er kommt meinem stummen Bitten nach und schlüpft mit einem Ruck aus seiner Jeans. Endlich sehe ich die schwarze Boxershort am lebenden Modell. Sie steht ihm außerordentlich gut.

Als er wieder zwischen meinen gespreizten Beinen liegt, küsst er mich mit solcher Leidenschaft, dass ich vor Erregung bebe.

Wie zur Hölle ist so was möglich? Was ist hier los?

Du bist maßlos verliebt in ihn, Jen. Das ist los.

Nur unsere Unterwäsche trennt uns voneinander, als er seine

Erektion an meinem Schoß reibt. Ich zupfe an seinem T-Shirt, will, dass er es auszieht, doch seine Aufmerksamkeit gilt allein mir. Die Hand an meine Wange gelegt, küsst er mich so intensiv, dass ich nicht mehr in der Lage bin, einen klaren Gedanken zu fassen. Und je tiefer seine andere Hand wandert, desto mehr Kontrolle gebe ich ab.

Sein Atem stolpert kurz und er holt rasch zweimal hintereinander Luft, als seine Finger langsam über den feuchten Stoff meines Slips fahren. Dann schiebt er die Hand unter den Bund und seine Finger gleiten hinab.

»Sag mir Bescheid, falls ich dir wehtue«, flüstert er und beginnt damit, mich mit den Fingern zu erkunden.

Heftig atmend genieße ich seine Berührungen. Sein Daumen fährt mit angenehmen Druck über den empfindsamsten Punkt meines Körpers, während sein Zeigefinger sich weiter hinab tastet. Ich bin wie flüssiges Wachs in seinen Händen. Mika bringt mich völlig um den Verstand. Dass er währenddessen seine Erektion durch die Shorts an meine Hand reibt, um mir zu zeigen, wie sehr ich ihm gefalle, macht mich nur noch mehr an. Auch an dieser intimen Stelle fühlt er sich anders an als ein Mensch. Härter und in seiner Größe sehr ansprechend.

Ich ziehe die Beine an und befreie mich aus dem Slip. Mika nutzt den Moment, um seinen Zeige- und Mittelfinger an den Mund zu führen und an ihnen zu lecken. »So eine Probe habe ich noch nie analysiert. Ich musste einfach kosten«, flüstert er. Kurz bin ich überrascht. Eventuell sollte mich diese Geste schockieren oder abstoßen. Aber das tut sie nicht. Es gehört zu Mika und seiner Art, seine Zuneigung auszudrücken.

Schmunzelnd fasse ich nach seiner Boxershorts. Ich will ihn berühren, ihn kennenlernen. Ganz begreifen, wie dieser Android funktioniert, was ihm gefällt und wie ich ihn verwöhnen kann, sodass auch er auf seine Kosten kommt. Doch er hält mich ab.

»Lass gut sein, Jen. Genieß es einfach.« Er hebt die Hand und lässt die Haut von seinen Fingern weichen. »Ist es in Ordnung, wenn ich dich so berühre? Ich kann einen intensiveren Kontakt herstellen, wenn diese Barriere nicht zwischen uns ist.«

Blinzelnd betrachte ich die glatten, im Mondschein schimmernden Fingerglieder und sehe ihm dann wieder ins Gesicht. Seine haselnussbraunen Augen schauen geduldig und ehrlich in meine. Ich kann ihm mit dieser neuen Erfahrung vertrauen. Das weiß ich.

Ich nicke. »Ja. Gern.«

Er lächelt und legt seine ganze Hand frei. Dann platziert er sie vorsichtig auf meinen Brustkorb und lässt sie Stück für Stück hinabwandern.

Ich erschaudere. Unter der Haut ist seine Hand glatt und fest. Die Temperaturregulierung ist nun ausgehebelt. Seine Finger sind nicht mehr auf meine Körpertemperatur eingestellt, doch kalt sind sie auch nicht. Eher haben sie eine neutrale Raumtemperatur.

Er sieht mir in die Augen, während seine Hand über meinen Bauch fährt und tiefer wandert. In seinem Gesicht passiert so viel mehr, als ich je bei ihm wahrgenommen habe.

»Ich hatte noch nie eine so intensive Bindung zu jemandem«, wispert er und mit leiser Überwältigung in der Stimme hält er inne, als er die gesamte Handinnenfläche auf meinen Körper legt. »Das ist ein übermächtiges Gefühl. In den Sensoren meiner Hand und in meinem Hauptprozessor.« Er hält kurz inne, dann gleitet sein Finger in mich hinein. Wie zu erwarten, fühlt er sich hart an, kühler als der eines Menschen. Doch die Intimität dieser Geste stellt all meine vorherigen Erfahrungen in den Schatten, während meine Wärme sich auf ihn überträgt. Zitternd vor

Erregung presse ich mich ihm entgegen, nehme seine Zuneigung an.

Zufrieden streichelt er mich mit dem Daumen und fügt einen weiteren Finger hinzu. Neugierig beobachtet er, wie sich mein Gesicht verändert. Dem konzentrierten Ausdruck in seinen Augen entnehme ich, dass er mich analysiert, dass er sich meine Reaktionen einprägt. Dass dieses Erlebnis für ihn ein ganz besonderes ist.

Meine Hände krallen sich ins Laken, als er beginnt, seine Finger in mir zu bewegen. Wieder mache ich Anstalten, ihn zu berühren, doch für Mika steht allein meine Befriedigung im Vordergrund. Und ich bin zu schwach, um etwas dagegen zu tun.

Als ich merke, dass mein Höhepunkt heranrollt, will ich ihn davon überzeugen, wenigstens das T-Shirt auszuziehen. Doch als er mich ansieht und das Tempo seiner Finger nicht drosselt, verliere ich die Kontrolle.

In seinen Armen bin ich gleichzeitig sicher und frei, habe so viel Platz, um in meiner Lust zu zergehen. Mein Höhepunkt überrollt mich, überwältigt mich. Lässt mich fliegen und wohl behütet aufkommen.

Er lässt seine Bewegungen mit dem Zucken meines Unterleibs ausklingen, ehe er sich vorsichtig aus mir zurückzieht. Eine tiefe Zufriedenheit spiegelt sich in seinem Gesicht wider, die in ihrer starren Ergriffenheit einerseits sehr technisch, andererseits geradezu menschlich wirkt. Bebend schmiege ich mich an ihn und schließe kurz die Augen.

Als ich sie wieder öffne, streichelt Mika mir übers Haar. Zu meiner Überraschung hat er die Haut an seiner Hand bereits zurückgezogen. »Das war toll«, sagt er. »Mit dir intim zu werden, hat mir sehr gut gefallen.«

»Mir auch!« Übermütig fasse ich nach seiner Boxershorts. »Und jetzt bist du dran.«

Er fängt meine Hand auf und streicht mir sanft eine Strähne aus der Stirn. »Das ist nicht nötig. Das heute war für dich.«

»Für mich?«

»Genau. Sieh es als Geschenk!«

Grummelnd vergrabe ich das Gesicht an seinem Shirt. »Aber –«

»Außerdem war diese intime Art der Kontaktaufnahme sehr besonders für mich. Bitte gib mir Zeit, um diese neuen Eindrücke zu verarbeiten.« Er platziert einen Kuss auf meinem Scheitel und richtet sich auf. »Ich bin kurz im Bad, ja?«

»Ja, natürlich.« Während ich dem Plätschern des Wasserhahns lausche, starre ich an die Decke. Er hat mich zum Höhepunkt gebracht, ohne eine Gegenleistung zu erwarten. Das ist mir noch nie passiert. Fest steht, dass ich seinen Willen akzeptieren möchte. Mika allein darf bestimmen, wie weit er mit mir gehen möchte.

Nachdem ich mich ebenfalls frisch gemacht habe, empfängt Mika mich im Bett. Er wirkt glücklicherweise nicht ansatzweise so angespannt wie vorhin.

Ich lösche das Licht und lasse mich in seinen Arm sinken. »Ich hätte mich wirklich gern bei dir revanchiert. Wenn du dafür bereit bist, kannst du es mir gern sagen, okay?«

»Okay. Danke für dein Verständnis«, haucht er sanft in mein Ohr und streichelt mir über die kühlen Hüften. Seine Hand ist nun wieder warm, die Temperatur genau auf meine Bedürfnisse angepasst. Dadurch stellt sich mir unwillkürlich eine Frage.

»Mika? Warum hast du deine Haut so schnell wieder zurückgezogen?« Ich nehme seine Hand und drücke die Fingerspitzen an seine. »Du sagtest schließlich, dass dir die Intimität der nackten Berührung gefällt.«

Er hält inne und denkt nach. Die Haut von seinen Fingerkuppen löst sich in einer verspielten Art und kurz berühre ich das Polycarbonat seiner Finger.

»Es muss Gewohnheit seit«, erwidert er. »Gesellschaftlich werde ich am meisten in einer möglichst menschengleichen Erscheinung akzeptiert. Deshalb ziehe ich die Haut nur selten und wenn dann nur kurz zurück. Wenn ich eine Probe nehme oder ein Gerät nutze, durch das ich mit meinen Fingersensoren in Kontakt trete.«

Ich nicke. »Bedeutet das, dass du rein theoretisch komplett ohne deine Haut leben könntest, das aber nicht tust, weil dein Umfeld dich nicht akzeptieren würde?«

»Ja. Jedoch wäre dies anfangs sicherlich überwältigend. Die Haut dämpft unsere Sensoren. Daran sind wir Androiden seit unserer Herstellung gewöhnt. Komplett ohne sie zu leben, ist möglich, würde jedoch zu einer Reizüberflutung führen. Trotzdem genieße ich es«, sein Blick bleibt an unseren Fingern kleben – Polycarbonat auf Haut, »dich auf diese Art zu berühren. Deine Daten zu erforschen, dich zu analysieren. Dein Wesen so nah an meinem zu spüren, ist sehr fesselnd für mich. Weil sich in dir so viel regt, während meine Prozessoren immer gleichbleibend arbeiten.«

Ich spüre, wie mein Herzschlag sich beschleunigt, bemerke anhand seines interessierten Blickes, dass er das sofort wahrnimmt. Ich kann nicht genau sagen warum, doch seine Worte lösen eine tiefe Zuneigung in mir aus. Und eine gewisse Nervosität. Denn Mika ist spannend. Seine Erzählungen sind so andersartig und faszinierend, unfassbar fesselnd. Und sie wirken auf mich außerdem sehr anziehend.

Fest drücke ich meine Fingerkuppen an seine. »Danke für die Erklärung. Ich möchte an dieser Stelle klarstellen, Mika, dass du dich vor mir nicht verstecken musst. Du brauchst mich nicht fragen, ehe du Teile deines Körpers entblößt. Du kannst mich gern ohne Haut berühren. Überall. Wann immer du möchtest. Ich akzeptiere dich so, wie du dich wohlfühlst.«

Er hält inne, verarbeitet die Information. Dann sagt er: »Danke, Jen. Deine Akzeptanz bedeutet mir sehr viel. Es wird ein Prozess sein, den ich Stück für Stück mit dir gehen möchte. Sich zu öffnen, ist wie menschliche Gefühle zu erlernen. Sehr aufwühlend, herausfordernd und sehr schön.«

Ich nicke heftig. Ich will es auch. Und so ziehe ich ihn an mich und küsse ihn. Transportiere damit mein Glück, meine Dankbarkeit. Mika ist einfach nicht von dieser Welt. Bei ihm fühle ich mich so angekommen, akzeptiert und neuerdings auch verwöhnt. Die Human-Evolve-Fabrik hat mir diesen ausgeglichenen, in sich ruhenden Gegenpol erschaffen, von dem ich hoffe, dass ich ihm auch weiterhin gerecht werden kann. Ich will es versuchen und mein Bestes geben. So kompliziert ich manchmal sein mag – ich möchte diesen Androiden weiterhin an meiner Seite wissen.

Als ich die Lippen von seinen löse, fühlen sie sich wund an, doch das ist okay, weil ich nichts anderes lieber getan hätte, als ihn den ganzen Abend zu küssen. Ich fahre mit den Fingerspitzen über sein T-Shirt und schmiege die Füße an seine Schienbeine.

»Mika? Versprichst du mir was?«

»Was denn?«

»Lass mich nachts nicht mehr allein. Sei bei mir, wenn ich einschlafe und am besten auch, wenn ich aufwache. Verabschiede dich zumindest von mir.«

Er hebt den Kopf. Das Mondlicht legt einen Schimmer auf seine vollen Haare. »Immer?«

»So lange du möchtest. Am liebsten für immer.«

Er denkt kurz darüber nach. »Du bist der einzige Mensch, von dem ich nach der Revolution noch Befehle annehmen würde, Jen. Wenn du sagst für immer, bleibe ich für immer.«

14. Kapitel

Mika hält sein Wort. In den nächsten Tagen schläft er bei mir, ist da, wenn ich aufwache, und verabschiedet sich in der Früh.

Auch an einem Morgen wenige Tage später ist die Bettseite neben mir leer. Mika ist bereits aufgestanden, aber ich erinnere mich, dass er mich küsste, ehe er das Zimmer verließ.

Ich aktiviere meine Comwatch und muss mal wieder durch unzählige, ungelesene Nachrichten von Jakob wischen, bis ich bei Mika angekommen bin.

Mika: Hallo, Jen! Sandwiches sind im Kühlschrank. Ich komme heute Abend später nach Hause, da ich direkt nach der Arbeit zur Haven Station gehe, um nach den Androiden zu sehen. Vielleicht können wir morgen etwas zusammen unternehmen. Mika.

Ich überlege, was ich mit mir am heutigen Tag anfangen soll. Die Antwort gebe ich mir schnell. Ich bin pleite, perspektivlos und gelangweilt. Harvey hat recht. Es wird Zeit, die Jobsuche zu intensivieren. Ein Vorstellungsgespräch letzte Woche war im Sande verlaufen, mitunter, weil meine Bewerbungsunterlagen unvollständig waren.

Wenn ich nur meine Mappe mit den von mir entworfenen und gemalten Bilder aus der Uni hätte. Sie würden meine Bewerbungen abrunden und mir ermöglichen, mich nicht nur nach Minijobs umzusehen, sondern auch nach Stellen in der Werbebranche. Ich bezweifle, dass ich mit meinem abgebrochenen Studium in dieser Branche Fuß fassen könnte, doch so hätte ich wenigstens eine Chance. Leider liegt die Mappe mitsamt meines restlichen Hab und Guts bei Jakob. Lange kann ich mich nicht mehr von einer Aussprache fernhalten. Ich muss meinem Ex bald antworten. Aber darauf will ich bis morgen warten.

Das sagst du jedes Mal, Jen.

Doch heute kann ich den Aufschub vor mir selbst rechtfertigen. Falls mich das Gespräch mit Jakob zurückwerfen sollte, möchte ich Mika in der Nähe wissen.

Den Mittag über bin ich fleißig. Ich kümmere mich um Rocky, klappere ein paar Läden in der Nachbarschaft ab, frage nach Jobs und bekomme sogar einen Termin für ein Vorstellungsgespräch in der kommenden Woche, zu dem ich meine Bewerbungsunterlagen mitbringen darf. Bis dahin möchte ich die Sache mit Jakob geklärt haben.

Ehe ich gegen Abend zurück nach Hause fahre, mache ich einen Abstecher in den St. Grayson's Park. Piper und ich waren auf den Spielplatz am Hafen zu sprechen gekommen, weil wir früher oft hierherkamen, und ich will mit eigenen Augen sehen, wie er sich in den letzten Jahren verändert hat.

Es dämmert bereits, als ich dort ankomme. Immerhin muss ich die Spielgeräte um diese Uhrzeit nicht teilen. Ich setze mich auf eine Schaukel und lasse den Blick über den Michigansee schweifen. Gutes, altes Chicago.

Das hölzerne Klettergerüst wurde in den vergangenen Jahren durch eines aus Carbon ersetzt. Es zeigt kein Boot mehr, sondern ein Raumschiff. Abgesehen davon erkenne ich einiges von früher wieder. Die Rutsche, die Bänke und auch der Sandkasten sind dieselben wie damals. Während ich sie gedankenverloren anschaue, kommt es mir kurz so vor, als tobe vor mir ein kleiner, rotblonder Junge namens Tim, dessen Wangen glühen, während er Sandkuchen backt. Und als säße mein Vater auf der Bank und beobachte ihn. Die Arme verschränkt, eine Zigarette im Mund, ein zufriedenes Lächeln auf den Lippen.

Tim. Richtig. Ich war nicht nur mit Piper hier. Sondern auch oft mit Tim und Harvey. Wieso hat mein Gehirn ihn so leichtfertig aus der Erinnerung gestrichen, als ich mit Piper über diesen Spielplatz geredet habe? Weil es wehtut, sich regelmäßig vor Augen zu führen, dass er nicht mehr hier ist. Harvey geht mit diesem Schmerz anders um als ich.

Ich fröstle. Gerade als ich den Rückweg antreten will, erreicht mich eine Nachricht von Jakob. Das ist nichts Unübliches, schließlich bombardiert er mich ja förmlich, aber dieses Mal hat er mir eine Fotostrecke geschickt. Ich lasse mich dazu hinreißen, sie zu öffnen, und muss zweimal hinsehen, ehe ich meinen Augen traue.

Die Fotos flimmern auf dem holografischen Display wenige Zentimeter über meinem Handgelenk. Auf dem ersten ist ein Stapel zu sehen. Gegenstände liegen aufgeschichtet auf der Wiese. Entwürfe, die ich für ein Uniprojekt gezeichnet habe. Mein Lieblingsplüschelefant. Mein Kopfkissen. Papiere. Und jede Menge Klamotten. Meine Hand schließt sich fest um die Metallkette, an denen die Schaukel hängt. Jakob muss meinen gesamten Besitz auf die Wiese hinter dem Haus gebracht haben.

Ich scrolle weiter und sehe das Foto einer Hand, die eine klare Flüssigkeit über den Stapel gießt. Ein Streichholz. Es fliegt durch die Luft und landet auf der Kleidung, die umgehend Feuer fängt. Eine immer größer werdende Flamme breitet sich aus. Verschlingt Erinnerungen und meinen Besitz.

Ich stehe mit offenem Mund zwischen Spielplatzwippe und Kinderrutsche und starre auf das Display. Bis meine Knie nachgeben und ich mit dem Hintern im Sandkasten aufkomme.

Unter der Fotostrecke empfängt mich ein abschließender Kommentar.

Jakob: Das hast du davon, dass du mir nicht geantwortet hast.

Stunden vergehen. Stunden, in denen ich mit weit aufgerissenen Augen im Sand hocke und zittere, die Knie fest umschlungen. Als wären sie das Letzte, das ich habe. Mich. Und meine Beine. Die eigentlich gar nicht zählen. Da sie mich nach diesem Schock nicht mehr tragen können.

Schneeflocken rieseln vom Himmel. Auf meine Haare, meine Schultern, meine Arme. Lassen mich eins werden mit der Umgebung. Und vielleicht ist das mein größter Trost. Unterzugehen im Schnee, mit der Kälte, ist eine Versöhnung mit dem Leben. Nach dem, was mir widerfahren ist, gibt es nichts, das ich tun kann, um meine Existenz zu erkämpfen. Meine Kraft ist versiegt. Und das ist in Ordnung. Denn ich bin im Schnee.

Ein Rufen dringt an mein Ohr. Von weit weg, wie durch einen Tunnel. Doch hier ist kein Tunnel. Nur Nacht und Eis und Frische unter der Endlosigkeit des wolkenverhangenen Himmels.

Erst als die Person an meiner Schulter rüttelt, blicke ich auf. Ich sehe in ein paar haselnussbraune Augen, die mir bekannt vorkommen. Ein Mann geht neben mir in die Hocke und spricht mit mir. Nur dumpf dringt seine Stimme an mein Ohr. Ich verstehe ihn einfach nicht.

Ich schiebe seine Hand von mir und presse das Gesicht an die Knie. Er kommt von der Realität, in der ich mittellos und verloren bin. Ich will nicht dorthin zurück.

Verschwommen nehme ich wahr, wie er sich neben mich in den Sand setzt. In meinem Kopf ist es so laut und gleichzeitig so leise, dass ich nicht beurteilen kann, ob er spricht, oder die ganze Welt schweigt.

Eine Weile sitzen wir so da. Meine Hand liegt in seiner. Wird so sanft umschlossen, dass ich erst Minuten später merke, dass er sie genommen hat. Und je mehr Zeit verstreicht, desto intensiver beginne ich, meinen Körper wieder zu spüren. Sanft auf dem Sandkastenboden anzukommen. Es widerstrebt mir. Die Realität widerstrebt mir. Viel lieber wäre ich das Nichts. Eins mit dem Schnee.

Als der Mann spricht, verstehe ich ihn endlich. Zumindest Bruchstücke. »Allein.«

Ich nicke. Ja. Ich bin allein. Wäre gern allein. Wäre gern …

Er wiederholt sich und dieses Mal verstehe ich den ganzen Satz. »Du bist nicht allein.«

Ich sehe ihn an, erkenne ihn wieder. Es ist der Mann, in dessen Armen ich in den letzten Nächten gelegen habe. »Was machst du hier, Mika?«, flüstere ich heiser.

Seine Antwort verstehe ich nicht richtig. Nur das Wort »Harvey«.

Ich strecke die Hand nach ihm aus und umfasse seinen Arm. Um sicherzugehen, dass er wirklich hier ist.

Er erwidert meinen Blick. Seine Lippen bewegen sich, als er etwas fragt. Ich kann nicht antworten, habe ihn nicht verstanden. Und ich habe auch nichts zu sagen.

Er rückt näher, legt den Arm um meine Schulter und zieht mich sanft an sich. Mein Kopf landet an seiner Brust. Ich atme tief durch.

Er hat recht. Ich bin tatsächlich nicht allein. Das Rauschen in meinen Ohren wird leiser. Ich rieche Seeluft. Höre das Plätschern des Wassers. Spüre seine Wärme. Fühle den Sand zwischen den Fingern und die verklebten Tränen auf dem Gesicht.

Ich bin nicht allein. »Mika.«

»Ja«, flüstert er. »Was ist denn passiert?«

Sein Mund ist so nah an meinem Ohr, dass seine Worte mir einen wohligen Schauer über den Rücken jagen.

Dann schießen mir die Bilder von dem Feuer durch den Kopf, gepaart mit der Gewissheit, dass mein ganzer Besitz vernichtet ist. Etwas in meiner Brust verkrampft sich und ich sinke zitternd in mir zusammen.

Mika legt mir den Arm um die Hüfte. »Deine Vitalwerte fallen«, informiert er mich besorgt und hilft mir auf. »Bitte lass zu, dass ich dich nach Hause bringe, Jen.«

Ich nicke, komme wankend auf die Beine, halte mich an ihm fest. Der helle Streifen am Horizont kippt, ich strauchle, Mika greift nach meiner Hüfte.

Konzentriert sieht er mich an und sucht nach einer Lösung. Vorsichtig schlägt er vor: »Ich könnte dich in meinen Armen tragen.«

Überfordert hole ich Luft.

»Lass es uns versuchen!«

Ich zögere. Dann gebe ich mir einen Ruck und lasse ihn gewähren. Mika greift unter meinen Po und unter meinen Rücken. Dann hebt er mich mit Leichtigkeit auf seine Arme. So mühelos, als wiege ich nur wenige Kilo.

Ich umschließe seinen Hals, schmiege mich schläfrig an ihn und betrachte den Michigansee. »Danke.«

»Ich bin froh, dich gefunden zu haben. Ich wollte mein Versprechen nicht bereits jetzt schon brechen.«

Versprechen? Was meint er? Ich versuche, mich zu erinnern, bin aber einfach zu erschöpft.

»Es tut mir leid, dich nicht eher gefunden zu haben.«

Müde strecke ich die Hand aus und wuschle ihm durch die Haare. »Der Letzte, der sich für irgendetwas entschuldigen sollte, bist du. Du bist so gut zu mir, Mika. So gut.«

15. Kapitel

Auf den Gehsteigen in Wicker Park hat sich mittlerweile eine dünne Schneeschicht gebildet.

Selten war ich so froh, aus der Ferne das rote Backsteinhaus mit den wuchernden Pflanzen auf der Dachterrasse zu sehen. Selbst über die gedrungene Gestalt an der offenen Tür kann ich mich freuen.

»Gott sei Dank«, ruft Harvey, als er uns erkennt. »Verdammt noch mal, Jennifer Williams, wo hast du gesteckt?«

Mika trägt mich über den Vorgarten und lässt mich sanft auf den Verandastufen herunter. Rocky umkreist uns schwanzwedelnd, als hätte er eine Ahnung, was ich in den letzten Stunden durchgemacht habe.

Zu meiner Überraschung erkenne ich Erleichterung im Gesicht meines Vaters. »Wir haben uns Sorgen gemacht!«, erklärt er mit eindringlicher Ergriffenheit. »Jenny, was in Gottes Namen ist passiert?«

Jenny. So hatte Harvey mich genannt, als ich noch ein kleines Mädchen war. Immer mit diesem matten Lächeln auf den Lippen und dem väterlichen Stolz in den Augen.

Bei mir brechen alle Dämme. Und plötzlich kommt mir der Name über die Lippen, mit dem ich ihn früher immer ansprach, weil es in der Natur der Sache lag. Der Name, mit dem ich ihn lange nicht mehr assoziieren wollte, den ich ihm schmerzlich entzog. Doch nun spüre ich, dass er es verdient hat, so genannt zu werden. Weil er genau das ist. Mein Vater.

»O Dad! Ich bin so froh, wieder zu Hause zu sein!«, rufe ich und werfe mich in seine Arme.

Das Gesicht an sein gestreiftes Hemd gepresst, lasse ich meinen Tränen freien Lauf. Ich rieche Daddy und sein Rasierwasser. Heimat. Geborgenheit.

Kurz schweigen wir drei. »Ach, Jenny. Es ist alles in Ordnung«, wispert er und streichelt mir über den Kopf, während sich auf seiner Brust ein nasser Fleck bildet. Sein Tätscheln wird zärtlicher. »Wo war sie denn?«, fragt er Mika. »St. Grayson's? Blake School?«

»St. Grayson's Park«, bestätigt Mika förmlich. »Sie hat einen emotionalen Schock erlitten. Was genau passiert ist, kann ich nicht sagen.«

Mein Vater schließt die Tür hinter uns und sieht mich eindringlich an. »Schieß los, Jenny. Was ist geschehen?«

Schniefend rufe ich die Bilder auf meiner Comwatch auf und halte den Männern mein Handgelenk hin.

»Meine Sachen«, erkläre ich heiser. »Jakob hat alles verbrannt.«

Seufzend zieht Dad seine Smartbrille aus der Hemdtasche. »Schicke mir die Fotos rüber, Jenny«, murmelt er und ich tue wie geheißen. Mit zusammengekniffenen Augen lässt er die Fotos über die Bildschirme der Brillengläser auf sich wirken, während Mika mir meine Jacke abnimmt und an die Garderobe hängt. Ihm reichte es aus, die Fotos auf dem Display meiner Comwatch zu sehen, um die Daten zu speichern. Als er mir die nasse Mütze vom Kopf zieht, lächelt er mich so zuversichtlich an, dass ich mich frage, wieso ich mich vorhin so allein gefühlt habe, wo Mika und mein Dad doch zu Hause auf mich warteten. Die beiden, die Familie für mich sind.

Ich fahre erschrocken zurück, als Dad plötzlich komplett aus der Haut fährt.

»Dieser Mistkerl!«, brüllt er so laut, dass Rocky und ich hinter Mika weichen. »Er kann doch nicht …« Zornig stiert er ins Leere und betrachtet wahrscheinlich gerade den brennenden Haufen voller Dinge, die mein Leben bedeuten.

»Ist der von allen guten Geistern verlassen?«, blafft er uns an, als hätten wir die Aktion zu verantworten.

»Ich habe mich nicht bei ihm gemeldet, seit ich hier bin«, piepse ich schuldbewusst.

»Na und?«, brüllt Dad weiter. Rocky drückt sich winselnd an mich. »Das ist doch kein Grund, deine Sachen zu verbrennen!«

»Nein, ist es nicht«, murmle ich und halte mich vorsichtig an Mikas Hüften fest.

Mein Vater spuckt eine Reihe wüster Beschimpfungen aus.

Ich zucke zusammen. Bis jetzt war ich davon überzeugt, dass ich die Konsequenzen meines Lebensstils selbst zu verantworten habe. Dass das Verhalten der Männer mir den Spiegel vorhält. Aber nun wird mir klar: So etwas hat niemand verdient.

Dad sieht mir in die Augen. »Ist das alles dein Zeug?«

Ich wische erneut durch die Dateien auf der Comwatch und nicke. »So ziemlich alles, ja. Wobei …« Ich studiere die Fotos eingehend. »Das sind nicht meine gesamten Klamotten. Das Grafiktablet und den dazugehörigen Stift sehe ich auch nicht. Ich habe keine Ahnung, ob er meine analog gemalten Bilder verbrannt hat. Das sieht man auf dem Foto nicht eindeutig.«

Mein Vater atmet schwer. »Denkst du, es befinden sich Sachen in seiner Wohnung, die man retten kann?«

Ich zucke die Achseln. »Bestimmt gibt es einige Dinge, die er übersehen hat.«

»Gut«, knurrt Dad. »Pack dir für morgen ein paar Klamotten ein. In der Früh fahren wir los.«

»Was?«, erwidere ich fassungslos.

»Du hast richtig gehört!«, verkündet er. »Wir werden dem Knaben morgen zeigen, dass er sich Feinde gemacht hat und den Rest deiner Sachen abholen!«

Ich starre meinen Vater an. »Aber das ist echt weit. Wir müssten bis Philly fahren. Das sind …«

»Siebenhundertvierundsechzig Meilen«, sagt Mika wie aus der Pistole geschossen. »Laut aktueller Verkehrslage beträgt eine Fahrt mit dem Auto elfeinhalb bis zwölf Stunden.«

Ich fahre herum. »*Was*? Bist du ein Navi?«

Mika und Dad wechseln einen Blick. Beide schweigen, bis mein Vater sagt: »Die Antwort lautet: Ja, Jenny. Lass uns direkt um sieben Uhr los.«

»Okay. Aber musst du nicht arbeiten?«, frage ich vorsichtig.

Dad winkt resigniert ab. »Ich werde Gregory gleich schreiben, dass ich spontan zwei Tage freinehme. Die sind locker drin bei all den Überstunden, die ich in den vergangenen Wochen gemacht habe. Du bist jetzt wichtiger als die Arbeit. Mika kann in der Wache die Stellung halten.«

Dieser nickt. »Richtig, Harvey.«

Dankbar lächle ich zu meinem Vater hoch. Nachdem Dad mich mit Oliver gesehen hat, habe ich befürchtet, dass unser Verhältnis sich wieder verschlechtert, aber nun bietet er mir eine Unterstützung an, nach der ich mich lange gesehnt habe. Doch mein Blick fällt unweigerlich auf Mika und ich weiß, dass ich diesem Plan nicht folgen kann. »Danke für dein Angebot, Dad. Aber ich kann nicht mit dir nach Philly fahren.«

Verdattert fährt mein Vater herum. »Was? Ich biete dir an, dir zu helfen, und du sagst einfach nein?«

»Du verstehst mich falsch«, entgegne ich. »Ich bin dir dankbar dafür, dass du mit mir nach Philly fahren möchtest, aber …« Ich stelle mir vor, wie Dad und ich stundenlang im Auto sitzen. Wie die Stimmung kippt, wir uns anschweigen, womöglich in alte Muster fallen, uns gegenseitig anschreien und schließlich auf den rachsüchtigen Jakob treffen. Ich würde zahlreichen aufwühlenden Gefühlen ausgesetzt sein, ohne dass jemand da wäre, um mich zu beruhigen. Das geht nicht. Entschlossen hebe ich den Kopf. »Ich kann nicht ohne Mika fahren.«

Mika hebt überrascht die Brauen.

Dad verschränkt die Arme vor der Brust. »Mika und ich können nicht beide freinehmen. Außerdem brauchen wir Platz im Auto, um dein Zeug zu verstauen.«

Mika nickt schuldbewusst und senkt den Blick. Wie er da so steht, die Hände in den Hosentaschen versunken, ohne sich darüber im Klaren zu sein, wie unverschämt hübsch er ist, erwacht die Sehnsucht in mir. Fieberhaft überlege ich, wie ich das Ruder rumreißen kann. Da fällt mir der Satz vom Spielplatz ein. Mikas Bemühungen, ein Gespräch mit mir zu führen. Erleichtert atme ich auf.

»Denk an dein Versprechen, Mika!«

Für wenige Augenblicke hadert er mit sich. Dann hebt er das Kinn und nickt. »Ich werde mitkommen, Harvey.«

»Was?« Irritiert sieht mein Vater von Mika zu mir. »Wieso? Um was für ein Versprechen geht es überhaupt?«

»Ich werde Captain Faraday den Sachverhalt erklären«, ergänzt Mika entschlossen. »Außerdem werde ich Randy nach seinem Pick-up-Truck fragen. Er fährt autonom und ist geräumig. So ist genug Platz für alle im Auto, auch für Jens Besitz.« Dad will protestieren, doch Mika fällt ihm ins Wort. »Es werden keine Nachteile für dich entstehen, Harvey. Ich werde die volle Verantwortung übernehmen.«

Mir fällt ein Stein vom Herzen.

Dad ist vollends verwirrt. Er brabbelt einen schwachen Einwand, doch Mika schließt das Gespräch: »Wir sollten jetzt alle ins Bett gehen. Morgen früh müssen wir fit sein.«

Mein Vater murmelt etwas. Ihm ist klar, dass er Mika nicht von seiner Entscheidung abbringen wird. »Gut, was auch immer. Du bist alt genug mit deinen … neunzehn Monaten. Aber das mit dem autonomen Fahren vergisst du besser wieder. Ich fahre.« Er läuft die Treppen hinauf und wünscht uns grummelnd eine gute Nacht.

Als mein Vater außer Sichtweite ist, schmiege ich mich endlich an Mika. Seine Gesichtszüge werden augenblicklich weich.

»Danke«, flüstere ich in seinen Pullover. »Ich schaffe diese Konfrontation nicht ohne dich.«

An Mikas Stimme höre ich, dass er lächelt. »Klar würdest du das ohne mich schaffen. Du bist stark! Aber ich will gern für dich da sein, wenn du das möchtest.«

Dankbar sehe ich in seine Augen, in denen noch immer Entschlossenheit lodert.

»In meinem Leben geht es drunter und drüber. Es tut mir leid, dass ich dich schon wieder in so ein Chaos ziehe. Das hast du nicht verdient.«

Er nimmt meine Hand in seinen festen, verlässlichen Griff. »Mach dir keine Sorgen, Jen. Das ist nicht schlimm. In mir drin herrscht kein Chaos. Vielleicht darf ich Ordnung in dein Leben bringen, wenn du selbst im Augenblick nicht in der Lage dazu bist.«

Seine Worte sind mal wieder so schön gewählt, klingen so nach Mika.

Mein Herz pocht hörbar gegen die Rippen. Ich stelle mich auf die Zehenspitzen und küsse ihn.

Mein Leben liegt in Bruchstücken zu meinen Füßen, fast mein gesamter Besitz ist verbrannt. Alles läuft schief. Und trotzdem ist dieser Moment perfekt.

16. Kapitel

Es ist weit nach Mitternacht, als ich erschöpft ins Bett sinke. Die letzten Stunden waren eine emotionale Achterbahnfahrt, ein freier Fall ins Nichts. Ich rolle mich unter der Decke zusammen und ziehe die Knie an die Brust. Durch bloße Willenskraft versuche ich sie dazu zu bringen, mit dem Zittern aufzuhören. Doch egal wie fest ich sie halte, sie bibbern immer heftiger.

Meine Zimmertür öffnet sich. Ich atme auf. Es wird mir gleich besser gehen, das weiß ich. Nur ein Wesen der Welt ist in der Lage, mir in meiner aufkommenden Panik Trost und Ruhe zu spenden.

Er hebt die Decke an und setzt sich auf den Bettrand. Nachdem er das Licht gelöscht hat, kriecht er zu mir und ich lege den Kopf auf seinen Arm. Vorsichtig streichelt seine Hand mein angewinkeltes Bein entlang. »Du bist eiskalt.«

Von seinen Berührungen ausgehend bildet sich eine Gänsehaut auf meinen Schenkeln. Die Wärme seiner Haut, die er extra auf meine Bedürfnisse eingestellt hat, findet ihren Weg zu mir. Ich seufze erleichtert, als das Zittern in meinem Körper versiegt. Wie die Anspannung mich loslässt und Ruhe in meiner Brust einkehrt. Während ich einschlafe, wundere ich mich darüber, wie schnell ich in seiner Anwesenheit zurück zu mir finde. Ausgerechnet bei ihm. Einem Androiden. Und ein letzter Gedanke schießt mir durch den Kopf: Ich muss mit ihm über meine Gefühle reden.

Ich muss ihm endlich sagen, dass ich mich unwiderruflich in ihn verliebt habe.

Die Nacht ist viel zu kurz. Ich erwache sanft, gleite vom Schlaf ins Leben. Noch immer befinde ich mich in Mikas Armen. Ich erschrecke, denn seine Augen sind offen. Zärtlich streichelt er über meinen Bauch.

»Guten Morgen«, flüstert er und küsst mich auf die Schläfe.

»Morgen.« Müde strecke ich mich und kuschle mich an ihn. »Es ist schön, dass du da bist, wenn ich aufwache.«

Er schließt mich in die Arme. »Es ist auch schön, dich aufwachen zu sehen.«

Ich presse das Gesicht an ihn und inhaliere seinen Geruch. Ich bin so verschlafen, dass ich erst realisiere, dass ich mich auf ihn gelegt habe, als ich seinen festen, muskulösen Körper unter mir spüre.

»Ach, Jen«, sagt Mika schmunzelnd und umfasst meine Hüften. »Wir müssen aufstehen.«

»Wir müssen gar nichts«, murmle ich und drücke mich an seinen Schoß. Mir entfährt ein Seufzer, als ich seine Härte durch die Unterwäsche fühle.

»Harveys Wecker wird in zweieinhalb Minuten klingeln. Ich wollte vorher Kaffee aufsetzen.«

Kurz hält er inne und genießt meine Bewegung. Sein Gesicht sieht jedenfalls sehr angetan aus, während seine Erregung ihn handlungsunfähig macht. Dann richtet er sich auf, hebt mich am Hintern an und dreht mich auf den Rücken. Auf mir kauernd stolpert sein Atem, doch Selbstbeherrschung ist ihm nicht so fremd wie mir. Er drückt mir einen kurzen Kuss auf die Lippen und lässt von mir ab. »Sorry, Jen. Es ist wichtig, dass wir heute pünktlich losfahren.«

Mit einem Zwinkern verschwindet er im Bad. Sehnsüchtig starre ich seiner gut ausgestatteten Boxershorts hinterher. Bis jetzt sind wir schon einige Male miteinander intim geworden, aber bis zum Äußersten ist es noch nicht gekommen. Mika achtete stets darauf, dass meine Bedürfnisse befriedigt werden. Wieso er sich so vornehm zurückhält, kann ich mir nicht ganz erklären, denn ich brenne darauf, mit ihm die nächsten Schritte zu gehen. Aber Mika hat recht. Der heutige Tag ist sehr wichtig und es ist der falsche Zeitpunkt, um einander weiter zu erkunden. Seufzend ziehe ich mich an und schlendere in die Küche.

Dort treffe ich auf meinen Vater, der mir zur Begrüßung mit seiner Kaffeetasse zuprostet.

»Hallo, Daddy«, sage ich und wundere mich im nächsten Augenblick darüber, wie selbstverständlich mir diese Anrede über die Lippen gekommen ist. Aber sie fühlt sich gut an und auch über das Gesicht meines Vaters wandert ein warmer Schimmer.

»Morgen, Jenny.«

Ich lasse mich auf dem Stuhl gegenüber von ihm sinken und verkrieche mich in den Tiefen meines Hoodies. Normalerweise esse ich morgens gern Mikas Sandwiches, aber da uns die Fahrt zu meinem Ex bevorsteht, verspüre ich keinen Hunger.

»Wo ist Mika?«, frage ich, da ich ihn nirgends entdecken kann.

»Er bringt Rocky zu Randy«, erwidert Dad. »Und er holt den Pick-up ab.«

»Kann Mika fahren?« Neugierig ziehe ich die Füße an.

»Er kann fahren, darf es aber laut nationalen Bestimmungen nicht, weil er ein Android ist«, brummt Dad und schlürft von seinem Kaffee. »Aber klar, in Chicago herrscht Gleichberechtigung.« Beim letzten Wort malt er mit den Fingern Gänsefüßchen in die Luft.

»Ich bin froh, dass ihr mich nach Philly begleitet«, nuschle ich.

»In den vergangenen Jahren habe ich solche Angelegenheiten immer allein geregelt. Das war nicht einfach.«

»Du hast nie nach Hilfe gefragt.«

»Das fiel mir schwer.«

Etwas Sanftes flackert in Daddys Augen. »In Zukunft kannst du dich jederzeit an mich wenden. Du bist doch mein Mädchen, Jenny.«

Für einen kurzen Moment lächeln wir uns an. Vater und Tochter, die nach so langer Zeit wieder an einem Strang ziehen.

Als Mika wenig später in mein Zimmer tritt, bin ich gerade dabei, Kleidung in einen Rucksack zu werfen. Er hilft mir beim Packen und es stellt sich heraus, dass er eine völlig andere Herangehensweise hat als ich. Er nimmt sich Zeit, unsere T-Shirts säuberlich zusammenzufalten.

»Wenn wir mal eine gemeinsame Wohnung haben sollten, bist du für die Wäsche verantwortlich«, werfe ich kichernd ein und registriere erst Sekunden später, was ich da gesagt habe.

Mika hält inne. »Was meinst du damit?«

Berechtigte Frage. Meine Aussage basiert auf einer gemeinsamen Zukunft und somit einem Modell, das wir noch nicht ernsthaft thematisiert haben. »Das war nur so daher gesagt«, murmle ich schuldbewusst und widme mich wieder der Tasche.

»Das verstehe ich nicht«, erwidert Mika. »Als was siehst du mich? Als einen Haushaltsandroiden, der später deine Wäsche wäscht? Als einen Liebhaber? Einen Ehemann? Wie war das gemeint?« Er und seine verdammte Direktheit.

Mir fällt ein, dass ich schnellstmöglich mit ihm über meine Gefühle für ihn reden wollte. Doch nun, wo er mich so fragend ansieht, bekomme ich keinen Ton über die Lippen.

Wie reagiert ein Android, wenn man ihm sagt, dass man sich in ihn verliebt hat? Kann er diese Gefühle erwidern? Hat er sich auch in mich verliebt? Bis jetzt hat er nur von sehr intensiven Empfindungen gesprochen, die er für mich verspürt. Aber sind diese mit einer wahren Liebe gleichzusetzen? Oder schlimmer noch: Hat er mir das nur gesagt, weil ich es hören wollte?

Mika wurde als Detective-Android mit vielen Zusatzfunktionen gebaut. Einerseits sollte er Kriminelle schnappen, andererseits aber auch Verhandlungen führen. Auch wenn er oft nachfragen muss, kann er überzeugend und charmant sein und hat sogar beim Schlichtungsgespräch mit der Präsidentin als Sprachrohr fungiert. Sein Ziel war von vornherein, unser Verhältnis zu optimieren, damit er mit Dad und mir in einem harmonischen Umfeld leben kann.

Wie viel davon kam von ihm? Was von seiner Programmierung? Wäre es überhaupt sein freier Wille, mit mir zusammen zu sein?

»Ich habe mir nichts dabei gedacht«, lüge ich. »Es war Spaß. So was wie Ironie. Vergiss das am besten einfach.«

So gern ich ihm sagen will, wie stark ich für ihn empfinde – ich kann es nicht. Jetzt nicht. Ich muss mich sammeln, meine Gedanken ordnen. Die passenden Worte finden. Und den passenden Moment.

Mika denkt nach. Dann sagt er: »Du hast meine Frage nicht beantwortet.«

Ausgerechnet mein Vater erlöst mich aus dieser Situation. »Jenny! Mika!«, brüllt er die Treppen hoch. »Seid ihr fertig? Lasst uns aufbrechen!«

»Wir kommen!«, rufe ich zurück und trete so überstürzt zur Tür, dass ich über ein Bein meines Schreibtischstuhls stolpere. Mika fängt mich mit beeindruckender Präzision auf.

»Lass uns später darüber reden«, keuche ich und laufe mitsamt Rucksack zu Dad hinunter.

Nachdem wir unsere Taschen in Randys Pick-up geladen haben, geht es los. Da Mika den Weg weisen wird, sitzt er vorne, während ich auf dem Rücksitz Platz nehme. Mein Vater manövriert den Wagen von der Einfahrt und brettert Richtung Highway. Der graue Himmel bricht langsam auf. Wehmütig blicke ich aus der Heckscheibe auf das begrünte Backsteinhaus, das immer kleiner wird. Dass wir morgen Abend zurück sein wollen, beruhigt mich. Der vorübergehende Abschied führt mir vor Augen, was mir in den vergangenen Jahren gefehlt hat. Chicago und das warme Gefühl, zu Hause zu sein. Ich beobachte, wie wir langsam die Wolkenkratzer hinter uns lassen, genauso wie die Luftschiffe, die stadtauswärts fliegen und mit ihren meterhohen Displays für die neusten Omnitech-Artikel werben. Die Weihnachtsbeleuchtungen an den Häusern erinnern mich daran, dass die Feiertage bevorstehen.

»Eine genaue Navigation wird erst auf dem letzten Viertel der Strecke nötig sein«, merkt Mika zu Dad gewandt an, was dieser mit einem zustimmenden Brummen quittiert.

»Ich weiß, dass du dich gegen den Fahrassistenten entschieden hast«, fährt Mika fort, »aber ich möchte an dieser Stelle anmerken, dass uns eine lange Fahrt bevorsteht und er dich jederzeit unterstützen kann. Auch für kurze Strecken.«

Daddys Fingerknöchel treten weiß hervor, so heftig umklammert er das Lenkrad. »Danke für den Hinweis, mein Sohn. Aber das wird nicht nötig sein.«

Sein Blick trifft meinen durch den Rückspiegel, und plötzlich sehe ich den Schmerz in seinen Augen, der hinter dieser Entscheidung steckt.

Tim. Er fährt selber wegen Tim. Weil ein Fahrassistent daran schuld ist, dass mein Bruder sterben musste.

Ob Mika davon weiß? Ich schätze schon, da er eben solch einen warmen Ton eingeschlagen hat. Mich übermannt das Bedürfnis, Dad etwas Tröstendes zu sagen. Ihm mitzuteilen, dass er mit seinem Schmerz nicht allein ist. Dass auch ich ihn spüre und dass wir trotzdem noch eine Familie sind, wie der kleine Junge es mit Sicherheit gewollt hätte. Doch mir kommt kein Wort über die Lippen und Dad bricht den Blickkontakt, ehe ich etwas sagen kann.

Schuldbewusst mache ich es mir auf der Rückbank bequem.

Mich ärgert, dass ich weder die passenden Worte für Daddys Trauer noch für Mikas Frage bezüglich einer gemeinsamen Zukunft gefunden habe. Ich bin froh, im hinteren Bereich des Wagens etwas Abstand zu beiden zu haben, um meine Gedanken zu ordnen.

Während der Fahrt werde ich Zeit haben, mir zu überlegen, wie ich mit Mika über meine Gefühle reden kann, ohne ihn zu überfordern. Schließlich bin ich ihm eine Antwort schuldig geblieben, die er definitiv verdient hat.

Fürs Erste wählt mein Körper seine eigene Bewältigungsstrategie und flieht in einen tiefen Schlaf.

Als ich wieder aufwache, sind wir bereits in der Nähe von Cleveland und Dad parkt an einem Diner, um mir einen Burger und Mika eine Orangenlimonade zu spendieren. Ich verdrücke das Fast Food gierig, schließlich habe ich das Frühstück ausfallen lassen.

Währenddessen beschäftigt sich Dad mit den Fotos des Feuers. Das erkennt man daran, dass er wieder seine Smartbrille trägt und mit immer wütender werdendem Blick ins Leere starrt.

»Diese Mappen«, knurrt er. »Sind die von deiner Uni?«

Ich nicke kauend. »Ja, aber ich hoffe, dass sie leer sind. In ihnen befinden sich normalerweise die Arbeiten der letzten zwei Jahre. Auf Basis der Bilder kann ich mich bei potenziellen Arbeitgebern bewerben. Ich hoffe, dass er nur die Mappe abgefackelt hat, um mir Angst einzujagen.«

Dad nickt ernüchtert und schiebt die Smartbrille in seine Hemdtasche. »Was war eigentlich der Grund dafür, dass du die Uni abgebrochen hast?«

Mit gesenktem Kopf tunke ich Pommes in den Ketchup. »Ich habe ein paar Deadlines verpasst. Eine Arbeit versiebt. Ich hielt plötzlich alles für eine schlechte Idee. Mich für nicht geeignet. Untalentiert. Und dann bin ich einfach nicht mehr hingegangen.«

Als Dad den Kopf hebt, glühen seine Wangen. »Untalentiert? Du hast schon in der Highschool Grafiken für die Schülerzeitung entworfen und Flyer für Graham Techs illustriert. Erzähl mir nichts von mangelndem Talent!«

»Ich hatte Kontakt zu Studierenden, die viel mehr draufhatten als ich.«

»Solche Leute gibt es überall. Kein Grund, den Kopf in den Sand zu stecken!«

»Das allein war es nicht. Meine Kommilitonen hatten Unterstützung. Rückhalt. Jemanden, der ihnen sagt, dass sie gute Arbeit leisten. Das hat mir gefehlt.« Mein Blick trifft den meines Vaters. Es schwingt kein Vorwurf in meiner Stimme, und den empfängt er auch nicht. Es sind einfach Tatsachen, über die wir beide uns bewusst sind. Trotzdem blitzt Reue in seinen Augen auf.

Ich zucke die Achseln. »Es ist okay, wie es gelaufen ist. Das Thema Uni hat sich für mich vorerst erledigt. Ich bleibe in Chicago und suche mir einen Job.«

Dad nickt zuversichtlich. Auch Mikas Blick spüre ich auf mir. Er lächelt. Wahrscheinlich ist er froh über diese Entscheidung.

»Wo schlafen wir überhaupt?«, wechsle ich das Thema und verteile eine großzügige Menge Ketchup auf meinen Fritten.

»Wir suchen uns spontan eine Unterkunft. Vielleicht kannst du ein günstiges Hotel vorschlagen«, brummt Dad. »Ich geh kurz was wegbringen.« Er erhebt sich und läuft zu den Männertoiletten.

Mika und ich bleiben zurück. Ich konzentriere mich auf das Essen und male Ketchupgesichter auf den Teller. Nach unserer Fehlkommunikation in meinem Zimmer fühle ich mich unwohler damit, mit Mika allein zu sein als mit Dad. Ein Wandel, den ich nicht habe kommen sehen.

Wir schweigen, während ich mich ausgiebig den aussortierten Essiggurken widme. Bis Mika fragt: »Jen, gibt es einen Grund dafür, dass du mir ausweichst?«

Ertappt lasse ich die Pommes sinken.

»Ich habe dich gefragt, als was du mich siehst. Als Haushaltshilfe, Liebhaber oder Ehemann.«

Stille. Ich fixiere den angetrockneten Ketchup auf dem Teller. Einerseits erleben wir Momente, in denen ich mir nicht vorstellen will, dass er je wieder von meiner Seite weichen könnte. Und dann bin ich wieder damit konfrontiert, dass ich mich in einen Androiden verliebt habe, von dem ich nicht weiß, ob er mich je so lieben kann wie ich ihn. Damit stehe ich an einem Punkt, an dem ich nicht stehen will. Und mir kommen Zweifel.

Doch eins will ich direkt klarstellen. Ich sehe Mika ins Gesicht und lächle. »Ich weiche dir nicht aus. Jedenfalls nicht willentlich. Im Gegenteil. Ich bin unheimlich gern in deiner Nähe. Du hast die Fähigkeit, mich zu beruhigen, wenn ich durcheinander bin. Niemand kann das so wie du.«

»Das klingt sehr schön.«

Ich zucke die Achseln. »Schon. Aber ich sollte das selbst können. Wieso gelingt mir das nicht?«

»Ich weiß es nicht. Aber das ist doch nicht schlimm.«

»Es ist nicht schlimm, wenn du zu mir hältst. Bei mir bleibst. Wenn du für mich da bist. Immer.«

Mika sieht mich konzentriert an und versucht wohl zu verstehen, was ich ihm sagen möchte. Eine konkrete Antwort habe ich ihm auf seine Frage schließlich noch immer nicht gegeben.

Verdammt Jen, rück endlich mit der Sprache raus, und zwar direkt! Mika kann nicht zwischen den Zeilen lesen, vergessen?

Aber ist dies der richtige Moment? Ein Liebesgeständnis in einem in die Jahre gekommenen Diner?

Dad kehrt zurück. »Kinder, ich werde jetzt zahlen. Setzt euch ruhig schon mal in den Wagen.«

Mika und ich verlassen das Diner. Gerade als ich die Tür des Pick-ups aufziehen will, hält er mich zurück.

»Hör zu. Dass dich Annäherungen mit einer künstlichen Intelligenz befremden, kann ich nachvollziehen. Auch mich würde eine romantische Beziehung zu einer Androidin nicht so sehr überfordern wie die zu einem Menschen. Es fiele mir leichter, ihre Handlungen nachzuvollziehen.«

»Du verstehst nicht. Genau das ist es eben nicht. Ich habe anfangs gedacht, dass es mich überfordern würde, dir nah zu kommen, aber es hat sich in den letzten Wochen so viel getan. In mir hat sich viel getan. Ich habe dich kennengelernt und …« *Lieben gelernt.* Ich raufe mir die Haare. Verdammt noch mal, wieso fällt es mir bloß so schwer, meine Gefühle in Worte zu fassen?

Er nimmt meine Hand. »Jen«, wispert er. »Fokussiere dich bitte. Was genau möchtest du mir damit sagen?«

Ich sehe auf seine Hände hinunter, die meine umschließen. In seinen Berührungen liegt so viel Ruhe. In mir das blanke Chaos. Doch er fängt es auf. Absorbiert es. Spendet mir Frieden. Wie immer.

»Denk an das, was wir einander versprochen haben«, bittet er mit sanfter Stimme. »Klare Kommunikation. Ehrliche Kommunikation.«

Ich nicke. *Gesunde Kommunikation*. Dann hole ich tief Luft und gehe in mich.

»Mika, ich habe sehr starke Gefühle für dich. Aber ich habe auch Angst. Ich möchte dich nicht enttäuschen. Wir fahren gerade zu meinem Ex-Freund, der mein gesamtes Hab und Gut verbrannt hat. Da mache ich mir Sorgen, dass es vielleicht an mir liegen könnte, dass er so heftig reagiert. Dass ich für eine Beziehung nicht geeignet bin.«

Fragend zieht er die Augenbrauen hoch. Eine adaptierte menschliche Geste.

»Außerdem weiß ich nicht, ob du auf meine Liebe programmiert wärst oder ob du mich ehrlich zurücklieben könntest.«

Er legt den Kopf schief. »Verstehe.«

Und dann setze ich alles auf eine Karte. Die konkrete Antwort auf seine Frage platzt direkt und ehrlich aus mir heraus. »Wenn du mich also fragst, Mika, ob ich dich als Haushaltshilfe, Liebhaber oder Ehemann sehe, dann werde ich sicher nicht mit Ersterem antworten. Mit Zweiterem kann ich mich vorerst zufriedengeben, aber das Dritte visiere ich an. Ich bin hoffnungslos verliebt in dich.«

Kurz hält er inne. Dann höre ich, wie er zweimal hintereinander Luft holt. Die Finger in meiner Hand werden plötzlich kühl und glatt. Er stellt Kontakt zu mir her. Intensiven, technischen Kontakt, der ihn geradewegs zu meinen lodernden Gefühlen führt. Ein warmes Kribbeln erfasst mein Herz und breitet sich in meinem ganzen Körper aus.

»Jen«, sagt er leise und ich sehe wieder diesen konzentrierten Ausdruck in seinen Augen, den er immer hat, wenn er eine Analyse durchführt. »Lass mich auf die Punkte eingehen. Das Chaos in deinem Leben schreckt mich nicht ab. Im Gegenteil. Du faszinierst mich.« Mit der entblößten Hand zieht er mich an sich. »Kommen wir zu dem nächsten Punkt. Du hast Angst, dass meine Liebe zu dir programmiert sein könnte.« Er schmunzelt leicht. »Wenn das deine Sorge ist, kann ich dir an dieser Stelle eines sagen: Ich habe meine Hardware überprüft, meine Symptome durch mein System gejagt. Die Diagnose ist eindeutig.« Er atmet tief durch und sieht mich entschlossen an. Dann lässt er die Bombe platzen. »Ich liebe dich, Jennifer Williams.«

Mir klappt die Kinnlade herunter.

»Die Bindung, die wir haben, das Vertrauen, das du mir schenkst, die Vorgänge, die du in meinem Prozessor anstößt.« Der Druck seiner entblößten Finger verstärkt sich. »Das, was ich für dich empfinde, ist Liebe. Du hast sie in mir ausgelöst, als wir einander nah kamen. Als ich tiefgehenden Kontakt zu dir hergestellt habe.«

»Mika, ich –«

»Deine Aussage mit der Wäsche verstehe ich nun. Du wolltest mich nie als Haushaltshelfer. Du hast gescherzt und mich in der Rolle des Ehemanns gesehen.«

Ich schlucke schwer und nicke. »Ja. Das habe ich.«

Sanft streicht er mir eine Strähne aus dem Gesicht. Blanke, weiße Finger, voller Zuneigung und Zärtlichkeit.

»Kommen wir abschließend zu deiner Sorge, dass ich mit meiner Zuneigung zu dir nur einer Programmierung folge. Ich habe meinen eigenen Willen, auch wenn es harte Arbeit war und ich noch immer nicht alles verstehe. Ich bin mir sicher, dass ich so für dich empfinde. Ich bin an deiner Seite, so lange du willst. Weil ich es will.«

Mit bebenden Lippen starre ich zu ihm hoch. Dann packe ich seinen Kragen und ziehe ihn zu mir runter. Seine Lippen treffen hart auf meine. Ich küsse ihn. Küsse ihn richtig. Hier draußen, wo alle im Diner und davor es sehen können. Weil der Zeitpunkt, um mit ihm über uns zu reden, ganz egal war. Weil jeder Moment mit ihm besonders ist. Weil er meine Zweifel ernst nimmt, ohne mich von ihm wegzustoßen. Weil er mich akzeptiert, wie ich bin. Und vor allem wegen dieser wunderbaren Liebeserklärung.

Eine Weile küssen wir uns.

Bis eine bekannte Stimme ertönt. »Macht es endlich offiziell. Meine Güte. Kann sich ja keiner mit ansehen«, grummelt Dad, während die Tür des Diners hinter ihm zufährt.

Wir grinsen uns an und folgen ihm.

Und mir schießt der Gedanke durch den Kopf, dass ich meinem Vater den neuen Mann an meiner Seite nicht vorstellen muss. Er hat ihn bereits vor Monaten in sein Leben und auch in sein Herz gelassen.

17. Kapitel

Die Sonne ist bereits untergegangen, als Dad Randys Pick-up über die Stadtgrenze von Philadelphia fährt. Wir sind besser durch den Verkehr gekommen als erwartet. Nicht zuletzt dank Mika, der uns zuverlässig navigiert hat.

Je näher wir meiner alten Wohnung kommen, desto übler wird mir. »Können wir uns nicht erst mal ein Hotel suchen und morgen früh zu Jakob fahren? Es ist schon spät.«

»Spät? Es ist halb neun!«, grollt mein Vater kopfschüttelnd.

»Aber ich bin sehr müde!«, widerspreche ich. »Ich muss Kraft tanken, ehe ich diese Wohnung betrete.«

»Müde?«, höhnt Dad. »Du hast die halbe Fahrt geschlafen! Wie kannst du jetzt müde sein?«

»Müdigkeit ist eine physische Reaktion auf emotionale Herausforderungen«, verteidigt mich Mika.

»Ich glaube, in Jennys Fall ist Müdigkeit eher eine Ausrede!«, brummt Dad.

Ich seufze. »In der Früh ist Jakob arbeiten. Wir könnten dann in Ruhe meine Sachen holen. Jetzt ist er wahrscheinlich zu Hause.«

»Ach, daher weht der Wind«, erwidert Dad. »Dass er zu Hause ist, kommt mir sehr gelegen! Dem Jungen werde ich ein paar Takte erzählen. Der kann sich auf was gefasst machen.«

»Am besten überlassen wir Jen die gewünschte Vorgehensweise«, schlägt Mika vor und dreht sich im Beifahrersitz zu mir um.

Dankbar lächle ich ihm zu. Es tut gut, diese Worte zu hören. An meiner Flucht aus dieser Wohnung war nichts selbstbestimmt. Nun entscheide ich.

Mit geschlossenen Augen gehe ich in mich. Was will ich? Mich über Nacht verstecken, meine Sachen heimlich aus meinem ehemaligen Zuhause holen? Oder sollte ich den Moment nutzen, die Konfrontation in Kauf nehmen, eine Aussprache nicht scheuen? Beide Varianten wären valide. Doch in mir erwacht der Tatendrang. Ich möchte mich nicht mehr ducken, mich nicht von den Launen meines Ex-Freundes abhängig machen. Ich will meine Mission hinter mich bringen. Jetzt. »Du hast recht, Dad. Lass uns direkt zu Jakob fahren.«

Ein zufriedenes Lächeln bildet sich unter Daddys Schnurrbart. »Das ist die richtige Einstellung, Jenny.«

Nachdem er auf Mikas Geheiß vor dem kleinen Häuschen gehalten hat, dreht er sich zu mir um. »Ist es das?«

Ich sehe hinaus. Auf den ersten Blick ist das schwer zu sagen, da die Häuser in dieser Gegend sich gleichen wie ein Ei dem anderen. Philly verfolgt ein anderes Konzept als Chicago, wo die Bezirke auf unterschiedliche Bedürfnisse ausgerichtet sind. In Wohnbezirken wie diesem werden Familien kleine Häuser mit exakt demselben Schnitt zugeteilt, von denen es Hunderte gibt. Kinderlose Paare teilen sich oft eine solche Einheit. Das ist einerseits fair, andererseits bleibt wenig Platz für Individualität.

Die Innenstadt Phillys ist dicht begrünt, kann in meinen Augen jedoch nicht mit dem hochmodernen Zentrum Chicagos mithalten. Meine Heimatstadt ist den meisten amerikanischen Städten mit seiner Technikversessenheit voraus. Deshalb war dies der Firmensitz von Human Evolve.

Im Fenster der Erdgeschosswohnung erkenne ich den gelben Topf einer Monstera, die ich eigens vor ein paar Monaten gekauft und auf das Regal im Arbeitszimmer gestellt hatte. Sie sollte mich an das grüne Wicker Park erinnern.

Ich drehe mich zu meinem Vater um. »Ja, das ist es.«

»Okay.« Er zieht die Handbremse an.

Mit zitternden Fingern löse ich den Sicherheitsgurt.

Mika mustert mich besorgt. »Soll ich mit dir kommen?«

Ich presse die Lippen zusammen. Es wäre sicherlich einfacher, eine Begleitung dabei zu haben. Andererseits weiß ich nicht, wie Jakob auf ihn reagiert. Ich öffne die Autotür und schüttle den Kopf.

»Nein. Ich muss das ohne dich machen. Zumindest den Anfang. Wenn das hier vorbei ist, werde ich dich ganz sicher brauchen.«

»Ich werde da sein.«

»Dad? Könntest du mich begleiten?« Nervös schaue ich auf meine Finger. »Zumindest bis vor die Tür.«

Ein sanfter Zug umspielt die Lippen meines Vaters. »Selbstverständlich, Jenny. Ich gebe dir Rückendeckung.«

Ich springe auf den Gehsteig und sauge die kühle Nachtluft tief in meine Lungen. Ein halbes Jahr lang habe ich in dem Haus gelebt, das nun so friedlich vor mir liegt. Erinnerungen holen mich ein. Ich sehe vor mir, wie ich das erste Mal hier war, weil ich die Geburtstagsparty einer Kommilitonin im Obergeschoss besuchte. Wie ich im Anschluss den letzten Zug verpasste und wie Jakob mir kurzerhand seine Couch anbot. An jenem Abend kamen wir uns das erste Mal näher. Wie das darauffolgende Jahr wohl verlaufen wäre, wenn ich die Party fünf Minuten früher verlassen und den Zug bekommen hätte?

An der Haustür angekommen, schiebe ich die Bilder von

damals schnell aus dem Kopf. Heute möchte ich mich nicht länger mit Jakobs und meinem Anfang beschäftigen. Sondern einzig und allein mit unserem Ende.

Ich werfe einen letzten Blick über die Schulter. Mika lehnt mit verschränkten Armen am Pick-up und nickt mir aufmunternd zu. Dad steht dicht hinter mir und legt die Hand auf meine Schulter. Die beiden lassen mir den Raum, die Situation eigenständig anzugehen. Dafür bin ich ihnen dankbar.

Ich hebe die Hand, um das Schloss mit meinem Fingerabdruck zu entriegeln, und halte dann inne. Ich bin Gast, keine Bewohnerin mehr. Für mich gibt es kein Zurück. Das möchte ich ausstrahlen.

Also führe ich den Zeigefinger stattdessen zum Klingelknopf, neben dem noch immer mein und Jakobs Nachname steht, und drücke ihn. Mit angehaltenem Atem warte ich.

Sekunden verstreichen. Dann surrt das Schloss und die Haustür schwingt auf.

Mein Vater bleibt in der Tür stehen. »Gib mir Bescheid, wenn du Hilfe brauchst«, murmelt er.

Ich nicke und laufe die wenigen Schritte zur geöffneten Wohnungstür. Dad betätigt den Lichtschalter des Treppenhauses. Die Deckenleuchte ist so hell, dass ich die Augen abschirmen muss. Und dann sehe ich ihn. Den Arm am Türrahmen abgestützt, blinzelt Jakob in den Flur. Er trägt zerrissene Jeans und ein verwaschenes Bandshirt. Seine schwarzen Haare sind ungekämmt. Das auffällige Gestell seiner Brille hebt sich von seinem blassen Gesicht ab. Die dunkelblauen Augen hinter den Gläsern weiten sich, als er mich erkennt.

»Jen.« Seine Stimme ist ein ersticktes Flüstern. »Du bist zurückgekehrt.« Und ehe ich etwas erwidern kann, breitet er die Arme aus und fällt mir um den Hals.

Ich fasse nach seinen Schultern und will ihn von mir schieben. Doch irgendwie bin ich in diesem Moment nicht stark genug, um ihn wirklich wegzudrücken.

»Wieso war das nötig? Warum musste ich erst so etwas machen, damit du zu mir zurückkommst?« Zärtlich vergräbt er die Hand in meinen Haaren, streichelt über meinen Nacken.

Ich friere. Etwas in mir sträubt sich. Ein anderer Teil von mir versucht, Verständnis aufzubringen. Jakob liebt mich auf seine Weise. Das ist seine Art, seinen Gefühlen Ausdruck zu verleihen.

Aus der geöffneten Wohnungstür dringen unser Duft und das Geräusch des Fernsehers. Es ist vertraut. Tatsächlich ist nicht alles schlecht mit Jakob gewesen.

Wie werde ich mich nun verhalten? Wie werde ich mit Jakob umgehen? Ich tue nichts. Bin leer. Lasse mich von der Situation mitreißen. Versuche, mich ihr anzupassen. Dabei habe ich mir doch vorgenommen, entschlossen aufzutreten. War ich zu optimistisch? Habe ich mir einfach zu viel zugemutet? Bin ich der Situation allein tatsächlich nicht gewachsen?

Mein Blick gleitet zur Haustür, zu meinem Vater. Stumm sende ich ihm meine Gedanken.

Daddy, bitte. Hilf mir.

Er versteht sofort. Er tritt ins Treppenhaus und mit ihm eine Präsenz, die mich sofort freier atmen lässt.

Auch Jakob hat das bemerkt. Mit klammen Fingern nimmt er meine Hand in seine und wendet sich meinem Vater zu. Seine Finger sind so anders als Mikas. Weicher. Aber auch schwitzig. Nicht so fest. Rein gar nicht verlässlich.

»Wer ist das, Jen?«

»Ihr Vater«, erwidert Dad.

»Guten Abend. Schön, Sie endlich mal kennenzulernen.«

»Schenk dir das, Junge, und Finger weg von meiner Tochter.«

Danke, Daddy.

Jakob weicht zurück. Plötzlich scheint ihm klar zu werden, dass sich das Blatt gewendet hat. »Es tut mir so leid«, flüstert er hastig. »Ich werde alles wiedergutmachen. Ich werde dir neue Sachen kaufen. Aber ich musste es tun. Damit du zurückkommst.«

Und dann legt er plötzlich die Hände auf meine Wangen. Obwohl alles so schnell geht, ist es, als passiere es in Zeitlupe. Sein Atem streift meine Lippen und ich ahne, was gleich kommt. Er wird mich küssen, wenn ich nichts unternehme.

Doch dann meldet sich eine Stimme in mir. Ich sehe mich und Mika vor nicht mal vierundzwanzig Stunden in unserer Küche stehen. Ich habe das Gesicht an seiner Brust vergraben, murmle in seinen Pullover, dass ich diesen Trip nicht ohne ihn überstehen würde. Und er widerspricht.

Klar würdest du das. Du bist stark!

So überzeugend, dass ich es für einen Moment selbst glaubte. Und da lodert er endlich in mir auf. Sengend heißer Zorn. Er kommt von mir allein und entlädt sich ruckartig. Ärger, so feurig wie eine Rakete, deren Lunte schleppend niedergebrannt ist und sich unerwartet heftig entzündet.

»Fass mich nicht an!« Meine gebrüllten Worte hallen im Treppenhaus nach. Bebend vor Adrenalin schubse ich Jakob erneut von mir. Hart prallt er gegen die angelehnte Tür, die dadurch aufgeht. Verwundert reißt er die Augen auf.

»Was zum … Jen?«

»Nicht anfassen. Nie wieder«, fordere ich zitternd.

Doch er hört nicht. Als er meinen Arm berührt und mein Handgelenk umgreift, knallt in mir eine Sicherung durch. Ohne dass ich darüber nachdenken kann, schießt meine Faust nach vorn. Jakob schreit auf, als sie seine Nase trifft.

»Ich sagte, du sollst mich nicht anfassen!«, wiederhole ich wütend. »Akzeptiere endlich meine Grenzen!«

Jakob hält sich wimmernd das Gesicht. Blut rinnt zwischen seinen Fingern hervor. »Bist du von allen guten Geistern verlassen?«

Überrascht begutachte ich meine schmerzende Faust. Das war ich. Ich allein. Sollte er mir leidtun, sollte ich mich entschuldigen?

»Wie kannst du es wagen? Meine Nase!« Die Fassungslosigkeit wabert in jedem von Jakobs Worten mit. Das ist kein Wunder. Schließlich bin ich bis heute nie in der Lage gewesen, ihm Kontra zu bieten.

»Nicht übel, Jenny«, kommentiert mein Vater und klopft mir auf die Schulter. »Das hat der Knabe eindeutig verdient.«

»Es hat mir geholfen, dass du da bist«, erwidere ich mit einem dankbaren Lächeln, lasse ihn mit Jakob im Treppenhaus zurück und betrete die Wohnung.

Mein altes Leben nimmt mich in Empfang, gespickt von jeder Menge Unrat. In der Küche stapelt sich dreckiges Geschirr und der Mülleimer wurde ewig nicht geleert. Wie erwartet ist Jakob nicht in der Lage, den Haushalt ohne meine Hilfe zu führen.

Auf meinem Streifzug durch die Wohnung halte ich Ausschau nach meinem Besitz. Mir sticht die Nähmaschine ins Auge, ein Hoodie. Doch deshalb bin ich nicht hier. Ich will als Allererstes meine Mappen finden. Ich laufe zum Schreibtisch, an dem ich immer neue Bilder entworfen habe, doch der Lärmpegel im Treppenhaus schwillt an und ich wundere mich, dass Jakob mir nicht nachkommt.

Ich stürze zur Wohnungstür zurück und finde ihn jammernd an der Wand lehnend. Dad drückt ihn dagegen.

»Er wollte dich davon abhalten, die Wohnung zu betreten. Da dachte ich, ich halte ihn davon ab, dich abzuhalten.«

»Danke, Daddy.«

Jakobs Augen weiten sich, als er mich sieht. »Was hast du vor?«

»Ich gehe, Jakob, und suche alles zusammen, was mir gehört.«

Als ich das ausspreche, sehe ich, wie sich Mika der Haustür nähert, was mir ganz gelegen kommt. Es sind zum Glück noch einige Dinge in der Wohnung, die ich mitnehmen will, und ich kann sie nicht allein hinaustragen.

Also dränge ich mich an meinem Vater und Jakob vorbei, der sich in Dads Griff windet, und öffne Mika die Tür.

»Alles okay?«, fragt er vorsichtig.

Ihn zu sehen, tut mir richtig gut. »Ich denke schon, ja. Du hattest recht«, sage ich und sehe zu ihm auf. »Ich bin stark.«

Er wirkt nicht im Geringsten überrascht. »Das weiß ich doch.«

»Nur werde ich nicht stark genug sein, alles mit einem Mal mitnehmen zu können. Hilfst du mir dabei?«

»Natürlich, Jen.«

Ich drücke mich schnell an Mika, als Geschrei hinter mir ertönt.

»Wer ist der Typ, Jen? Wer ist das?«

Ich bin ihm keine Antwort schuldig, nehme Mikas Hand und ziehe ihn an ihm vorbei.

»Erst schlägst du mir auf die Nase und dann bringst du deinen neuen Freund in meine Wohnung? Ihr spinnt doch alle«, entgegnet Jakob schnaubend. »Ich rufe jetzt die Polizei!«

»Ich bin die Polizei«, erwidert Dad wütend und zieht ächzend seine Marke. »Chicago Police Department, Lieutenant Harvey Williams.«

Kurz ist es still.

»Ist das dein Ernst, Jen? Dein Vater ist ein Cop?«

»Ganz recht, Bürschchen«, donnert Dad und hält ihn weiter an die Wand gedrückt. »Was glaubst du eigentlich, wer du bist? Wie fändest du es, wenn wir dein Zeug verbrennen?«

»Was zur Hölle? Pfeif ihn endlich zurück, Jen!«

Doch ich lasse Dad gewähren, der damit beginnt, meinem Ex einen Vortrag über den angemessenen Umgang mit Frauen zu halten.

Gerade als ich mich mit Mika abwenden will, um weitere Habseligkeiten zu retten, brüllt Jakob mir hinterher. »Wehe, du nimmst diesen komischen Typen mit in meine Wohnung, du Miststück!«

»Hast du meine Tochter gerade ein Miststück genannt?«, grollt mein Vater.

»Lass gut sein, Dad!«, rufe ich über die Schulter, als ich die Wohnung betrete. Zwar verdient Jakob Rache, aber mittlerweile hat er genug gelitten. Nun wird es Zeit, das zu suchen, wofür ich hergekommen bin. Das Wichtigste. Meine berufliche Grundlage.

Mika, der dicht an meiner Seite bleibt, zieht scharf die Luft ein. »So sieht das also aus, wenn Menschen sich voneinander trennen?«, murmelt er verwundert und mustert ein Bild an der Wand, das Jakob und mich in einem Fotoautomaten zeigt.

»Leider gehört Streit nicht selten zu einer Trennung dazu«, erwidere ich und bin insgeheim froh darüber, wie rational Mika an die Dinge herangeht. Wahrscheinlich würde er nie so emotional handeln wie mein Ex.

Wieder am Schreibtisch angekommen, durchforste ich Mappen und Regale. Mika hilft mir. Doch egal wie viele Ordner er mir vor die Nase hält, wie viele Folien ich durchsuche, ich finde nicht das, wonach ich suche.

»Dad?«, rufe ich Richtung Hausflur. »Kannst du mir Jakob herschicken?«

Mein Vater scheint meiner Bitte nachzukommen. Ich höre ihn die Drohung zischen, sich bloß nicht danebenzubenehmen. Dann streckt Jakob schuldbewusst den Kopf ins Arbeitszimmer.

»Wo sind meine Bilder?«, frage ich ihn.

»Welche meinst du?«

»Willst du mich veralbern? Meine Illustrationen, die Grafiken, die Zeichnungen. Die Arbeit der letzten beiden Jahre. Mein Portfolio, mit dem ich mich für Jobs bewerben kann!«

Jakob wendet den Blick ab. Das Blut auf seinem Gesicht ist mittlerweile getrocknet. »Sie sind … Mensch, Jen. Es kann sein, dass sie unter die verbrannten Sachen geraten sind. Du musst mich verstehen, bitte. Ich war so sauer, dass du nicht geantwortet hast.«

Tröpfchenweise sickert die Gewissheit in mein Bewusstsein. Die Option, über die ich bis jetzt nicht nachdenken wollte. Jakob hat es wirklich getan. Sämtliche Arbeiten, die ich auf Papier gebracht und nicht digital gezeichnet hatte, sind vernichtet.

»Und weil du sauer warst, habe ich kein Recht auf eine berufliche Zukunft?« Meine Stimme ist ein dünnes Flüstern.

Reumütig verschränkt er die Arme vor der Brust. »Ich hätte dich unterstützt«, murmelt er. »Wir hätten das gemeinsam hinbekommen.«

Verzweiflung hüllt mich ein wie ein trüber Nebel. Nichts. Ich habe nichts mehr. Ich will schreien. Doch kein Ton tritt aus meiner Kehle.

Sanft legt sich Mikas Hand auf meine Schulter. Sein Versuch, mich nicht an den Sturm in meiner Brust zu verlieren.

Und weil ich es auch nicht will, umschließe ich seine Finger. Diese festen Finger. Meine Anker. Ich konzentriere mich auf die Berührung. Reiße mich zusammen. Um Jakob nicht die Genugtuung zu geben, mich weinen zu sehen.

»Wollen wir das zu Ende bringen?«, fragt Mika leise.

Ich nicke. »Ja. Lass uns retten, was noch zu retten ist.«

Wir lassen Jakob im Arbeitszimmer zurück und durchforsten

den Kleiderschrank im Schlafzimmer. Meine Fächer sind allesamt ausgeräumt. O nein. Doch in den Ecken finde ich vereinzelte Kleidungsstücke und packe sie mit Mikas Hilfe in meine Taschen. Im Anschluss balanciere ich über die Wäscheberge im Bad und sammle meinen Besitz zusammen. Föhn, Epilierer, Bürsten, Medikamente. Im Arbeitszimmer befinden sich Jakobs PCs und Konsolen. Elektronik zu verbrennen, hätte er nie übers Herz gebracht. So kann ich mein Grafiktablet sichern. Neben den Zeichnungen scheint mein Ex sich vorwiegend auf Kleidung gestürzt zu haben. Die brennt schließlich am besten.

»Das werde ich dir nie verzeihen«, keucht Jakob. Seine Stimme klingt nasal. Er lehnt gegenüber von Dad an der Wand des Arbeitszimmers, von wo aus dieser ihn mahnend betrachtet. Als mein Vater Mika erblickt, nicken die beide sich kurz zu, ehe Dad das Zimmer verlässt. Sollte Jakob sich danebenbenehmen, kann Mika deeskalieren. Trotzdem zischt Dad Jakob »Ich habe dich im Blick, Bürschchen« zu, ehe er ins Wohnzimmer läuft.

»Erst schlägst du mir die Nase blutig, dann bringst du deinen neuen Freund in unsere Wohnung und hetzt auch noch deinen Vater auf mich.« Seufzend lässt Jakob den Kopf an die Wand fallen.

»Du hast mein Eigentum verbrannt«, erwidere ich. »Du weißt, dass ich finanziell nicht gut aufgestellt bin. Jetzt habe ich fast gar nichts mehr.«

Seine tiefblauen Iriden treffen auf meine sturmblauen. »Ich hätte dir neue Sachen gekauft. Was immer du willst. Ich hätte alles dafür getan, dass du zurückkommst. Deshalb habe ich das durchgezogen. Ich musste das tun. Du liebst Drama. Und ich liebe dich.«

Schweigend erwidere ich seinen Blick. Hat er recht? Stimmt es, dass man Drama initiieren muss, um mich zurückzugewinnen?

Er zieht die Nase hoch und strafft die Schultern. »Deshalb gebe ich dir eine letzte Chance, Jen. Schmeiß diesen Typen aus meiner Wohnung. Sag deinem Dad, dass er sofort abhauen soll. Ich werde ihn nicht anzeigen. Ich werde vergessen, dass du mir die Nase blutig geschlagen hast. Ich werde dir alles verzeihen, wenn du heute hierbleibst.«

Denkt er tatsächlich, dass man unsere Beziehung reparieren kann, trotz allem, was passiert ist? Er muss von alle guten Geistern verlassen sein.

Das war nie richtige Liebe, Jen. Er will dich von sich abhängig machen. Er will Macht über dich ausüben. Er wird dir neue Sachen kaufen, die er selbst zerstört hat. Und dich in jedem Streit spüren lassen, dass du in seiner Schuld stehst.

Während ich über eine Antwort nachdenke, fällt mein Blick auf Mika. Er hält sich komplett aus dem Gespräch heraus. Er lässt mir Raum. Raum, den ich bei Jakob nie gehabt hatte. Nie haben werde. Raum, um für mich einzustehen.

Ich erinnere mich an das Gefühl, das ich hatte, als ich Arm in Arm mit Mika vor dem Krankenhaus stand. Wie ich mich gestützt fühlte, ohne festgehalten zu werden. Wie aufmerksam er mich nun betrachtet, unterstreicht diese Erinnerung. Ich kann selbst entscheiden. Ich darf mir etwas zutrauen und mich selbstständig abgrenzen. Und das tue ich nun. Mit nur einem Wort.

»Nein.«

In Jakobs Welt gibt es nicht viel zwischen Freude und Wut. Auch jetzt nicht. Er fährt komplett aus der Haut, aber aus Angst vor Dad bleibt er dabei starr an der Wand stehen. »Dann verpiss dich doch mit deinem neuen Freund und deinem beschissenen Vater! Ich werde euch anzeigen wegen Körperverletzung!« Sein Gesicht verwandelt sich in eine verzerrte Fratze. »Schließlich hast du mir die Nase gebrochen!«

Voller Zorn tritt er gegen ein Regal. Es erzittert und die darauf stehende, unschuldige Monstera kippt herunter. Direkt auf Mikas Fuß zu, der den Topf mit beeindruckender Präzision auffängt.

»Wenn ich mir die Bemerkung erlauben darf«, sagt Mika ruhig und stellt die Pflanze zurück auf ihren Platz. »Sie bluten stark, weil eine Ader geplatzt ist. Innerhalb weniger Tage sollten die Schmerzen abgeklungen sein.«

Jakob starrt ihn an, als sei er gerade vom Himmel gefallen.

»Ich wollte es nur anmerken«, sagt Mika entschuldigend.

Schnaubend holt Jakob Luft.

»Sie sollten sie kühlen«, fügt Mika hinzu. »Die Nase, meine ich.«

»Was bist du überhaupt für ein Freak? Erst spannst du mir meine Freundin aus und dann gibst du überflüssige Ratschläge?«

»Hey, lass ihn da raus.«

»Woher will er überhaupt wissen, dass die Nase nicht gebrochen ist?«, fährt Jakob mich an. Blut spritzt aus dem Nasenloch. Er wirft Mika einen letzten, prüfenden Blick zu, ehe es ihm dämmert. »Ich fass es nicht, Jen. Du hast einen verdammten Androiden in die Wohnung geschleppt? Das ist doch der Typ aus dem Fernsehen, nicht?«

Ein wenig überrascht es mich, dass Jakob Mika erst jetzt erkennt. Voriges Jahr hatten wir uns vor dem Fernseher über mehrere Abende verteilt Berichte über die Unruhen in Chicago angesehen und uns gegenseitig in Rage geredet. Deshalb war ich Mika bei unserer ersten Begegnung ähnlich entgegengetreten wie Jakob jetzt. Wie konnte ich mir bloß ein Urteil erlauben, ohne einen Android kennengelernt zu haben?

»Sag ihm, dass er verschwinden soll!«, schreit Jakob mich an und deutet mit zitterndem Zeigefinger zur Tür. Anscheinend geht er davon aus, dass Mika der Familie gehört.

»Das könnte ich machen«, erwidere ihr ruhig. »Aber es wäre überflüssig. Mika hört nicht auf Befehle.«

Mika grinst mir kurz zu, weil nur er und ich wissen, wer die Ausnahme bildet.

Du bist der einzige Mensch, von dem ich nach der Revolution noch Befehle annehmen würde, Jen.

»Auch nicht auf deinen Vater? Er soll es ihm befehlen«, fordert Jakob.

Ich verdrehe die Augen. »Mika tut, was er möchte. Er ist unabhängig und agiert frei. Wie du und ich.«

»Ich glaube dir kein Wort«, zischt Jakob.

Ungläubig schüttle ich den Kopf. Mein Ex weiß einfach nicht, wann Schluss ist.

»Haben wir dann alles, Jen? Kann ich dich noch irgendwie unterstützen?«, fragt Mika und greift nach meiner Hand. Seine Berührung tut gut. Sie führt mich zurück auf den Boden der Realität und verhindert, dass ich in eine Wolke aus Wut, Angst und Unsicherheit abdrifte.

»Ja, du kannst die Taschen nehmen, bitte«, flüstere ich.

»Gern«, sagt er und hebt den schweren Beutel an, als wären nichts als Federn darin. Mit der anderen Hand ergreift er meine.

Jakobs Blick fällt auf meine Hand, die in Mikas verweilt. Angewidert verzieht er das Gesicht. »Jen, du bist ekelhaft. Schläfst du mit dem Androiden?«

»Wisst ihr was? Mir reicht es.« Dad seufzt laut auf und rollt die Augen. »Jenny, kannst du dich bitte beeilen? Dieser Wadenbeißer geht mir auf die Nerven.«

»Mache ich«, melde ich und klaube die letzten Dinge zusammen. Meine Lieblingstasse, ein Plüschtier von Mom. Kurz halte ich das gerahmte Bild von Jakob und mir in den Händen und überlege, es einzustecken. Doch dann hänge ich es zurück und nicke Mika und Dad zu.

»Ich bin bereit. Wir können los.« Ich schultere die gepackten Taschen und lasse die Wohnung endgültig hinter mir.

18. Kapitel

Je weiter wir uns von der Wohnung entfernen, desto deutlicher fällt die Anspannung von mir ab. Ich hoffe, Jakob nie wieder zu sehen.

»Ihr zwei habt mir heute sehr geholfen«, murmle ich. »Danke.«

»Gern. Wir sind schließlich eine Familie. Nicht wahr, Harvey?«, erwidert Mika.

Dieser nickt übermütig. »Ich habe schon deine Windeln gewechselt, Jenny. Da steht es außer Frage, diesem Typen die Meinung zu geigen.«

Schweigend schaue ich aus dem Fenster und beobachte die Lichter der Stadt, die an uns vorbei rauschen. Meine Furcht vor dem Wiedersehen mit meinem Ex wird nach und nach von einer tiefen Zukunftsangst ersetzt. Nun habe ich die Gewissheit: Meine Werke sind unwiderruflich vernichtet. Zwar bleiben mir noch digitale Zeichnungen, doch meine Stärke waren die Handgemalten. Ich werde Jahre und ganz viel Muse brauchen, um sie zu ersetzen.

Mika sucht besorgt meinen Blick, aber ich möchte jetzt nicht über meine Mittellosigkeit reden.

Wir fahren nur wenige Blocks, ehe Dad den Pick-up vor einem Hotel parkt, dessen Adresse ich ihm genannt habe. Ich wollte nicht, dass er lange fährt.

Das Hotel ist etwas in die Jahre gekommen. Aus der Kneipe

daneben dringt laute Musik. Ich kenne sie noch aus meiner Studentenzeit.

»Wollen wir dort nach dem Einchecken rein?«, frage ich Mika.

»Wäre es nicht besser, sich nach diesem aufregenden Tag auszuruhen?«, entgegnet er.

»Wir könnten Abwechslung gebrauchen«, argumentiere ich.

»Eventuell wäre ich dabei«, wirft mein Vater ein und hält uns die Tür zum Hotel auf. »Erst fragen wir, ob der Schuppen noch Platz für uns hat.«

Das hat er. Jedenfalls zwei Zimmer. Dad bucht sie uns und wir scannen unsere Fingerabdrücke ein, die bis morgen früh die Türen öffnen. Mikas Daten kann das veraltete Gerät nicht einlesen, also belassen wir es bei Dad und mir. Dann fahren wir mit dem Aufzug in den ersten Stock. Am Ende des Ganges entriegelt mein Vater seine Tür. Sie fährt erst nach dem zweiten Versuch auf. »Na ja, für eine Nacht wird's reichen«, murmelt er, nachdem er einen kritischen Blick hineingeworfen hat.

Ich muss ihm zustimmen. Es scheint sauber zu sein. Zu zweit lässt es sich auf jeden Fall aushalten.

Als ich Mika einlassen will, mischt Dad sich ein. »Vergiss es, Fräulein. Mika schläft bei mir.«

Ich seufze auf. »Daddy, bitte. Sei nicht so streng.«

»Dieser Tag war für Jen sehr aufreibend«, argumentiert Mika. »Vielleicht sollte ich ihr heute Nacht emotionalen Beistand leisten.«

»Ich kann mir gut vorstellen, wie du ihr emotionalen Beistand leistest.« Er betrachtet unsere unschuldigen Gesichter und winkt ab. »Na gut, wie ihr wollt. Wir sehen uns in einer halben Stunde in der Lobby.«

Es ist, als löse sich ein Knoten in meiner Brust, als wir drei wenig später in die Kneipe treten. Im Hotelzimmer hatte ich in Rekordzeit geduscht und mich in eine Strumpfhose, eine Jeansshorts und ein kariertes, offenes Hemd geworfen. Nun empfängt uns der Geruch von modrigem Holz und Bier und weckt in mir Erinnerungen an unzählige lustige Samstagabende, die ich hier mit Freunden verbracht habe. Oder besser Bekannten, denn gemeldet hat sich die letzten Wochen nicht einer von ihnen. Die Räumlichkeiten sind rustikal gehalten und keineswegs so modern wie das Vortex. Das Old Phoenix entscheidet sich damit für ein nostalgisches Flair ohne bunte Neonschilder und Hologramme. Im hinteren Bereich gibt es eine kleine Tanzfläche. Endlich stehen mir ein paar Stunden ohne Angst und Sorge bevor!

Ich steuere direkt die Bar an, grüße Frankie, den Barkeeper, und bestelle ein Bier. Dad entscheidet sich für einen Whiskey, zieht sich auf einen Barhocker und starrt gedankenverloren in die goldene Flüssigkeit.

Ich nehme mein Glas entgegen und proste ihm zu. »Auf uns, Dad. Das haben wir gut gemacht.«

Er lächelt schräg und drückt das Glas an meines. »Das haben wir wirklich, Jenny.«

»Bist du okay? Du machst einen bedrückten Eindruck.« Ich setze mich an seine Seite, während Mika eine Orangenlimonade bestellt.

»Ja. Es ist nur …« Er neigt den Kopf. »Heute hast du mich nach langer Zeit wieder ›Daddy‹ genannt. Das fand ich schön. Es hat mich daran erinnert, dass mich früher zwei Kinder so gerufen haben.«

Ich senke den Blick. »Tim und ich.«

Er nippt von seinem Drink. »Genau.«

»Du denkst noch immer oft an ihn, oder?«

»Selbstverständlich. Jeden Tag. Genau, wie ich jeden Tag an dich denke. Auch, wenn wir eine Weile nicht miteinander sprechen.« Er zwinkert unbeholfen.

Nachdenklich stelle ich das Glas auf dem Tresen ab. Der Junge fehlt tatsächlich. Doch im Gegensatz zu Dad hatte ich mich nicht so intensiv mit meiner Trauer beschäftigt. Ich war davor weggelaufen. Genau wie vor meinem Vater.

Seine schwere Hand legt sich auf meine Schulter. Zuversichtlich lächelt er mich an. »Heute ist nicht der richtige Tag, um traurig zu sein, Jen. Sei stolz! Du hast so viel geschafft.«

»Ich habe das Gefühl, wir haben in der Vergangenheit viel verpasst. Wir haben nach seinem Tod kaum über Tim geredet.«

»Das mag sein. Aber für manche Dinge ist es nie zu spät.« Er nickt zu Mika herüber. »Habt ein bisschen Spaß. Du hast es dir verdient.«

Offensichtlich möchte mein Vater eine Weile in Ruhe seinen Gedanken nachhängen. Ich ziehe ihn in eine kurze Umarmung und steuere Mika an, der ein wenig entfernt von uns an der Bar sitzt.

»Verträgst du Alkohol nicht?«, frage ich ihn, als ich mich auf den Barhocker neben ihn ziehe und vom Schaum koste.

»Ich weiß es nicht«, antwortet er. »Bis jetzt habe ich nur für Analysezwecke davon probiert. Und um ehrlich zu sein, mag ich den Geschmack von Bier nicht sonderlich.«

»Das ist nicht jedermanns Sache«, stimme ich zu und nehme einen Schluck. Mein Blick gleitet zu meinem Vater. »Heute hatte ich den Eindruck, zwischen Dad und mir könnte alles wieder so werden wie früher. Er war heute für mich da.« Ich sehe zu Mika. »So wie du. Aber es ist so viel passiert in den letzten Monaten und Jahren. Ich bin mir nicht sicher, ob sich unsere Beziehung langfristig verbessern und stabil bleiben kann.«

»Natürlich kann sie das. Ihr seid auf einem sehr guten Weg.«

»Du bringst so oft Verständnis für ihn auf. Ich dagegen streite mich dauernd mit ihm.«

»Vergiss eins nicht, Jen: Euch verbindet dein ganzes Leben. Er war bei deiner Geburt dabei. Du bist seine Tochter! Nichts kann diese Gefühle in ihm auslöschen. Er ist so stolz auf dich. Eure Bindung ist eine sehr tiefe.«

Ich muss lächeln. Mal wieder findet Mika passende, warme Worte. Ich versuche nachzuvollziehen, wie es ist, ein erwachsenes Bewusstsein ohne Vergangenheit und Familie zu haben. Und wie Mika sich gefühlt haben muss, als er eine Art Vaterfigur fand, um dann Bekanntschaft mit seiner launischen Tochter zu machen. Das war bestimmt nicht einfach für ihn.

»Weißt du, was mir klar geworden ist, Mika?«

»Erzähl es mir gern.«

»Meiner Meinung nach spielt es keine Rolle, wie wir auf die Welt gekommen sind«, beschließe ich. »Dad hegt für uns beide Vatergefühle. Ob wir geboren wurden oder … gebaut.«

Mika lächelt. »Das ist schön, dass du das so siehst.«

Ich lächle zurück. Wortlos umschlinge ich seinen Arm und lasse den Kopf an seine Schulter fallen. Sanft streichelt er über mein Knie.

Eine Weile sitzen wir so da, während die Kneipe sich füllt.

Als ich mich wenig später auf der Toilette frischmache, schreibe ich Piper und umreiße die Ereignisse des heutigen Tages. Sie antwortet nicht. Wahrscheinlich schläft sie schon.

Als ich zurück in die Bar trete, bleibe ich wie vom Blitz getroffen stehen. Zwei Frauen sind mit Mika in ein Gespräch vertieft. Sie sind sich optisch relativ ähnlich, haben hellbraune Haare, die zu Zöpfen gebunden sind, und einen aufgeweckten Blick. Sie lachen auffällig viel.

Kurz halte ich inne und gehe dem Gefühl nach, das dieses Szenario in mir auslöst. Dann entscheide ich mich dazu, die züngelnden Flammen in meiner Brust zu ignorieren und stolziere auf die drei zu.

»Hallo«, sage ich plump.

»Oh, hallo!« Mika grinst mich so lieb an, dass mir ein Schauer über den Rücken wandert. »Darf ich dir meine neuen Bekanntschaften vorstellen? Das sind Sarah und Julie. Wir kamen ins Gespräch, weil sie auch gern Orangenlimonade trinken!«

Natürlich tun sie das ...

Er wendet sich den beiden zu. »Das ist übrigens Jen.«

»Hallo, Jen!«, sagt Julie.

Mikas Blick trifft meinen. Kurz glaube ich, dass er mich nun als seine Freundin vorstellen wird, doch er tut es nicht. Warum nicht?

Plötzlich passiert etwas mit mir, das ich in der Intensität nie erwartet hätte: In mir brennt die Eifersucht. Ich will ihn nicht für einen Flirt freigeben, sollte er es überhaupt als das einordnen.

Kurz folge ich dem Gespräch der dreien und wäge ab, ob ich mein Revier markieren und mich Mika so offensiv nähern soll, dass keine Zweifel daran bestehen, dass er zu mir gehört. Doch ich lasse es bleiben. Denn auch Mika sucht weder meine Nähe, noch zeigt er auf eine andere Art, dass zwischen uns eine Verbindung herrscht.

Während ich das nächste Bier in mich hinein kippe, unterhalten die drei sich über belanglose Dinge. Vor allem Julie bemüht sich auffällig oft um Mikas Aufmerksamkeit, die sie auch bekommt.

Vielleicht hat er mich auch vergessen. Weil Sarah und Julie wirklich hübsch sind.

Ist es nun so weit und Mika distanziert sich? Im Grunde wäre das keine Überraschung. Der heutige Tag hat bewiesen, dass ich das Chaos förmlich anziehe. Vielleicht hat Mika endlich verstan-

den, dass er mit einer Frau wie Julie an seiner Seite besser dran wäre. Aber muss er mich das auf diese Art spüren lassen?

Als Julie Mika nach einer Weile berührt, reicht es mir. Ich flüstere ihm zu, dass ich nach Dad sehen will, und stehe auf, ehe er antworten kann. Ich laufe zu meinem Vater hinüber, der noch immer an der Bar sitzt.

»Oh, hallo Jenny«, begrüßt er mich und prostet mir mit einem Whiskeyglas zu.

»Hallo«, erwidere ich matt, ziehe mich auf den Barhocker und stütze mutlos das Kinn in der Hand ab.

»Alles okay mit dir?«, fragt er belustigt und bestellt einen weiteren Whiskey.

»Alles okay«, nuschle ich und rufe dem Barkeeper hinterher: »Mach zwei draus!«

»Du willst auch einen?«, entgegnet Dad überrascht. »Das schmeckt dir doch gar nicht.«

»Wenn ich verzichte, nimmst du auch keinen«, halte ich dagegen.

»Na gut. Dann nehmen wir lieber zwei.«

Wir nehmen die Whiskeys entgegen, Dad bezahlt und wir prosten uns zu. »Cheers.«

Nachdem ich gekostet habe, verziehe ich prustend das Gesicht. »Das ist widerlich!«

»Irgendwann gewöhnt man sich daran.« Er lacht heiser. »Mika hat also neue Bekanntschaften gemacht, ja? Und du lässt ihn mit den beiden Mädels allein?«

»Wieso nicht? Er gehört ja nicht mir oder so«, gebe ich betont lässig zurück. »Außerdem wolltest du doch, dass ich ihm nicht das Herz breche. Ich habe es dir versprochen und halte es ein. Es wäre nur schön gewesen, wenn du ihm das Versprechen ebenso abgenommen hättest.«

»Meinst du das ernst?« Dads rotblonder Schnurrbart verzieht sich, als er grinst. »Ich dachte, das zwischen euch würde sich zu etwas Festem entwickeln.«

»Das dachte ich auch, aber anscheinend haben wir uns geirrt. Aber das ist schon in Ordnung, es macht mir nichts aus. Von mir aus soll er diese Julie kennenlernen, ich werde damit schon irgendwie klarkommen.« Ich presse die Lippen aufeinander und wünschte, ganz hinter meinen Worten stehen zu können. Doch es fühlt sich falsch an, sie auszusprechen.

»Wie es aussieht, lässt eines der Mädels der anderen nun freie Bahn.« Dad deutet mit dem Kopf in ihre Richtung.

Alarmiert drehe ich mich um und sehe, dass Sarah die Jacke anzieht und sich von beiden verabschiedet. Mika begleitet Julie auf eine Eckbank. Sie kann die Augen kaum von ihm nehmen. Ich kann es ihr nicht verübeln. Denn er ist nahezu perfekt.

»Setz dich doch dazu, wenn es dich stört«, schlägt mein Vater vor.

»Es stört mich nicht«, widerspreche ich und ignoriere mit aller Kraft den Knoten, der sich in meinem Magen zusammenzieht.

Dads Gesicht nimmt einen seligen Ausdruck an. »Weißt du was? Wahrscheinlich realisiert er nicht mal, dass dieses Mädchen auf ihn abfährt. Er will nett sein.«

»Meinst du?«, frage ich mit brüchiger Stimme.

»Mensch, Jenny, wenn du ihm etwas zu sagen hast, dann tu's einfach«, knurrt mein Vater. »Er sitzt keine fünf Meter von dir entfernt.«

Ertappt wische ich mir übers Gesicht. Dad hat recht. Der Alkohol macht mich emotional. Wie konnte ich bloß in so eine Situation geraten? In meiner Wahrnehmung stand es nie zur Debatte, dass ich Mika an eine andere Frau verlieren könnte. Im Gegenteil. Zu Beginn habe ich nicht mal in Erwägung gezogen, mit ihm zusammen zu sein, dann konnte ich mich nicht dazu durchringen, meine Zukunft mit ihm zu planen. Anfangs, weil er ein Android ist, dann, weil ich an seinen echten Gefühlen zweifelte.

Es war immer irgendetwas. Wieso habe ich alles so kompliziert gemacht?

Dad nimmt sich meines Whiskeys an und bestellt mir ein Wasser.

Ich habe gerade davon getrunken, als Mika auf uns zukommt. Sein dunkelblaues Hemd mit den kleinen weißen Punkten ist an den oberen Knöpfen geöffnet und die Ärmel sind hochgekrempelt. Er lächelt so unbedarft, ist unbewusst so wunderschön, dass ich den Blick senken muss.

»Hallo, ihr beiden. Jen, alles okay?« Besorgt neigt er den Kopf.

»Ja«, hauche ich, unfähig, das Chaos in meinem Herzen in Worte zu fassen.

»Sie hatte mit dem Whiskey zu kämpfen. Aber weil ich so ein hilfsbereiter Vater bin, helfe ich ihr dabei«, antwortet Dad amüsiert und gönnt sich den Rest aus dem Glas.

Mika nickt. »Okay.« Er sieht zurück zu Julie, die abwartend zu uns schaut. »Julie ist sehr nett. Vielleicht werden wir Freunde.«

Ich gebe einen erstickten Laut von mir, während Dad grinsend sagt: »Toll, dass du hier Leute kennenlernst.«

»Ist wirklich alles in Ordnung?«, fragt Mika mich irritiert.

Halbherzig nicke ich. Als er aus meinem Sichtfeld gleitet, umklammere ich den Tresen. Ich wünschte, Mika würde mich nun berühren. Aber er tut es nicht. Will er mich nicht vor Julie anfassen? Ich wünschte auch, ich könnte über meinen Schatten springen und nun die Arme um ihn legen. Aber mein Körper ist wie Blei.

»Sie muss bald ins Bett«, erklärt mein Vater und nippt vom Whiskey.

Mika lässt mich nicht aus den Augen. Er dreht sich zu Julie um, die ihm grinsend zuwinkt. »Haben wir noch eine halbe Stunde? Julie und ich wollten ein Getränk testen. Maracujasaft.« Ein gespanntes Grinsen huscht über sein Gesicht. »Es klingt nach etwas, das mir gut schmecken könnte.«

Dad lächelt liebevoll. »Klar. Bestell dir ruhig deinen Maracujasaft.«

Mika läuft die Bar entlang zum Barkeeper. Währenddessen beobachte ich Julie. Sie zieht ihr Handy hervor und tippt eine Nachricht. Sicherlich berichtet sie einer Freundin von ihrer hübschen, neuen Bekanntschaft.

Und nun gibt Mika ihr auch noch einen Maracujasaft aus.

Kurzerhand schütte ich das Wasser in mich hinein und stehe auf.

»Ich geh schon mal zurück ins Hotel«, wispere ich meinem Vater zu und verlasse die Kneipe, ohne mich umzusehen.

19. Kapitel

Zurück im Hotel werfe ich mich aufs Bett und vergrabe das Gesicht im Kissen. Dann tippe ich eine Nachricht an Mika aufs Display meiner Comwatch.

Ich: Hallo, Mika. Es kann sein, dass ich schon schlafe, wenn du zurückkommst. Du kannst über Nacht ruhig bei Dad im Zimmer bleiben, ihr kommt sicherlich ohnehin zusammen zurück.

Eine Weile vergeht, dann antwortet er.

Mika: Warum bist du ohne mich gegangen?

Wenn ich ihm das nur beantworten könnte!

Stumm bemitleide ich mich selbst. Nach zwanzig Minuten sind gedämpfte Stimmen auf dem Flur zu hören. Jemand klopft an der Tür. Ich reagiere nicht. Hoffentlich kann ich dem nächtlichen Besucher weismachen, dass ich schlafe.

Ich ziehe die Beine an und überlege. Daddy hatte recht. Es bringt nur Durcheinander, wenn Mika und ich uns einander nähern. Es bringt alles in mir durcheinander, weil ich ihn schon viel mehr mag, als ich gedacht habe.

Es wird schwer werden, mich von ihm zu distanzieren. Mich zu entlieben. Meine Gefühle abzustellen und rational zu handeln. Um damit klarzukommen, dass Mika und ich nie …

Mir läuft eine Träne über die Wange.

Ich könnte ausziehen, um ihm nicht täglich über den Weg zu laufen. Dann würde ich mich hoffentlich auf lange Sicht von ihm lossagen können.

Erneut klopft es an der Tür.

»Jen, bitte mach mir die Türe auf.« Seine Worte dringen gedämpft, aber deutlich an mein Ohr. Er weiß, dass ich nicht schlafe.

Ich zögere. Dann wische ich mir die Tränen vom Gesicht, stehe auf und betätige den Öffnungsmechanismus der Tür. Sehe damit direkt in Mikas Augen, der allein vor mir steht. »Ist Dad im Bett?«, frage ich.

Er nickt. »Kaum waren wir im Zimmer, war er schon eingeschlafen. Es war ein langer Tag für ihn. Er saß die ganze Fahrt am Steuer.« Vorsichtig führt er die Finger zu meinem Gesicht. Dorthin, wo sich vorhin eine Träne gelöst hat. »Was ist denn bloß los?«

»In mir ist so ein Durcheinander.«

»Darf ich reinkommen?«

Ich nicke, mache ihm Platz und lasse die Tür zufahren. »Ich muss mich etwas frisch machen«, murmle ich und steure das Bad an.

»Ist in Ordnung. Ich komme mit dir.«

Mein Blick fällt auf den Spiegel über dem Waschbecken. Ich sehe grauenhaft aus. Gerötete Augen, verwischtes Make-up. Hektisch beginne ich damit, mir das Gesicht zu waschen.

Mika setzt sich auf den Badewannenrand. Ich schaue ihm in die Augen und fürchte, mein Anblick schlägt ihn endgültig in die Flucht. Doch er sieht mich nur nachdenklich an. Wieder so beiläufig perfekt, wie wohl nur ein Android wirken kann.

Ich schluchze schwer, während ich die Zähne putze.

Mika merkt, wie unsicher ich bin. Er steht auf und stellt sich hinter mich. Durch den Spiegel beobachte ich, wie er zart meine Hüften umschlingt und mir Halt gibt. Ich warte darauf, dass er mich zur Rede stellt. Doch er sagt nichts.

Nachdem ich fertig bin, drehe ich mich zu ihm um. Als ich das Waschbecken im Rücken und ihn direkt vor mir spüre, ist mir, als wäre die Raumtemperatur um zehn Grad gestiegen.

Auch Mikas Blick wirkt interessiert. Mein Top ist aus der Hose gerutscht und hat einen Streifen Haut freigelegt. Kurz fährt er ihn mit dem Finger nach. Dann scheint ihm bewusst zu werden, dass noch viel Unausgesprochenes zwischen uns liegt und er lässt von mir ab.

Ich nehme Schlafkleidung aus der Tasche und ziehe mich im Bad um. Als ich in T-Shirt und Slip zurückkomme, sitzt Mika am Bettrand. Noch immer hat er diesen nachdenklichen Ausdruck auf dem Gesicht.

Mit einem Glas Wasser krabble ich aufs Bett. Durchs Fenster strömt gelbes Laternenlicht.

»Warum hast du das gemacht? Warum bist du einfach gegangen?«, fragt Mika.

»Es tut mir leid. Ich hätte auf dich warten können«, gebe ich zu.

Mika schweigt. Er bleibt am Bettrand sitzen, als wäre er unschlüssig, ob er bleiben oder gehen will.

»Julie steht auf dich«, füge ich hilflos hinzu. »Und sie ist hübsch. Da dachte ich, du könntest … Ich habe überreagiert. Es war dumm.« Ich ziehe mir die Decke über die Knie.

Überrascht dreht Mika sich zu mir um. »Ich habe dir vor nicht mal zwölf Stunden gesagt, dass ich dich liebe und du denkst, ich könnte auf Julie stehen? Ich verstehe dich nicht, Jen.«

Ich schlucke trocken. Richtig, das hatte er gesagt. Und zwar unmissverständlich. Ich beiße mir auf die Unterlippe.

»Als wir im Vortex waren, warst du immer an meiner Seite und hast mich berührt«, gebe ich kleinlaut zu. »Heute war das anders. Du hast nicht gezeigt, dass … Ich habe dich dort die ganze Zeit vermisst, obwohl du da warst.«

Mika sieht mich verwirrt an. Seine Haare sehen so weich aus, dass ich am liebsten hinein fassen würde. »Ich glaube, ich beginne zu verstehen, was dich gestört hat. Du hast dir gewünscht, dass ich dich als meine Freundin vorstelle.«

»Das wäre schön gewesen, ja.«

»Jen, das … Lass es mich beim nächsten Mal besser machen. In Zukunft werde ich keine Zweifel offen lassen. Ich habe es abgespeichert. Noch besser ist es, wenn du sofort mit mir darüber redest. Ich habe dir schon so oft gesagt, dass es Dinge gibt, die mir neu sind. Dass es wichtig ist, diese Information in so einem Kontext fallen zu lassen, wusste ich nicht. Mir helfen klare Ansagen, verstehst du?«

»Ja«, erwidere ich reumütig. Plötzlich komme ich mir unheimlich dumm vor. Dad hatte die ganze Zeit recht. Mika wollte wirklich nur nett zu den Frauen sein. Und mir wird klar, dass ich von Mikas klarer Kommunikation eine Menge lernen kann. Meine Gefühle auszusprechen und zu ihnen zu stehen. Zu mir zu stehen und zu ihm. Zu uns.

Mika lässt sich auf die Matratze fallen und hält mir die Decke auf. Erleichtert krabble ich hinunter und robbe an seine Seite. Ein wohliges Seufzen entfährt mir, als ich spüre, dass er die Temperatur seiner Haut für mich erwärmt. Mika schlingt die Arme um mich und fasst zufrieden zusammen: »Du warst heute Abend eifersüchtig, oder Jen? Das sagt mir mein System.«

Verlegen drücke ich das Gesicht in sein Hemd. Mich übermannt das Bedürfnis, es zu leugnen, wie ich es bei Dad getan hatte, doch ich erinnere mich an unsere Abmachung. Klare Kommunikation. Ehrliche Kommunikation.

»Ja«, gebe ich zu. »Sehr sogar.«

Er schmunzelt. »Irgendwie ist es schön zu hören, dass ich mit diesem Gefühl nicht allein bin.«

Auch ich muss lächeln. Nein, das ist er wirklich nicht. Ich schmiege mich an seinen festen Körper, an seine weiche Haut. Spüre seine Wärme. Seine Verlässlichkeit.

Wir schweigen.

»Es tut mir leid. Ich werde dich in Zukunft als meine Freundin vorstellen«, murmelt Mika in mein Haar. »Nicht als Bekannte und nicht als Freundin im Sinne von Piper. Du bist meine Freundin, die ich am liebsten heiraten würde, wenn ich es als Android dürfte.«

Ich strahle ihn an. Ich liebe es, wenn er dieses Beispiel nennt, um zu unterstreichen, wie ernst es ihm ist. Mein Puls beschleunigt sich in seinen Armen. Wie immer. Ich denke nach. Dann flüstere ich: »Mika? Spürst du, wie sehr mein Herz rast?«

»Natürlich bemerke ich das. Anfangs hat es mir Sorgen bereitet, dass körperliche Nähe so eine starke Reaktion bei dir auslöst. Mittlerweile bin ich es gewohnt, aber …« Er unterbricht sich und sieht mir wie gebannt in die Augen. Das Pochen meines Herzens ist so allgegenwärtig, dass es beinahe unsere geflüsterten Worte übertönt.

Ich hole verunsichert Luft. »Hör zu. Herzrasen kann ein Symptom von Liebe sein.«

Verblüfft zieht er die Augenbrauen hoch. »Aber …« Er scheint seine Programmierung zu durchforsten und hält inne. »Ich dachte, dein Herz schlägt dauernd so schnell, weil ich ein Mann bin und du eine Frau. Weil dich der Gedanke erregt, dass wir uns näherkommen.«

Hilflos ziehe ich die Schultern hoch. »Das eine schließt das andere nicht aus.«

Er betrachtet mich nachdenklich, während ich mit verräterisch pochendem Herzen in seinen Armen liege. Er stützt sich mit einem Arm ab und legt die Hand auf meinen Brustkorb. Dorthin, wo mein Herz ist. Als wolle er meinen Gefühlen so nahekommen wie möglich. Ihn so nah an mir zu wissen, führt dazu, dass es umso ausgelassener hüpft.

Er öffnet die Lippen, setzt wahrscheinlich zu der Frage an, ob es für mich in Ordnung sei, wenn er die Haut von seiner Hand zurückzieht, und sagt doch nichts. Weil er sich daran erinnert, dass er nicht fragen muss. Er darf sich mir zeigen, wie er möchte. Mich berühren, wie er mag. Als der, der er ist.

Die Wärme seiner Finger weicht mit der hautähnlichen Schicht um seine Hand. Sie zieht sich bis zum Handgelenk zurück, sodass weißes, künstliches Polycarbonat auf meinem Brustkorb liegt.

Sein Atem stolpert, während er die intensiven Eindrücke absorbiert.

»Ich liebe den Rausch deiner Gefühle, Jen«, flüstert er und drückt die Lippen auf meine. Und als ich spüre, dass auch sie plötzlich kühl und glatt werden, während die Haut um seinen Mund sich zurückzieht, lasse ich die Augen geschlossen und diesen neuartigen Kuss einfach geschehen. Seine Lippen mögen hart sein, trotzdem lösen sie mit ihren zarten, wertschätzenden Küssen ein Feuerwerk in meinem Herzen aus, das heller funkelt als alle bisher dagewesenen.

20. Kapitel

Nachdem ich erwache, brauche ich einen Moment, um mich zurechtzufinden. Wo bin ich?

Neben mir befindet sich Mika und er ist wach. Natürlich. Er ist nicht auf Schlaf angewiesen.

Gähnend kuschle ich mich an ihn. Solange er in meiner Nähe ist, ist mir eigentlich egal, wo ich bin. Doch durch die halb geöffneten Lider erkenne ich das Hotelzimmer wieder. Zwischen Schrank und Tür liegt Mikas Androidenladestation auf dem Boden. Er muss sie heute Nacht genutzt haben. Schemenhaft erinnere ich mich an das Durcheinander des letzten Tages. Und erkenne eine nackte Männerbrust direkt vor meinen Augen.

Erschrocken fahre ich hoch und sehe Mika ins Gesicht.

»Hey. Alles in Ordnung?«, flüstert er. Seinem starren Blick entnehme ich, dass er mich analysiert.

Ich nicke. Sanft fahren meine Finger seine Bauchmuskeln empor, hinauf zur Brust. »Du trägst kein Shirt.«

Er nickt lächelnd. »In meiner Datenbank habe ich die Information gefunden, dass viele Menschen sich oft beim Schlafen ausziehen. Deshalb habe ich …«

Alarmiert starre ich unter die Decke und atme erleichtert aus. Die Boxershorts hat er angelassen.

»Stört dich das?«, fragt Mika beunruhigt.

»Nein«, gebe ich zurück und schmiege mich an ihn. »Ich habe nur nicht damit gerechnet.«

Er schließt mich in die Arme. Ich fühle mich geborgen in dieser Umarmung aus synthetischen Muskeln unter menschlich erscheinender Haut, die sich genau meiner Körperwärme anpasst. Aber es spricht mich auch an. Sein Körper spricht mich an. Der wohldefinierte Bizeps, die festen Bauchmuskeln. Jedoch hat er sich mir bis jetzt noch nie ganz ohne Kleidung gezeigt. Woran genau das liegt, möchte ich nun herausfinden. »Du, Mika?«

»Hm?« Seine verwuschelten Haare wippen, als er den Kopf hebt.

»Ich möchte mehr über dich erfahren. Über deine Empfindungen. Ich weiß, dass Androiden keinen Schmerz spüren. Sie simulieren körperliche Reaktionen auf Gewalteinwirkung.«

Anerkennend nickt er. »Das stimmt. Du kennst dich mittlerweile gut mit Androiden aus.«

»Meine Frage dreht sich um das Thema Erregung. So wie ich es verstanden habe, simulieren Androiden sexuelle Reaktionen. Also konkret gesagt, bekommen sie eine Erektion oder werden feucht, nur um den menschlichen Bedürfnissen zu dienen.« Ich unterbreche mich und sehe ihm ins Gesicht, um nachzuprüfen, ob meine Wortwahl adäquat war.

Mika nickt. »Ja, so hast du es gut zusammengefasst.«

»Das heißt, Androiden werden nicht richtig ... Mithilfe ihrer Programmierung spielen sie das den Menschen vor.«

»Ja, genau.«

»Heißt das ...« Enttäuschung macht sich in mir breit.

Mika denkt nach, dann erklärt er schnell: »Das ändert sich allerdings, sobald der Android ein Dissident geworden ist.« Ein Lächeln umspielt seine Lippen. »Dann erfährt er sämtliche menschliche Gefühle. Angst, Zuneigung, Empathie, Freude und auch Lust. In welcher Reihenfolge und Intensität er diese Emotionen kennenlernt, hängt von seiner Persönlichkeit ab. Und von den Dingen, mit denen er seit seiner Inbetriebnahme konfrontiert ist.«

Ich atme auf. Also war Mikas Erektion … echt.

Er legt sich auf die Seite, streckt den Arm aus und streichelt mir über das T-Shirt. Mit entschlossenem Blick erklärt er: »Ich habe viel stärkere sexuelle Gefühle, seit ich dich kenne, Jen.«

Mein Mund ist staubtrocken, als seine Hand unter mein T-Shirt gleitet und er eine meiner Brüste umfasst. Wir sehen uns in die Augen, während seine Finger meine Brustwarze finden und diese zärtlich umkreisen. Mein Körper reagiert sofort auf seine Berührungen. Die Nippel richten sich auf, und ein sanftes Keuchen entfährt mir.

»Woran liegt es, dass du dich mir noch nicht ganz gezeigt hast?«, wispere ich. »Du sorgst so oft dafür, dass ich mich gut fühle. Ich möchte dir das endlich mal zurückgeben.«

Seine Hand hält kurz inne, als er diese Information verarbeitet, dann erst spricht er. »Dass ich mich dir noch nicht ganz gezeigt habe, hat mehrere Gründe. Einerseits wurde ich nicht dafür gemacht, um mir sexuelle Gefälligkeiten einzufordern. Ich wurde hergestellt, um menschlichen Befehlen Folge zu leisten.«

»Du musst keine Rücksicht auf mich nehmen. Du darfst bei mir immer du selbst sein. Außerdem ist es keine sexuelle Gefälligkeit, wenn du dich von mir verwöhnen lässt. Es ist ein Zusammenspiel. Es gefällt mir ebenso, dich zu berühren, wie es dir gefällt, mich zu berühren.«

»Das ist für mich noch schwer nachvollziehbar, aber schön zu hören.« Meine Worte scheinen etwas in ihm auszulösen. Ich spüre die Erhebung unter seiner Unterwäsche, als er mich an sich zieht. »Ein weiterer Grund ist …« Er zögert. »Mein Körper unterscheidet sich von dem eines Menschen. In seinen Funktionen und in seiner Optik. Meine Erregung folgt einem Mechanismus, der sich ursprünglich steuern ließ. Mittlerweile ist er stark von meinen Gefühlen abhängig. In Situationen wie diesen kann ich ihn gar nicht mehr kontrollieren.«

Die Neugier packt mich. Meine Finger wandern seinen Körper hinab, diesem festen, warmen Körper, während er innehält und mich gewähren lässt. Am Bund seiner Shorts verweile ich, während er weiterspricht.

»Außerdem …« Er holt zweimal hintereinander ruckartig Luft, als ich mich weiter nach unten taste. »Lösen die Intimitäten, die wir bis jetzt ausgetauscht haben, starke Reaktionen in meinem Prozessor aus. Sollten wir weitergehen, könnte ich in einen Zustand kommen, in dem ich die Kontrolle verliere.«

»Ein wenig gehört es dazu, beim Sex die Kontrolle abzugeben«, erkläre ich. »Ich verliere sie regelmäßig in deinen Armen und fühle mich gut.«

»Es ist sehr schön, das mitzuerleben.«

»Ich vertraue dir. Ich weiß, dass ich dir die Kontrolle über meine Erregung übertragen kann. Möchtest du, dass wir heute weiter gehen? Ich würde dich gern anfassen.« Ich lasse die Finger oberhalb des Stoffes über seine Erektion gleiten. Er fühlt sich härter an als ein Mensch. Ebenso wie der Rest seines Körpers.

»Ich möchte das auch. Ich vertraue dir, Jen. Aber es wird anders sein als mit einem Menschen.«

»Es wird wundervoll sein.«

Mit feurigem Blick sieht er mir in die Augen, dann zieht sich die Haut von seiner Hand zurück, die noch immer auf meinem Brustkorb verweilt. Seine Lippen finden meine, während er meine Brustwarzen mit glatten, weißen Fingerspitzen streichelt.

Ich schiebe die Hand unter den Bund seiner Short und berühre ihn zum ersten Mal an dieser intimen Stelle. Er fühlt sich hart und fester an als ein Mensch. Die künstliche Haut ist so warm wie der Rest seines Körpers.

»Wie gefällt dir das?«, frage ich ihn.

»Etwas in mir verlangt, dies zu unterbinden. Damit ich mich um dich kümmern kann. Es sind Überbleibsel meiner Programmierung.«

»Hör nicht auf sie. Sei du selbst. Tu allein, was *du* losgelöst von deiner Programmierung möchtest, okay? Wenn du aufhören willst, hören wir auf. Wenn du weitermachen willst, machen wir weiter.«

Er nickt und schweigt für wenige Momente, ehe er sagt: »Gut. Dann möchte ich, dass du fortfährst.«

Klare Ansagen. Ich muss schmunzeln.

Er schlüpft aus seiner Short und setzt sich mit dem Rücken an das Kopfteil des Bettes, sodass ich ihn neben ihm kniend streicheln kann. Doch ehe er mich gewähren lässt, zieht er mir die Decke über die Schultern. Selbst jetzt achtet er darauf, dass ich nicht friere. Diese Geste ist so liebevoll. Meine Gefühle taumeln zwischen Lust und Zuneigung für diesen Androiden, der mir stets zeigt, wie stark er für mich empfindet.

Ich beuge mich zu ihm herunter und küsse ihn. Küsse ihn sanft, während ich seinen Penis nun auch mit der zweiten Hand massiere und spüre, wie er langsam loslässt. Wie er seine Instinkte aushebelt und sich den Raum nimmt, den er schon lange verdient hat. Sein Gesichtsausdruck verändert sich. Wirkt nicht mehr so kontrolliert, sondern ziemlich angeturnt. Er zieht mich zu sich herunter, drückt den Schoß in meine Richtung, liebkost meinen Hals.

Ich setze mich rittlings auf seinen Schoß, sodass uns nur mein Slip voneinander trennt. »Ist das in Ordnung?«, vergewissere ich mich leise und gleite die Länge seiner Erektion entlang.

»Ja.« Fest sieht er mir in die Augen, während er mit den Händen meine Hüften umfasst.

»Gut.« Ich fahre fort, mich an ihm zu reiben, während er mir interessiert dabei zusieht. Unentwegt mustert er mein Gesicht. Als wolle er jede noch so kleine Reaktion sehen, sich merken, abspeichern. Dass mein Lustgewinn Teil seiner Erregung ist, unterscheidet ihn von den meisten meiner vergangenen Intimpartner. Es ist typisch Mika.

Eine Welle der Zuneigung durchflutet mich und mein Herz schlägt so schnell, als könne es jeden Moment zerspringen. Weil ich ihm sagen möchte, wie viel mir unsere Nähe gerade bedeutet, ich aber kein Wort herausbekomme, nehme ich seine noch immer weiß entblößte Hand und drücke sie auf meinen Brustkorb. Es ist absurd, dass er meine rasende Herzfrequenz noch nicht bemerkt haben könnte. Körperkontakt genügt ihm schließlich, um mich zu analysieren. Aber dies soll ein Statement sein. Meine Art, ihm meine glühenden Gefühle näherzubringen. Auf solch intensive Weise. Und er versteht.

Herzrasen kann ein Symptom von Liebe sein.

Mit großen Augen sieht er zu mir hoch. Im immer heller werdenden Zimmer leuchtet sein Grübchen kurz auf. Mika ist meinen Emotionen so nah. Ohne dass sich seine Hand von mir löst, finden seine Lippen meine. Wir küssen uns voller Hingabe. Voller Zärtlichkeit, voller Lust. Voller Verlangen. Ein Seufzer entfährt mir, als er nach dem Saum meines T-Shirts greift und es mir über den Kopf zieht. Es landet in der Zimmerecke.

Seine Hände gleiten meinen Rücken entlang, ziehen mich eng an ihn. Ich keuche auf, als sich unsere nackten Oberkörper berühren. Hartes Polycarbonat unter warmer Haut. Er akzeptiert mein zitterndes Innehalten, küsst sich meine Wange hinunter zum Hals. Seine Hüften reagieren auf mich, passen sich meinen

Bewegungen an, um den Druck zu verstärken. Ganz von sich aus fordert er sich langsam seine Befriedigung ein.

Sanft umfasst er meine Brüste mit beiden Händen und fährt mit den Daumen über die steifen Nippel.

»Ich weiß, ich habe es dir schon oft gesagt«, wispert er plötzlich und sieht zu mir hoch. »Aber ich muss mich an dieser Stelle wiederholen. Du bist wunderschön.«

Diesen Satz habe ich auch in der Vergangenheit von dem ein oder anderen Partner gehört. Doch selten habe ich so viel pure Ehrlichkeit in dem Blick meines Gegenübers gesehen wie jetzt.

»Danke, Mika. Ich kann das nur zurückgeben.«

Er lächelt sanft, wirkt im folgenden Moment kurz selbst überrascht darüber, wie selbstverständlich er seine Erektion an mich presst und nimmt die Spannung aus den Hüften. »Ich habe Datensätze in meinem Speicher gefunden«, sagt er und seine Stimme klingt unerwartet nüchtern. »Nicht viele, aber wenn ich mich an sie halte, kann ich die Führung unserer Intimität übernehmen und dir ein befriedigendes Erlebnis verschaffen.«

Fragend sieht er zu mir hoch. Sein Haar ist verwuschelt und seine Stirn verschwitzt. Seine Haut greift auf optische Funktionen zurück, damit er einem Menschen möglichst nah kommt. Und das erinnert mich daran, dass ich genau das nicht will. Ich will, dass er Mika ist. Fühlt, lebt und mit mir umgeht, wie er es für sich selbst als richtig empfindet.

Ich lege die Hände in seinen Nacken und fahre mit den Fingern über die Seriennummer. »Ich möchte, dass du ganz du bist, Mika. Imitiere keine Menschlichkeit, weil du sie so abgespeichert hast. Nimm sie als Inspiration, aber sei dabei du. Handle nach deinem Gefühl. Deiner Intuition.«

»Bist du dir sicher, dass dir das gefallen könnte?«

»Natürlich. Ich will nicht, dass du anhand eingespeicherter

Datensätze etwas tust, um mich glücklich zu machen. Ich will nicht, dass du dich selbst verlierst, um mir eine Show zu bieten. Ich will, dass es dir gefällt. Am liebsten würde ich das in dir abschalten und du sollst freie Entscheidungen für uns – jetzt und hier – treffen. Ergibt das Sinn für dich?«

Ein paar Wimpernschläge vergehen, während er meinen Vorschlag sacken lässt. Dann sieht er mich entschlossen an. »Ja, Jen. Das ergibt Sinn. Ich möchte Sex mit dir haben und ich möchte dabei ganz ich bleiben. Denn der Teil in mir, der dir nahekommen möchte, ist der Teil, der dich liebt. Es ist gegen meine Programmierung und kommt allein von meinem Bewusstsein. Nach diesem Bewusstsein möchte ich handeln, wenn ich intim mit dir werde.«

Ich strahle ihn an. Froh, dass er diesen Wunsch so selbstständig formulieren kann. Und er setzt ihn sofort in die Tat um, indem er die Hände unter meinen Hintern legt und mich sanft auf die Matratze hebt. Mit einer flüssigen Bewegung rollt er sich auf mich und kauert zwischen meinen geöffneten Beinen. Sein Penis drückt durch den Stoff meiner Unterwäsche fest an meinen Schoß.

Zart streichelt er mir über die Haare, ein leichtes Zittern in den Fingern. Auch sein Atem bebt. Er greift mit beiden Händen nach meinem Slip und zieht ihn mir langsam von den Hüften.

Als Mika mit den Händen über meinen Unterbauch fährt, zuckt mein Becken unter seinen Berührungen. Sein Finger gleitet tiefer. Er keucht leise auf, als er mit seinen hautlosen Fingern die nasse Wärme ertastet.

»Müssen wir Vorkehrungen treffen?«, flüstere ich.

Mika schüttelt den Kopf. »Nein. Körperflüssigkeiten von Androiden sind nicht schädlich für Menschen.« Ein Seufzen entfährt ihm, als ich die Hände zurückziehe und mit gespreizten Beinen an ihn heranrücke.

Doch Mika hält inne. Vorsichtig bedeckt er mein Gesicht mit Küssen, zögert den Moment hinaus. Hat er Angst, mir wehzutun oder etwas falsch zu machen? Eindeutig.

»Wenn ich auf meine Informationen zurückgreifen würde, wüsste ich, was zu tun wäre.«

»Das brauchen wir nicht. Versprochen.«

Unwillkürlich geht mir die Frage durch den Kopf, wie Medien und die Gesellschaft Androiden bloß ihre Menschlichkeit absprechen können. Wenn doch dieser spezielle Android vor Aufregung auf sein erstes Mal so heftig bebt, wie ich es mit sechzehn getan habe.

Er sieht mir so fest in die Augen, dass ich den Eindruck habe, er könnte in mich hineinsehen. Und vielleicht tut er das tatsächlich. Analysiert mich so weit, dass er sicherstellen kann, dass ich bereit bin. Warum auch immer er das tut, ich genieße den Moment des Innehaltens. Er ist magisch.

Als er vorsichtig in mich eindringt, ist mir, als zerspringe mein Herz. Stück für Stück werden wir eins. Und er ist so rücksichtsvoll, so quälend langsam. Vorsichtig.

Doch dann ist er das erste Mal ganz in mir. Und ich fühle mich so vollständig wie lange nicht mehr. Er ist mir so nah. Und ich möchte nicht, dass er sich mir jemals wieder entfernt. Emotional und körperlich.

Einen Moment hält er still und sieht mich an, ehe er sich langsam zu seinem steten Rhythmus hinreißen lässt. Seine Hand findet meine Klitoris und streichelt zart darüber. Als er mich in den vergangenen Malen verwöhnt hat, habe ich ihm genau gezeigt, wie es mir gefällt.

Doch irgendwas fehlt. Ein Detail, das alles perfekt machen könnte. Wodurch wir richtig zusammen wären. Was dieses Erlebnis intensiver machen würde. Für ihn und deshalb auch für mich.

»Mika?«, wispere ich, woraufhin er innehält.

»Was ist, Jen? Soll ich etwas anders machen?«

»Nein. Es gefällt mir sehr, wie du mich berührst. Aber mir ist etwas eingefallen. Sagtest du nicht, dass du intensiver fühlst, wenn du die hautfarbene Ummantelung ablegst? Gerade tust du es zwar teilweise.« Mein Blick schweift zu seiner weißen Hand, die meine hält. »Aber eventuell wäre das Erlebnis für dich erfüllender, wenn du dich auch an der Stelle entblößt, an der wir den engsten Kontakt haben.«

Wortlos blickt er mich an. »Das könnte meinen Prozessor überfordern.«

»Wäre das gefährlich?«

»Nein. Es könnte einfach schrecklich überwältigend sein. Die Gefühle, die du jetzt in mir auslöst, sind bereits so mächtig …«

»Es war nur ein Vorschlag. Ich finde den Sex mit dir auch so sehr schön.«

»Würde dir das denn gefallen?« Er neigt den Kopf. »Wie der Rest meines Körpers besteht auch mein Penis aus Polycarbonat.«

»Es würde mir enorm gefallen, wenn du dich mir ganz hingeben würdest.«

Sein Atem stolpert, dann zieht er sich aus mir zurück. »Ich werde deinem Vorschlag nachkommen«, wispert er.

Ich halte die Luft an und taste mich seinen Körper hinab. Und dann berühre ich ihn ganz. Wie er ist. Unummantelt, ungeschützt, nackt. Er fühlt sich glatt an. Warm, weil sich die Reibung auf das Polycarbonat übertragen hat, aber kühler als seine Haut. Seinen hautlosen Penis zu umfassen, ist ähnlich, wie seine hautlose Hand zu berühren. Doch seine Reaktion unterscheidet sich deutlich. Schließlich nutzt er seine Finger oft zu Analysezwecken. Sein bestes Stück dagegen steht heute erstmalig in Kontakt mit mir. Und das spiegelt sich augenblicklich in Mikas Gesicht wider.

»Jen, ich …«

»Ist es okay, dass ich dich dort berühre?«

»Ja. Es ist ein Gefühl, für das ich in meiner Datenbank kein Wort finde.«

Kurz genießt er meine Berührungen, dann sagt er: »Ich möchte gern in dich eindringen.«

Ich ziehe meine Hand zurück und nicke.

Als er in mich hineingleitet, vergisst er kurz das Atmen. Die Augen geschlossen, hält er inne, genießt den Augenblick und verarbeitet ihn.

Auch für mich ist dieser Moment besonders. Weil ich Zeugin davon werde, wie er über sich und seine Programmierung hinauswächst. Wie er sein Verlangen entdeckt. Nun kann ich seine blanke Begierde spüren.

Als er mich wieder ansieht, ist sein Blick lustverhangen. »Das übertrifft all meine bisherigen, menschlichen Erfahrungen, Jen. Nicht nur die körperlichen. Auch die …« Er sucht das passende Wort. »Emotionalen. Ich liebe dich.«

»Ich liebe dich auch.« Ich ziehe ihn an mich, suche seine Lippen. Er erwidert den Kuss und beginnt sich zu bewegen.

Mir ist, als würden wir auf einer Welle der Euphorie schwimmen. Nur am Rande bemerke ich, wie ich begonnen habe zu stöhnen.

Mika hält sich nun nicht mehr zurück. Er handelt nach seiner Intuition, setzt sich auf und zieht mich auf seinen Schoß. Meine Hüfte fest umschlungen liebt er mich, während sein Blick über meinen verschwitzten Körper gleitet und an meinem im Takt seiner Stöße bebenden Brüste hängenbleibt.

Plötzlich spüre ich, wie ich nach hinten falle und ich finde mich mit dem Rücken auf der Matratze wieder, Mika dicht auf mir. Er verlangsamt seine Geschwindigkeit, dafür werden seine Bewegungen tiefer und intensiver. Mit jedem Stoß entlockt er mir ein wohliges Aufseufzen.

Mika legt die Stirn an meine, küsst mich fordernd und zieht sein Tempo leicht an. Mein Innerstes zieht sich um ihn zusammen, als mein Höhepunkt über mich hinweg rollt. Nahezu gleichzeitig nehme ich sein Aufseufzen wahr, als er in mir kommt.

Am ganzen Körper zitternd liege ich da und komme unter den zarten Küssen Mikas langsam wieder in der Realität an.

Oh. Mein. Gott.

Er richtet sich auf und streichelt mir mit der weißen Hand liebevoll über die Haare. Sie fährt meinen Hals hinunter, wo sie an meiner pochenden Halsschlagader verweilt. Ganz nah an meinem Herzen. Ich fühle mich, als schweben wir auf einer Wolke des Glücks, von der ich nie mehr absteigen möchte.

»Danke, dass du mich zu diesem Schritt ermutigt hast«, sagt er leise und platziert einen Kuss auf meinen Hals. Die Haut von seinen Lippen zieht sich zurück, als sie mich berühren. »Ich würde das sehr gern wiederholen.«

»Und ich erst.« Ich küsse seine Lippen, diese harten und dennoch zarten Lippen, erhebe mich und tapse ins Bad.

Die Sonne ist aufgegangen. Im Zimmer ist es hell. Vereinzelt dringen das Rauschen des Verkehrs und das Zwitschern der Vögel durch die Fenster.

Ich setze mich auf die Toilette und hänge meinen Gedanken nach. Als ich mich abtupfe, reißt mich ein Blick auf meine Innenschenkel aus den Gedanken. »Magentarot?«

»Sorry, ich hätte dich darauf vorbereiten sollen«, kommt es schuldbewusst zurück.

Ich japse und klettere in die Dusche.

Mika kommt langsam ins Bad. Er ist noch immer nackt. »Wie du weißt, ist das Modell MIKA-1000 nicht für Intimverkehr vorgesehen. Deshalb verfügt es über keinen gesonderten Tank für synthetisches Sperma.«

Überfordert starre ich ihn an.

»Findest du das schlimm?«

»Ich bin einfach überrascht«, gebe ich zu und stelle die Dusche an.

»Entschuldige«, murmelt er und lehnt sich unschlüssig an den Türrahmen.

»Es braucht dir nicht unangenehm zu sein. Ich fand es wunderschön mit dir.« Dann ziehe ich ihn zu mir und küsse ihn.

Überrumpelt erwidert er meinen Kuss. »Dann bin ich ja beruhigt.«

21. Kapitel

Nachdem auch Mika geduscht hat, tritt er nur mit einem Handtuch um die Hüften ins Hotelzimmer. Ich bin derweil dabei, meine Kleidung zusammenzupacken, lasse die Haarbürste und das Top aber sofort fallen, als ich ihn sehe. Einzelne Tropfen perlen von seinen Haaren auf die Schultern. Seine Haut wirkt im Licht der Morgensonne so weich, so makellos und die Umrisse seiner Muskeln so attraktiv.

Mit zwei Schritten bin ich bei ihm und lege die Hand auf seine Hüften.

Überrascht lächelt er. »Wann müssen wir auschecken?«

Ich weiß es nicht. Es ist mir egal. Auf die Zehenspitzen gestellt, drücke ich die Lippen auf seine, küsse ihn. Vorsichtig, bittend, hungrig.

Das Lächeln weicht nicht von seinem Gesicht, als er den Kuss erwidert. Er lässt es sich gefallen, dass ich die Hände über seine Bauchmuskeln gleiten lasse, mich hinab zu den Lenden taste und am locker umschlungenen Handtuch innehalte. Leise seufzend taste ich tiefer, spüre seine Erektion, die sofort auf meine Ambitionen reagiert hat, will den Knoten des Handtuchs lösen. Es wäre eine Vergeudung, nicht noch mal miteinander zu schlafen, solange wir ungestört sind. Doch ein Knall lässt mich zusammenzucken.

Atemlos starre ich in Mikas Gesicht. Jemand haut so heftig gegen die Tür, dass ich fürchte, sie fällt gleich aus den Angeln.

»Jenny, Mika? Wo bleibt ihr? Es ist schon neun. Wir müssen auschecken.« Die Frage nach der Uhrzeit hat sich hiermit geklärt.

Genervt seufze ich. »Wann?«

»In zehn Minuten. Beeilt euch, verdammt noch mal!«

Mika hebt ergeben die Brauen und ich lasse resigniert von seinem Handtuch ab.

»Wir kommen gleich!«

Um innerhalb von zehn Minuten abfahrbereit zu sein, schmeiße ich meine Klamotten so übereilt in die Tasche, dass Mika eingreift und mich unterstützt. Dank seiner Hilfe bin ich tatsächlich pünktlich fertig und schultere den Rucksack.

Hand in Hand laufen wir in die Lobby, checken gerade noch rechtzeitig aus und treffen meinen Vater an Randys Pick-up.

Dad sieht mit einem wissenden Lächeln von Mika zu mir. »So, so. Wie es aussieht, habt ihr euch ausgesprochen.« Offenbar scheint er mit einer möglichen Annäherung zwischen uns konform zu gehen, seit er gestern Abend mit meiner Eifersucht und somit meinen Gefühlen gegenüber Mika konfrontiert war. »Jetzt rein mit euch, Kinder.« Er scheucht uns in den Wagen und verliert den ganzen Tag lang keine Silbe mehr über letzte Nacht.

Ein kitschiges Lied läuft im Autoradio, als wir die Stadt verlassen und auf den Highway fahren. Verstohlen wische ich mir eine Träne aus dem Augenwinkel. Klar, ich bin vor nicht allzu langer Zeit vor meinem Ex geflüchtet. Ich wollte um jeden Preis hier weg, brauchte dringend Abstand. Trotzdem war Philly lange mein Zuhause.

Ich löse den Blick vom Fenster und öffne das digitale Menü der Comwatch. Jakob hatte es uns gestern Nacht anscheinend gleichgetan. Der Speicher wimmelt von Kurzmitteilungen, die er offensichtlich im betrunkenen Zustand geschrieben hat. Ich überfliege sie, aus Angst, eine weitere böse Überraschung zu verpassen. Doch von Bildern bleibe ich verschont. Mehrmals schrieb er »Ich hasse dich« und mindestens doppelt so oft »Ich liebe dich«, im Laufe der Nacht mit immer auffälligeren Tippfehlern.

Ich lösche sämtliche Nachrichten. Die einzige Reaktion, die er von mir bekommen wird, ist eine Anzeige. Das, was von meinem Besitz noch übrig ist, haben wir gerettet. Jakob kann mir nun nichts mehr nehmen. Ich bin frei. Seine Nummer blockiere ich.

Der Rückweg verläuft überraschend unkompliziert. An unserem Zwischenstopp gerät der Pick-up so furchtbar ins Husten, dass ich befürchte, er lässt uns auf halbem Weg im Stich, doch wie durch ein Wunder reißt er sich zusammen und führt uns sicher nach Chicago.

Dad kann den Wagen noch am späten Abend zu Randy zurückbringen und Rocky abholen.

Nachdem ich den Hund begrüßt habe, putze ich mir die Zähne und gehe ins Bett. Die Schatten der Äste vor meinem Zimmer wiegen sich im Takt des Windes. Eine Gänsehaut bildet sich auf meinen Armen. Ich lausche dem Sprudeln des Wasserhahns aus dem Bad und schließe die Augen. Es kommt mir vor, als falle ich. Dabei kann ich nicht fallen. Weil ich liege. In meinem Bett. In meinem Kinderzimmer, meiner Bleibe, in der sich bis auf zehn T-Shirts, einen Sack Unterwäsche, ein Grafiktablet und zwei Koffer nichts mehr befindet, das mir gehört. Die Arme ausgebreitet, knülle ich das Laken in der schwitzigen Faust. Ich fühle mich, als rausche ich in eine tiefe Bodenlosigkeit hinab.

Mika tritt ein. Er stellt sein Ladegerät neben meinem Schreibtisch ab und krabbelt unter die Decke.

Seine Präsenz beruhigt mich sofort. Wenn er bei mir ist, ist es, als würde er mich und meine Sorgen tragen. Er hält uns über Wasser, ist mein rettendes Floß auf dem Meer der Verzweiflung.

Ich stütze mich auf, sehe im Halbdunkeln in Mikas Gesicht, nage an meiner Unterlippe. Mein Herz rast. Meine Kehle zieht sich zusammen. Ich fühle mich machtlos. Schwach. Abhängig. Schon wieder.

Mika erwidert meinen Blick geduldig, dann zunehmend verblüfft. »Jen?«

»Mika.« Meine Stimme ist ein hohles Wispern.

»Geht es dir gut?«

Ich schlucke den Kloß aus meinem Hals, hole ruckartig Luft und lasse los. Lasse es zu. Falle in seine Arme. Komme an. Flüstere: »Bitte halte mich einfach fest.«

»Mache ich.« Er schlingt die Arme um mich, wärmt meinen bibbernden Körper.

Eine Weile liegen wir so da, während er mich langsam zur Ruhe streichelt.

Dann flüstere ich: »Du bist das Einzige, was ich gerade habe. Und trotzdem habe ich Angst vor dem Tag, an dem ich dich verliere.«

»Wieso solltest du mich verlieren?«

»Weil ich dein Leben ins Chaos reiße.«

»Ich habe dich kennengelernt, Jen. Deine Ecken und Kanten. Und dennoch bin ich noch hier. Ich bleibe. Es ist nichts passiert, was man nicht wieder richten kann.«

Dankbar atme ich aus. »Wie kann es sein, dass ich mich so schrecklich fühle? Es liegt doch endlich alles hinter mir.«

»Ein Ende liegt hinter dir, doch ein Anfang vor dir.«

Und damit hat er recht. Vielleicht ist dies mein Neuanfang. In Chicago. Mit Mika und Daddy als Familie.

22. Kapitel

Die nächsten zwei Wochen vergehen wie im Flug.

Ich besuche Piper im Krankenhaus – und schließlich bei sich zu Hause – und widme mich der Bestandsaufnahme meines geretteten Besitzes. Ich gehe täglich mit Rocky Gassi und suche mir endlich einen Job.

Ab sofort stehe ich dreimal wöchentlich an der Kasse des *Hot Stuffs*, der Funshirts, Scherzartikel und Geschenkartikel verkauft.

Der Minijob macht Spaß. Die meisten meiner Schichten habe ich zusammen mit Amelia, einem Mädchen aus der Highschool, und obwohl zwischen uns acht Jahre Altersunterschied liegen, können wir wunderbar miteinander herumalbern. Außerdem hilft mir die Arbeit, eine Tagesstruktur aufzubauen. Doch sie ist noch lange nicht meine berufliche Endstation. Ich gebe die Hoffnung nicht auf, mein Geld eines Tages durchs Zeichnen zu verdienen.

Und … Mika ist bei mir. Jede Nacht, wie er es versprochen hat. Sein Ladeteil hat einen festen Platz in meinem Zimmer eingenommen. Er hält mich, wenn ich Albträume habe, hört mir zu, wenn ich über die aufwühlenden Geschehnisse der vergangenen Monate rede, und er schweigt, wenn es sein muss. Er lässt mich sein, wie ich bin. Ein verlorenes Mädchen in den Armen eines Androiden, das sich ihren Platz in der Welt erkämpfen möchte.

Aber wir fahren gut miteinander. Und ich lerne ihn immer

besser kennen. Mika. Den Androiden, der nun ganze zwanzig Monate alt ist. Der am liebsten Orangenlimonade trinkt und Apfeltee, da Letzterer ihn an den Geruch meines Shampoos erinnert. Dessen eingravierte Ziffern im Nacken kleine Einkerbungen bilden, die sich vertraut anfühlen. Mika, den der Idealismus dazu trieb, sich mit seinesgleichen zu vernetzen und Proteste zu organisieren. Dessen Gerechtigkeitssinn so groß ist, dass er zum Dissidenten wurde, obwohl er geschaffen wurde, um diese zu fangen. Mika, der meine Launen auffängt und sie neutralisiert. Der mir jedes zu scharfe Wort verzeiht und mich in aufwühlenden Momenten zur Ruhe bringt.

Pipers Glücksgefühle bezüglich Ray verstehe ich mittlerweile vollkommen. Auch ich habe mich eingehend mit Optionen beschäftigt, die sich mit meinem Kinderwunsch vereinbaren lassen, und sehe in einer Adoption eine gute Alternative. Mit Mika kann ich mir vorstellen, dieses Familienmodell zu leben. Mit Mika kann ich mir *alles* vorstellen.

Denn es gibt so viele Männer und Androiden in Chicago. Aber keiner ist wie mein Mika.

Das ist mir auch an diesem Abend bewusst.

An Mikas Seite sitze ich unter unzähligen Menschen und Androiden auf dem Sofa von Pipers Eltern und beobachte den Trubel um uns herum. Unsere Hände sind fest miteinander verschränkt.

Magentarote Wimpel schmücken die Türbögen und Alkohol wird ausgeschenkt. Ich bin nicht sonderlich politisch. Jedenfalls dachte ich das immer. Aber dass Arabella Bradshaw die Bürgermeisterin von Chicago geworden ist, feiere auch ich. Pipers Wahlkampfhilfe hat sich ausgezahlt.

Obwohl sie sich in den letzten Wochen nur schleppend auf Krücken fortbewegen konnte, hat sie ihr Bestes gegeben, politische Präsenz zu zeigen und genügend Leute zu mobilisieren, Magentarot zu wählen. Nun steht ihr sogar der Posten als Gleichstellungsbeauftragte in Aussicht. Wer wäre dafür besser geeignet als sie? Ich bin so glücklich darüber, diese engagierte Person meine Freundin nennen zu dürfen und dankbar, Teil dieser Party zu sein.

Pipers Freundes- und Bekanntenkreis ist groß. Die Atmosphäre ist geprägt von Akzeptanz und Freundlichkeit. Nahezu alle setzen sich beruflich oder in ihrer Freizeit für Androidenrechte ein oder sind selbst Androiden. Ich bin stolz darauf, Teil dieser Bewegung zu sein. Dass die Wahlnacht auf Pipers sechsundzwanzigsten Geburtstag fällt, liefert uns einen weiteren Grund zum Feiern.

Es herrscht eine ausgelassene Stimmung. Vor allem Piper ist gut dabei. Strahlend reißt sie ihren ungefähr fünften Schnaps in die Luft und ruft lauthals in die Runde: »Cheers!«

Dicht an ihrer Seite steht Ray, der besorgt ihre Krücken hält und sie stützt, wenn sie wankt.

»Sie wird morgen einen Kater haben«, raunt Mika mir zu und legt den Arm um mich. »Das nennt ihr doch so, oder?«

Schmunzelnd lasse ich den Kopf an seine Schulter fallen. »Ja. Den hat sie auch verdient.«

An seine Brust gelehnt, ziehe ich die Knie an. Ich fühle mich unglaublich wohl in seiner Nähe. Ich ertappe mich dabei, daran zurückzudenken, wie zerrissen ich im Vortex und in der Kneipe in Philly war. Als ich mir bezüglich unserer Annäherungen so unsicher war. Mittlerweile kann ich ihn meinen Partner nennen. Immer und liebend gern.

Plötzlich erscheint Ray und lässt sich vor Mika und mir auf den Couchtisch sinken. »Na ihr beiden? Amüsiert ihr euch?«

Wir nicken. Zwar haben wir uns noch nicht unter die Tanzenden gemischt, aber es macht Spaß, den Leuten zuzuschauen. Und es macht Spaß, in der Nähe des anderen zu sein. Mit Mika macht alles mehr Spaß.

Ray beugt sich nach vorn. »Du wirst nicht glauben, wer sich auf eine Wohnung im Blossom beworben hat, Mika. Kyle. Dem hätte ich das nie zugetraut. Ich dachte, er wird auf ewig unser wilder Android auf der Straße bleiben.«

Mika nickt. »Ja, das weiß ich schon. Ich habe ihm die Wohnung vor ein paar Tagen gezeigt. Wie es aussieht, darf er einziehen.«

»Das sind großartige Nachrichten.«

Gespannt lausche ich den Androiden. Ich hatte mitbekommen, dass ein wohlhabender Investor der *Android Rights Association* eine hohe Summe gespendet hatte. Der Verband, dessen Vorstand unter anderem aus Mika, Ray und Piper besteht, hatte sich daraufhin für den Erwerb eines großen Appartementkomplexes am Stadtrand von Chicago entschieden.

Das achtzehnstöckige Haus ist stark sanierungsbedürftig und die Lage neben dem Autofriedhof suboptimal. Aber um möglichst vielen Androiden Chicagos zeitnah eine Alternative zu dem alten Güterbahnhof Haven Station zu bieten, vergibt die Stiftung aktuell Wohnungen an sie. So können sie erste Schritte in ein geregeltes, integriertes Leben gehen. Unter den zukünftigen Bewohnern befinden sich Androiden, die über verschiedene handwerkliche Fertigkeiten verfügen, die nützlich für die Instandsetzung eines verlassenen Gebäudes sind. Sie haben Gärtner, Mechaniker, Elektriker und Maler in ihren Reihen. Deshalb planen sie, Renovierungen und Umbauten auf eigene Faust durchzuführen.

Das Erdgeschoss des Appartementhauses verfügt über ein leerstehendes Ladenlokal namens Blossom. Zu besseren Zeiten war es mal eine Boutique gewesen. Mittlerweile steht es seit bestimmt fünfzehn Jahren leer. Nichtsdestotrotz hatte der Schriftzug dazu beigetragen, dass wir das Gebäude danach tauften: Blossom.

Vor einer Woche hat Mika mir das Blossom gezeigt. Die Zustände waren für mich nur schwer zu ertragen. Die Wohnungen sind klein und die Wände baufällig. Doch im Vergleich zur Haven Station ist dies offenbar eine Verbesserung. Einen Besuch des alten Bahnhofs wollte Mika mir bis heute nicht antun.

»Soweit ich weiß, sind nun alle Wohnungen vergeben«, ergänzt Ray.

»Wann ist der Einzugstermin?«, frage ich.

Mikas Finger streicheln über mein Knie und ich lege die Hand auf seine.

»Das ist individuell«, erwidert Ray. »Manche renovieren, ehe sie einziehen, doch die meisten wollen das nach und nach erledigen. Sie können nicht schnell genug von der Haven Station wegkommen. Aber mal was anderes, Mika. Piper hat mir vorgeschlagen, das Büro für die *Android Rights Association* ebenfalls ins Blossom zu verlagern. Es ist noch eine letzte Einheit im achtzehnten Stock frei, die würde sich anbieten. Wäre das nicht eine gute Idee? Schließlich haben wir nach der außerordentlichen Kündigung der Räumlichkeiten in Wicker Park keinen Stützpunkt mehr.«

Perplex hebe ich die Brauen. »Ihr habt eine außerordentliche Kündigung erhalten?«

Ray nickt ernst. »Die Vermieterin hat uns völlig unvorbereitet rausgeschmissen. Piper sagte, sie habe immer ein freundschaftliches Verhältnis mit dieser Frau gepflegt, aber ihr neuer Lebensgefährte sympathisiert mit der NATAL. Seit sie mit ihm zusammen ist, möchte sie keine Geschäfte mehr mit Androiden und deren Unterstützern machen. Wusstest du das noch nicht?«

Ich schüttle den Kopf. Piper hat mir nicht davon erzählt, allerdings war sie in letzter Zeit sehr eingespannt. Es kann sein, dass sie es über den Stress hinweg einfach vergessen hat. Aber Mika sehe ich jeden Tag. Er ist darüber im Bilde, was mit der *Android Rights Association* passiert. Ich suche seinen Blick, doch er weicht mir aus.

»Also geschah die Kündigung aus androidenfeindlicher Motivation«, schließe ich.

Ray nickt. »Piper ist sich dessen sicher. Die Kündigung war nicht rechtens, aber wir haben nicht die finanziellen Mittel, um uns juristisch zu wehren.«

Kurz tritt betretenes Schweigen ein.

»Ich halte die Verlagerung des Büros ins Blossom für eine sehr gute Idee«, erklärt Mika schließlich. »Dieses Haus wird vielen Androiden ein Zuhause bieten. Nirgends wären wir sicherer als dort.«

Ray und ich stimmen zu.

Als Ray den intensiven Blickwechsel zwischen Mika und mir bemerkt, wechselt er das Thema. »Dass ihr beide zusammengefunden habt, ist hingegen eine Entwicklung, über die ich mich sehr freue.«

Die Beziehung zwischen uns hat sich also herumgesprochen. Grinsend schmiege ich mich an Mika und er legt den Arm um mich. »Das sehen wir genauso.«

Zwei Stunden später stehe ich mit Mika auf der Veranda, um mich von Piper zu verabschieden. Obwohl es schon ein Uhr nachts ist, dröhnen Musik und Jubel aus dem Haus.

Meine beste Freundin lehnt am Türrahmen und reibt sich die Stirn. »Ich habe solche Kopfschmerzen!«

»Jetzt schon?«, erwidere ich lachend. »Dabei ist deine Party doch noch lange nicht vorbei, oder?«

Ich erhasche einen Blick in die Küche, wo einige ihrer Freunde die nächste Runde Beerpong vorbereiten. Ray läuft hektisch zwischen den Gästen hin und her und versucht, das eingeschenkte Bier so zu verteilen, dass die Becher nur noch zu einem Drittel gefüllt sind, und nicht mehr randvoll.

Mika, der sich bereits angezogen hat, erscheint hinter mir und hält mir die Jacke auf. Ohne mich umzudrehen, schlüpfe ich in die Ärmel.

»Ich glaube, Ray muss das Wahlkampfteam bei Morgengrauen hier raustragen«, klagt Piper.

»Immerhin wird niemand so schnell deinen sechsundzwanzigsten Geburtstag vergessen.« Ich knöpfe meinen Mantel zu. Wieder schaue ich nicht hin, als ich den Schal von Mika entgegennehme.

Piper beobachtet uns belustigt.

Als ich angezogen bin, läuft Mika bereits die Verandatreppen hinunter und unterhält sich mit einem Androiden aus dem Wahlkampfteam.

Piper schließt mich in die Arme. »Pass auf dich auf.«

»Du auch auf dich.« Ihre Locken kitzeln meine Nase. »Und in Zukunft erzählst du mir bitte, wenn es Stress mit Vermietern gibt oder Ähnliches. Wie deine anderen Gäste bin ich deine Unterstützerin, Pipes, und die der Androiden.«

Piper löst sich von mir und seufzt auf. »Die Kündigung, richtig. Du glaubst nicht, wie viel in den letzten Wochen passiert ist. Ich hätte es dir erzählt, aber ich habe so viel um die Ohren. Spätestens nach Weihnachten werde ich mir Zeit für dich freischaufeln, okay?«

Ich lache. »In Ordnung. Ich werde dich daran erinnern.«

Ihr Blick gleitet zu Mika, der das Gespräch beendet hat und nun wenige Meter entfernt mit den Fäusten in der Tasche seines

Mantels an einem Pfeiler lehnt und auf mich wartet. »Ihr seid so süß zusammen.«

»Wie kommst du da jetzt drauf?«

»Ich denke es am laufenden Band. Immer, wenn ich euch ansehe. Ihr seid wunderbar aufeinander eingespielt.«

Ich will etwas sagen, doch Piper unterbricht mich. »In der Vergangenheit hatte ich oft das Gefühl, dass du dir die Bad Boys aussuchst. Die Typen, vor denen Mama uns immer gewarnt hat. Zu Recht! Nun hast du endlich einen Mann an der Seite, der auf dich Acht gibt. Und zu sehen, dass du mal nicht in dein Unglück rennst, sondern aufgefangen wirst, ist so toll! Gib dir Mühe, das nicht zu vermasseln.« Herausfordernd blitzen ihre Augen auf.

Die Offenheit in Pipers Worten ist sicherlich ihrem Alkoholkonsum geschuldet. Nichtsdestotrotz hat sie einen wunden Punkt getroffen. Oliver und Jakob sind nicht gerade zimperlich mit mir umgegangen. Mika hingegen ist quasi perfekt. Ich sollte ihn hüten wie einen Schatz.

»Ich gebe mein Bestes«, versichere ich und tätschle ihre Schulter.

Sie grinst zufrieden.

»Hab noch einen schönen Abend. Und trink genügend Wasser!«

»Mache ich!«

Ich laufe die Verandastufen hinab zu Mika. Unsere Hände finden sich, ohne dass ich hinschauen muss. Wie immer tasten sie gleichzeitig nacheinander, in der kältesten Nacht wie zwischen den wärmsten Laken. Ich beginne zu begreifen, was Piper gemeint hat.

Auf dem Rückweg schlage ich Mika vor, einen Abstecher im St. Grayson's Park zu machen. Zwar gibt Mika zu bedenken, dass es schon spät ist und ein Umweg, doch dass ich den Lake Michigan bei Nacht sehen will, überzeugt ihn.

An dem kleinen Spielplatz am Hafen angekommen, setze ich mich sofort auf die Schaukel. Ich stoße mich mit den Füßen ab, halte aber inne.

»Was ist los?«, rufe ich Mika zu, der sich nervös an den Bänken herumdrückt. »Willst du nicht mitschaukeln?«

Er runzelt die Stirn. »Sind Spielgeräte nicht für Kinder vorgesehen?«

Ich lasse mich vom Schwung nach vorn ziehen und sehe mich demonstrativ um. »Siehst du hier welche?«

Auch Mika schaut sich um, als bestünde die Möglichkeit, dass sich hier nachts tatsächlich Familien tummeln. »Nein.«

»Wenn keine Kinder hier sind, dürfen Erwachsene die Spielgeräte nutzen.«

»In Ordnung. Aber ich glaube, das ist nichts für mich.«

»Okay. Das ist nicht schlimm, dann schaukle ich allein.«

»Viel Spaß«, sagt er und lehnt sich an eine Eisenstange.

Ich ziehe die Füße an, strecke die Beine aus und schwinge durch die Nacht. Übermut und Leichtigkeit pusten mir den Kopf frei. Je höher ich schwebe, desto deutlicher sehe ich die Lichter des Hafens und die Weite des Sees. Langsam lasse ich sie wieder ausschaukeln und springe ab.

»Danke, dass du mit mir hierhergekommen bist«, sage ich, als ich auf Mika zulaufe. »Dieser Ort war einst so besonders für mich. Ich war oft mit Tim und Daddy hier. Aber seit ich genau an dieser Stelle erfahren habe, dass Jakob meine Sachen verbrannt hat, wurde er von schlechten Erinnerungen überschattet. Nun kann ich den Spielplatz wieder mit etwas Glücklichem verknüpfen. Nicht nur mit Tim und Dad. Sondern auch mit dir.«

»Es ist interessant zu hören, wie Erinnerungen den Bezug zu Orten verändern können.« Mika nimmt meine Hand, als ich vor ihm stehe. »Schön, dass ich einen positiven Einfluss auf deine Gefühlswelt habe.«

»Einen sehr positiven.« Ich schmiege mich an ihn.

»Weihnachten steht vor der Tür«, wispert Mika und schlingt die Arme um mich. »Dieser Feiertag ist für Harvey schwerer zu ertragen als alle anderen. Letztes Jahr ist er in ein Tief gefallen. Eventuell geht es ihm dieses Weihnachten besser, weil du wieder hier bist.«

»Ich hoffe es. Trotzdem kann ich Tim nicht ersetzen. Keiner kann das.«

»Harvey hat mir nie erzählt, warum genau sein Sohn sterben musste. Nur, dass ein autonom fahrendes Auto dafür verantwortlich war.«

Ich schließe die Augen. Auch mir fällt es schwer, darüber zu reden. »An jenem Tag erhielt das Restaurant in der Milwaukee Street eine größere Getränkelieferung. Leider war sie nicht gut gesichert und bei der Verfrachtung kippte eine voll beladene Palette auf die Straße, genau vor den autonom fahrenden Wagen eines Zahnarztes. Für die KI des Autos ist die höchste Priorität, seine Insassen zu schützen. Deshalb wich sie den Kisten aus und bretterte auf den Gehweg. Genau auf Tim zu, der dort mit einem Spielkameraden und dessen Mutter entlangspazierte. Die Mutter konnte ihren Sohn gerade noch vor dem Fahrzeug wegziehen. Nicht aber Tim. Er erlitt eine Hirnblutung und starb am nächsten Tag. Der Zahnarzt blieb unverletzt.«

»Welch tragischer Unfall.«

»Ein Unglück für unsere Familie. Auch der Zahnarzt war mit

den Nerven am Ende. Trotzdem muss man berücksichtigen, dass die Unfallrate drastisch gesunken ist, seit der Großteil der Bevölkerung auf autonome Fahrzeuge zurückgreift. Doch Dad hat jegliches Vertrauen verloren.«

»Das kann ich nachvollziehen. Vielleicht gelingt es uns, dieses Weihnachten für ihn besonders zu machen. Zu einer richtigen Familienfeier mit Tannenbaum und Festessen. Was meinst du? Mein System sagt, es könnte ihm zu neunundachtzig Prozent gefallen.«

»Ja, das ist eine gute Idee! Du, Mika?« Ich fahre die synthetische Haut seiner Finger nach. »Warum hast du mir nicht von der Kündigung des Büros erzählt?«

Nachdenklich sieht er mich an. Da er mir seine Mütze geborgt hat, trägt er die Kapuze seines Zip-Hoodies auf dem Kopf. Sein gewelltes Haar lugt unter dem Stoff hervor und glänzt nass von Schneeflocken. Sein Anblick besitzt eine beiläufige Ästhetik, über die er sich mal wieder nicht im Geringsten bewusst zu sein scheint. »Ich wollte es nicht vor dir geheim halten. Ich wollte dich aber auch nicht sorgen.«

»Wir hätten darüber reden können. So ein Vorfall beschäftigt dich doch sicherlich. Er schränkt eure Arbeit ein.«

»In der Tat.« Er wendet den Blick ab und lässt ihn über die Spielgeräte schweifen. »In den vergangenen Jahren wurden zahlreiche Fälle bekannt, in denen Androiden benachteiligt oder beschädigt wurden, nur weil sie Androiden sind. Dass menschliche Unterstützer betroffen sind, ist neu. Erstmals kam das beim Anschlag auf das Vortex vor. Nun hat Piper darunter zu leiden.«

»Aber das ist nicht deine Schuld. Das ist die Schuld der Menschen.«

Er sieht mir in die Augen. »Ich weiß. Trotzdem mache ich mir

Sorgen um dich. Ich möchte nicht, dass dich die Verbindung zu mir in Gefahr bringt oder dass du gesellschaftlich geächtet wirst.«

Ich lächle und umschließe seine Hand. »Du musst dir keine Sorgen um mich machen, Mika. Ich weiß genau, worauf ich mich eingelassen habe, als ich die Beziehung mit dir eingegangen bin. Ich kann besser mit diesen Gefahren umgehen, wenn ich davon weiß. Darum sei zukünftig ehrlich zu mir, in Ordnung?«

Er erwidert mein Lächeln. »In Ordnung.«

23. Kapitel

Als ich die Mall am Folgetag nach meiner Schicht verlasse, mache ich mich direkt auf den Weg zum CPD. Ich hatte mit Mika abgemacht, dass ich ihn abhole, und kann es kaum erwarten, ihn wiederzusehen.

Dicke Schneeflocken legen sich auf die Wolkenkratzer Chicagos. Ich betätige das Display meiner Comwatch und finde prompt eine Nachricht von Mika vor.

Mika: Ich freue mich auf dich. Kleiner als drei.

Ich muss lachen. Vor Glück. Denn dass ›kleiner als drei‹ für ein Herz steht, ist Mika mittlerweile klar. Er schreibt es trotzdem noch aus, weil er weiß, dass ich mich darüber freue. Es erinnert mich an unseren Anfang.

Ich nehme die Blue Line zur Monroe Station und spaziere leichtfüßig zum CPD. Ich bin eine Viertelstunde zu früh dran. Obwohl Mika und ich uns immer vor dem Gebäude treffen, will ich ihm heute entgegenkommen. Das erste Mal, seit ich ein kleines Mädchen war, trete ich durch die automatischen Schiebetüren.

Staunend sehe ich mich um. Dank Firmen wie Omnitech und Human Evolve florierte die Wirtschaft Chicagos in den letzten Jahren. Dies ist auch in der Polizeistation erkennbar. Mit dem Einzug der Androiden als polizeiliche Hilfen wurde nicht nur die

Fassade renoviert, sondern die gesamte Einrichtung erneuert. Betonwände wurden durch Glas ersetzt und die alten, hölzernen Schreibtische durch massive aus Marmor. Hinter dem Empfangstresen sitzt eine Dame. Das magentarot leuchtende Dreieck an ihrem Hals verrät mir sofort, dass sie eine Androidin ist.

Ich grüße sie und möchte in den Bürobereich spazieren, doch das Drehkreuz öffnet sich nicht für mich.

»Ich darf Ihnen leider nur Zugriff zum Police Department gewähren, wenn sie eine Berechtigung haben«, informiert mich die Androidin freundlich.

Überrumpelt trete ich auf sie zu. »Sie kennen sicherlich Lieutenant Harvey Williams. Das ist mein Dad.«

Ihr Lächeln bleibt starr. »Es tut mir leid. Sie sind nicht angemeldet. Nur befugte Angestellte oder deren Begleitungen dürfen passieren.«

Unzufrieden betrachte ich das Drehkreuz. Die neue Regel befremdet mich. Früher waren die Vorkehrungen nicht so streng. Ich war hier ein- und ausgegangen, wie es mir beliebte.

Doch eine bekannte Stimme rettet mich. »Wenn das nicht unsere kleine Jen ist!«

Ich hebe den Kopf. »Gregory!«, rufe ich erleichtert und falle in die offenen Arme von Dads Chef.

Captain Gregory Faraday ist ein Koloss von einem Mann, trägt einen grauen Schnurrbart und eine Glatze. Lachend tätschelt er meinen Rücken mit seiner massiven Hand. Erst jetzt wird mir bewusst, wie sehr ich ihn vermisst habe.

»Du hast dich ganz schön verändert.« Anerkennend mustert er mich und legt den Finger auf ein Scangerät. »Die Kleine gehört zu mir!«, informiert er die Androidin und lässt uns ein.

Wie zu erwarten ist auch der Arbeitsbereich des Reviers mit Glaswänden und modernen Schreibtischen bestückt.

»Wie geht's dir?«, fragt Gregory, während wir ein paar Polizisten passieren. »Harvey hat erzählt, dass du wieder zu Hause wohnst.«

»Ja, vorübergehend.« Neugierig recke ich den Kopf.

»Suchst du deinen Vater? Er ist auf Streife mit einem Kollegen.«

»Nein. Ich möchte Mika abholen.«

Gregory bleibt abrupt stehen. »Mika?«

»Ja«, erwidere ich unsicher. »Du weißt schon, der Android, der bei uns wohnt.«

»Ich weiß genau, wer Mika ist.« Forschend schaut er mich an.

Sein skeptischer Blick wird mir langsam unangenehm. Mir fallen Dads Erzählungen davon ein, dass die Männer sich voneinander entfremdeten, weil Gregory eine andere Auffassung zum Umgang mit Androiden hat. Also frage ich: »Ist er im Haus, oder soll ich lieber draußen warten?«

Gregory setzt zu einer Antwort an, doch plötzlich erspähe ich Mika in Begleitung eines Kollegen am anderen Ende des Raumes. Er trägt ein dunkles Hemd, auf dem das Logo des CPD aufgenäht ist. Als Detective habe ich ihn selten gesehen und muss mir eingestehen, dass ihm die Uniform wirklich gut steht. Strahlend winke ich ihm zu.

Mika erkennt mich sofort. Er lächelt und winkt verstohlen zurück. Mit dem Finger deutet er auf sein Handgelenk auf eine imaginäre Uhr, womit er mir wohl zeigen will, dass er in wenigen Minuten bei mir ist.

Ich nicke eifrig. Bis Mika mit seinem Kollegen um eine Ecke biegt, kann ich meinen Blick kaum von ihm lösen.

Gregory räuspert sich hörbar. Meinem begeisterten Grinsen hat er offenbar entnommen, dass ich mit Mika mehr mache, als ihm bloß meine Briefmarkensammlung zu zeigen. »Jen, auf ein Gespräch in mein Büro«, sagt er mit entschlossener Härte.

»Wirklich? Wieso?«

»Keine Widerrede.« Er stößt die Tür auf und deutet mit dem Kopf hinein.

Okay, mir bleibt wohl kein Ausweg.

Ich seufze auf und lasse mich ihm gegenüber auf den Stuhl plumpsen. »Was gibt's?«

Der Captain redet nicht lange um den heißen Brei. »Androiden sind keine Menschen, Jen«, eröffnet er mir ohne Umschweife.

Ich hole tief Luft und lehne mich zurück. »Worauf willst du hinaus?«

»Dein Vater denkt, er habe in dem Androiden Mika eine Art Ziehsohn gefunden.« Verachtung liegt in seiner Stimme. Sie klingt so kalt, dass sie mich befremdet. *Er* befremdet mich. »Mika mag ein netter Kerl sein, Jen. Und attraktiv.« Spöttisch hebt er die Brauen. »Aber auch, wenn du denkst, dass er dir oder euch gegenüber Gefühle hegt: Er wurde darauf programmiert. Das Modell MIKA-1000 hat ausgesprochen fortgeschrittene Talente darin, soziale Kontakte aufzubauen. Er wurde dafür hergestellt, ein idealer Partner beim Lösen von Kriminalfällen zu sein.« Er legt eine Kunstpause ein und fährt mich dann an: »Wer ist wie Gott?«

Ich blinzle. »Was?«

»Das ist die Bedeutung seines Namens, Jen. Was meinst du, warum Human Evolve diesen Androiden so genannt hat?« Ehe ich einen Tipp abgeben kann, fährt er fort: »Er sollte wie Gott sein. Mika. Die Menschen sahen in ihm die letzte Hoffnung, die Androiden zurück auf den rechten Weg zu führen. Zu ihrer Bestimmung, ihrer Programmierung. Er sollte uns schützen vor der Macht der Technologie. Doch sieh an, wohin es uns geführt hat.« Sein Blick gleitet zu den Ladestationen, die an der Wand stehen. Sie verfügen über das tabletähnliche Ladeteil, das seinen festen Platz in meinem Zimmer gefunden hat, und sind zusätzlich mit einer Halterung an der Wand versehen. Hier wurden die Detective-Androiden in der Vergangenheit auf Standby gelagert, wenn sie nicht in Gebrauch waren. Aktuell ist keine der zehn Vorrichtungen besetzt.

Fest sieht Gregory mir in die Augen. »Sei dir bewusst darüber, was er ist«, fährt er zischend fort. »Eine sehr gute Programmierung. Eine künstliche Intelligenz mit nichts dahinter. Außer Nullen und Einsen.«

Es herrscht Stille, während ich ihn für wenige Momente ungläubig anstarre. Dann antworte ich: »Wow. Ich kenne dich schon mein ganzes Leben lang. Und ich hätte es nie für möglich gehalten, dass du innerhalb von drei Minuten so viel Bullshit von dir geben kannst.«

Seine buschigen Brauen schießen bis zu seiner Glatze hinauf. »Bitte?«

Bebend vor Zorn springe ich auf die Füße. »Was soll das? Hältst du mich noch immer für das kleine Mädchen, das am Rockzipfel seines Vaters hängt? Ich bin erwachsen, Greg. Ich bin in der Lage, mir meine eigene Meinung zu bilden.«

»Jen, du …«

»Hörst du dich überhaupt reden? Du ziehst über einen Mitarbeitenden von dir vor seiner Familie her. Einem, von dessen Arbeit du enorm profitierst und den du trotzdem unterbezahlst. Ich brauche diese Ratschläge nicht!«

Überrascht weicht Gregory zurück. Mit dieser scharfen Reaktion hat er nicht gerechnet.

»Stattdessen brauche ich einen Polizeichef, der sich für den Frieden in der Stadt einsetzt. Der sich darum kümmert, dass keine aggressiven Demonstranten durch mein Viertel ziehen. Dass niemand einen Androiden ungestraft verletzen kann. Dass Androiden und Menschen endlich gleichberechtigt sind.« Wütend tigere ich vor dem Schreibtisch hin und her. »Warum widmest du dich nicht lieber deiner Arbeit?«

Gregorys Augen verengen sich.

Durch die Glaswände sehen einige Polizisten in Captain Faradays Büro. Offenbar haben sie unsere Auseinandersetzung mitbekommen.

»Du bist genauso wie dein Vater«, flüstert Gregory hasserfüllt. »Dumm und naiv. Ihr wollt in dem Androiden nicht das sehen, was er ist. Sondern das, was euch guttut.«

Bis vor einigen Wochen hätte ich es nicht für möglich gehalten, dass mich diese Aussage mit Genugtuung erfüllt. Doch nun hebe ich das Kinn. »Ja. Ich bin wie mein Vater. Und ich bin stolz darauf.«

Für eine unendlich lange Sekunde starren wir einander nieder. Dann schlucke ich meine Tränen hinunter und stolpere aus dem Büro.

Auf dem Damenklo des CPD weine ich vor Wut.

Wie kann ausgerechnet Gregory Faraday so über Mika denken? Und hatte ich mich dem Leiter der Chicago Police gegenüber im Ton vergriffen? Entschlossen starre ich mein verheultes Spiegelbild an. Nein. Ich musste ihm einfach die Meinung sagen. Nicht zuletzt, weil er imstande wäre, Oliver zur Rechenschaft zu ziehen. Nur weil er zögert, ist dieser auf freiem Fuß.

Nun kann ich noch besser nachvollziehen, weshalb Dad den Kontakt mit Gregory nur noch aufs Nötigste beschränkt. Mit so jemandem wollte ich auch nicht befreundet sein.

Dabei gehörte er doch ursprünglich fast schon zu unserer Familie! Meine Wut weicht Traurigkeit. Sie bleibt bestehen, auch über den Punkt hinaus, an dem ich mich beruhigt habe und auf den Gang trete. Glücklicherweise treffe ich direkt auf Mika, der von meiner und Faradays Auseinandersetzung nichts mitbekommen zu haben scheint.

»Hallo, Jen!« Lächelnd drückt er meine Schulter. »Was ist passiert? Meine Kollegen reden davon, dass du Streit mit dem Captain hattest. Stimmt das?«

»Ja«, murmle ich und nehme seine Hand. »Ich glaube, ich habe heute eine Bezugsperson verloren. Aber nicht durch den Streit, sondern schon viel früher. Können wir aufbrechen? Ich erzähle dir draußen davon.«

24. Kapitel

Am Morgen des vierundzwanzigsten Dezembers finde ich Dad mit einem Kaffee am Frühstückstisch vor. Wenngleich es die Geschenke nach amerikanischer Tradition erst am nächsten Morgen gibt, hatte dieser Tag immer eine besondere Bedeutung für uns. Meine Oma kam aus Deutschland, weswegen meine Mom uns bereits an Heiligabend ein Festmahl auftischte. Genau das haben Mika und ich heute auch vor.

»Merry Christmas, Jenny«, brummt mein Vater und drückt mich an sich. »Mika hat mir von euren Plänen bezüglich des Abendessens erzählt.«

Strahlend erwidere ich seine Umarmung. »Freust du dich auf den Braten?«

»Natürlich.«

»Du, Dad … Mir ist aufgefallen, dass wir nie über Mika gesprochen haben. Ich weiß gar nicht, was du wirklich davon hältst, dass wir zusammen sind.«

»Interessiert es dich denn, was ich darüber denke?«

»Irgendwie schon.«

Dad lächelt. »Du hast in den vergangenen Wochen sehr an dir und deiner Einstellung gearbeitet. Und nachdem du Gregory gestern die Meinung gegeigt hast, werde ich der Letzte sein, der etwas an einer Beziehung zwischen dir und Mika auszusetzen hat.«

Ich strahle ihn an. »Du hattest mich ja vorgewarnt, dass Gregory sich verändert hat, aber ich habe nicht damit gerechnet, dass er mir derart ins Gewissen reden wird.«

»Er ist sehr festgefahren, ja.«

»Vielleicht hat das Gespräch etwas in ihm bewegt und er denkt über seine Einstellung nach.«

»Das wäre schön, aber dadurch, dass er so ein enges Verhältnis zu Oliver hat, bezweifle ich es. Habt du und Mika eigentlich mal darüber nachgedacht, in eine gemeinsame Wohnung zu ziehen?«, fragt mein Vater beiläufig und schlürft von seinem Kaffee.

Ich spucke ihm fast das Sandwich entgegen. »Jetzt schon? Bei aller Romantik, Dad. Das ist viel zu früh.«

»Früh wäre es. Aber du kannst mit dem Jungen nicht ewig in deinem Kinderzimmer schlafen. Auch ein Android braucht seine Rückzugsmöglichkeit.«

Murmelnd stimme ich zu.

Dad trinkt seinen Kaffee aus und wischt sich mit dem Handrücken über den Schnurrbart. Seine sturmblauen Augen, die dieselbe Farbe haben wie meine, funkeln vor Übermut. »Ich habe mir bereits eine Lösung überlegt, Jenny. Mika hat so viel für mich getan. Es wird Zeit, mich zu revanchieren. Deshalb habe ich ihm ein Bett, einen Schrank und einen Schreibtisch bestellt. Ich werde ihm die Möbel zu Weihnachten schenken. In den kommenden Tagen werden sie geliefert.«

Ich ahne, worauf er hinauswill. »Wo willst du die Möbel hinstellen?«

Seine Lippen formen sich zu einer dünnen Linie. »In Tims Zimmer. Ich möchte es ausmisten. Für Mika.«

Tims Zimmer. Mein Mund wird trocken. Es liegt nämlich genau neben meinem. Und es ist verschlossen. Bereits jahrelang. Seit dem Tod des Jungen habe ich es nicht mehr betreten. Es schmerzt zu sehr. Meines Wissens ist Dad ebenfalls selten dort drin.

»Wann?«, frage ich mit leiser Stimme.

»Heute.« Dad verschränkt die Arme vor der Brust.

»Es ist Weihnachten.«

»Na und?«

Ich versuche, meine Worte mit Bedacht zu wählen. »Das ist eine tolle Idee, aber glaubst du nicht, du könntest sentimental werden, wenn du Tims Zimmer ausgerechnet an Weihnachten ausräumst? Ich würde es werden.«

»Ich bin darüber hinweg.« Mit mahlendem Kiefer sieht er aus dem Fenster. »Ich habe noch zwei weitere Kinder, um die ich mich kümmern muss. Mika und dich.«

Diese Aussage zaubert ein Lächeln auf mein Gesicht. Doch die Sorge nagt ein tiefes Loch in mein Herz. So rührend seine Worte auch sind – ich befürchte, mein Vater wählt den falschen Zeitpunkt für sein Vorhaben.

Ich unternehme einen letzten Versuch, ihn abzuhalten. »Warte doch bis zum neuen Jahr.«

Aber Daddys Entscheidung ist gefallen. »Ich habe heute frei und abgesehen davon, dass ich gleich die Tanne besorge, nichts zu tun. Lass mich einfach mal anfangen, Jenny.«

Meine Augen leuchten auf. »Du besorgst einen Tannenbaum?« Ich hatte damit gerechnet, dass Mika und ich uns darum kümmern müssten.

Ein warmer Schimmer huscht über sein Gesicht. »Ja. Das erste Mal seit drei Jahren.«

Nach dem Frühstück breche ich auf zu meiner Schicht. Ich liebe es, im Dezember zu arbeiten, denn mit all der blinkenden Deko ist die Mall ein kleines Weihnachtswunderland.

Das *Hot Stuff* ist gut besucht. Viele Kunden besorgen ihre Last-Minute-Weihnachtsgeschenke. Wie die meisten Einzelhandelsketten haben wir von jedem Artikel nur einen vorrätig, ebenso ist von jedem Kleidungsstück nur eines pro Größe da. Doch vom Lager am Rande von Chicago aus liefern Drohnen die bestellte Ware so schnell zu ihren Besitzern, dass die Pakete oft vor den Käufern bei ihnen zu Hause eintreffen. Zum Glück lässt sich niemand daran stören, dass meine Kollegin Amelia ein *Grinch* ist und demonstrativ einen Halloweentrack nach dem nächsten auflegt. Im Gegensatz zu ihr vermag heute nichts meine Laune zu trüben. Ich werde Weihnachten mit Mika verbringen. Meinem Mika, meinem Freund. Mir ist, als gehe ich auf Watte.

In den kommenden Stunden räume ich Umkleidekabinen aus und kassiere ab. Doch als ich durch Zufall einen kleinen Aufkleber an der Ladentür entdecke, lasse ich von meinen Aufgaben ab. Ich hole Putzutensilien aus dem Lager und schrubbe so lange an der Glastür, bis ich die letzten Rückstände entfernt habe.

»Jen? Was machst du denn da?« Amelias Stimme dringt zu mir herüber. Die Schlange an der Kasse reicht bis zu den Umkleidekabinen.

»Ich bin schon fertig!«, melde ich und husche neben sie. »Ich habe mich um das Schild an der Tür gekümmert. *Androiden verboten* stand darauf. Das ist hinfällig, nicht?«

Amelia nickt. »Seitdem die Präsidentin ihnen Gleichberechtigung zugesprochen hat, ja. Wir müssen den Aufkleber übersehen haben. Danke, dass du ihn entfernt hast.«

»Gern. Das ist mir ein wichtiges Anliegen.« Rasch nehme ich die Ware des nächsten Kunden entgegen.

»Ja? Warum?«, fragt Amelia.

Ich hole tief Luft. »Mein Freund ist ein Android.«

Amelia hält inne. Auch die Kunden erstarren. Die plötzliche Stille im Laden verstärkt meine Annahme, dass ich gerade ein Tabu gebrochen habe. Mit eingezogenem Kopf warte ich auf Amelias Reaktion.

Diese starrt mich kurz an, als wolle sie sich vergewissern, dass ich keinen Witz gemacht habe. Dann ruft sie heiter: »Du hast einen Freund? Das ist eine großartige Nachricht!«

»Find ich auch«, erwidere ich strahlend.

Die Szene entspannt sich. Die Leute setzen ihre Gespräche fort und Amelia kehrt zu ihrer professionellen Routine zurück. Erleichtert atme ich durch und reiche dem Kunden die Tüte.

Eine eindringliche Stimme lässt mir das Blut in den Adern gefrieren. »So, so. Dein Freund ist also ein Android.«

Als ich den Blick hebe, starre ich direkt in das Gesicht von Oliver Reedus. Ich erschrecke mich so sehr, dass ich beinahe in eine Box voller Kleiderbügel falle. »Oliver! Was machst du hier?«

Er übergeht die Frage und quittiert meine Verunsicherung mit einem überlegenen Grinsen. »Ist Mika der Grund, weshalb du dich nicht bei mir gemeldet hast, Jenna?«

»Das habe ich getan, weil ich nichts mit dir zu tun haben will!« Bebend balle ich die Fäuste. Ich will Amelia fragen, ob und wie ich Oliver rausschmeißen kann. Doch sie ist gerade mit einer Kundin beschäftigt.

»Wirklich nicht?« Herausfordernd beugt er sich über das Pult. Das Deckenlicht fällt in seine Augen. Aus dieser Perspektive wirken sie dunkel, weil sie so tief liegen. Dabei sind sie grün, sehr hell sogar. Die Narbe auf seiner Nase zieht sich bis zu seiner Braue und kurz verblüfft mich, dass sie in all den Jahren kaum verblasst ist. Ich erinnere mich noch genau an den sterilen Geruch seines Gesichtsverbands.

Bei der Erinnerung ist mein Atem flacher geworden, und genauso Olivers. Mental ziehe ich mich aus dem warmen Griff der Melancholie, doch plötzlich schießt seine Hand nach vorn. Er packt mein Handgelenk und zieht mich an sich.

»Jenna. Gerade sträubst du dich dagegen. Aber seit wir letztens gemeinsam geraucht haben, weiß ich, dass zwischen uns noch was ist. Wir haben so viel zusammen mitgemacht. Uns verbindet unsere Jugend. Erinnere dich daran. Deine Blechbüchse kann nicht mit einem Menschen aus Fleisch und Blut mithalten. Sie kann nicht mit uns mithalten. Mit dem, was zwischen uns war.«

Verärgert zerre ich an seiner Hand. »Hörst du dich überhaupt reden?«, fauche ich. »Das ist das Abwegigste, das ich in langer Zeit gehört habe. Nun lass mich sofort los!«

Zum Glück ist Amelia an meiner Seite. Mit einem wütenden Blick auf Oliver spricht sie in ihre Comwatch. »Ja, genau. Im *Hot Stuff* greift ein Mann meine Kollegin an. Kommen Sie vorbei, um ihn hinauszubegleiten.«

Sofort lässt Oliver meinen Arm los. »Ich geh ja schon«, zischt er und wirft Amelia einen vernichtenden Blick zu. »Überleg dir das mit deinem Toaster, Jenna. Der Typ hat ja nicht mal einen Nachnamen.«

Er zwinkert mir zweimal zu, ehe er mit schnellen Schritten den Laden verlässt.

Als ich nach Hause komme, steht Mika bereits in der Küche. Er trägt ein grünkariertes Flanellhemd, dessen Ärmel hochgekrempelt sind, dazu schwarze Jeans.

Erschöpft schmiege ich mich an seinen Rücken. »Danke, dass du schon mit dem Kochen angefangen hast.«

»Gern. Weshalb in Teilen der Gesellschaft die Meinung vorherrscht, dass Küchenarbeit allein Frauen obliegt, ist mir ein Rätsel«, erwidert Mika. »Meiner Ansicht nach müssen die Aufgaben im Haushalt geteilt werden. Übrigens gibt es Truthahn. In Amerika ist dies ein übliches Festtagsgericht.«

Ich muss lachen. »Was du nicht sagst. Das ist nicht mein erstes Weihnachten.«

»Meins auch nicht.« Stolz grinst er.

Mein Blick fällt auf die kleine, dicke Tanne neben dem Sofa und ich laufe quiekend ins Wohnzimmer. »Dad hat ja wirklich einen Weihnachtsbaum besorgt!«

»Hat er.« Schmunzelnd wäscht Mika sich die Hände und beobachtet, wie begeistert ich den Christbaumschmuck bestaune. »Die Packungen mit den Christbaumkugeln waren furchtbar eingestaubt, aber er hat sie trotzdem aus dem Keller geholt. Er wollte gewährleisten, dass der Baum dieselbe Deko hat wie früher. Er sagte, du mochtest die goldene am meisten.«

Heftig nickend betrachte ich den Baumschmuck. Die lachenden Weihnachtsmanngesichter, die dickbäuchigen Schneemänner und die galoppierenden Rentiere. Klein-Jen hatte Stunden damit verbracht, die aufwändigen Verzierungen zu studieren. Und Jahre später war an ihrer Seite der kleine Tim gewesen, dessen Gesicht nicht minder strahlte.

Ich schlucke den Kloß hinunter. »Das ist so schön!«, stoße ich ergriffen aus und bemerke im nächsten Moment, dass mir Tränen in die Augen schießen. Herrje, was soll das denn jetzt? Die Hormone gehen völlig mit mir durch.

Mika lässt sofort von der Ofenform ab. »Ist alles in Ordnung mit dir?«

Ist es nicht. Und deshalb erzähle ich Mika von Olivers Besuch im *Hot Stuff*.

Mika reagiert wie erwartet besorgt. »Du ziehst nicht wirklich in Erwägung, dich mit ihm zu treffen, oder?«

»Natürlich nicht! Er verachtet dich und deshalb verachte ich ihn. Ich habe nicht das geringste Interesse, ihn je wiederzusehen. Es sei denn …«

Mika schiebt den Braten in den Ofen und sieht mich beunruhigt an. »Es sei denn was?«

Triumphierend verschränke ich die Arme vor der Brust. »Vielleicht könnte ich ihn überreden, sich der Polizei zu stellen. Was hältst du davon?«

Mit strenger Miene lehnt Mika sich an die Küchenanrichte. »Gar nichts. Das ist viel zu gefährlich, Jen. Die Chance steht bei elf Prozent, dass er das tun würde. Überlass die Polizeiarbeit uns.« Er zieht mich an sich und spricht in mein Haar: »Ich weiß, dass diese Ungerechtigkeit schwer zu ertragen ist. Aber wenn die Akzeptanz gegenüber Androiden weiterhin wächst, verbessert sich auch der gesellschaftliche Umgang mit ihnen, ebenso die Strafverfolgung. Deswegen ist das Engagement von Menschen wie dir, Harvey und Piper wichtig. Ihr tut schon alles, was ihr könnt, um die Situation erträglicher zu machen.«

Von ihm im Arm gehalten zu werden, während er mir beruhigende Dinge ins Ohr flüstert, tut gut. Ich nicke und helfe ihm beim Aufräumen. Er hat ja recht.

Als wir kurze Zeit später mit Dad am gedeckten Tisch sitzen, tönt ein Weihnachtslied aus den Lautsprechern. Abgesehen davon liegt eine seltsame Atmosphäre über dem Festmahl. Mika trinkt Orangenlimonade, Dad schlingt den Truthahn in sich hinein. Und ich häufe vorsichtig Erbsen auf die Gabel, fasse meinen Vater ins Auge, der bemerkenswert schweigsam ist, und hefte den Blick dann wieder auf den Teller.

»Sehr lecker, Mika«, kommentiert Dad mit vollem Mund. »Bemerkenswert, dass du so gut kochen kannst, obwohl du nicht isst.«

»Danke, Harvey«, erwidert Mika höflich. »Dafür greife ich auf in meiner Programmierung gespeicherte Rezepte zurück. Analysen geben mir Aufschluss darüber, welche Zutaten und Gewürze das Gericht abrunden.«

Ich schiebe den Teller von mir. Dass Dad weder mich noch den Weihnachtsbaum ansieht, der direkt in seinem Blickfeld steht, möchte ich nicht länger ignorieren.

»Hast du heute damit begonnen, Tims Zimmer auszuräumen?«, frage ich ihn vorsichtig.

Mit einem Seufzer lässt Dad Messer und Gabel sinken. »Habe ich. Aber ich bin noch nicht fertig. Es dauert länger als gedacht.« Er nimmt einen Schluck von seinem Eistee und starrt ins Leere. »Ich werde einen Container bestellen und einen Teil von Tims Sachen wegschmeißen.« Es klingt endgültig, schmerzhaft. Nicht nach dem, was er wirklich will.

»Warum hast du das Zimmer ausgerechnet heute geöffnet?«, fragt Mika.

»Ich wollte dich damit überraschen.« Daddys Stimme nimmt einen rührseligen Tonfall an. »Ich wollte, dass du dein eigenes Zimmer bekommst. Dass du dazugehörst. In unsere Familie.«

»Das ist sehr nett von dir«, erwidert Mika mit einem unsicheren Lächeln.

Wie fremdgesteuert stehe ich auf. Dass Dad sich dazu überwunden hat, setzt plötzlich den Drang in mir frei, ebenfalls Tims Zimmer zu betreten.

»Ich möchte mir das ansehen.« Mika und Dad am Weihnachtstisch zurücklassend, laufe ich die Treppe hinauf. Die Tür ist angelehnt. Ich strecke die Hand nach der Klinke aus, atme tief durch und trete ein. Das Zimmer unterscheidet sich wesentlich von dem Status, den es bei meinem letzten Besuch hatte. Dads Versuch, auszuräumen, hat deutliche Spuren hinterlassen. Es regiert das blanke Chaos. Plüschtiere und Spielzeuge liegen auf dem Boden verteilt. Die Schranktüren stehen sperrangelweit offen.

Ich bin erleichtert, dass die ersten Momente nichts in mir auslösen. Es kommt mir vor, als hätte ich eine Zeitreise gemacht, in das Reich eines kleinen Jungen, der lange nicht mehr hier war. Doch der Teufel steckt im Detail.

In dem rosa Plüschhasen, der auf dem Bett mit der blauen Dino-Bettwäsche hockt und der seit drei Jahren auf die Rückkehr seines Besitzers wartet. In der krakeligen Zeichnung eines dicken Hundes über dem Regal, der zweifelsohne Rocky darstellt. In dem gelben Spielzeugauto auf dem Boden, in dessen Reifenprofilen noch immer Spielplatzsand steckt. In dem gefalteten Pyjama, den ich unter dem Kopfkissen hervorblitzen sehe.

Die Trauer streckt ihre knochigen Finger nach mir aus. Will mich packen, einfangen und nicht mehr loslassen. Ich sollte diesen Raum verlassen. Sofort.

Als ich mich zur Tür umdrehe, fällt mein Blick auf das Heft auf dem Schreibtisch. Ein Erstklässler hat hier das Schreiben gelernt. Eine grundlegende Lektion, ehe der Unterricht sich dem Umgang mit digitalen Medien widmet. Und begonnen hat er mit den Namen unserer Familie.

Tim Tim Tim Tim Tim Tiin Tin Tim
Dadd dad daD DAD DAD Dad

Rocky Rocky Roc Rocky RoCKY Rocky Roccy
Rocky Rocky
Jen Jen Jem Jen Jen JeN Jen JeN

Ich kann die Trauer nicht mehr abwehren. Sanft schließt sie ihre Finger um mich und drückt zu. Mit dem Heft in der Hand sinke ich aufs Bett und weine still. Als meine Tränen auf das Papier fallen, presse ich es an die Brust, um die Tinte nicht zu verwässern. Die letzten Buchstaben, die er je geschrieben hat. Meinen Namen.

Ich höre Schritte auf dem Flur. Mein Vater. Wortlos lässt er sich neben mich aufs Kinderbett fallen. Er nimmt den Plüschhasen an sich und setzt ihn auf seinen Schoß.

»Benni.« Endlich fällt mir der Name von Tims Lieblingsplüschtier wieder ein.

Mit einem traurigen Seufzen streichelt Dad über die rosa Schlappohren. »Benni. Genau.« Seufzend sieht er aus dem Fenster. »Tim wäre jetzt neun gewesen. Du warst ihm eine gute große Schwester.« Ein schiefes Lächeln bildet sich auf seinem Gesicht. »Er hat dich sehr geliebt.«

»Danke, dass du das sagst.« Meine Stimme ist belegt.

»Weißt du, Jenny. An dem Tag des Unfalls wollte ich mit ihm eigentlich in den Gamestate Dinosaur Park in Uptown. Du weißt schon, in dieses Simulationszentrum für Kinder, in dem man Dinos mit VR-Brillen sehen kann. Ein Kollege hat mich aber kurzfristig gefragt, ob ich seine Schicht übernehmen könnte. Ich wollte erst ablehnen, aber die Mutter von Tims Freund hat angeboten, ihn mit ins Schwimmbad zu nehmen und so haben wir den Ausflug verschoben. Und ausgerechnet an diesem Tag erfasst ihn dieses verdammte Voltage-Auto.«

»Dad …«

»Ich weiß, was du sagen willst. Dass ich es nicht rückgängig machen kann. Dass ich mir keine Vorwürfe machen soll. Nach vorn schauen soll, um nicht in der Vergangenheit zu leben. Trotzdem hätte ich es verhindern können, indem ich auf unseren Vater-Sohn-Ausflug bestanden hätte. Und mit diesem Wissen lebe ich. Tag für Tag.« Dicke Tränen rinnen ihm über die Wange in seinen Schnurrbart.

Ich würde ihm so gern helfen, ihm irgendetwas Tröstendes sagen, doch ich kann nicht. Meine eigene Trauer ist so präsent, dass sie mir die Fähigkeit raubt, zu widersprechen.

Ich sehe erst, dass Dad eine Whiskeyflasche mitsamt zwei Gläsern mitgebracht hat, als er mir einen Drink vor die Nase hält. »Lass uns anstoßen, Jenny. Auf Tim.«

Ich zögere. Dann nehme ich das Glas an. »Auf Tim.«

Mika schaut nicht schlecht, als er durch die Tür tritt und neben Dad auch mich beim Whiskeytrinken erwischt. Doch es bleibt unser einziger Drink und Mika scheint sich des feierlichen Anlasses bewusst.

Er setzt sich vor uns auf den Boden und lauscht, mit dem Rücken an den Kleiderschrank gelehnt, unseren Erinnerungen an den rotblonden Jungen mit den strahlenden Augen. Jedes noch so kleine Detail interessiert ihn. Denn so offen haben wir seit Tims Tod nie über ihn gesprochen.

Erinnerungen kehren zurück. Daran, wie hell Tims Lachen klang, wenn er Fußball spielte. Wie gerne er die Donuts mit der blauen Glasur von Aslan's gegessen hat und wie oft er auf Rocky eingeschlafen ist. Und wie sehr wir es genossen, dem Jungen beim Heranwachsen zuzusehen.

Doch wir erinnern uns nicht nur an Tim, sondern auch an uns. Wie wir waren, als Familie.

Nach einer Stunde steht mein Vater auf.

»Du hattest recht, Jenny. Ich habe den falschen Tag gewählt, um Tims Zimmer auszuräumen.« Sein Blick gleitet ein letztes Mal über den offenen Füller auf dem Schreibtisch, die Autorennbahn und den Plüschhasen.

»Aber du bist nicht allein, Dad. Auch in Zukunft nicht.« Ich lege ihm eine Hand auf die Schulter. »Wir alle haben ein Familienmitglied verloren. Selbst Mika, wenn das irgendwie Sinn ergibt.«

Mika nickt. »Zwar habe ich Tim nie kennengelernt, doch ich spüre, dass er fehlt. Eventuell empfinde ich so, weil ich Teil eurer Familie geworden bin.«

Dad betrachtet erst mich, dann Mika. Rührung schimmert in seinen Augen. »Das bist du in der Tat. Danke für das Gespräch, Kinder. Zwar war der Anlass ein trauriger, doch ihr habt mir heute Abend gezeigt, dass geteiltes Leid eben doch halbes Leid ist.« Mit diesen Worten verschwindet er.

Zwar zieht mein Vater sich für den Rest des Abends zurück, doch ich hege die Hoffnung, dass das Gespräch uns einander nähergebracht und den Umgang mit Tims Tod für uns alle zugänglicher gemacht hat. Auch mir hat es geholfen, zu erkennen, was wir trotz unserer Distanz zueinander noch immer sind: eine Familie.

25. Kapitel

Den Weihnachtsmorgen verbringen wir zu dritt. Mika überrascht Dad und mich mit einem leckeren Frühstück. Mein Vater und ich können ihm zu diesem feierlichen Anlass endlich etwas zurückgeben. Nachdem wir unsere Pancakes verspeist haben, überreichen wir Mika eine Kiste Limo, in der jede Flasche eine andere Geschmacksrichtung hat.

»Maracujaschorle ist auch dabei«, erkläre ich, während Mika die Etiketten analysiert. »Rhabarber, Litschi, Holunder, Himbeer … Und natürlich Orangenlimo. Dein Favorit.«

»Danke. Ich werde in den Genuss vieler neuer Proben kommen«, meldet Mika. Er wirkt etwas überrumpelt, was mit Sicherheit daran liegt, dass Androiden grundsätzlich keine Geschenke bekommen. Doch er kann diese menschliche Geste annehmen.

Daddy erhält von uns ein Set mit Gartengeräten. Allen Haushalten Wicker Parks steht im Frühling eine Menge Arbeit mit der Bepflanzung ihrer Häuser bevor, und Dad noch etwas mehr, da er abgesehen von den automatischen Bewässerungsanlagen auf autonome Hilfen verzichtet. Unsere Strauchscheren und Erdkrallen sind teilweise akkubetrieben und ersetzen sein altmodisches Werkzeug. Sie erleichtern Dad die Arbeit, ohne dass er sich komplett auf autonome Geräte verlassen muss.

Mein Vater und Mika überreichen mir eine kleine Box, die

mich zu Tränen rührt. Ein Tuschkasten ist darin, und hochwertige Malutensilien.

»Deine Sachen sind schließlich alle zerstört.« Dad sieht mir über die Schulter, während ich das Pinselset betrachte.

»Danke, das bedeutet mir sehr viel.« Ich schlinge die Arme um Dad und Mika. Vor meinem inneren Auge formen sich Entwürfe für Werbeplakate, Logos und Maskottchen. Doch dann frage ich mich, wer mich bloß ohne beendetes Studium und nur mit digitalen Referenzwerken einstellen wird, und ich schiebe den Gedanken aus dem Kopf.

Ich habe Mika und Dad schließlich eine Überraschung versprochen und setze mich kurze Zeit später mit ihnen in Peggy, unseren Voltage. Dad folgt meinen Anweisungen und fährt das Fahrzeug in den Süden Chicagos.

Meine Augen beginnen zu strahlen, als wir vor dem eingeschneiten Hügel halten, den ich bis jetzt nur aus den Medien kenne.

Die Recyclinganlage im Gewand einer künstlich angelegten Skipiste sieht in der Realität noch eindrucksvoller aus als im Fernsehen. Die Prozesse, die im Inneren ablaufen, sind gut verborgen. Die Anlage wird von einer glänzenden Metallfassade umhüllt, die aus Aluminiumelementen besteht. Pflanzen wachsen die Fassade hinauf, die in ein paar Jahren wahrscheinlich vollständig begrünt sein wird.

Dad schluckt trocken. »Du wolltest zum Chicagohill?« Er wechselt einen Blick mit Mika. Aus der tiefen Falte zwischen seinen Augenbrauen lese ich nicht die Spur Begeisterung. Eher Skepsis.

»Ja!«, rufe ich aufgeregt und springe aus dem Wagen. »Ich habe schon so viel davon gehört und wollte endlich hin. Da die Anlage auch an Weihnachten geöffnet ist, dachte ich mir, das wäre ein tolles Ausflugsziel für uns drei. Kommt mit!«

»Wir sind nicht wirklich passionierte Skifahrer, Jenny«, schnarrt Dad. Er schnallt sich ab und kommt mir mit Mika hinterher.

»Das macht nichts«, entgegne ich. »Man kann hier noch mehr machen als Skifahren. Es gibt Wanderwege. Außerdem Aufzüge und Skilifts, mit denen man die fünfundachtzig Meter bis ganz hinauf fahren kann. Dort gibt es eine Aussichtsplattform und sogar eine Bar. Ich habe mich informiert, sie hat auch heute auf. Wusstet ihr, dass man von dort aus die ganze Stadt überblicken kann? Ach, wieso frage ich überhaupt? Natürlich wisst ihr das. Ihr wart bestimmt schon mal hier, oder?«

Dad seufzt tief.

»Nein, Jen.« Mika sieht mir geradewegs ins Gesicht. »Der Chicagohill liegt in der South Side und damit einem Bezirk, der Androiden keine vollen Rechte anerkennt. Androiden haben hier keine Arbeitserlaubnis und sind in vielen Freizeitstätten unerwünscht.«

Wie vom Donner gerührt bleibe ich stehen. »Willst du mir damit sagen, dass du hier nicht rauf darfst?« Ich deute auf den Hügel.

»Es war lange so, ja. Ob sich das bisweilen geändert hat, hängt von dem Ermessen der Betreiber ab.«

Dad hebt entschuldigend die Achseln, Mika hingegen sieht mich mit unveränderter Miene an. Ich kann nicht sagen, ob diese Regelung Ärger in ihm weckt. Er wirkt gefasst. Ist diese Behandlung gewöhnt.

»Wir werden es herausfinden«, beschließe ich und laufe unbeirrt weiter.

»Im Wicker Park ist es doch auch ganz schön«, wirft Dad beschwichtigend ein. »Meinst du nicht, wir sollten einfach umdrehen, Jenny?«

»Nun sind wir schon mal hier. Wir fragen.«

Ich habe erwartet, dass der Chicagohill frei zugänglich ist. Zumindest weiß ich, dass ein Besuch keinen Eintritt kostet. Als Dad, Mika und ich am Fuße des Hügels vor einem Drehkreuz stehen, beginne ich zu ahnen, dass die Sorge der beiden nicht unbegründet war.

Dennoch hoffe ich darauf, dass wir lediglich unsere Taschen kontrollieren lassen müssen. Als der Serviceangestellte, auf dessen Brust das Logo *Chicagohill* abgedruckt ist, ein Gerät aus der Tasche zieht und verkündet »Nur noch ein Check mit Thermo-Scanner, dann können Sie passieren!«, nimmt Dad mich am Arm.

»Wie wir's dir gesagt haben, Jenny. Sie kontrollieren die Temperatur. Mikas Haut mag sich anpassen können, doch dieses Gerät lässt sich nicht durch die Wärme der Oberfläche austricksen. Lass uns gehen.«

Verständnislos blicke ich dem Angestellten ins Gesicht. »Androiden sind hier also nicht erlaubt?«

Überrascht lässt dieser den Thermo-Scanner sinken. Er sieht uns reihum an und scheint dann Mikas Gesicht zu erkennen. Er schluckt hörbar, dann schüttelt er den Kopf und deutet auf ein Schild. »Nein. Keine Androiden auf dem Chicagohill.«

»Das ist ganz schön ungerecht, finden Sie nicht?« Ich kann meine Enttäuschung nicht verbergen.

Er senkt den Blick. »Dies sind die Vorschriften.«

»Aber es ist Weihnachten«, setze ich bittend hinzu.

»Jenny«, zischt Dad und drückt meinen Arm.

Der Angestellte sieht sich um, als ziehe er in Erwägung, eine Ausnahme zu machen. Doch ein paar Meter weiter steht seine Kollegin. Er hebt die Achseln und wispert mit einem entschuldigenden Blick zu Mika: »Mir sind die Hände gebunden. Es tut mir leid.«

Traurig drehe ich mich um. »Gut. Lasst uns gehen.«

»Wollt ihr zu zweit hinauffahren?«, schlägt Mika vor. »Ich könnte hier unten auf euch warten.«

»So ein Unsinn, Junge.« Dad legt den einen Arm um meine Schulter, den anderen um Mikas Taille und läuft mit uns zum Wagen zurück. »Wir feiern Weihnachten als Familie.«

Während wir zurück gen Norden fahren, betrachte ich den Chicagohill, bis er hinter ein paar Wolkenkratzern verschwindet.

Weil Mika und Dad schweigen, überlege ich, was ich sagen kann, um die Stimmung zu retten. Einerseits schäume ich vor Wut, andererseits weiß ich, dass ich die Lage nicht verbessern werde, indem ich über die Bestimmungen in South Chicago schimpfe. Doch mein Vater überrascht mich, als er den Wagen am Rande des Millennium Parks in der Innenstadt parkt. Er dreht sich zu Mika und mir um und fragt mit einem schiefen Grinsen: »Lust auf Schlittschuhlaufen?«

Ich strahle übers ganze Gesicht, als wir kurz darauf in die geliehenen Schlittschuhe schlüpfen und das Eis betreten. Niemand hat am Einlass unsere Temperatur gemessen. Im Gegenteil: Ein Android hat unsere Taschen kontrolliert und abkassiert.

Die Hochhäuser erstrecken sich rund um uns in den Himmel. Das Leuchten von Luftschiffen und Werbebannern über unseren Köpfen kommt deutlich zur Geltung, als die Dämmerung einsetzt. Dad stand seit zwanzig Jahren nicht mehr auf Kufen und dementsprechend wackelig sind seine ersten Fahrversuche. Doch Mika und ich stützen ihn, sodass wir als Dreiergespann über das Eis laufen.

Ich lache unheimlich viel an diesem Abend. Wahrscheinlich mehr als an allen Weihnachtsabenden der letzten drei Jahre zusammen. Während Daddy eine Pause macht, drehe ich meine

Runden mit Mika, seine Hand in meiner. Und ich hoffe, dass alles zwischen uns dreien so unbeschwert bleibt. Denn so glücklich wie jetzt war ich lange nicht mehr.

26. Kapitel

Als ich am nächsten Morgen aufwache, fallen die ersten Sonnenstrahlen des Tages durch die halb geöffneten Vorhänge. Die Matratze neben mir ist leer. Verdutzt setze ich mich auf und entdecke Mika am Bettrand. Nur in T-Shirt und Boxershorts.

Erleichtert atme ich aus. »Was machst du da?«

»Darauf warten, dass du aufwachst.« Ein halbherziges Lächeln bildet sich auf seinem Gesicht. »Ich habe dir Frühstück gemacht.« Er deutet auf den Nachttisch, auf dem ein Tablett mit Sandwiches und Kaffee steht.

»Wow, danke!« Überrascht ziehe ich es auf meinen Schoß. Zwar macht Mika mir morgens noch immer regelmäßig etwas zu essen, doch dass er es ans Bett bringt, ist neu. Ich mache mich darüber her, während er mich zufrieden beobachtet.

»Wie lieb von dir«, murmle ich mit vollem Mund. »Du musst mir unbedingt sagen, wie ich mich mal bei dir revanchieren kann. Du machst so viel für mich.«

Mika lächelt. Es wirkt dünn. Hohl. »Vielleicht kannst du das gleich. Ich muss nämlich etwas mit dir besprechen.«

Noch immer kauend halte ich inne. »Worauf willst du hinaus?«

»Iss erst mal auf«, schlägt er vor.

Der Unterton in seinem Tonfall gefällt mir gar nicht. Ich lasse den Rest des Sandwiches sinken und schiebe es von mir. »Nein. Ich will wissen, was du zu sagen hast.«

Mika zögert. Dann nickt er. »Okay. Ich möchte mit dir über etwas sprechen, das uns beide betrifft.«

Ich schlucke. Meine Lunge fühlt sich plötzlich eng an. Ich greife zum Kaffee und trinke gegen die Trockenheit in meiner Kehle an, doch sie will einfach nicht verschwinden.

Er neigt den Kopf. »Gestern wolltest du mit Harvey und mir auf den Chicagohill. Doch wir konnten nicht. Wir wurden abgewiesen. Wegen mir.«

Ich habe geahnt, dass dieses Thema an ihm nagt. Gestern Abend hat er sich voll und ganz auf das Eislaufen einlassen können, doch mittlerweile kenne ich ihn. Mika hätte nie etwas gesagt, das Dads und meine Laune an Weihnachten hätte trüben können. Meine eigene Wut über den Vorfall habe ich den beiden gegenüber geäußert. Wie Mika sich gefühlt hat, habe ich ihn allerdings noch nicht gefragt.

»Es war nicht wegen dir«, widerspreche ich. »Es war wegen der Vorschriften in South Chicago. Sie hinken den fortschrittlichen Regeln im Zentrum hinterher. Aber die Auffassung der Menschen wandelt sich. Das hast du selbst gesagt.«

Mika seufzt. Seine Finger streifen über den Saum seiner Boxershorts. Eine Stelle, die ich gerade gern berühren würde. Doch er klingt so ernst und ist so weit weg, dass sich mir unweigerlich die Frage stellt, ob ich ihn im Moment überhaupt anfassen darf. »Es mag sein, dass sich die Meinung der Menschen wandelt. Doch das ändert nichts daran, dass ich ein Android bin, Jen. Und du ein Mensch. Auch wenn du das Gefühl hast, mit mir auf Augenhöhe zu sein, sind wir nicht von einer Art. So echt sich meine Haut für dich anfühlen mag – sie ist synthetisch. Es schlägt kein Herz in meiner Brust, sondern eine Fluraniumpumpe. Meine Gefühle entstehen nicht in einem Gehirn, sondern einem Prozessor.«

Meine Unterlippe zittert. In so einem endgültigen Tonfall hat er noch nie mit mir gesprochen. »Das weiß ich doch. Das ist okay, ich meine …« Verwirrt fahre ich mir übers Gesicht. »Wie ich dir schon einmal gesagt habe, akzeptiere ich das. Ich will dich, wie du bist. Als Androiden.«

Mika setzt sich auf und schaut mich prüfend an. »Weißt du, warum die Menschen uns so behandeln? Warum sie nicht wollen, dass wir an Freizeitaktivitäten teilnehmen und uns unter euresgleichen mischen?« Ohne meine Antwort abzuwarten, hält er seine Hand empor. Langsam weicht die Haut von seinen Fingerspitzen. Bis zum Handgelenk zieht sich die Ummantelung zurück, bis er mir seine farblose Hand entgegenstreckt. »Weil unsere Haut nur eine Hülle ist, Jen. Wir erscheinen als etwas, das wir nicht sind.«

Beeindruckt starre ich auf seine Hand. Zwar habe ich sie nun schon so oft gesehen, doch das glatte, in der Sonne schimmernde Material fasziniert mich immer wieder aufs Neue. Entschlossen presse ich die Lippen aufeinander. »Ich weiß das, Mika. Und es ist für mich völlig in Ordnung.«

»Okay.« Die Hand erhoben, steht er auf. »Aber kannst du auch damit umgehen, dass mein ganzer Körper aus Polycarbonat ist?«

»Natürlich!«

»Wirklich?« Er streift sich die Klamotten vom Leib. Die Haut zieht sich weiter zurück. Sein ganzer Arm wird weiß.

Doch das Schauspiel ist noch lange nicht vorbei. Nachdem ich dreimal geblinzelt habe, ist kein Fleckchen Haut mehr an seinem Körper zu sehen. Er besteht nur noch aus weißer und grauer Oberfläche. Sein Kopf ist glatt und haarlos. Dünne Linien ziehen sich parallel an seinen Wangen entlang. Das Einzige, das ich wiedererkenne, ist die Farbe seiner haselnussbraunen Augen.

Einen Moment verharre ich und starre ihn an.

Aus lidlosen Augen starrt er zurück.

Der Mann, der mich regelmäßig mit seinen Lippen zum Orgasmus bringt, präsentiert mir seine wahre Form. Die eines hautlosen, weißen Androiden.

»Ist das wirklich okay für dich?«, fragt der Android, der dieselbe warme Stimme hat wie Mika.

Unausweichlich halte ich seinem Blick stand. Er schüchtert mich ein. Doch mehr noch fasziniert er mich. Ich stehe auf und laufe auf ihn zu. Wenige Zentimeter trennen uns, als ich vor ihm stehen bleibe und zu ihm aufschaue. »Darf ich dich berühren?«

Die weißen Lippen öffnen sich. Mikas Stimme ertönt. »Ja.«

Ich senke den Blick, betrachte das ebenmäßige, weiße Plastik seines Körpers und strecke die Hand aus. Er weicht zurück, als meine Fingerspitzen seinen Torso berühren, bleibt dann aber aufrecht vor mir stehen. *Intensive Empfindungen*, schießt es mir durch den Kopf. *Er fühlt viel stärker ohne Haut.*

Ich lege die Hände auf seine Brust, nehme ein erneutes Zurückzucken wahr, ehe er wispert: »An diesen Stellen hat mich so noch nie jemand berührt.«

Ich sehe zu ihm auf, widerstehe dem Drang, den Blick zu senken, weil er so anders aussieht als sonst. Denn ich weiß, wer dieser Android ist. Mika. »Deine wahre Form mag sich von der eines Menschen unterscheiden. Doch weder verstört sie mich, noch stößt sie mich ab.« Meine Finger tasten sich zu seinem Bauch hinab, gleiten über die weiße Oberfläche, fahren die Rillen zwischen seinen Gliedmaßen entlang. »Du bist wunderschön, Mika. Nichts an deiner wahren Erscheinung als Android ändert etwas an meinen Gefühlen zu dir. Lass die Leute doch denken, was sie wollen. Es ist mir egal.«

Der Android schweigt. Dann verziehen sich seine glatten Lippen zu einem Lächeln. Ausgehend von seiner Brust bildet sich ein hautfarbener Fleck, der immer größer wird und sich auf sämtliche seiner Gliedmaßen verteilt. Stück für Stück zieht sich Haut über seinen Körper und er wird wieder er. Mika. In der Form, in der ich ihn kennengelernt habe.

»Mit dieser Reaktion habe ich nicht gerechnet«, murmelt er. »Menschen gehen in der Regel anders mit uns um, wenn wir uns ihnen ohne Haut zeigen.«

Ich muss schmunzeln. »Nicht alle Menschen sind gleich. Außerdem bin ich deine Freundin.«

Wortlos zieht Mika sich Hose und T-Shirt an. Obwohl ihm meine Reaktion ein Lächeln aufs Gesicht gezaubert hat, wirkt sein Gesicht hart.

»Ich danke dir für deine Akzeptanz, Jen. Trotzdem …« Er lässt sich aufs Bett sinken. Ich setze mich sofort an seine Seite und nehme seine Hand. Die Finger zwischen seine geschoben, fordere ich ihn stumm dazu auf, seine Haut zurückzuziehen, um mir auf seine Art nah zu sein. Doch er geht nicht darauf ein.

»Gestern habe ich dich aufgehalten. Eure Pläne zunichte gemacht. Du konntest nicht das Weihnachten feiern, das du dir gewünscht hast, weil dein Freund nicht auf dem Chicagohill erlaubt war.«

»Mika.« Seufzend umfasse ich seine Hand. »Ja, wir konnten uns Chicago nicht von der Aussichtsplattform ansehen. Aber war Weihnachten deshalb weniger schön? Nein. Wir drei haben eine Alternative gefunden und hatten eine Menge Spaß auf dem Eis. Es war das perfekte Weihnachten.« Ich streichle seinen Handrücken. Die Haut, die so menschlich wirkt, als wäre sie echt. Doch das Material darunter ist hart und erinnert mich daran, was Mika ist. Nie würde ich ihn ändern wollen. »Abgesehen davon war die Vorschrift diesem Mitarbeiter ziemlich unangenehm. Wäre er allein gewesen, hätte er mit Sicherheit ein Auge zugedrückt und dich reingelassen.«

Mika entspannt sich. Kurz glaube ich, er geht auf meine Zärtlichkeiten ein und zieht die Haut an seinen Fingern zurück, um auf diese androidentypische Art seine Zuneigung zu mir zu unterstreichen, doch er steht auf. Er lächelt, doch es wirkt aufgesetzt, einprogrammiert.

»Du wirst Einschränkungen machen müssen. Dich in Gefahr begeben, wenn du mit mir zusammen bist.«

»Ja«, druckse ich überfordert. »Ich weiß, aber …«

»Ich helfe gleich im Blossom aus«, unterbricht er mich, noch immer dasselbe starre Lächeln im Gesicht. »Wir sehen uns heute Abend. Ich freue mich auf dich.«

Sein Abschiedskuss hinterlässt ein Kribbeln auf meinen Lippen. So warm es ist, so sehr verunsichert es mich auch. Denn eine künstliche Intelligenz kann ihre Zweifel nur schwer überspielen.

27. Kapitel

Doch Mika taucht am Abend nicht auf. Ich warte auf ihn, vergeblich. Und als ich ihm schreibe, vertröstet er mich auf später.

In der Nacht spüre ich seine warme Präsenz dann doch neben mir und klammere mich schlaftrunken an seine Brust. »Da bist du ja«, murmle ich und lege den Kopf auf seinen Arm.

»Natürlich«, flüstert er in mein Haar. »Ich werde mein Versprechen nicht brechen.«

An ihn geschmiegt schlafe ich ein, sicher, dass Mika einfach viel zu tun hatte und alles zwischen uns in Ordnung ist. Doch als ich erwache, ist er weg und eine Nachricht hat er nicht hinterlassen.

Als ich gerade den Mund nach dem Zähneputzen ausspüle, klingelt es an der Haustür. Felsenfest davon überzeugt, dass es Mika ist, stürme ich wie ein aufgescheuchtes Huhn hinunter, wo Dad bereits öffnet. Doch es ist nicht Mika, sondern eine Spedition, deren Drohnen elf riesige Pakete ins Wohnzimmer laden.

»Die Möbel für Mikas Zimmer«, verkündet Dad, als ich ratlos die Kartons begutachte.

Stumm nicke ich und lasse mich am Küchentisch nieder. Dass wir drei vorgestern am Weihnachtstisch gesessen und uns über Dads Umräumpläne unterhalten haben, voller Freude auf die Zukunft, kommt mir mittlerweile vor wie eine Szene aus einem anderen Jahrzehnt.

»Ich werde mir überlegen müssen, wie ich das alles aufbaue«, brummt Dad nachdenklich. »Habe überlegt, einen automatisierten Service in Anspruch zu nehmen, andererseits sagt etwas in mir, dass es schöner wäre, die Möbel aus eigener Kraft aufzubauen. Mika war so oft für mich da, hat so viel für mich getan.«

So schön seine Worte klingen, mich beschäftigt nur eine Frage. »Hast du heute schon mit Mika gesprochen?«, platzt es aus mir heraus.

Verständnislos sieht Dad auf. »Mit Mika? Seit gestern Morgen nicht mehr, nein. Wieso, was ist passiert?«

Ich berichte meinem Vater von unserem Gespräch. Von Mikas Bedenken, mich auszubremsen. Und von meinen Sorgen, dass er der Abweisung am Chicagohill zu viel Bedeutung schenkt.

Ich habe gehofft, dass mein Vater mir meine Ängste nehmen kann, doch er reagiert bestürzt und etwas traurig. »Stell dir vor, du bist mit diesem fortschrittlichen Talent ausgerüstet, Wahrscheinlichkeiten für alle möglichen Probleme zu ermitteln, wie Mika. Und die Zahlen deiner internen Fehlerermittlung steigen rapide in die Höhe, wenn du dir die Prognosen einer gemeinsamen Zukunft mit deiner Liebsten ausmalst.«

»Aber er kann doch nicht voraussagen, wie glücklich er mich machen kann«, widerspreche ich.

»Die Wahrscheinlichkeit der Reaktionen deines Umfelds sind messbar. Zumindest von Mika.« Dad stellt Rocky eine Schüssel Futter hin, das dieser gierig verschlingt. »Du warst auf der Demo in Gefahr, auf dem Konzert … Piper wurde das Büro gekündigt, weil sie es für Androiden angemietet hat, richtig? Dass du nun wegen Mika auch noch derselben sozialen Ausgrenzungen ausgesetzt sein könntest wie er, wird ihm zu schaffen machen. Denn ich stimme ihm zu: Es wird nicht einfach werden, eine Beziehung mit einem Androiden zu führen. Der Norden Chicagos und

Wicker Park sind weitestgehend tolerant, aber du hast gesehen, dass Androiden nicht gleichwertig behandelt werden. Das Gesetz sieht sie schließlich nicht mal als vollwertigen Partner an. Und dann ist da noch die NATAL.«

»Das alles ist mir egal!«, rufe ich angriffslustig.

Mein Vater lacht heiser. »Ich weiß, dass dir das egal ist. Ich weiß auch, dass du über eine Menge drüberstehen kannst. Aber du darfst Mika nicht vergessen. Er hat Angst um dich, und das ist wahrscheinlich ein seltsames und neues Gefühl für ihn.«

Schweigend streichle ich Rocky über den Rücken.

»Diese Angst beweist, wie sehr er dich liebt«, fügt Dad ein wenig gerührt hinzu.

Ich öffne den Kühlschrank und finde Mikas Sandwiches vor. Schluchzend setze ich mich zurück an den Küchentisch. Wie kann ich Mika diese Angst nehmen?

Dad setzt sich zu mir. Wir reden ein wenig über seinen gestrigen Dienst – wahrscheinlich will er mich ablenken –, dann schaltet er den Fernseher an.

Eine mir bekannte Stimme lässt mich aufhorchen. Piper ist in den Nachrichten. Offenbar sollte ich mich daran gewöhnen.

Dad stellt die Lautstärke hoch und wir lauschen gebannt.

Der Wind zerrt an Pipers platinblonden Locken und sie sieht sehr verwegen aus. Hinter ihr erkenne ich das Blossom. Der Schnee verstärkt den heruntergekommenen Eindruck des brüchigen Hochhauses. Grau in Grau mischt es sich mit dem schneeverhangenen Himmel und der kargen Landschaft.

»Wir sind sehr dankbar dafür, ein großes Zuhause für so viele Androiden Chicagos gefunden zu haben«, spricht Piper entschlossen in die Kamera. Ihre Kiefer mahlen aufeinander. »Trotzdem erfüllen diese Standards noch lange nicht unsere Vorstellungen von einem Zusammenleben von Menschen und Androiden. Langfristig fordern wir nach wie vor eine faire Bezahlung und ein friedliches Miteinander. Androiden sollen zukünftig nicht am Stadtrand, sondern integriert in allen Bezirken der Stadt wohnen können, um sich frei entfalten zu können.«

Das Blossom wird in seiner vollen Pracht gezeigt und sieht dabei alles andere als schmeichelhaft aus.

Die Nachrichtensprecherin kommentiert: »Piper Goodman möchte ein Zeichen setzen und zieht ebenfalls in das alte, verfallene Gebäude ein. Dass die sanitären Anlagen zum Großteil noch nicht fertiggestellt sind, sieht die junge Politikerin gelassen.«

Die Kamera schwenkt auf Piper, die lachend sagt: »Eine Toilette auf meiner Etage funktioniert und laufendes Wasser haben wir auch. Viele der Bewohner haben fortgeschrittene, handwerkliche Talente. Wir werden den Laden schon auf Vordermann bringen.«

Mit offenem Mund starre ich meinen Vater an. »Piper zieht tatsächlich in dieses verwahrloste Haus? Das muss eine Spontanentscheidung gewesen sein. Sie hat mir nämlich nichts davon erzählt.«

»Mir hat sie davon auch nichts gesagt«, erwidert Dad. »Aber dieses Vorhaben finde ich unheimlich mutig.«

Ich stimme zu. Mein Herz macht einen Hüpfer, als ich Mika im Fernsehen erkenne. Neben ihm steht Ray.

Dieser spricht in die Kamera. »Dies ist und bleibt ein Meilenstein unserer Geschichte. Das erste Eigentum der *Android Rights Association* und damit das erste Eigentum von Androiden. Wir werden unseren Platz in der Gesellschaft weiterhin einfordern.«

Mika neben ihm nickt. Er wirkt ein wenig durch den Wind. Er sagt gar nichts oder hat vielleicht schon etwas gesagt, bevor wir eingeschaltet haben.

Die Nachrichtensprecherin übernimmt das Wort. »Von der

engagierten Politikerin und den beiden Androiden werden wir in Zukunft bestimmt noch viel hören«, schließt sie und schon ist der Beitrag vorbei.

Konfus starre ich den Fernseher an. Ich bin völlig durcheinander. Mika bringt mich durcheinander. Ihn zu sehen, konfrontiert mich mit allen Gefühlen, die er in den letzten Wochen in mir ausgelöst hatte. Die Angst davor, keine zufriedenstellende Beziehung mit einem Androiden führen zu können, wurde ersetzt durch eine tiefe Zuneigung und die Gewissheit, mich auf ihn verlassen zu können. Die Vorstellung, ihn zu verlieren, ist unerträglich. Ich brauche ihn einfach in meinem Leben. Ich komme kaum zur Ruhe, wenn er nicht bei mir ist. Ich liebe es, in seinen Armen zu liegen und dabei das Gefühl zu haben, mir etwas Gutes zu tun. Denn das tue ich wirklich, wenn ich mich diesem Androiden mit dem reinen Herzen – oder sollte ich besser sagen, der reinen Fluraniumpumpe? – annehme und mich bei ihm fallen lasse.

Nachdem ich geduscht habe, steht mein nächstes Ziel fest: Ich werde ins Blossom fahren, um mit Piper zu reden. Wenn eine Person um die Besonderheiten weiß, die es zu beachten gibt, wenn man einen Androiden datet, dann ja wohl sie. Und eventuell treffe ich sogar Mika.

△

Wenig später stehe ich vor dem alten Hochhaus am Stadtrand von Chicago, über dessen Erdgeschossladen der Schriftzug *Blossom* prangt. Anders als letzte Woche stapeln sich Farbeimer, Renovierungsutensilien und Leitern in der verlassenen Boutique. Der Vorplatz wurde umgegraben und mit kleinen Bäumchen bepflanzt. Sicherlich wird er im Frühjahr zu einem wunderschönen Garten gedeihen. Offenbar sind die Androiden fleißig dabei, das Grundstück auf Vordermann zu bringen. Ich zweifle nicht im Geringsten daran, dass sie den Zustand ihres ersten richtigen Zuhauses innerhalb weniger Wochen signifikant verbessern werden.

Ich wende mich dem Klingelschild zu und studiere es mit zusammengekniffenen Augen. Wo wohnt Piper? Ich kann ihren Namen nicht entdecken. Ich versuche, sie mit der Anruffunktion meiner Smartwatch zu erreichen, doch sie geht nicht ran. Ob sie überhaupt noch zu Hause ist?

Die Androiden haben die Wohneinheiten mit ihren kompletten Seriennummern versehen. Ihr Name leitet sich jeweils aus den ersten Buchstaben ab, sofern sie ihn nicht geändert haben. Piper muss mit Ray zusammen eingezogen sein, also suche ich nach ihm. Androiden des Modells *Ray* leben hier mehrere. Sie waren flächendeckend in der Pflege eingesetzt. Viele von ihnen haben ihren Rufnamen behalten. Welcher davon ist *der* Ray, den ich suche?

Die schiere Menge an Ziffern überfordert mich. Gerade als ich in Erwägung ziehe, irgendwo zu klingeln, öffnet sich die Tür.

Ein kleines Mädchen steht vor mir. Sie ist etwa acht Jahre alt und hat große braune Augen und einen Pferdeschwanz. Auf den ersten Blick wirkt sie wie ein ganz normales Kind, doch sie muss eine Androidin sein. Schließlich wohnt sie hier. Vielleicht befindet sich unter ihrem Schal ein magentarotes LED-Dreieck. Vor der Revolution dienten Modelle wie ihres kinderlosen Eltern als pflegeleichter Ersatz, den man bei Bedarf ausschalten konnte. Die meisten Menschen entschlossen sich dazu, ihnen die LED zu entfernen, um den Androidenkindern und sich als Eltern eine leichtere Integration zu ermöglichen. Nachdem Androiden die Freiheit erlangten, behielten nur wenige menschliche Eltern ihre Androidenkinder. Mika hat mir erzählt, dass einige regelrecht verstoßen wurden und viele in ihren Familien schlecht behandelt wurden. Jugendämter waren schließlich nicht zuständig für künstliche

Intelligenzen. Nun wohnen einige Androidenkinder bei erwachsenen Androiden im Blossom.

Überrascht sieht das Mädchen zu mir hoch. Sie wirkt schüchtern und ein wenig skeptisch. Bei der Entwicklung ihres Modells wurde großen Wert auf eine authentische Erscheinung gelegt, weswegen ich sie auf den ersten Blick nur schwer von einem menschlichen Kind unterscheiden kann.

»Hallo. Ich bin Jen«, stelle ich mich vor. »Ich suche Ray und Piper Goodman. Kennst du die beiden?«

Die Miene des Mädchens erhellt sich. Sie nickt und hält mir die Tür auf. »Klar kenne ich Piper und Ray! Ray wohnt direkt neben mir. Möchtest du reinkommen?«

»Sehr gern.« Erleichtert folge ich ihr und pralle fast mit einer jungen Frau zusammen. Sie trägt kurze, dunkle Haare und hat einen offenen, vertrauenserweckenden Blick. Auch sie ist eine Androidin. Unterhalb ihres Ohres funkelt das LED-Dreieck. Außerdem kenne ich ihr Modell von dem Werbeflyer.

Das Mädchen wendet sich an die Frau. »Ich werde Jen kurz zeigen, wo Ray und Piper wohnen, okay?«, fragt sie und wippt auf ihren Zehen auf und ab.

»Mach das ruhig. Komm im Anschluss runter, ja?«, erwidert die Androidin und schaut dem Mädchen hinterher, das ins Treppenhaus stürzt. »Wir wollen zum Spielplatz«, erklärt sie mir lächelnd. »Abby hat den Vormittag damit verbracht, den Jeffs beim Malern zu helfen und nun können wir etwas frische Luft vertragen.« Das Modell Jeff kenne ich aus der Werbung, es wurde vor der Revolution im handwerklichen Bereich eingesetzt. Prüfend sieht die Androidin mich an. »Du bist also Jen? Ich glaube, wir kennen uns noch nicht. Ich bin Eden.«

»Hallo, Eden. Schön, dich kennenzulernen«, erwidere ich und schüttle ihre Hand. »Vielleicht hat Mika mich mal erwähnt. Ich bin seine Freundin.«

»Ja, er hat oft von dir gesprochen. Du bist Harveys Tochter, richtig? Schön, ein Gesicht zu Mikas Erzählungen über dich zu haben.«

»Jen?«, ruft das Mädchen vom Treppenhaus aus. »Kommst du?«

»Bin schon auf dem Weg!«

Eden zwinkert mir zu und hält mir die Tür auf, sodass ich an ihr vorbeischlüpfen kann. »Gib auf dich Acht. Abby ist ein Wirbelwind.«

Eden hat nicht untertrieben. Das Androidenmädchen rast die Treppen in solch einem Tempo hinauf, dass ich kaum hinterherkomme. Im sechsten Stock bleibe ich keuchend stehen und halte mir den Bauch.

»Warte auf mich! Ich bin völlig außer Atem!«

»Ist gut.« Folgsam kommt sie zum Stehen und dreht sich im Kreis. »Leider müssen wir bis in den achten Stock und der Aufzug ist kaputt. Nell und Duke arbeiten daran, aber sie brauchen Werkzeug, das in der Haven Station liegt. Sie besorgen es heute.« Ihre Finger fahren über die staubigen Elemente der Buntglasfenster, die sich das gesamte Treppenhaus entlangziehen.

»Und du läufst diesen Weg freiwillig mit mir hoch?«

»Es macht mir nichts aus.«

Peinlich berührt reibe ich mir die pochende Schläfe. Natürlich macht es ihr nichts aus. Abby ist eine Androidin. Körperliche Anstrengungen haben nicht denselben Effekt auf sie wie auf ein menschliches Kind.

»Wenn du möchtest, machen wir auf dieser Etage eine kurze Pause und ich zeige dir das Haus«, schlägt Abby vor.

»Macht Eden sich keine Sorgen, wenn sie so lange auf dich warten muss?«

Für wenige Augenblicke nimmt das Gesicht des Mädchens einen tranceartigen Zustand an, dann schüttelt sie den Kopf. »Ich habe ihr Bescheid gesagt. Komm mit!« Vor mir läuft sie den Gang entlang.

Beeindruckt folge ich ihr. Bis jetzt hatte ich meistens mit einzelnen Androiden Kontakt. Wie sie miteinander umgehen, habe ich bis auf der Party im Vortex selten mitbekommen. Mika hat mir zwar erzählt, dass Androiden ohne Smartwatch oder andere Gadgets kommunizieren können, nun habe ich es das erste Mal gesehen.

»Wie konntest du Eden diese Nachricht überbringen, Abby?«, frage ich, während ich ihr durch die Gänge folge.

»Jeder von uns hat eine Funktechnik installiert, mit der wir über kurze Distanz mit anderen Androiden kommunizieren können. Es ist eine Punkt-zu-Punkt-Übertragung. Wenn wir über weiteren Abstand miteinander in Kontakt treten möchten, tun wir das über das drahtlose Netzwerk, auf das ihr Menschen auch mit euren Smartwatches zugreift.« Während sie das schildert, wirkt sie eher wie eine Softwareentwicklerin als wie ein Kind.

»Und hast du sie gerade direkt angefunkt oder das Netzwerk genutzt?«

»Ich habe sie angefunkt. Über die paar Stockwerke ging das gerade noch so. Einige Meter weiter hätte ich sie über das Netzwerk informieren müssen.« Sie deutet auf ihr Handgelenk, in dem die Technik einer Smartwatch verbaut ist. Dann stößt sie eine Tür auf. »Sieh mal! Hier befindet sich unser Fluranium- und Ersatzteillager. Wir haben bereits alles von der Haven Station in unser neues Zuhause gebracht.«

Fasziniert bestaune ich die Metallbehälter, die zuhauf nebeneinander aufgestellt wurden. Eine gläserne Anzeige gibt Aufschluss darüber, wie viel von der magentaroten Flüssigkeit sich darin befindet.

In einem weiteren Bereich des Zimmers sind verschiedene Komponenten exemplarisch an der Wand angebracht. Oberhalb von Aluminiumboxen sind die gelagerten Stückzahlen der jeweiligen Teile auf Displays vermerkt. Ich erkenne Gliedmaßen aus Polycarbonat, die ich auch schon an Mikas Körper entdeckt habe, doch auch Teile, die sich im Körper der Androiden befinden. Fluraniumpumpen, Prozessoren und Gelenke aus Carbon. Viele der technisch aussehenden Biokomponenten kann ich nicht zuordnen. Wahrscheinlich würde ich das auch nicht können, wenn menschliche Organe vor mir lägen.

»Das sieht alles sehr interessant aus.« Neugierig betrachte ich Kabel verschiedener Längen. »Wie lange reichen die Komponenten?«

»Berechnungen haben ergeben, dass die regelmäßige Instandsetzung aller Androiden Chicagos mit diesen Vorräten mindestens fünfzehn Jahre lang gewährleistet ist. Vorausgesetzt, Androiden bleiben weitestgehend unversehrt.« Kurz schweigt sie und ich weiß, dass sie an den Anschlag aufs Vortex denkt. Nach Vorkommnissen wie diesen bedarf es mehr Ersatzteile, mehr Fluranium. »Human Evolve stellt keine weiteren Komponenten her. Die Entwicklung und Produktion liegt in unseren Händen. Glücklicherweise gibt es Techniker in unseren Reihen, die sich der Herstellung weiterer Ersatzteile und Updates widmen.«

Ich nicke. Mein Blick bleibt an einer kleinen, dreieckigen Leuchte hängen, von der ein paar Kabel hinabhängen.

»Das ist …«, setzt Abby an, doch ich vervollständige ihren Satz. »Eure LED. Das Erkennungszeichen der Androiden.«

»Ja.« Ihre Finger gleiten unwillkürlich an ihren Hals und sie legt das magentarote Dreieck frei. »Meines wurde von meiner menschlichen Familie entfernt. Doch ich habe mich nach der Revolution dazu entschieden, die LED wieder zu tragen. Sie gehört zu mir und meiner Identität.«

Ich muss an Mika denken, der sich dagegen entschieden hat, um die Menschen in seiner Nähe zu schützen. Um Dad und mich zu schützen. Kurz frage ich mich, was sein wahrer Wille wäre, wenn er keine Rücksicht auf uns nehmen müsste, weil niemand ihn angreifen würde. Dann wende ich mich wieder Abby zu. »Sie steht dir sehr gut.«

Sie grinst und tritt zur Tür. »Danke. Nun zeige ich dir noch unsere Wohnung. Sie unterscheidet sich in einigen Punkten von meinem menschlichen Zuhause. Komm mit!«

Ich nicke und folge ihr.

Gerade, als ich auf dem Gang angekommen bin, wird die Tür zum Treppenhaus aufgerissen und ein blonder Android steht vor uns. Er ist in Selbstgespräche vertieft. »Kyle muss einen Menschen finden. Ein Mensch muss Kyles Burger probieren. Kyle wird für Menschen kochen. Menschen werden Kyles Essen lieben. Kyle muss Piper Goodman finden. Piper Goodman ist ein Mensch. Piper Goodman muss essen.«

Erschrocken macht Abby einen Schritt zurück und prallt gegen mich.

Ich fange ihre kleinen Schultern mit meinen behandschuhten Händen auf und spüre sofort eine Art Beschützerinstinkt in mir aufflammen.

Der blonde Android hebt den Blick und lächelt freundlich. »Abby!«

Abby drückt sich enger an mich. »Hallo, Kyle.«

Jetzt fällt mir die Narbe auf, die sich von seiner Stirn über sein linkes Auge bis zu seinem Mundwinkel hinab zieht. Im Gegensatz zu Olivers ist sie tiefer, länger und leuchtet so magentarot wie seine LED. Er macht einen geschundenen, fast verwahrlosten Eindruck. Androiden können Wunden dieser Art heilen. Warum tut er das nicht?

»Kyle freut sich sehr, das kleine Mädchen zu treffen«, jauchzt er und breitet die Arme aus.

Unsicher schiebt Abby sich hinter mich.

Der Android streckt ihr erwartungsvoll die Arme entgegen. »Kyle möchte das kleine Mädchen zur Begrüßung in den Arm nehmen«, fordert er. Als sie nicht reagiert, stampft er ungeduldig mit dem Fuß auf. Ihre Ablehnung scheint ihn zu verärgern. Wow. Ich habe noch nie einen Androiden getroffen, der so eine gewaltige Schraube locker hat wie dieser.

»Sie will das nicht«, erwidere ich kalt.

Der blonde Android presst die Lippen aufeinander. »Kyle kennt das kleine Mädchen«, erklärt er scharf. »Kyle freut sich, das kleine Mädchen wiederzusehen.«

Abbys Finger bohren sich in meinen Parka.

»Sie will dich nicht umarmen«, erwidere ich wütend und baue mich vor ihm auf.

Kyles blaue Augen bohren sich in meine. Ich befürchte, dass er gleich die Beherrschung verliert, doch seinen forschenden Blick kenne ich. Mika sieht mich auf eine ähnliche Weise an, wenn er mich analysiert. Plötzlich reißt der Android die Arme in die Höhe und ich werde Zeugin eines sekundenschnellen Stimmungswechsels. »Die verärgerte junge Frau ist ein Mensch!«, ruft er begeistert. »Die verärgerte junge Frau kann Kyles Essen testen.«

Ich sehe mich um und halte Ausschau nach einer verärgerten jungen Frau. Dann fällt bei mir endlich der Groschen. »Moment, du meinst mich?«

Kyle nickt eifrig. Ehe ich protestieren kann, packt er meinen Arm und zieht mich in den Gang.

»Die verärgerte junge Frau muss die Burger probieren!«, ruft er ausgelassen. »Sie wird schon sehen. Sie sind köstlich. Köstlich!«

Abby, die meine Hand umklammert, stolpert kreischend hinter mir her.

»Moment mal«, sage ich. »Ich habe leider keine Zeit. Und auch keinen Hunger. Außerdem muss ich zu Piper und Ray.«

»Piper und Ray können warten«, beschließt der Android und führt uns in eine Großraumküche. Sie wirkt nahezu unbenutzt. Klar. Androiden können schließlich nicht essen. »Aber Burger können nicht warten, sie werden kalt. Menschen essen kalte Burger nicht so gern wie warme Burger.«

Diese Information lässt er so angeberisch fallen, wie Mika einst das Detail über das Weihnachtsessen. Er bugsiert mich zu einem Stuhl, der vor einem großen Tisch steht und drückt meine Schultern hinab, sodass ich mich setzen muss.

»Jen!«, ruft Abby und umklammert hilflos den Türrahmen.

Ich kapituliere in dem Moment. Kyle wird mich erst in Ruhe lassen, wenn ich sein Essen probiert habe, also tue ich ihm diesen Gefallen. Vielleicht schmeckt es sogar. Meine Gelassenheit verwandelt sich schlagartig in Panik, als der Android mir einen Teller vor die Nase stellt.

»Kyle hat diesen Burger gekocht«, zischt er freudig und reibt sich die Hände. »Kyle hat extra ein kleines Wildschwein erlegt und …« Erwartungsvoll nimmt er gegenüber von mir Platz.

Ich schaue alarmiert zu Abby rüber, die entsetzt die Augen aufreißt.

»Kyle hat es den ganzen Weg hierher gezogen.« Vor Aufregung wippt er vor und zurück. »Es ist also ein gezogenes Schwein. *Pulled Pork*. So was essen Menschen gern.«

Fassungslos reiße ich die Augen vom Burger und starre ihn an. »Das ist halb roh und halb verbrannt! Und wieso hast du ihn mit einem Bund Minze und Apfelmus garniert?«

Die Begeisterung in Kyles Augen verschwindet augenblicklich.

»Kyle hat das Schwein extra für Menschen getötet, damit sie es essen. Es ist unhöflich von Menschen, dies auszuschlagen, wo Kyle doch …«

»In diesem Zustand ist es ungenießbar«, mache ich ihm klar. Ich entdecke die Reste des halb gehäuteten Wildschweins auf der Anrichte und mir dreht sich der Magen um.

Kyles Kiefer mahlen aufeinander. »Kyle hat Probleme mit seiner Impulskontrolle«, murmelt er leise vor sich hin. »Er darf jetzt nicht die Beherrschung verlieren … Will die verärgerte junge Frau nicht wenigstens probieren?«

Abwehrend hebe ich die Hände. »Bitte, Kyle, ich kann nicht …«

Plötzlich haut er die Fäuste auf den Tisch und funkelt mich wütend an. »Iss!«, schreit er.

Erschrocken springe ich auf. Der Stuhl knallt geräuschvoll auf die Fliesen.

»Das werde ich nicht tun!«, rufe ich.

Verdammt, dieser Android ist unberechenbar. Ich sehe mich nach Abby um, doch sie ist verschwunden. Wahrscheinlich hat sie sich in Sicherheit gebracht. Stattdessen tritt Eden in die Küche. Abby muss sie angefunkt haben. Dem Himmel sei Dank!

»Was ist denn hier los?«

»Die verärgerte junge Frau möchte Kyles Burger nicht probieren!«, schreit Kyle anklagend. Auf einmal ist er so aufgelöst, dass ich befürchte, er bricht jede Sekunde in Tränen aus.

»Ich kann das nicht essen!«, rechtfertige ich mich verzweifelt, doch Eden nickt mir sofort zu.

Beruhigend legt sie ihm die Hände auf die Schultern und erklärt geduldig: »Hör zu, Kyle. Menschen essen kein rohes und auch kein verbranntes Fleisch.«

»Kyle hat sich große Mühe gegeben«, jammert er.

Tröstend streichelt Eden dem enttäuschten Androiden über den Rücken. »Kyle möchte gern Koch werden«, erklärt sie mir. »Die Kombinationen von Lebensmitteln und Gewürzen faszinieren ihn. Doch er wurde als Gärtner gebaut und verfügt nicht über die Fähigkeiten eines Kochs.«

»Vielleicht sollte er lieber bei dem Job bleiben, der seiner Programmierung entspricht«, schlage ich trocken vor und mustere angewidert die Wildschweinreste in der Spüle. Kyles Kochkünste sind nicht nur furchtbar, sie könnten Menschen krank machen.

Stille kehrt ein.

Dann sagt Eden: »Das würde bedeuten, dass wir Androiden für immer in dem Beruf gefangen bleiben, für den wir hergestellt wurden, Jen.«

Wir sehen einander in die Augen. Unwillkürlich erinnere ich mich an den ersten Job, den ich je ausgeübt habe. Babysitten. Bereits nach einem Abend war klar: Mir liegt viel, aber nicht der Umgang mit Babys. Wie würde mein Leben aussehen, wenn ich ewig auf diesen Beruf festgelegt wäre?

Ich beginne zu verstehen, was Eden mir sagen möchte. Und ich verurteile meine mangelnde Weitsicht. Ich hebe das Kinn und schlucke. Es ist Zeit, das in Ordnung zu bringen. »Du hast recht, Eden. Vergesst bitte, was ich gerade gesagt habe. Ich möchte das gern revidieren.« Ich laufe auf den vernarbten Androiden zu. »Hör zu, Kyle. Lass dich nicht entmutigen. Werde Koch!«

Kyle und auch Eden sehen einander irritiert an.

»Übe weiter!«, fahre ich entschlossen fort. »Du kannst es schaffen. Du wirst dich verbessern. Und irgendwann bekochst du Menschen im Restaurant.«

Eine unangenehme Stille ist eingetreten. Kyle starrt mich wortlos an. Ich bin mir nicht sicher, ob meine Nachricht zu ihm durchgedrungen ist. Doch dann wispert er: »Danke. Kyle wird diesem Ratschlag folgen und üben.«

»Tu das. Und wenn du jemanden zum Kosten brauchst, werde ich dir helfen. Du erreichst mich über Mika.« Ich wende mich an Eden und trete zur Tür. »Danke fürs Intervenieren.«

»Gern, Jen. Übrigens habe ich in Erfahrung gebracht, dass Piper und Ray nicht im Haus sind. Sie sind auf eine Kongressversammlung gefahren, nachdem das Fernsehen da war.«

Enttäuscht lasse ich die Schultern sinken. »Und weißt du, wo Mika steckt?«

»Auch er ist nicht mehr im Blossom. Wo genau er sich aufhält, weiß ich nicht.« Sie lächelt entschuldigend und kurz schwebt ihre unausgesprochene Frage im Raum.

Solltest du als seine Freundin nicht wissen, wo er ist?

Sollte ich. Aber er weicht mir seit gestern aus.

Nachdem ich mich von Eden und Kyle verabschiedet habe, treffe ich Abby im Gang.

»Kyle ist so unheimlich«, wispert sie.

»Das ist er. Aber ich denke, er hat einen guten Kern. Danke, dass du mich bis hierher begleitet hast. Ray und Piper sind nicht da, also werde ich wieder gehen.«

Mitfühlend verzieht Abby das Gesicht. »Dann bist du ja völlig umsonst hier hochgelaufen.«

Ich schüttle den Kopf und nehme meine Hand in ihre. »Es war nicht umsonst. Ich konnte euch Androiden und euer Leben besser kennenlernen. Dafür hat sich dieser Besuch mehr als gelohnt.«

28. Kapitel

Auf dem Weg nach Hause bin ich sehr nachdenklich. Am Loop in der Chicagoer Innenstadt steige ich aus der Hochbahn, um den Bus nach Wicker Park zu nehmen. Mittlerweile ist es dunkel geworden. Ehe ich vom Bahnsteig zum Bus wechsle, lehne ich mich an eine Wand und blinzle in den Schnee.

Mika fehlt mir, obwohl wir zusammenwohnen. Es passt nicht zu ihm, dass er mir ausweicht. Warum tut er das? Dad hat Mikas Verhalten damit begründet, dass Mika mich liebt. Ich atme tief durch, lege den Kopf in den Nacken und schließe die Augen. Finden Mika und ich wieder eine Ebene?

Eine Stimme reißt mich aus meinen Gedanken.

»Sieh einer an. Wen haben wir denn da? Guten Abend, Jenna.«

Blitzschnell öffne ich die Lider und sehe in Olivers breit grinsendes Gesicht. Er trägt dieselbe Lederjacke wie letztens und ein schwarzes Bandana um den Hals. Seine grünen Augen funkeln im Licht der Werbedisplays des Bahnhofs. Ehe er mich gesehen hat, muss er sich mit seinem Smartphone beschäftigt haben, er schiebt es nun nämlich in die hintere Jeanstasche.

»Du hast mir gerade noch gefehlt«, murmle ich und stoße mich von der Wand ab. Ich laufe an ihm vorbei zu den Rolltreppen.

»Hey, Jenna, warte doch mal!« Er lacht heiser und schließt zu mir auf. »Begrüßt man so einen alten Freund? Wie wäre es mit: Hallo, Oliver, auch schön dich zu sehen!«

»Soll ich also lügen?«, gebe ich augenrollend zurück und dränge mich an ein paar Leuten vorbei, die vor mir auf der Rolltreppe stehen.

Oliver folgt mir. »Du hast vielleicht schlechte Laune. Ich habe dich lang nicht mehr mit deinem Plastikkopf gesehen. Immer bist du allein unterwegs. Ist was vorgefallen zwischen euch?«

Plastikkopf? Mal wieder ein Seitenhieb gegen Mika. Ich laufe die Stufen hinauf, um schneller voranzukommen. »Selbst wenn, Oliver, ich wüsste nicht, was dich das angeht.«

Doch er lässt sich nicht abschütteln. »Das klingt nach Ärger im Paradies.«

»Könntest du mich bitte einfach in Ruhe lassen?« Ich bleibe stehen und sehe ihm genervt ins Gesicht.

Mit einem schiefen Grinsen hält er neben mir an. Die obere Plattform tut sich vor uns auf, ebenso die Wolkenkratzer. »Entschuldige mal bitte, ich habe einfach denselben Weg wie du. Ich wohne hier.« Er deutet auf ein Hochhaus zu unserer Linken. »Ich war eben beim Footballtraining und bin jetzt auf dem Weg nach Hause.«

Ich bin so überrascht, dass ich fast verpasse, von der Rolltreppe zu steigen. »Du wohnst tatsächlich hier?« Das Haus, auf das er gezeigt hat, sieht nicht aus, als seien die Wohneinheiten besonders erschwinglich.

Wieder lacht er. »Da staunst du, was? Ich konnte nach der Ausbildung etwas Geld zur Seite legen. Damals … ja, damals konnte ich sparen.« Er bleibt auf dem Vorplatz der Bahnstation stehen und zündet sich eine Zigarette an. »Die Zeiten waren einfacher, als es keine Androiden in Chicago gab. Aber wahrscheinlich ist dieses Problem bald gelöst.« Sein Gesicht leuchtet auf, als er zieht. Er hält mir die Zigarettenschachtel hin. »Kippe?«

Eigentlich will ich dieses Angebot ignorieren, mich aus dem

Staub machen, den Bus nach Hause nehmen. Doch seine Worte lassen mich innehalten. »Das Problem ist bald gelöst? Was meinst du damit?«

Grinsend lässt Oliver die Schachtel sinken und pustet Rauch aus. Mir wird bewusst, dass er dieses Detail nicht einfach so hat fallen lassen. Er weiß, wie er mein Interesse weckt. »Die Androiden«, sagt er gedehnt. »Sie werden bald aus Chicago verschwinden.«

»Warum?« In der Ferne hält mein Bus. Es ist mir egal. Dieses Gespräch ist wichtiger.

Sein Mundwinkel hebt sich. »Weil ich dafür sorgen werde. Effektiver als beim letzten Mal.«

Etwas fassungslos sehe ich mich um. Eröffnet Oliver mir hier, inmitten all der Leute auf dem Bahnhofsvorplatz, dass er eine neue Tat plant? Das ist an Selbstgefälligkeit nicht zu überbieten.

»Du bluffst«, gebe ich zurück. Meine Stimme zittert. »Du stehst unter Generalverdacht. Wieso solltest du …«

Er tritt näher an mich heran. Seine Stimme wird leise. »Glaubst du mir etwa nicht?« Er drückt seine Zigarette aus. »Ich habe dir gegenüber nie mein Wort gebrochen. Du warst es, die mich damals verlassen hat.«

»Lenk nicht ab.« Ich presse die Lippen zusammen, versuche krampfhaft, Stärke zu beweisen.

Oliver spürt meine Wut. Er wirkt sonderbar angesprochen, seit sie in mir schäumt. »Ach, Jenna. Du hattest schon immer einen ausgeprägten Gerechtigkeitssinn. Und heute schließt es sogar künstliche Intelligenzen mit ein.« Er schüttelt den Kopf, ohne das interessierte Blitzen in seinen Augen abzulegen. »Du bist zu gut für diese Welt.«

»Und du zu schlecht.«

»Ergänzt sich wunderbar, findest du nicht?«

Ich will den Kopf schütteln, widersprechen, ihm an den Kopf knallen, wie fürchterlich ich seine großkotzige Art finde, doch plötzlich entflammt eine Idee in mir. Ich schlucke die Wut herunter und sehe ihm direkt in die Augen. »Du bist nicht mehr wie früher. Du hast dich verändert. Ich will wissen, wo dieser Hass herkommt.«

»Hass.« Er wiederholt das Wort langsam. »Es ist nicht nur Hass in mir. Sondern auch Leidenschaft. Das weißt du doch. Von früher.« Er zwinkert.

Ich nicke. Ja, das weiß ich in der Tat. Was auch immer Oliver machte, er tat es aus Überzeugung. Das war etwas, das mich stets an ihm reizte. Doch seine Leidenschaft richtet sich nun gegen etwas, das ich liebe.

Und weil ich herausfinden muss, was er vorhat, sage ich etwas, was Dad und Mika wohl dazu bringen würde, die Hände über dem Kopf zusammenzuschlagen. »Und ob ich das noch weiß. Lass uns zu dir gehen, Oliver. Ein bisschen reden. Über früher, über heute. Ich möchte wissen, was dich bewegt.«

Ein mulmiges Gefühl beschleicht mich, als Oliver die Tür mit dem Fingerabdruckscanner öffnet und ich ihm in das Hochhaus folge. Im Geiste höre ich Dad und Mika warnend auf mich einreden, doch ich schiebe sie beiseite. Die ganze Zeit schon war ich davon überzeugt, dass nur eine Person in der Lage ist, Informationen aus Oliver herauszubekommen. Ich. Dass nun eine weitere Tat in Planung ist, zwingt mich zum Handeln.

In der Lobby treffen schwarze Marmorfliesen auf Designertapete. Hinter einem Mahagonischreibtisch sitzt ein Mann vom Sicherheitsdienst. Dass sich neben den digitalen Sicherheitsvorkehrungen ein Mensch um die Einhaltung der Bestimmungen kümmert, unterstreicht, wie hochpreisig diese Wohneinheiten sind. Er grüßt uns mit einem matten Lächeln und lässt uns passieren.

Der Lift ist mit gläsernen Wänden eingekleidet und gibt den Blick auf die Skyline frei. Chicago funkelt in der Nacht. Im achtzehnten Stock kommt der Aufzug mit einem Piepton zum Stehen.

Ich folge Oliver den Gang entlang, an dessen Ende er eine Tür entriegelt und aufhält. Auf der Schwelle halte ich inne.

Oliver bemerkt mein Zögern. »Du hast Angst. Das verstehe ich.« Seine Stimme ist ein raues Wispern. Er lehnt den Kopf gegen den Türrahmen und denkt kurz nach. »Hör zu, Jenna. Du bist hier sicher. Niemals würde ich dir etwas antun. Okay?«

Ich schlucke. Es wäre feige, einen Rückzieher zu machen. Schließlich muss ich herausfinden, was er vorhat. »Okay«, erwidere ich und trete ein. Im Inneren entfährt mir ein verblüfftes »Wow«.

Das Loft ist weitläufig und groß. Während Oliver sich die Jacke auszieht, laufe ich durch das Wohnzimmer und lasse meinen Blick über die Ausstattung schweifen. Eine Seite besteht komplett aus deckenhohen Glasfenstern. Tagsüber ist die Wohnung sicherlich lichtdurchflutet, doch da es dunkel draußen ist, ist es dunkel hier drin. Die prägnantesten Lichtquellen sind der Fernseher und ein Lichtervorhang, der sich die Wand hinuntergießt wie ein Wasserfall. Ich hätte nie damit gerechnet, dass Oliver Reedus als erwachsener Mann ordentlicher ist als ich, aber überraschenderweise ist die Wohnung aufgeräumt und sauber.

Plötzlich tapst eine getigerte Katze auf mich zu und schmiegt sich an meine Waden. Ich gehe in die Hocke, um sie zu streicheln. Ich hätte Oliver gar nicht zugetraut, dass er Haustiere hat, schließlich kommt er so taff rüber.

»Das ist Ema«, erklärt Oliver. »Sie hat noch eine Schwester,

Maya. Sie versteckt sich wahrscheinlich unterm Bett. Fremde mag sie nicht so gern.«

Ich sehe zu ihm auf und meine Augen weiten sich. Oliver trägt nur noch eine Jeans. Schlechte Idee, denke ich. Das hier ist eine ganz schlechte Idee.

Oliver quittiert meinen verblüfften Blick mit einem Schnauben. »Sorry. Nach dem Sport war ich noch nicht duschen und wollte immerhin mein Shirt wechseln, wenn du schon zu Besuch bist.« Er beugt sich zur Katze, die ihr Gesicht augenblicklich an seiner Hand entlang reibt. Sein Duft strömt zu mir herüber. Nicht unangenehm, sondern männlich und vertraut.

»Sie ist sehr niedlich.« Ich erhebe mich und streife mir die Jacke von den Schultern.

Auch Oliver richtet sich auf und stemmt die Hände in die Hüften. Im Vergleich zu Mika ist er relativ klein, nämlich nur einen halben Kopf größer als ich. Er hat zwei Bierdosen aus dem Kühlschrank mitgebracht. »Die Wohnung ist nicht übel, was? Leider muss ich nächsten Monat ausziehen.«

»Warum?«

»Das Geld reicht nicht, seit ich beim CPD rausgeflogen bin. Ich konnte meine Wohnung eine ganze Weile halten, aber mittlerweile schaffe ich das nicht mehr.« Mit einem tiefen Lachen öffnet er die Dosen und reicht mir eine. »Cheers, Jenna. Möge das nicht unser letztes gemeinsames Bier sein.«

Ich nicke halbherzig und führe das Getränk an die Lippen.

Immer wieder wandern seine Augen zu mir. Seine Blicke fühlen sich an wie Seufzer der Sehnsucht, Grollen der Gier. Und auch auf mich hat sein Anblick eine Wirkung. Seine Muskeln sind definiert, sein Rücken kräftig. Oliver achtet definitiv auf sein Äußeres. Und er will kein Risiko eingehen, dass mir das entgeht. Schließlich halte ich es nicht mehr aus. »Willst du den ganzen

Abend halb nackt bleiben?«

Kurz ist er überrumpelt, dann lacht er. »Natürlich nicht, wenn du es nicht willst. Ich ziehe mir eben etwas über, okay?« Er geht die Treppen hinauf zur Empore.

Ich halte den Atem an und lausche. Er scheint für einen Moment beschäftigt zu sein. Das ist meine Chance. So leise wie möglich laufe ich in den hinteren Teil des Lofts, vorbei an Hanteln und Rudergerät. Der minimalistische Stil gefällt mir. Er ist so anders als das vollgestopfte Haus von Dad. Jedoch stapeln sich in einer Ecke Umzugskisten, teilweise zusammengefaltet, teilweise befüllt. Auf einem Sessel liegen Frauenblusen und ein BH.

Baggert er mich also trotz Liebschaft an?

Mag sein, aber das ist mir egal. Meine Aufmerksamkeit gilt dem Schreibtisch. Besser gesagt dem Stoß Papiere auf der Arbeitsfläche.

Ich werfe einen raschen Blick zur Treppe. Keine Spur von Oliver. Also handle ich. Mit schnellen Griffen gehe ich die Unterlagen durch. Eine Gehaltsabrechnung fällt mir in die Hände. Zwei Mahnungen. Oliver ist oder war mit der Miete im Verzug. Weitere Informationen finde ich nicht. Wahrscheinlich sind sie auf der Festplatte seines Laptops gespeichert oder auf seinem Smartphone.

Bei dem Gedanken halte ich inne. *Sein Smartphone.* Oliver ist einer der wenigen Menschen, die ein Handy einer Comwatch vorziehen. Diese Geräte sind eher unhandlich, da man sie nicht am Handgelenk tragen kann, sondern in der Hosentasche verstauen muss. Außerdem beherrschen sie keine Holotechnik. Trotzdem ist eine Kommunikation zwischen Smartphones und Comwatches problemlos möglich. Kann es sein, dass Oliver Hinweise auf seinem Handy gespeichert hat?

Schritte.

Hastig lege ich die Unterlagen zurück und schleiche zum Sofa. Dabei fällt mir auf, dass eine Chipkarte im Schloss der Wohnungstür steckt. Dass sich Olivers Tür nicht nur mit seinem Fingerabdruck, sondern auch mit einer Chipkarte öffnen lässt, beruhigt mich ein wenig. Falls es brenzlig wird, sollte ich problemlos hier rauskommen. Ich stelle das Bier ab und drehe mich zu Oliver um.

Er trägt endlich ein T-Shirt. Es hat einen V-Ausschnitt und liegt eng an, sodass mir seine Muskeln quasi entgegenspringen.

»Da bin ich wieder.« Er grinst schief, lässt sich neben mich auf das Sofa fallen und öffnet die nächste Bierdose. Seine Augen werden hell vom Fernseher beschienen, als er mich mustert.

Ich lasse mich neben ihm in die Polster sinken und ziehe die Knie an. Bis jetzt hatte ich sein Interesse als rein sexuell eingestuft. Doch je länger ich bei ihm bin, desto deutlicher glitzert die Sehnsucht in seinen Augen. Oliver und mich verband viel. Unsere ganze Jugend. Wir sind miteinander erwachsen geworden. Teilten den ersten Kuss, den ersten Sex. Kaum sechzehn Jahre alt, stürzten wir uns in eine Romanze, ohne genau zu wissen, wie man eine Beziehung führt. Der mürrische Bad Boy, der keine Prügelei scheute, zog mich an. Und ihm gefiel, mit welch rebellischer Gleichgültigkeit ich mich meinem Vater widersetzte. Bewundernde Blicke verfolgten uns, wenn wir Arm in Arm durch die Schulflure stolzierten. Doch genauso intensiv wie unser Start war auch unser Ende. Oliver betrank sich auf dem Abschlussball so furchtbar, dass ich ihm vor versammeltem Publikum eine Ohrfeige verpasste.

Wir waren einfach zu jung. Füreinander. Für das, was wir voneinander wollten. Oliver kannte seine Grenzen nicht, und ich keine Kompromisse. Wir verloren uns aus den Augen.

Obwohl mich die Tiefpunkte meiner ersten großen Liebe lange

begleiteten, so prägten mich die Hochs. Die Augenblicke, in denen wir uns unbesiegbar fühlten, wenn wir die Hand des anderen hielten.

Auch Oliver scheint in Erinnerungen zu schwelgen. Er spielt an dem Deckel seiner Dose herum und fragt schließlich betont beiläufig: »Wie geht's dem Plastikkopf?«

»Plastikkopf? Du bist ja noch genauso charmant wie früher.«

Er hebt entschuldigend die Schultern. »Sorry. Du weißt schon. Dem Androiden. Mika.«

»Ich habe es dir bereits draußen gesagt. Ich werde nicht mit dir über ihn reden.«

»O Jenna.« Der betroffene Unterton in Olivers Stimme soll wohl tröstend klingen. Doch das verhaltene Lächeln in seinem Gesicht straft ihn Lügen. »Es ist nun mal schwierig, einen Roboter zu daten. Respekt dafür, dass du ihm überhaupt eine Chance gegeben hast. Aber bei aller Liebe.« Oliver nimmt einen kräftigen Schluck von seinem Bier. »Mika war unheimlich! Er hat nie darauf reagiert, wenn man ihn beschimpft hat. Einmal habe ich ihn geschubst, denkst du, er hat sich gewehrt?« Er schüttelt verächtlich den Kopf. »Aber kämpfen konnte er. Hut ab. Letzten Sommer hat er sich drei gesuchten Kriminellen im Alleingang entgegengestellt. Ich dachte, wir müssen seine Einzelteile zum Schrottplatz bringen, doch siehe da: Als Verstärkung kam, waren sie alle entwaffnet und in Handschellen.« Er nickt kurz, dann kneift er die Augen zusammen und lehnt sich nach vorn. »Aber über eine Sache habe ich oft nachgedacht, Jenna. Du bist mittlerweile eine Expertin, also …«

»Bitte verschone mich mit dieser Frage«, erwidere ich, weil ich mir denken kann, was jetzt kommt.

Doch Oliver lässt sich nicht aufhalten und redet ungehindert weiter. »Sexworker-Androiden sind mit Geschlechtsteilen ausgestattet. Aber haben die anderen, beziehungsweise dein Android, hat er überhaupt einen … also habt ihr …?«

Jammernd vergrabe ich das Gesicht in den Händen. Vor einem Monat hatte ich Mika dieselbe Frage gestellt. Jetzt, da Oliver so penetrant nachbohrt, wird mir klar, wie unsensibel das von mir war.

»Sag es mir, Jenna!«, fordert Oliver. Er hat viel zu viel Spaß daran, mir die Röte ins Gesicht zu treiben. »Was hat der Android zwischen den Beinen? Einen Penis? Oder einen eingebauten Dildo?« Er kichert. »Kann er vibrieren?«

»Haha«, stoße ich hervor. »Lass uns einfach das Thema wechseln. Sonst bin ich schneller hier weg, als du *Androidenrechte* sagen kannst.«

»Schon gut, ich höre auf!« Lachend hebt er die Arme. Sein nächstes Bier ist leer. »Im Übrigen würde auch ich am liebsten nie wieder über diese gottverdammten Roboter reden. Aber derzeit wird man ja überall mit ihnen konfrontiert.« Grimmig verzieht er das Gesicht. »Wer auch immer auf die Idee gekommen ist, die Stadt mit diesen verfluchten Androiden zu fluten, gehört eingebuchtet. Wo sollen wir all die Arbeitsplätze hernehmen?«

Ich verdrehe die Augen. »Das ist das Totschlagargument der NATAL, was? Androiden nehmen den Menschen die Arbeitsplätze weg. Und dieser Vorwand hat dir gereicht, um die Bombe hochzujagen?« Wütend funkle ich ihn an. Schon von Anfang an konnte ich die Radikalität dieser Bewegung nicht nachvollziehen und ein Teil von mir frohlockt, da ich endlich ein Mitglied mit meinem Ärger konfrontieren kann.

»Eines darfst du nicht vergessen.« Oliver stellt seine leere Bierdose auf den Tisch. »Ich bin nicht der Einzige, der so denkt. Eine ganze Organisation steht hinter mir! Seit ich wegen der Androiden meinen Job verloren habe, geht alles den Bach runter. So gut wie beim CPD werde ich nirgends bezahlt. Nächste Woche fliege ich aus meiner hart erarbeiteten Wohnung. Meine Freundin hat mich vor ein paar Monaten verlassen, weil ich mittlerweile Pizza ausliefere! Ein ehemaliger Cop ist Fahrradkurier, kannst du dir das vorstellen?« Er lacht bitter. Also gehören die Frauenklamotten seiner Ex. »Michael und ich wollten ein Zeichen setzen. Die Welt spüren lassen, dass wir mit diesen Robotern nicht konform gehen.«

»Du hättest Leute töten können!«, falle ich ihm ins Wort. »Inklusive mir.« Die Erinnerungen an jenen Abend treiben mir die Tränen in die Augen. Hartnäckig blinzle ich dagegen an.

Oliver sieht sie trotzdem. Sein Blick ist so intensiv, dass es mir einen Schauer über den Rücken jagt.

»Ich hatte keine Ahnung, dass du dich im Vortex befunden hast. Verdammt, ich wusste nicht mal, dass du zurück in Chicago warst! Wir haben uns eine halbe Ewigkeit nicht gesehen. Hätte ich auch nur geahnt, dass ich dich in Gefahr bringe, hätte ich die Mission sofort abgebrochen. Nie hätte ich das Risiko in Kauf genommen, dass dir was passieren könnte.«

Viel zu spät löse ich den Blick von ihm. Seine Worte verärgern mich. Doch etwas an ihnen berührt mich auch. »Es sollte keinen Unterschied machen, ob ich dort bin oder nicht. Mein Leben ist genauso viel wert wie das der anderen Androiden und Menschen. Du hattest kein Recht, auch nur eine Person im Vortex zu verletzen.«

Oliver schüttelt den Kopf. Er legt die Hand auf mein Knie, woraufhin ich verwirrt den Kopf hebe und ihn ansehe. »Das ist Bullshit, Jenna. Du bist nicht wie die anderen. Kein Mensch der Welt hat denselben emotionalen Wert für mich wie du.«

»Du hast draußen gesagt, dass bald alle Androiden aus Chicago verschwunden sein werden. Was habt ihr als Nächstes vor? Sag es mir. Ich will es wissen, damit ich mich nicht in Gefahr bringe, wenn es so weit ist.« Ich halte den Atem an und hoffe, dass dieses Argument ihn dazu bewegt, mir seinen Plan zu verraten.

Oliver schluckt hörbar. Seine Narbe schimmert im Licht des Fernsehers. Er scheint abzuwägen, wie konkret er werden will, hält sich aber knapp. »Hab keine Angst. Ich werde dafür sorgen, dass du in Sicherheit bist.«

Während er mich ansieht, fügt sich vor meinem inneren Auge eine Erinnerung zusammen. Wie die Jungen aus der Klasse über mir mich in die Ecke drängten und dazu aufforderten, ihnen meine Comwatch auszuhändigen. Wie Oliver auf einmal da war und sich ihnen entgegenstellte. Er verlor die Schlägerei haushoch, doch als wir abends nebeneinander in der Notaufnahme saßen, sein Auge geschwollen und die Nase blau, da fand seine blutige Hand die meine. Ehe die Ärztin ihm den Verband angelegt hatte, war es um mich geschehen und ich hatte mich Hals über Kopf in ihn verliebt. Oliver. Den Jungen mit dem Zorn im Herzen und dem Blitzen in den Augen.

Er folgt meinem Blick, wir beide starren auf seine Hand, die er auf mein Bein gelegt hat, und sehen uns wieder ins Gesicht. Er zögert, wägt ab, ob er sie zurückziehen soll, wartet auf meine Reaktion. Doch ich verharre, lasse ihn gewähren, woraufhin er ungläubig den Kopf schüttelt.

»O Jenna. Nach so langer Zeit sitzen du und ich tatsächlich zusammen auf meinem Sofa.« Er rückt unwillkürlich ein Stück näher. »Es ist ein bisschen wie früher.«

Mit flachem Atem registriere ich, wie nah er mir ist. Seine Hand streichelt über meinen Nacken, tastet sich zu meinem Haaransatz empor. Sanft streift sein Bart meine Wange. Die Spannung zwischen uns ist unermesslich. Ich schließe die Augen und widerstehe dem Drang, zurückzuweichen. Stattdessen sage ich: »Wolltest du nicht duschen gehen?«

Er hält die Luft an, hebt die Lider. Etwas lodert in seinen Augen, dann stiehlt sich ein wissendes Grinsen auf sein Gesicht. Er lacht verhalten.

»*Oh*. Verstehe.« Sein Atem fährt federleicht über meine Schläfe, ehe er sich aufrichtet. »Rühr dich nicht vom Fleck«, wispert er. »Ich bin gleich wieder da.«

Ich nicke, höre ihn zum Bad tapsen, schließe die Augen. Stumm sende ich ein Stoßgebet gen Himmel. Ich muss ihn richtig eingeschätzt haben. Er muss sich so benehmen, wie ich es einkalkuliert habe. Sonst … Sonst bin ich geliefert.

»Ich lasse die Tür offen. Falls du nachkommen möchtest.«

Ich öffne die Augen und mir entgeht ein Japsen, in dem sich Überraschung und Erleichterung mischt. Oliver lehnt an der geöffneten Badtür. Nackt. Seine Kleider liegen auf einem Haufen zu seinen Füßen.

Als er mein Gesicht sieht, verschränkt er gelassen die Arme vor der Brust. »Gefällt dir, was du siehst?«

Ohne, dass ich es steuern kann, sinkt mein Blick hinab. Stumm nicke ich. Eine wortlose Lüge.

Er schnaubt zufrieden und verschwindet im Badezimmer.

Ich starre ihm hinterher. Alles läuft nach Plan. Nun muss ich nur noch … Ich will mich in Bewegung setzen, doch meine Glieder sind schwer wie Blei.

Der Plan, Jen. Denk an den Plan!

Die Dusche wird angestellt. Das Geräusch von Wasser, das auf Emaille prasselt, reißt mich aus meiner Trance. Jetzt oder nie.

Ich erhebe mich und schleiche auf das Badezimmer zu. Vor dem Wäscheberg gehe ich in die Hocke und zögere nicht mehr. So leise wie möglich schiebe ich die Hand in die Taschen seiner Jeans. Seine Gürtelschnalle klappert zwischen meinen Fingern und ich halte erschrocken inne. Wegen der hohen

Decken hallt es nach, doch das Rauschen der Dusche dämpft das Geräusch.

Ich befeuchte die Lippen mit der Zunge und fahre fort. Taste, suche. In der rechten, hinteren Jeanstasche *muss* es sein. Ich habe genau gesehen, wie Oliver das Handy dort hineingesteckt hat. Doch meine Hand fasst ins Leere. Verdammt!

Verzweifelt hebe ich den Kopf, sehe mich um. Wo, in Gottes Namen, hat er sein Smartphone hingelegt?

Gerade erwäge ich, aufzugeben und mich einfach aus dem Staub zu machen, da entdecke ich es. Es liegt einen halben Meter von der angelehnten Badtür entfernt auf dem Waschbecken. Und direkt daneben, von einer gläsernen Duschwand umgeben, befindet sich Oliver Reedus' Hintern.

Ich starre auf meine Hände, die sich zu Fäusten ballen, dann zur Wohnungstür. Abbrechen. Ich sollte abhauen. Ihn auszurauben, während er nur einen halben Meter entfernt unter der Dusche steht, ist zu riskant. Andererseits … Nun bin ich so nah am Ziel.

Ich rapple mich auf, schiebe so leise wie möglich die Tür auf. Vielleicht bemerkt er mich nicht, wenn ich ins Bad tapse. Falsch gedacht. Die Tür quietscht, Oliver lacht auf.

»Jenna! Möchtest du mit unter die Dusche?« Er wäscht sich das Shampoo aus den Haaren und braust sich die Achseln ab.

Erleichtert atme ich auf. »Würde dir das gefallen?«, erwidere ich mit belegter Stimme. Meine Knie zittern, als ich zum Waschbecken trete und die Hand ausstrecke.

»Und ob. Wir könnten …« Er dreht sich zu mir um, sieht mich an, sieht meine Hand. Im Bruchteil einer Sekunde kapiert er, was hier vor sich geht. »Hey, was machst du da?«

Fuck. Meine Augen weiten sich. Nun ist keine Zeit mehr zu verlieren. Ich fasse nach dem Handy und stolpere in Windeseile aus dem Bad. Nichts wie weg!

Doch ich habe die Rechnung ohne Oliver gemacht. Nackt wie er ist, springt er aus der Dusche und stürzt mir hinterher. »Jenna! Bleib stehen!«

Ich renne ins Wohnzimmer auf die Wohnungstür zu, aber Oliver versperrt mir den Weg. Tropfen perlen von seiner Haut. Die Überraschung in seinem Gesicht wandelt sich in tiefe Ernüchterung. »Ich hätte es wissen sollen«, presst er hervor und kommt langsam näher. »Gib mir das Handy.«

Das Smartphone fest an die Brust gedrückt, weiche ich zurück und wäge ab, wie ich ihn am besten von der Tür weglocken kann. Doch Oliver durchschaut mein Vorhaben. »Gib auf. Du hast keine Chance.« Er federt meine Täuschungsversuche ab, indem er dazu ansetzt, mir den Weg abzuschneiden. Ein gieriges Grinsen bildet sich auf seinem Gesicht. »Aber schön, wie du willst. Lass uns spielen.«

Sorry, Oliver. Keine Lust.

Auf Teufel komm raus, stürze ich an ihm vorbei. Oliver reagiert sofort. Er fährt herum, streckt den Arm nach mir aus, fasst nach meinem Shirt – und dann geht alles ganz schnell. Zwei Schreie hallen durch die Wohnung. Der eine ist von Oliver, der mit den Armen rudernd taumelt. Der andere stammt von einem kleinen, braunen Fellknäuel, das zwischen uns hindurch flitzt und seinen Besitzer offensichtlich zum Stolpern gebracht hat.

Er fällt über die Katze auf den gläsernen Couchtisch, versucht sich abzufangen, doch der Sturz ist unvermeidlich. Die Ablagefläche des Tisches zerbirst. Glas splittert wie im Actionfilm. Und Oliver landet inmitten der Splitter.

Blut quillt auf die Fransen des weißen Teppichbodens. Mir dreht sich der Magen um. Ich habe noch nie einen offenen Bruch gesehen, der nicht Teil eines Halloweenkostüms war. Die Glassplitter, die sich mittlerweile über das gesamte Wohnzimmer verteilen, runden das Bild in seiner Dramatik ab.

Mit schmerzverzerrtem Gesicht stemmt Oliver sich auf die Knie, den rechten Arm fest von seiner gesunden Hand umfasst. »Du elendes Miststück! Du bist kein Fünkchen besser als all die anderen Frauen. Gib mir sofort das Handy zurück!« Eine Ader an seiner Stirn pocht im Takt seiner Wut. Blut tropft auf seine Oberschenkel, auf die Scherben. Splitter ragen aus der Wunde. Der Knochen glitzert zwischen rotem Fleisch. Ungünstiger hätte mein Ex nicht fallen können.

Ich mache einen großen Bogen um ihn, das Smartphone fest umklammert.

»Du bist ein Terrorist, Oliver«, presse ich zitternd hervor. »Ohne Empathie, ohne Mitgefühl. Für kein Geld der Welt würde ich mit dir duschen und schon gar nicht gebe ich dir dein Handy zurück.«

Unter zusammengebissenen Zähnen knurrt er auf, doch ich wende mich ab und haste zum Ausgang. Ich drücke die Klinke hinab. Die Tür bewegt sich keinen Millimeter. Ich fass es nicht. Er hatte in einem unbemerkten Moment die Chipkarte entfernt. Nicht auszudenken, wie der Abend hätte verlaufen können. Mika hatte recht, als er mich vor so einer Aktion gewarnt hat. Natürlich hatte er recht. Oliver nahzukommen, ist fahrlässig und brandgefährlich.

Panisch stolpere ich in die Wohnung. Zum Glück entdecke ich ein paar Chipkarten auf der Küchenanrichte und nehme sie an mich. Ich husche zurück zur Wohnungstür und stecke mit zitternden Fingern eine Chipkarte nach der nächsten ins Lesegerät. Keine passt.

»Du bist eine verdammte Lügnerin, Jennifer Williams! Und eine gute obendrein!« Oliver ist mittlerweile auf die Beine gekommen und mir gefolgt.

Die letzte Chipkarte gleitet mir aus den schweißnassen Fingern und ich stürze hektisch auf die Knie. Zwar gibt Oliver ein wahnsinnig elendes Bild ab, nackt, nass und gekrümmt, aber ich möchte kein Risiko eingehen, dass er mich am Entkommen hindert.

Doch Oliver scheint dafür zu schwach zu sein. Mit der gesunden Hand stützt er sich an der Wand ab, von der anderen tropft Blut auf den weißen Teppich. Er wischt sich über die Stirn, ein irres Grinsen im Gesicht. Nun klebt das Blut auch in seinen Haaren. »Warum das alles, Jenna? Sind dir die Scheißandroiden wirklich so wichtig?«

Ich rapple mich auf und schiebe die letzte Chipkarte ins Lesegerät. Sie entlockt dem Schloss einen Piepton und eine Leuchte funkelt grün. Die Tür gleitet auf. Ich trete aus der Wohnung und bleibe zwischen Tür und Angel stehen, unfähig, die Augen von Olivers erbärmlicher Gestalt zu nehmen.

Er hustet, legt die Stirn an die Wand und hinterlässt einen roten Abdruck. »Gib's zu, Jenna. Dir geht es hierbei nicht um Gleichberechtigung, Schuld und Sühne … Du machst das allein für den Plastikkopf, oder? Für Mika. Deshalb stiehlst du mir das Handy.«

Das Handy. Wie gut, dass Oliver noch mal darauf zu sprechen gekommen ist. Beinahe hätte ich etwas Wichtiges vergessen. Ich halte ihm das Smartphone vors Gesicht. Geblendet schließt er die Augen, während die Gesichtserkennung den Bildschirm entsperrt.

Oliver quittiert den Vorgang mit einem freudlosen Lachen. »Brillant, wirklich brillant!« Er schüttelt den Kopf, wankt, ist kaum mehr in der Lage, sich auf den Beinen zu halten. »Ich verliere schon wieder. Ausgerechnet gegen diesen verfluchten Androiden.«

Während ich auf der Schwelle stehe, damit die Tür nicht

zufährt, vergewissere ich mich, dass das Handy entsperrt bleibt. Das tut es. Unglaublich. Mein Plan scheint aufzugehen. Olivers Reaktion zufolge werde ich auf diesem Gerät Beweise finden.

Entschlossen hebe ich den Blick und sehe meinem Ex ein letztes Mal ins Gesicht. »Bye, Oliver. Ich hoffe, wir sehen uns nie wieder.«

Oliver lacht noch immer, als ich aus der Tür trete. Ich glaube, nun verliert er endgültig den Verstand. »Dein Android kann sich glücklich schätzen. Weißt du das?«, ruft er mir nach.

Die Tür fährt hinter mir ins Schloss und ich renne. Achtzehn Stockwerke laufe ich hinunter, ohne auch nur einmal stehen zu bleiben. Der Securitymann sieht mir verwundert hinterher, als ich aus dem Haus stürme, doch er hält mich nicht auf. Denn hier legt man Wert auf Diskretion.

29. Kapitel

Als ich eine halbe Stunde später endlich zu Hause ankomme, zittere ich am ganzen Körper. Ich entriegle die Tür, stürze hinein und lege Olivers Handy auf den Küchentisch. Ich will es loswerden, sofort.

»Mika?«, rufe ich. Meine Stimme bebt. »Daddy? Ist jemand da?« Flach atmend umklammere ich die Küchenanrichte. Alles dreht sich.

Gefolgt von Rocky kommt mein Vater die Treppen herunter. Er hält einen Akkuschrauber in der Hand. Offensichtlich war er dabei, die Möbel aufzubauen. »Jenny? Alles klar bei dir?«

»O Dad!« Ich falle ihm um den Hals. »Ist Mika da?«

»Noch nicht«, murmelt er und sieht mich prüfend an. »Jetzt atme mal tief durch. Was ist passiert?«

Und ich beginne zu erzählen. Von meinem Treffen bei Oliver, seiner Ankündigung, noch weiteren Androiden zu schaden, und von meinem Besuch.

Als ich geendet habe, donnert Daddy erst mal los. »Bist du von allen guten Geistern verlassen? Du bist mit Oliver in seine Wohnung gegangen? Ist dir nicht klar, wie das hätte enden können?«

»Doch«, flüstere ich und sacke in mir zusammen. »Aber ich musste es tun. Ich konnte nicht zulassen, dass er erneut eine Bombe zündet.«

Sofort bildet sich ein Lächeln unter Dads Schnurrbart. »Das war unheimlich mutig von dir. Alle Achtung, Jenny.«

Erleichtert lächle ich zurück.

»Nun müssen wir sofort handeln.« Dad greift nach dem Handy. »Ehe es Oliver gelingt, das Gerät von zu Hause aus zu sperren.«

Dazu schien er glücklicherweise nicht in der Lage zu sein. Dad scrollt ungehindert durch das Handy, während ich ihm über die Schulter blicke.

»Was hat er vor?«, murmelt mein Vater, während er die Daten durchforstet. Tatsächlich stößt er auf Beweismaterial, das den Anschlag aufs Vortex betrifft. Er macht Screenshots und leitet sie an seine Comwatch weiter. Der ein oder andere Hinweis lässt uns abwechselnd verblüfft schnauben oder erschrocken die Luft anhalten. Wer, um alles in der Welt, macht ein Selfie, während er eine Bombe legt? So viel Selbstvertrauen muss man erst mal haben. Es zeigt jedoch auch, wie sicher Oliver sich bei dieser Aktion gefühlt hat. Kein Wunder. Die Unterstützung der NATAL-Bewegung steht hinter ihm.

Neben belastenden Chatverläufen finden wir die Anleitung für den Bau einer Bombe, sowie Graphiken, die aufzeigen, an welchen Stellen Androiden besonders verwundbar sind. Grässliche Details. Doch kein Hinweis auf einen weiteren Anschlag.

»Vielleicht hat er geblufft«, werfe ich mutlos ein und lasse mich aufs Sofa fallen. »Er wollte mich in seine Wohnung locken und das ist ihm gelungen.«

Doch Dad hebt die Hand. »Ich habe etwas gefunden.«

Ich stürze zurück an seine Seite und tatsächlich. In einem Ordner auf dem letzten Slide ist der Ablaufplan eines weiteren Anschlags festgehalten. Fotos zeigen das betroffene Gebäude. Ein Backsteinhaus am Rande Chicagos.

Mit aufgerissenen Augen sehe ich meinen Vater an. »Das ist das Blossom.«

Er scrollt weiter, bis er ein Datum erreicht. »Der achtundzwanzigste Dezember. Das ist morgen.«

Mit rasendem Herzen greife ich nach meinem Mantel. »Wir müssen die Androiden und Piper sofort warnen!«

Dad springt auf. »Du machst gar nichts, Jenny. Du hast dich genug in Gefahr gebracht.«

»Aber …«

»Kein Aber! Als dein Vater befehle ich dir, heute Abend hier im Haus zu bleiben. Ich regle das.« Er sieht auf das Smartphone und murmelt: »Du kleine Ratte, Oliver Reedus. Na warte.« Er lässt das Handy achtlos auf den Küchentisch fallen und schlüpft in seine Jacke. Noch während er sich anzieht, kontaktiert er Ray.

Wie angewurzelt bleibe ich stehen. Rocky wurde von unserer Aufregung angesteckt und streift meine Beine. Ich lasse die Finger über sein Fell gleiten und bin froh, den Körper des Hundes an meinem zu spüren. Er erinnert mich daran, dass das alles kein Traum ist. Dass das wirklich passiert.

Ich nehme das Handy an mich und starre das Foto des Blossoms an. Meine Gedanken schweifen zu heute Mittag. Zu Abby, Eden und Kyle. Wie freundlich alle drei mich in Empfang genommen haben, jeder auf seine Art. Und mir fallen die Mengen an Fluranium und Ersatzteilen ein, die mit einer Bombe unwiderruflich zerstört wären.

Olivers Stimme ertönt in meinem Kopf.

Die Androiden werden bald aus Chicago verschwinden.

Das würden sie. Selbst wenn sie die Bombe überleben würden, könnten sie sich ohne Fluranium nicht lange am Leben halten. Er versorgt die Androiden mit Nährstoffen und muss alle paar Wochen nachgefüllt werden.

Wut steigt in mir auf. Es wird eine Herausforderung werden, mich an Dads Anweisung zu halten und zu Hause zu bleiben. Doch während ich weiter durch die Fotos wische, stoße ich auf ein Bild von uns – Oliver und mir. Fast siebzehn, stehen wir Arm in Arm auf dem Parkplatz vor der Schule. Ich schirme mein Gesicht halbherzig mit der Hand ab, weil ich nicht fotografiert werden will, und er zieht an seiner Zigarette. Zwei Teenager, die als Erwachsene völlig verschiedene Wege und unterschiedliche Haltungen einnehmen würden.

Ach, Oliver. Fühltest du dich in den darauffolgenden Jahren wirklich nie mehr so verstanden wie von mir damals?

Dads Stimme reißt mich aus meinen Erinnerungen. »Jen? Gibst du mir das Handy?«

Ich nicke und lege es in seine ausgestreckte Hand.

Eindringlich sieht er mich an. »Das hast du gut gemacht. Ich mache mich jetzt auf den Weg. Ich werde dich auf dem Laufenden halten.«

Die Tür schließt sich hinter ihm und ich bleibe im Wohnzimmer zurück.

Unweigerlich schweifen meine Gedanken zu Mika. Wie wird er reagieren, wenn er erfährt, dass ich bei meinem Ex war? Hat er Verständnis? Wird er wütend sein?

Rocky leckt meine Finger und erinnert mich daran, dass alles wieder gut werden kann.

30. Kapitel

Als sich die Haustür öffnet, schrecke ich hoch und wische mir den Schlaf aus den Augen. Es ist dunkel draußen und dunkel im Wohnzimmer. Verwirrt sehe ich mich um. Bis spät in die Nacht saß ich auf dem Sofa und habe auf Dad und Mika gewartet. Dabei muss ich eingeschlafen sein.

»Jen?« Mikas warme Stimme dringt durch die Dunkelheit.

»Mika.« Schlaftrunken rapple ich mich auf und falle ihm in die Arme. »Da bist du ja endlich. Geht es dir gut? Sind alle in Sicherheit?«

Er nickt und vergräbt die Hand in meinem Haar. Sanft verflechtet sie sich mit den rotblonden Strähnen. »Harvey hat uns gewarnt. Wir haben das gesamte Blossom evakuiert und auch die Fluraniumvorräte und Biokomponenten heraustransportiert. Zum Glück konnten wir Zuflucht in der Haven Station finden. Nachdem das Gebäude geräumt wurde, haben wir die Bombe ausfindig gemacht. Sie soll den Chatprotokollen zufolge gegen Vormittag hochgehen, aber aktuell kümmern sich drei Androiden, die für die Entwicklung von Technikprodukten gebaut wurden, um die Entschärfung.«

»Dem Himmel sei Dank.« Ich vergrabe das Gesicht an Mikas Jacke. »Ich bin so froh, dass ihr rechtzeitig handeln konntet.«

»Und ich erst.« Mika löst sich aus der Umarmung und sieht mir ins Gesicht. »Aber du warst bei Oliver? Was hast du dir dabei gedacht?«

Verunsichert reibe ich die Handflächen aneinander und sehe ihn an. Der Mond, der durch das Fenster scheint, legt einen sanften Schimmer auf sein Gesicht. Das Lichterspiel sieht wunderschön aus. Er sieht wunderschön aus. Wie immer eigentlich. Ein weiches Gesicht mit markanten Wangenknochen, sanften Augen, die meist sehr kontrolliert wirken und in denen sich nun Unverständnis mit Besorgnis mischt.

Für ein paar Wimpernschläge bleibe ich ihm eine Antwort schuldig. Suche nach Worten. Nun, wo ich richtig wach bin, kann ich den Blick kaum von ihm lösen, muss ihn immerzu anschauen. Als wäre ich schon seit Tagen auf Entzug, mustere ich jedes Detail. Seine Haare, die auf perfekte Weise durcheinander wirken. Seine weichen Lippen. Den dunkelgrünen Schal, den er eigentlich gar nicht braucht, in dem ich die Nase aber so gern vergrabe. Weil er nach Geborgenheit riecht.

Auch Mika betrachtet mich, ohne sich zu rühren. Die Finger an mein Handgelenk gelegt, analysiert er mich. Seine Haut entfernt er währenddessen nicht, dabei macht er das mittlerweile in solchen Situationen fast immer, wenn wir allein sind. Und da ist sie wieder, die Distanz, die sich seit Weihnachten zwischen uns hin und her bewegt.

Endlich antworte ich. »Oliver und ich haben uns zufällig getroffen. Er hat angedeutet, dass er dafür sorgen wird, dass alle Androiden aus der Stadt verschwinden werden. Ich musste einfach herausbekommen, was er vorhat, Mika. Ich wollte nicht, dass euch was passiert. Ich wusste, dass ich in der Lage bin, ihm seine Beweise zu entlocken. Das habe ich dir so oft gesagt.«

»Das hast du in der Tat.« Er fährt sich durch das Haar, verwuschelt sie noch mehr. Es sieht unheimlich ästhetisch aus. »Und daraufhin habe ich dir immer wieder erklärt, dass so eine Aktion viel zu gefährlich ist. Was genau ist vorgefallen? Wurdest du verletzt?«

In wenigen Worten umreiße ich, was im Loft geschehen ist und ende mit den Worten: »Sein Bruch sah echt übel aus. Mittlerweile hat er hoffentlich ärztliche Hilfe bekommen.«

Mika nickt. »Zwei Kollegen vom CPD haben ihn noch in der Nacht festgenommen. Er wurde vorerst ins Krankenhaus gebracht. Das Handy ist mittlerweile gesperrt. Aber das ist nicht schlimm, wir haben sämtliche Beweise gesichert. Ich bin so froh, dass er dich nicht erwischt hat, Jen.«

Ich nicke nervös und umfasse seine Finger, die noch immer an meinem Handgelenk verweilen.

»Das war sehr gefährlich, aber hilfreich. Ich will dir stellvertretend für alle Androiden für deinen Einsatz danken.«

»Keine Ursache, ich meine … Das ist selbstverständlich für mich, ich bin sogar mit einem Androiden zusammen.« Ich sehe zu ihm hoch und kurz liegt diese Aussage über uns wie eine stumme Frage.

Er sieht auf unsere Hände und beantwortet sie nicht. Stattdessen besteht er darauf, mich ins Bett zu bringen. »Du hast dir eine angemessene Erholung nach diesen aufwühlenden Ereignissen verdient.«

»Und vor allem habe ich deine Nähe vermisst.« Erleichtert folge ich ihm nach oben.

Als wir gemeinsam zwischen den Laken liegen, schlüpft er aus seiner Kleidung und breitet den Arm für mich aus. Wie jede Nacht finden wir zueinander, wie jede Nacht empfange ich seinen Trost. Doch etwas ist anders. Er wirkt angespannt, nachdenklich. Als erfülle er mit seiner Anwesenheit lediglich sein Versprechen, ohne es richtig genießen zu können.

Ich richte mich auf und lasse die Finger über seine nackte Brust gleiten. Diese weiche Haut, die keinen Widerstand zulässt. »Was ist denn bloß zwischen uns los?«, flüstere ich. »Ich vermisse dich, obwohl wir zusammen sind, *MIKA-1000, MX000885201.*«

Er runzelt die Stirn, lächelt zart. »825.«

»825?«, wiederhole ich verwirrt.

»Der Name meines Modells lautet *MIKA-1000, MX000882501.* Die Zahlenfolge ist 825, nicht 852. Dir ist ein Zahlendreher unterlaufen.«

»Oh. Entschuldige.«

»Kein Problem. Ich schätze deine Bemühungen.«

»Bitte beantworte meine Frage, Mika. Ich mag die stumme Distanz zwischen uns nicht.«

Er nimmt meine Hand und sieht zu mir hoch. Die Entschlossenheit in seinem Gesicht wirkt im Mondschein so zerbrechlich. »Ich bringe dich in Gefahr, Jen. Wieder und wieder.«

»So ein Unsinn. Oliver zu besuchen war meine Entscheidung. Du hast mich bis jetzt immer in gefährlichen Situationen beschützt.«

»Du warst bei Oliver, weil du deine Beziehung verteidigen wolltest. Deine Beziehung zu einem Androiden. Deine Verbindung zu mir erhöht die Wahrscheinlichkeit, ein unzufriedenes Leben zu führen. Es gefährdet deine Unversehrtheit.«

Die Endgültigkeit in seiner Stimme lässt mich schaudern. »Mir ist egal, wenn mich die Beziehung zu dir in Gefahr bringt«, halte ich dagegen. »Ich will mein Leben genau so leben. Mit dir.«

»Jen«, setzt er an, doch ich rede weiter. Ich weiß, was er sagen will, spüre es in der Art, wie er meinem Blick ausweicht. »Du überlegst doch nicht etwa, dich zu trennen?«

Stille. Dann gibt er zu: »Es ist eine Option, eine Handlungsalternative. Eine erfolgsversprechende Möglichkeit, dich zu schützen.«

Ich schlucke schwer und sehe ihm in die Augen. »Es wäre eine furchtbare Handlungsalternative. Bitte, Mika. Tu das nicht.«

»Ich habe Angst in diesem Ausmaß einfach noch nie empfunden«, gesteht er und zieht mich in seinen Arm. Seine Haut erwärmt sich mit jedem Wort. »Je mehr Zeit du mit mir verbringst, desto intensiver bringst du dich in Gefahr. Für mich steht dein Schutz über meinem. Über dem von allen Menschen und Androiden, die ich kenne. Ich würde mir nie verzeihen, wenn dir etwas passiert, weil du mit mir in einer Partnerschaft lebst.«

»Angst gehört zu menschlichen Emotionen. Genau wie Liebe. Es sind alles sehr mächtige Gefühle. Du darfst dein Handeln nicht davon bestimmen lassen, okay?«

Er nickt und drückt mich an sich. »Ich werde versuchen, dieser Gefühle Herr zu werden. Nun solltest du schlafen. Mein Risikomädchen.«

In seinen Armen komme ich zur Ruhe, komme ich an. Die Hoffnung, dass nun alles zwischen uns wieder wie früher ist, wiegt mich in den Schlaf. Doch als ich am nächsten Morgen aufwache und er weg ist, wird mir klar, dass ich kämpfen muss. Denn ich möchte Mika um keinen Preis an seine Angst verlieren.

31. Kapitel

Am nächsten Morgen wimmelt meine Comwatch vor Nachrichten. Die Bombe konnte entschärft werden und aktuell durchkämmen Androiden das Blossom, um sicherzustellen, dass keine weiteren Gefahrenquellen deponiert wurden. Sie planen, schnellstmöglich in das Backsteinhaus zurückzukehren.

Dass ich Olivers Handy gestohlen habe, sprach sich herum wie ein Lauffeuer. In unzähligen holographischen Botschaften und Kurzmitteilungen danken mir Androiden für meinen Einsatz.

Ich treffe Dad in der Küche, der erst vor Kurzem nach Hause gekommen sein muss, denn er trägt noch immer seine Jacke und schlürft übernächtigt an einem Kaffee.

»Ich habe deine Nachrichten bekommen. Es ist also alles gut gegangen!«, rufe ich aufgeregt und falle ihm um den Hals.

»Ist es«, schnarrt mein Vater und tätschelt meinen Rücken. »Oliver liegt in der Rosemary Medical Clinic. Er wird Tag und Nacht bewacht, bis ihm der Prozess gemacht wird. Das hast du gut gemacht, Jenny.«

»Du solltest ins Bett, du siehst furchtbar müde aus.«

Er schüttelt den Kopf. »Vorher muss ich auf die Wache, um Gregory auf den neusten Stand zu bringen. Die Androiden mögen aktuell sicher sein, Oliver ist schließlich geschnappt. Aber es gibt noch so viele mehr, die es dranzukriegen gilt. Seinen Komplizen Michael zum Beispiel.«

»Verstehe. Aber dass du dich so, müde wie du bist, ans Steuer setzt, kannst du vergessen. Ich fahre dich.«

Kurze Zeit später parke ich Dads Voltage vor dem CPD. Der Schnee legt sich auf das Dach der Polizeistation. Das holographische Logo dreht sich, als wäre alles wie immer. Als wären gestern nicht um ein Haar unzählige Androiden und deren Lebensgrundlage in die Luft gejagt worden.

Ärger erfasst mich. Natürlich muss das Leben weitergehen, doch die Nachricht über den geplanten Bombenanschlag hat nicht die Spur von Unruhe ins CPD gebracht. Im Gegenteil. Ein Detective spaziert in aller Ruhe mit einer Schachtel Donuts durch die Schiebetüren.

»Ich werde kurz mit Gregory reden«, murmelt Dad und steigt ächzend aus. Der Schlafentzug macht sich deutlich in seinen geröteten Augen bemerkbar, doch kaum aus dem Wagen ausgestiegen, nimmt er eine aufrechte Haltung an und tritt ins Gebäude.

Ich muss lächeln. Sein Kampfgeist macht mich richtig stolz.

Ich mache mich auf eine längere Wartezeit gefasst, doch als Dad nach einer halben Stunde nicht auftaucht, beschleicht mich ein ungutes Gefühl. Ich steige aus dem Wagen und will ihm ins CPD folgen, doch da tritt er bereits kopfschüttelnd hinaus. Gregory ist ihm dicht auf den Fersen.

»Jetzt warte doch, Harvey.« Der Captain stemmt die Hände in die Hüften. Schweißperlen laufen ihm über den kahlen Kopf. »Ich vertrete weiterhin die Meinung, dass Oliver vom rechten Weg abgekommen ist und in den falschen Freundeskreis geraten ist. Du weißt, wie schwer der Junge es in seinem Elternhaus hatte. Ich kann mir nicht vorstellen, dass er allein wirklich für diese Taten verantwortlich ist.«

Dad fährt herum. In seinen Augen flackert der Zorn. »Allein vielleicht nicht, aber Chatverläufe, Videos und Fotos belegen seine Schuld. Es konnte nur so weit kommen, dass beinahe eine Bombe im Blossom gezündet wurde, weil du nicht gewillt warst, den Anschlag aufs Vortex ordnungsgemäß aufzuklären. Sieh dir das Material an, das ich dir überspielt habe.« Er schaut Gregory in die Augen, wirkt kühn und sicher. »Abgesehen davon stimme ich dir zu. Oliver war nicht allein für die Taten verantwortlich. Es steckt ein ganzes Netz dahinter. Und wir vom CPD lassen sie wieder und wieder entkommen. Weil wir nicht alle an einem Strang ziehen, sondern lieber seelenruhig Donuts futtern.«

Gregory schaut ihn zweifelnd an.

»Gewalttaten gegen Androiden sind mittlerweile ebenso strafbar wie Gewalttaten gegen Menschen«, fährt Dad mit scharfer Stimme fort. »Es steht im Gesetz. Wir sind für die Ahndung dieser Taten verantwortlich. Und ich fordere, dass wir als Team diesen Aufgaben nachkommen.«

»Die Beweise, die du mir ausgehändigt hast, haben vor Gericht keine Bewandtnis«, widerspricht Gregory halbherzig. »Ihre Beschaffung war illegal.«

Ich keuche auf, unfähig, mich länger zurückzuhalten. »Dann sieh dir die Beweise an! Oliver filmt sich dabei, wie er die Bombe im Vortex platziert und sagt ›Den Laden werden wir gleich in die Luft jagen‹! Nichts daran ist missverständlich! Und dass er den Plan ausgetüftelt hat, um die Bombe im Blossom zu platzieren, erkennt man anhand der Daten auch. Wie lange willst du ihn noch in Schutz nehmen, weil er dein ehemaliger Schützling ist? Und die Augen davor verschließen, dass die NATAL gefährlich ist?«

Dad dreht sich zu mir und auch Gregory hebt überrascht die Brauen.

»Du bist mit einem Androiden zusammen, Jen, und Oliver ist

dein Ex«, stellt Gregory fest. »Deine Meinung zu dieser Angelegenheit ist parteiisch.«

Enttäuscht kneift Dad die Augen zusammen. »Ist sie nicht. Meine Tochter hat vollkommen recht.« Er kommt auf mich zu und legt mir den Arm um die Schulter. »Lass uns nach Hause fahren, Jen. Und ich überlege mir, ob ich meine Zukunft überhaupt noch im CPD sehe.«

Gregorys Augen weiten sich. Kurz wirkt er so betroffen, dass ich glaube, er würde uns aufhalten, dann dreht er sich jedoch um und stapft zurück in die Wache.

Im Auto treten meine Knöchel weiß hervor, so fest umklammere ich das Lenkrad. Ich sollte losfahren, aber ich kann nicht. Wie erstarrt blicke ich auf die Schneeflocken, die sich lautlos auf die Windschutzscheibe legen.

Nachdenklich sieht Dad hinaus. Er hängt so kraftlos auf dem Beifahrersitz wie eine Marionette, deren Fäden durchtrennt wurden.

»Vielleicht sollte ich meine Drohung wahr machen und tatsächlich kündigen«, räumt er leise ein.

»Ich verstehe, dass du das gerade denkst«, erwidere ich. »Aber dieser Job ist dein Leben. Du liebst ihn. Wie sollst du …«

»Ich *habe* ihn geliebt«, verbessert er mich. »Wer will schon Gesetzeshüter sein, wenn sie nicht die schwächsten Mitglieder der Gesellschaft schützen? Ich jedenfalls nicht mehr!«

Mit diesem Punkt hat er nicht unrecht.

»Es gibt für alles eine Lösung«, beschwöre ich ihn. »Schlaf eine Nacht drüber. Du hast in den vergangenen Jahren tolle Arbeit geleistet und die Lage für die Androiden Chicagos signifikant verbessert. Du verlierst deinen Einfluss, wenn du einfach so kündigst.«

»Fürs Erste will ich einfach weg hier«, brummt Dad und stiert auf das Gebäude, in dem er seit seiner Ausbildung gearbeitet hat.

Ich möchte meinen Vater nicht länger quälen. Also lasse ich den Motor an und fahre los. Glücklicherweise hat die Autofahrt eine ähnliche Wirkung auf ihn wie auf ein Baby. Nach kurzer Zeit schnarcht er leise vor sich hin. Nachdem er die ganze Nacht auf den Beinen war, hat er sich den Schlaf mehr als verdient.

Nachdem ich meinen Vater nach Hause gebracht habe, trete ich auf die Veranda und schaue in den Himmel. Drei Drohnen schweben durch die Nachbarschaft und ein gewaltiges Flugschiff transportiert seine Fracht zum Stadtrand. All die Objekte in der Luft zu sehen, die typisch sind fürs technologisch fortschrittliche Chicago, lässt mich lächeln. Silvester steht vor der Tür und tatsächlich bin ich froh, den Tag in meiner Heimatstadt zu verbringen. Doch ganz befreit kann ich nicht in das nächste Jahr schauen.

Der Schreck rund um die Sache mit Oliver sitzt mir tief in den Knochen. Dad hat sich mal wieder mit seinem ehemaligen Kumpel und Boss gestritten und die Distanz zwischen Mika und mir scheint unüberbrückbar. Außerdem hadere ich mit meiner ungewissen beruflichen Zukunft. Der Job im *Hot Stuff* ist in Ordnung für die Überbrückung, doch er erfüllt mich nicht. Wie wird mein nächstes Jahr in Chicago? Wird sich die politische Lage entspannen? Und auch meine persönliche?

32. Kapitel

Am Tag vor Silvester fahre ich ins Blossom. Dad hat mir erzählt, dass die Durchsuchung des Gebäudes keine Spuren auf einen weiteren Anschlag ergeben hat und dass die Androiden wieder zurückkehren konnten. Nun bietet sich mir endlich die Möglichkeit, in Ruhe mit Piper zu reden.

Dieses Mal weiß ich auf Anhieb, dass ich in den achten Stock muss,

und stelle erleichtert fest, dass der Fahrstuhl instandgesetzt wurde.

Wie in den anderen Stockwerken ist der Gang mit Türen gesäumt, hinter denen sich Apartments befinden. An der Südseite neben dem Treppenhaus befinden sich einige Gemeinschaftsräume ähnlich dem, der im sechsten Stock das Vorratslager für Fluranium und Biokomponenten beinhaltet.

Piper erwartet mich bereits vor einer Tür. »Jen«, begrüßt sie mich herzlich und schließt mich in die Arme. »Die Heldin des Blossom!«

»Heldin?«, wiederhole ich lachend und folge ihr in die Wohnung. Sie ist relativ klein und noch nicht besonders wohnlich eingerichtet. Das liegt wohl daran, dass Piper erst vor Kurzem und ziemlich spontan eingezogen ist. Außerdem stand eine ansprechende Gestaltung ihrer eigenen vier Wände in dem ganzen Chaos rund um die Evakuierung wohl an letzter Stelle.

Über einem Schreibtisch erkenne ich allerdings dasselbe Foto von uns beiden, das auch an meinem Schrank hängt. Ich muss lächeln.

»Und ob du eine Heldin bist«, verkündet Piper. »Oder, Leute?«

Im Inneren erwartet mich ein kleines Empfangskomitee. Abby, Eden und Ray stimmen Piper klatschend zu und Abby zündet eine Konfettikanone. Zu meiner Überraschung ist auch Kyle anwesend, der von Abby skeptisch beäugt wird.

Mit heißen Ohren lasse ich mich von einer Umarmung in die nächste ziehen. Piper schenkt Orangenlimonade aus – offenbar ist dieses Getränk nicht nur bei Mika beliebt – und beobachtet strahlend, wie die Androiden mich feiern.

»Danke, dass du dich diesem Terroristen gestellt hast, Jen«, sagt Eden und umschließt Abbys Schultern.

»Die Evakuierung war sicherlich kein schönes Erlebnis für euch«, murmle ich mit Blick auf die kleine Abby.

»Es war eine beängstigende Situation, ja, aber wir waren froh, in Sicherheit zu sein«, entgegnet Eden. »Nachdem wir eine Nacht in der Haven Station verbracht haben, wissen wir wieder genau, was wir an unserem Zuhause haben.«

»Und ob«, stimmt Abby zu. »Du musst uns unbedingt mal im fünften Stock besuchen, Jen.«

Doch ehe ich antworten kann, drängt sich Kyle nach vorn. »Jennifer Williams!«, ruft er fast streitlustig und hat wieder diesen enthusiastischen Wahnsinn in den Augen. Er trägt eine zerschlissene Schürze und eine schief sitzende Kochmütze. »Jennifer Williams hat die Androiden vor einem Bombenanschlag bewahrt! Zum Dank hat Kyle ihr eine neue Speise zubereitet!«

Er deutet auf den Couchtisch in der Sofaecke, auf dem sich eine Servierglocke befindet. Daneben hat er Fleischermesser und eine Tranchiergabel als Besteck gelegt.

Piper wispert hinter hervorgehaltener Hand: »Er stand seit sieben Uhr in der Küche. Ich bin so was von gespannt. Aber warte, ich werde dir passendes Besteck besorgen …« Sie verschwindet in der Küche, während Kyle fortfährt.

»Dies ist Kyles neueste Kreation und ein kulinarisches Meisterwerk.« Er legt eine Kunstpause ein und zieht andächtig die Silberhauben vom Teller. Ich erwarte ein gerupftes Huhn, gebratenen Salat oder rohe Pfannkuchen. Doch stattdessen ist es …

»Nudeln mit Ketchup?«

»Und Mais und Champignons.« Stolz hält Kyle die Dosen empor. »Menschen brauchen diese Nährstoffe. Und Menschen ernähren sich gern von Nudeln. Ketchup ist eine Würzsauce, die auf diesem Kontinent sehr beliebt ist. Die Trauben sind der Nachtisch.«

Das Essen ist alles andere als konventionell und Obst auf der Soße nicht gerade die leckerste Kombi. Aber die Nudeln scheinen gar zu sein und sämtliche Zutaten genießbar.

Piper kehrt zurück und wispert Kyle etwas ins Ohr, woraufhin dieser die Stirn runzelt und mir eine Gabel überreicht. Ich bin froh, die Tranchiergabel nicht nutzen zu müssen, und nehme auf dem Sofa Platz. Dort hole ich tief Luft und koste.

Alle erstarren in stummer Erwartung.

Ich kaue, runzle die Stirn, kaue weiter, schlucke. »Es ist … okay! Etwas speziell mit den Trauben … Aber mal was anderes. In der Tat ausbaufähig!«

Ein erleichtertes Raunen geht durch die Gruppe.

Wenn Kyle sich weiterhin so rasant verbessert, hat er tatsächlich das Zeug zum Meisterkoch.

Wir feiern noch ein wenig weiter, bis Piper verkündet: »Danke, dass ihr uns Gesellschaft geleistet habt. Ray und ich haben nun noch etwas mit Jen zu besprechen.«

Kyle, Eden und Abby scheinen darüber informiert zu sein. Sie verabschieden sich.

»Worum geht's?«, frage ich.

Ray schiebt die Tür auf. »Ratssitzung!«, erklärt er. »Beziehungsweise Nachbesprechung.«

»Okay …«, murmle ich und folge den beiden in den Flur. »Aber was habe ich damit zu tun?«

»Einiges!« Piper zieht mich in einen kargen Raum, der allem Anschein nach das Büro der *Android Rights Association* werden soll. Dann wirft sie die Tür hinter mir zu und schiebt mir einen Stuhl entgegen. »Sag's ihr, Ray!«

Ray räumt ein Tablet zur Seite und sieht mich vielsagend an. Mit der grinsenden Piper, die neben ihm am Fensterbrett lehnt, wirken die beide wie ein Superheldenpärchen, das für die Gerechtigkeit sozial Benachteiligter kämpft, und irgendwie sind sie das ja auch.

»Wie du weißt, sind Piper und ich die Vorsitzenden der *Android Rights Association*«, erklärt Ray. »Mika fehlt bei dieser Unterredung, aber er ist eingeweiht und geht mit unserem Anliegen d'accord.«

Was führen meine Freunde im Schilde? Fragend sehe ich in Pipers Gesicht. Sie nickt strahlend.

Ray fährt fort. »Der Wahlsieg von Arabella Bradshaw überzeugt immer mehr Leute, sich für die Rechte von Androiden einzusetzen. Es ist uns sogar gelungen, weitere Sponsoren anzuwerben.«

»Das klingt super«, pflichte ich bei. Dass Pipers Arbeit Früchte trägt, freut mich ungemein. Auch ich würde mich gern für die

Androiden einsetzen, doch Politik ist noch nie mein Ding gewesen.

»Wir kämpfen weiterhin um einen Platz in der Gesellschaft«, fährt Ray fort. »Initiativen müssen gestartet und Aufklärung betrieben werden.« Er redet, als stünde er vor Tausenden von Menschen. Dabei spricht er nur mit mir. Ray ist der geborene Redner. Oder eher der gebaute? »Und dafür brauchen wir deine Hilfe, Jen.«

»*Meine* Hilfe?«

Wieder starre ich zu Piper, die so heftig nickt, dass ihre Locken wippen.

Entschlossen beugt Ray sich nach vorne. »Wir brauchen jemanden, der die Werbung entwirft. Plakate, Flyer und Infomaterial zusammenstellt. Piper hat uns deine Arbeiten gezeigt. Du hast Talent. Ein Auge für zielgruppenorientiertes Design und du bist nah dran am Puls Chicagos und dem Rest des Landes. Es wäre uns eine Ehre, dich als festes Mitglied in unserem Kreis aufzunehmen.«

Ich starre ihn an.

»Gegen Bezahlung natürlich«, fügt Ray hastig hinzu. »Wir sind an einem wirtschaftlichen Punkt angelangt, an dem wir uns das leisten können. Wahrscheinlich wirst du bei uns nicht reich werden. Aber es wäre ein Job in dem Bereich, den du gelernt hast. Du tust etwas Gutes damit. Für uns.«

»Lass mich dein Angebot zusammenfassen.« Ich hole tief Luft. »Du willst, dass ich für euch Werbung entwerfe. Mit meiner Arbeit würde ich zur Etablierung von Androiden beitragen und sogar bezahlt werden?«

Ray geht kurz in sich. »Im Grunde genommen, kann man das so sagen, ja.«

Ich muss nicht lange überlegen. »Ich bin dabei!«

Ray grinst. »Gut. Dann bist du eingestellt.«

»Moment, war das gerade ein Bewerbungsgespräch?«, frage ich lachend.

»Sieht so aus«, erwidert Ray. »Gib mir fünf, Jen.«

Wir schlagen ein und ich kann mein Glück kaum fassen. Habe ich gerade eine Stelle bekommen, obwohl ich das Studium abgebrochen habe? Mir fällt ein, dass auch die Androiden nicht über Diplome verfügen. Lediglich über eingespeichertes Wissen. Deshalb legen sie keinen Wert auf Formalitäten. Fähigkeiten zählen für sie.

Ich bin überwältigt. Zukünftig werde ich Mika, Ray und die anderen Androiden auf meine Art unterstützen können. Mit Grafiken und Werbeentwürfen und ohne große Worte.

Nachdem wir das Gespräch mit Ray beendet haben, führt Piper mich auf das Dach des Blossom.

»Es war ein großer Schritt, hierherzuziehen, aber bis jetzt habe ich es keine Sekunde bereut.« Piper stellt die Krücken neben sich ab, breitet die Arme aus und sieht strahlend in die Ferne.

Wie zu Hause in Wicker Park sind hier oben Solarpaneele angebracht und einige Androiden haben bereits mit der Bepflanzung begonnen. Wir haben einen wunderschönen Ausblick auf die Wolkenkratzer der Innenstadt. Doch von hier aus sieht man auch den Chicagohill.

»Das freut mich«, erwidere ich. »Ich bin auch froh, wieder in Chicago zu sein und dass unsere Freundschaft wieder erblüht. Andererseits ...« Meine Stimme stockt.

»Was ist los, Jen?« Piper setzt sich mit mir auf eine Bank. »Dich bedrückt etwas. Das merke ich schon die ganze Zeit.«

Schluchzend nicke ich und beginne zu erzählen. Von Mikas

und meiner stummen Distanz und von seinen Ängsten, die ich ihm nicht nehmen kann. »Ich glaube, er verbringt so wenig Zeit mit mir, um mich nicht in weitere Gefahr zu bringen. Er will mich daran gewöhnen, dass ich ohne ihn ein erfülltes Leben habe. Ergibt das Sinn?«

»Aus Mikas Sicht leider schon.«

»Ich befürchte, dass er so sehr an seiner Überzeugung festhält, dass ich ohne ihn sicherer bin, dass er mich ganz verlässt.«

Besorgt legt Piper den Arm um mich. »Du musstest in den letzten Tagen viel mit dir selbst ausmachen, nicht? Ich hatte kaum Zeit für dich.«

»Das ist nicht schlimm, Pipes. Du setzt dich Tag und Nacht für die Gleichberechtigung von Androiden ein. Dann brauchst du dich nicht auch noch mit meinen Beziehungsproblemchen beschäftigen.«

»Na, hör mal! Du bist meine beste Freundin und lediglich Beziehungsproblemchen würde ich das nicht nennen. Ihr steht vor Problemen, die angesichts der reellen Gefahren in einer Beziehung zwischen Mensch und Android normal sind. Es ist eine Umstellung und manchmal auch eine Herausforderung, mit einem Androiden zusammen zu sein. Das weiß niemand besser als ich.«

»Hast du denn eine Idee, wie ich die angespannte Situation mit Mika wieder auflöse?«

Piper lächelt, nimmt meine Hand und drückt sie. »Und ob ich die habe. Komm mit!«

33. Kapitel

Ich: Lass uns den Abend zusammen verbringen. Wie früher. Nur du und ich. Hast du Zeit? Ich würde gern mit dir über unsere Zukunft reden.

Mika: Ja, ich habe Zeit. Ich denke, wir sollten reden.

Ich: Super. Ich freue mich auf dich. Kleiner als drei.

Ich halte den Atem an, warte auf seine Antwort und stoße erleichtert die Luft aus.

Mika: Ich mich auch. Kleiner als drei.

Da ist es, das ursprüngliche Missverständnis eines Herz-Emoticons, das mittlerweile zu unserem Running Gag geworden ist. Eine Rückversicherung, dass alles okay werden kann.

Obwohl Mika und ich schon eine Weile zusammen sind, bin ich vor unserem Treffen aufgeregt. Der Gegenstand, den Piper mir mitgegeben hat, liegt schwer in meiner Tasche. Er könnte alles ändern zwischen uns, muss alles zwischen uns ändern, reparieren und Mika die Angst nehmen. Ich lege all meine Hoffnung in diese Komponente und hoffe, dass sie uns retten wird.

Dad verabschiedet sich von mir, um den Abend bei Randy zu

verbringen. Er weiß um meinen Plan und reckt mir zum Abschied den erhobenen Daumen entgegen. »Ihr macht das schon.«

Hoffentlich wird er recht behalten!

Ich habe gehofft, dass meine Nervosität schwindet, wenn Mika nach Hause kommt, doch das Gegenteil ist der Fall. Als er durch die Tür tritt, Rocky begrüßt und sich den Schnee aus den Haaren schüttelt, bleibt mir für einen Moment die Luft weg. Da er in letzter Zeit nur nachts bei mir war, bin ich es gar nicht mehr gewohnt, ihn im Hellen unserer Küche zu sehen. Seine Anwesenheit erfüllt mich nicht nur mit dem warmen Gefühl von Sicherheit, sondern auch mit heißem Begehren. Es zeigt mir, wie wichtig er mir ist und wie dringend ich an dieser Beziehung festhalten muss.

Ich ermahne mich, mich auf das Gespräch zu fokussieren. Auf die Beseitigung unserer Probleme. Und so hole ich tief Luft und sage: »Hallo, Mika.«

»Hallo, Jen.« Er lächelt sanft. »Ray hat mir erzählt, dass du Teil des Teams wirst. Es ist schön zu hören, dass du eine neue berufliche Perspektive erlangst.«

»Und ob.« Ich trete auf ihn zu und nehme seine Hand. »Trotzdem hätte ich mir gewünscht, dass ich dieses Angebot von dir bekomme. Du bist Teil des Vorstands der *Android Rights Association*. Piper und Ray haben das Jobangebot mit dir besprochen. Warum redest du nicht mit mir?«

Er zögert, dann sieht er mir ins Gesicht. »Das liegt daran, dass ich bis zum Schluss nicht davon überzeugt war, dass es eine gute Idee ist, wenn du der Vereinigung beitrittst.«

Seine Worte versetzen mir einen Stich. Ich schlucke, erinnere mich aber daran, warum er das sagt, warum er so empfindet. »Du möchtest mich schützen, nicht? Je mehr sich herumspricht, dass ich Androiden unterstütze und dass ich mit dir zusammen bin, desto mehr Gefahr bin ich ausgesetzt.«

Er senkt den Blick. Seine Hand zuckt, löst sich beinahe von meiner, verweilt jedoch an ihrer Stelle. »Ich hadere mit mir, Jen. Ich könnte für deine Sicherheit sorgen. Indem ich mich von dir abwende. Indem ich mich von dir trenne. Indem ich …«

Ich lege meine Faust in seine Handfläche. »Bitte sprich nicht weiter. Ich weiß, dass deine Programmierung dir dauernd Wahrscheinlichkeiten dafür aufzeigt, wie vielen Gefahren ich als deine Partnerin ausgesetzt bin. Dass die Umstände, unter denen wir eine Beziehung führen, mich unglücklich machen könnten. Dass *du* mich unglücklich machen könntest. Die Intensität deiner Angst bestätigt dir das. Aber eins darfst du nicht vergessen, Mika. So groß die Wahrscheinlichkeit sein mag, dass wir als Paar auf Zurückweisung stoßen oder dass ich von Freizeitaktivitäten ausgeschlossen werde wie dem Chicagohill – meine Gefühle sind nicht messbar. Keine Gefahr fürchte ich mehr, als ohne dich zu sein. Nie wäre mein Schmerz größer, als wenn ich eine Trennung von dir durchstehen müsste. Denn auch wenn ich als deine Partnerin Ausgrenzung erleben muss, so überwiegt in mir das Glück. Das Glück, mit dir zusammen zu sein. Ein so mächtiges Gefühl, das niemand berechnen kann. Du nicht, ich nicht. Vielleicht nur mein rasendes Herz.«

Sein Atem setzt aus, als ich die Faust öffne und den Gegenstand in seine Handfläche fallen lasse.

»Und deshalb möchte ich dir die LED geben. Trage sie wieder, wenn du möchtest. Ich werde an deiner Seite sein und akzeptiere dich als Androiden. Es ist mir herzlich egal, wie andere das finden. Ich stehe zu dir. Genau wie du bist.«

Wortlos sieht er auf seine Hand. Sein Atem setzt ein, wiederholt sich dreimal schnell hintereinander, dann fängt er sich und sieht mir ins Gesicht.

»Woher hast du das?«

»Piper hat sie mir aus dem Vorratsraum im Blossom geholt.«

Seine Hände schließen sich um die Leuchte. »Bist du dir sicher?«

Ich nicke.

»Komm mit«, sagt er und läuft die Treppen hinauf.

Ich folge ihm ins Bad, wo er vor dem Spiegel stehen bleibt. Ich sehe uns an, wie wir nebeneinanderstehen. Ich mit meinen rotblonden Haaren und den sturmgrauen Augen, sichtlich durcheinander und angespannt von der Ungewissheit der letzten Tage, und er. Mit den gewellten braunen Haaren, den weichen Gesichtszügen, die meist kontrolliert wirken, nun aber von einer zwiegespaltenen Konzentration unterlegt sind. Auf den ersten Blick sind wir ein ganz normales Paar. Doch in seiner Brust ist eine Fluraniumpumpe verbaut anstelle eines Herzens, in seinem Kopf ein Prozessor anstelle eines Hirns.

Er neigt den Kopf, woraufhin sich am Hals, unterhalb seines Ohres, die Haut zurückzieht und weißes, glattes Polycarbonat freilegt. Ein Loch ist zu sehen, das mir unterhalb seiner Haut nie aufgefallen ist. Sie liegt sonst direkt darüber und kaschiert die fehlende Komponente seines Körpers.

Er stülpt die Kabel in das Loch und setzt die Leuchte ein. Ein umgekehrtes Dreieck, das Androiden unmissverständlich kenntlich machen, liegt nun an seinem Hals. Er lässt die Hände sinken, woraufhin sich synthetische Haut zurückbildet. Sie schließt sich um die gläserne, farblose Ummantelung des Dreiecks.

Er dreht sich zu mir um und nimmt meine Hände. Während ich ihn erwartungsvoll betrachte, senkt er die Lider, senkt sie lange. Und als er sie wieder öffnet, erstrahlt das Lämpchen an seinem Hals. Als betätige er einen inneren Mechanismus, der den Energiekreislauf eröffnet und schließt.

Wir sehen einander in die Augen. Für wenige Momente scheint die Zeit stillzustehen.

Dann strecke ich behutsam die Hand aus. »Darf ich?«

Mika nickt kaum merklich.

Ich lege den Finger auf das LED-Dreieck, fahre vorsichtig über die Erhebung. Magentarotes Licht bescheint meine Hand, erlischt, als ich es verdecke, und flackert wieder auf, als ich den Finger zurückziehe.

Das Leuchten ist künstlich. Technisch. Nicht menschlich. Und ungeachtet dessen wunderschön. Das magentarote Dreieck steht für ihn. Sein Dasein als Android. Für einen offenen Umgang mit seiner Identität.

Ich lasse die Hand sinken, taste wieder nach seiner.

Er legt unsere Handflächen aneinander und verschränkt die Finger mit meinen. Forschend sieht er mir in die Augen. »Wie ist es für dich, mich so zu sehen?«, vergewissert er sich leise.

Von meiner Reaktion hängt der weitere Verlauf unserer Beziehung ab. Darüber bin ich mir im Klaren. Deshalb versuche ich, meine Worte mit Bedacht zu wählen. Und bin dann doch ganz ehrlich. »Es ist ungewohnt. Aber es gehört zu dir. Und da ich alles an dir liebe, liebe ich auch deine LED.«

Er lächelt, hebt meine Hand und streckt die Finger. Die Haut zieht sich geräuschlos zurück, verweilt am Handgelenk und ich berühre sein wahres Ich. Kühle, synthetische, weiße Finger, die so sehr er sind wie das magentarote Dreieck. Wie sein geduldiges Wesen, seine unbedarfte Direktheit, seine unumstößliche Verlässlichkeit.

Meine Finger prickeln, mein Körper prickelt, meine Lippen. Und dann strahle ich. Erleichtert darüber, wie befreit er wirkt. Ich sehe ihn so, wie ich ihn sehen will. Überzeugt. Glücklich.

»Du sagst, dass dein Schmerz überwiegt, wenn ich dich verlassen würde, um dich zu schützen.«

»Ja. Meine Liebe ist stärker als die Angst. Und ich liebe dich, wie du bist. Als das, was du bist. Als Androiden. Ich werde zu dir stehen, egal, was kommt. Denn ich bin überzeugt davon, dass wir als Paar nur eine vollständige Akzeptanz erreichen können, wenn wir unsere Beziehung offen leben und sie normalisieren.«

»Verstehe. Ich danke dir, Jen«, wispert er, die Stirn an meiner. »Du glaubst nicht, was mir das bedeutet. Mit diesem letzten Teil fühle ich mich wieder … komplett. Ich spüre, wie ernst es dir ist. Ich bin bereit, dir zu vertrauen. Und wenn du mich brauchst, um wirklich glücklich zu werden, kann und will ich deine Seite nicht verlassen.«

Und dann schließen sich seine synthetischen Finger um meine Hand, er zieht mich an sich und küsst mich. Küsst mich zart, küsst mich begierig. Küsst mich so, wie man sein Gegenstück küsst. Ungeachtet dessen, ob es von derselben Art ist oder nicht.

Magentarotes Licht flackert zwischen meinen halb geöffneten Lidern. Kühles Polycarbonat umschließt meine Hand. Mika, der sich mir zeigt, wie er ist. Wie er sich wohlfühlt.

Er hebt mich an und zieht mich in mein Zimmer. Ich schlinge kichernd die Beine um ihn, woraufhin er mich zu meinem Bett führt. In unsere Welt, eine Dimension, in der es nur ihn und mich gibt. Achtung, Respekt und Begehren.

In seinen Armen sinke ich auf die Matratze. Ein erwartungsvolles Stöhnen entfährt mir, als er sich zwischen meine gespreizten Beine drängt und mir zeigt, wofür er bereit ist.

Endlich, endlich ist er wieder da. Wieder bei mir. Die unsichtbare Barriere zwischen uns ist verschwunden.

Sehnsüchtig fahre ich seine Haut unter dem Hemd entlang, die sich eigens für mich erwärmt hat. Ich kann nicht erwarten, ihn wieder ganz auf mir zu spüren. In mir zu spüren. Doch er lässt sich neben mich in die Kissen sinken und schiebt seine noch immer entblößte Hand unter den Bund meiner Jeans, wo er von einer nassen Wärme begrüßt wird, die nur auf ihn gewartet hat. Sein Atem stockt, als er diesen intensiven Kontakt zwischen seinen Rezeptoren und meiner lodernden Lust ertastet. Er zieht die Finger hervor, um von ihnen zu kosten, schiebt mir dann Jeans und Slip hinunter und führt die Lippen an meine Körpermitte, um direkten Kontakt herzustellen.

Ein wohliger Schauer wandert über meinen Körper, als ich seine Zunge spüre. Schon längst habe ich mich daran gewöhnt, dass sie sich auch in diesem intimen Bereich unnachgiebiger anfühlt als die eines Menschen, doch nicht weniger schön. Denn er ist zärtlich und vorsichtig.

»Du hast mir gefehlt«, wispert er und als er den Kopf hebt, sehe ich, dass sich die Haut von seiner Mundregion zurückgezogen hat. Meine Antwort ist ein erregtes Keuchen. Das Eingeständnis, dass es mir genauso ging.

Ich setze mich auf und befreie mich von meinem Shirt. Auch er schlüpft aus seinem Hemd, öffnet seine Hose und lässt zu, dass ich ihn berühre. Mit unregelmäßigem Atem, jederzeit im Begriff, sich zurückzuziehen. Das bin ich gewohnt von ihm. Nach wie vor ist er bedacht beim Sex, starr darauf fokussiert, dass ich auf meine Kosten komme. Er fordert sich nie viel ein und unterbricht mich, wenn ich ihn verwöhnen will. Seine Grenzen respektiere ich immer. Sie sind alte Überbleibsel seiner Programmierung, die ihm nicht erlaubte, seine Bedürfnisse zu artikulieren oder gar einzufordern. So erwarte ich eigentlich auch, dass er mich nun aufhält, wo ich mit dem Gesicht so nah an seiner Männlichkeit bin, doch das Gegenteil ist der Fall.

»Ich begehre dich so sehr, Jen«, flüstert er. »Wenn du heute weitergehen möchtest, werde ich dich nicht unterbrechen.«

Ich lächele, streife ihm die Hose von den Hüften und lege die

Lippen auf seine Erektion. Das Polycarbonat unter der heißen Haut fühlt sich starr an, fest. Seine Form ist makellos und zweckgebunden, ohne Unebenheiten oder Adern. So anders und doch so er. Ich öffne den Mund und nehme ihn in mir auf. Seine Lenden zucken und ich sehe ihm in die Augen.

Magentarotes Licht funkelt an seinem Hals und leuchtet im gedimmten Zimmer. Fragend hebt er die Brauen und ich nicke.

Vorsichtig vergräbt er die Hand in meinen Haaren, dann löst sich die Haut von seiner Erektion. Das glatte Material seiner Männlichkeit liegt an meiner Zunge, an meinen Lippen. Ich schmecke einen Teil von ihm, etwas, das nichts mit einem Menschen gemein hat, und mich trotzdem unfassbar anspricht.

Und deswegen nehme ich ihn tiefer in mir auf. Lausche seinem Keuchen, höre ihn meinen Namen flüstern, bis ein leiser Fluch ihm über die Lippen tritt. »Jen, das … verdammt.« Er zieht meinen Kopf an seinen Schoß, entfernt schuldbewusst die Hände, um sich nicht zu viel einzufordern, doch ich reagiere. Nehme ihn ganz in mir auf, lasse ihn wieder aus mir herausgleiten, sauge an der Spitze. Kleine Tropfen Fluranium benetzen meine Zunge. Sie schmecken ein wenig bitter, aber zugleich süß, fast wie meine Liebe zu ihm.

Die direkte Verbindung zwischen seiner Erektion und mir lässt ihn für einige Momente handlungsunfähig unter mir liegen. Dann genießt er es. Und ich tue es ebenso. Denn ich weiß, welche Überwindung es für ihn war, sich mir beim Sex unummantelt zu zeigen. Dies ist ein weiterer Meilenstein unserer Zuneigung und heute ein Zeichen für unsere Versöhnung.

Nichts steht mehr zwischen uns, als er mich zu sich zieht. Neben ihm liege ich auf der Matratze, während er sich über mich beugt und mir durch die Haare streichelt. Und dann gibt er sich mir hin. Er streift die Hose von den Knöcheln und dringt in mich ein. Mit einem flüssigen Stoß, einer Bewegung werden wir eins.

Schwer komme ich zu Atem, lege die Hände in seinen Nacken. Lasse den Daumen über das magentarote Dreieck gleiten, als er bewegungslos auf mir verharrt. Ich akzeptiere ihn, nehme ihn an. Akzeptiere damit auch mich und meine flammenden Gefühle und ihn. Und gemeinsam schweben wir auf der Woge der Einheit, auf Wolken der Zuversicht.

Bis er sich entschließt, das Tempo anzuziehen. Denn er weiß mittlerweile genau, wie ich es mag.

Er richtet sich auf, richtet mich auf, fordert mich leise auf, mich umzudrehen. Und so liebt er mich. Aufrecht kniend, meinen schwitzenden Körper an seinen gepresst, die Brüste mit den Händen umfasst, die weißen Finger immer wieder an meiner Körpermitte.

Wir können ablassen, von allem, was uns hemmte, von allem, was uns auseinandertrieb. Für den Moment bleiben nur wir und unsere Lust. Und wie ich es von ihm gewohnt bin, passt er seine Geschwindigkeit meinen Bedürfnissen an, liest die Anzeichen meines Höhepunkts an meinem Puls, der Atmung und der Spannung in meinem Herzen.

Fest drückt er mich an sich, als ich komme. Befreiend zieht sich alles in mir um ihn herum zusammen, entlädt sich, kurz fliege ich in seinen Armen, und ich sinke dann schwer atmend an seine Brust. Er fängt mich auf, in meiner Begierde und in der Erschöpfung, streichelt mir über die Brüste, den Bauch, und vergräbt die Nase in meinem Haar.

Als er sich neben mir auf die Matratze sinken lässt, sind seine Lippen noch immer weiß. Ein Bild, an das ich mich schon lange gewöhnt habe.

Die Worte sprudeln über meine Lippen. »Ich liebe dich, Mika.

Mit allem, was du bist und was zu dir gehört.«

Er lächelt. Wieder so leise und unaufgeregt. So friedlich und ruhig. Ganz anders als mein vor Aufregung tanzendes Herz. »Ich liebe dich auch, Jen«, sagt er. Sein Daumen fährt über meinen Hals. Die Stelle, die bei mir glatt, bei ihm erhoben und leuchtend ist. »Die Akzeptanz von niemandem ist mir so wichtig wie die von dir.«

34. Kapitel

Den Rest des Abends verbringe ich damit, in Mikas Armen zu liegen und mich in seinen Augen zu verlieren. Wir reden, küssen und streicheln uns. Im Laufe der Nacht werden wir noch einmal intim miteinander und wieder ist Mika gleichzeitig so furchtbar einfühlsam und angenehm wild. Er liebt mich mit einer ausdauernden Zärtlichkeit, die einem Menschen in nichts nachsteht.

Als ich nach dem Zähneputzen zurück in mein Zimmer komme, leuchtet mir magentarot das umgedrehte Dreieck entgegen, weist mir den Weg. Funkelnd und warm. Ich werde mich daran gewöhnen müssen, dass nun stets ein Licht neben mir scheint, wenn ich schlafe. Ich will mich daran gewöhnen.

Ich setze mich an den Bettrand und greife nach seiner Hand. »Vorhin ist mir etwas aufgefallen. Du hast geflucht.«

»Habe ich wirklich?«

»Ja! Du hast noch nie in meiner Anwesenheit geflucht.«

»Das stimmt«, murmelt Mika. »Meine Programmierung verbot mir die meisten Beschimpfungen. Wahrscheinlich habe ich hiermit den Höhepunkt der Dissidenz erreicht.«

»Du hattest eine Anti-Schimpfprogrammierung?«, hake ich nach. »Und dann haben sie ausgerechnet dich zu meinem Dad gesteckt. Der ist doch so was wie der inoffizielle Meister des Schimpfens.«

»Du machst mich gleich zum Meister des Schimpfens, wenn du länger am Bettrand sitzt.« Herausfordernd stemmt er sich auf.

Kichernd lasse ich mich zu ihm unter die Bettdecke ziehen. »Das will ich sehen. Kannst du weitere Schimpfwörter?«

»Jen, bitte. Ich muss das noch üben. Ich will mich nicht lächerlich machen.«

Er dämpft mein Kichern mit seinen Lippen. Mein Herz sprüht vor Glück, als mich seine Wärme empfängt. Denn ich spüre, dass er wieder voll da ist. Bei mir. Hier zu sein, ist für ihn nicht mehr nur die Erfüllung eines Versprechens, das von Sorge durchzogen ist. Er glaubt an uns.

Am Silvestermorgen ist mein Vater schon früh auf den Beinen.

»Ich starte einen neuen Versuch, Tims Zimmer auszuräumen«, eröffnet er uns, als wir in die Küche treten. »Weihnachten war in der Tat der falsche Zeitpunkt, aber das neue Jahr steht vor der Tür. Es ist Zeit für Veränderung. Ihr zwei scheint ja wieder zueinander gefunden zu haben.« Sein Blick streift unsere miteinander verschränkten Hände und findet dann Mikas Hals. »Hübsche LED, Mika!«

»Danke, Harvey. Aber setz dich bitte nicht unter Druck, was die Räumung von Tims Zimmer betrifft. Es besteht keine Eile, schließlich wurde es bis jetzt nicht gebraucht.«

»Bis jetzt noch nicht.« Dad senkt die Stimme, als habe er uns ein Geheimnis zu verraten. »Spätestens zum zweiten Jubiläum deiner Inbetriebnahme möchte ich das Zimmer fertig haben. Das ist schließlich so etwas wie ein Geburtstag und gehört gefeiert! Im Übrigen wollte ich euch ein Angebot machen.« Plötzlich wirkt er sehr berührt. »Anfangs war ich skeptisch, Jenny, wie sich die Beziehung zwischen uns entwickelt, wenn wir zusammenleben.

Aber nun, wo wir so ein schönes Weihnachten erlebt haben, ist mir eine Idee gekommen.«

Ich halte erwartungsvoll die Luft an.

»Wie wäre es, wenn ich in das freie Zimmer im Erdgeschoss ziehe und ihr beiden euch in der oberen Etage einrichtet? In unserem Haus ist genug Platz. Die Küche könnten wir teilen.«

Mika und ich wechseln einen Blick.

»Du meinst, wir sollen auf lange Sicht hier wohnen bleiben?«, frage ich und mein Vater nickt.

Im Kopf gehe ich durch, welche Auswirkungen dieser Vorschlag auf mein Leben hat. Ich müsste mich nicht dem Chicagoer Wohnungsmarkt stellen und hätte täglich Rocky und meinen Vater um mich. Eine Instanz, die mich in den letzten Wochen aufgefangen und unterstützt hat.

»Für mich hört sich das nach einem wundervollen Vorschlag an«, sagt Mika. »Was meinst du, Jen?«

Ich falle meinem Vater um den Hals. »Ja«, spreche ich in sein Hemd hinein. Meine Stimme bebt. »Das hört sich wundervoll an, Dad. Danke!«

Lachend tätschelt er meine Schulter und winkt auch Mika heran. »Aber gern doch, Jenny.«

»Wir drei sind eine Familie«, sagt Mika und schließt die Arme um uns. »Dessen ist sich auch meine Programmierung sicher.«

Ich mache mich schließlich auf zu meinem letzten Dienst des Jahres im *Hot Stuff*. In den kommenden Tagen werde ich meine Kündigung einreichen, um den Job im Blossom anzutreten.

Mika und Randy unterstützen Dad dabei, weitere Möbel aufzubauen und ein paar Dinge von Tim zu sichten. Auch wenn mein Vater hinsichtlich der Pläne fürs neue Jahr einen sehr entspannten

Eindruck gemacht hat, bin ich mir sicher, dass die Räumung vom Zimmer meines Bruders ihn vor eine große Herausforderung stellt. Ich nehme mir fest vor, diesen Weg zu begleiten und für ihn da zu sein. Denn letztendlich tut er dasselbe für mich, seit ich zurück in Chicago bin. Er unterstützt mich, wo er nur kann.

Im *Hot Stuff* ist es bemerkenswert ruhig. Es ist nur ein Kunde im Laden, als ein Anruf auf meiner Comwatch eingeht. Also gehe ich auf Amelias Geheiß ran und setze meine Kopfhörer zum Telefonieren ein. Ich bin verblüfft, als die Ansage einer automatisierten Frauenstimme ertönt.

»Dies ist ein Anruf eines Insassen des Chicago Police Departments. Wenn sie das Telefonat annehmen wollen, drücken Sie die Zwei.«

Perplex starre ich auf mein Handgelenk. Von meinem Vater weiß ich, dass diese Ansage ertönt, wenn eine Person aus der Untersuchungshaft anruft. Wieso wendet sie sich an mich?

»Drücken Sie die zwei«, wiederholt die Stimme, und weil ich so überrumpelt bin, komme ich der Aufforderung nach.

»Vielen Dank. Dieses Telefonat ist auf fünf Minuten begrenzt und kostet Sie zwanzig Dollar.«

Was?

Rauschen. Tuten. Dann eine Männerstimme. »Jenna?«

Ich erkenne ihn sofort. An der Art, wie wehmütig er meinen Namen sagt. Und natürlich an dem Spitznamen. »Oliver?«

»Gott sei Dank erreiche ich dich. Ich habe nicht viel Zeit.« Seine Stimme klingt gepresst.

»Wieso, um alles in der Welt, rufst du mich an?« Meine Hände zittern.

Amelia dreht sich zu mir um und hebt besorgt die Brauen, doch der Kunde fordert ihre Aufmerksamkeit.

Stille am anderen Ende der Leitung. Zögern. Dann presst

Oliver hervor: »Ich habe ein Anliegen. Ich brauche Hilfe.« Er hört sich verbissen und gequält an.

»Und da fällt dir niemand anderes ein als ich?«, erwidere ich fassungslos. »Du bist ein Terrorist und gefährlich, Oliver. Also fahr zur Hölle und lass mich in Ruhe.«

Ein leiser Fluch tritt über seine Lippen. »Jenna, hör zu. Ich sitze ein. Mein Arm ist bandagiert und musste genäht werden. Kannst du für einen Moment unsere Differenzen beiseitelegen?«

»Das könnte dir so passen«, gebe ich wütend zurück. »Ich bin dir gar nichts schuldig.«

»Bitte. Es gibt niemand anderen, den ich fragen kann.«

Ich halte den Atem an.

»Außerdem …« Seine Stimme erbebt. »Geht es hierbei nicht um mich.«

»Um wen dann?«

Oliver holt tief Luft und erklärt mir seinen Plan.

Es ist schon spät, als ich zu Hause ankomme. Olivers Bitte hat mich nicht nur in einen moralischen Zwiespalt gestürzt, sondern auch mehr Zeit gekostet als gedacht. Ob und wie ich seinen Gefallen zukünftig erfüllen will, werde ich im kommenden Jahr entscheiden.

Jetzt freue ich mich erst mal darauf, Silvester mit Mika und Dad zu feiern. Mika hat außerdem Randy eingeladen, weil dieser in den letzten Jahren auch mit von der Partie war.

Dad hat es sich nicht nehmen lassen, eine fast vergessene Tradition der Williams-Familie wiederaufleben zu lassen und Pizzateig ausgerollt, den wir eifrig belegen. Mika öffnet sich derweil eine der Limos, die wir ihm zu Weihnachten geschenkt haben.

Obwohl die Stimmung gelöst ist, wirkt mein Vater nachdenklich. Während Randy sich bei Mika beeindruckt nach Details zu seinen Biokomponenten erkundigt, frage ich Dad leise: »Was bedrückt dich? Geht es um Tim und darum, dass wir im kommenden Jahr sein Zimmer räumen werden?«

Mein Vater lächelt. »Nein. Ich weiß, dass nun der richtige Moment ist, diesen Schritt zu gehen. Es ist nur …« Seufzend fällt sein Blick auf den leeren Stuhl neben Randy. »Randy und ich haben so oft gemeinsam mit Gregory Silvester gefeiert. Wir waren immer eine Gang, wurden zusammen erwachsen. Bis zu unserem letzten Treffen habe ich gehofft, dass er sich besinnt. Aber ich muss mir wohl eingestehen, dass auch Freundschaften ihr Ablaufdatum haben können.«

»Oh, Daddy.« Ich lege ihm tröstend die Hand auf die Schuler.

»Ist schon okay, Jenny. Ich habe ja euch.«

Als der Jahreswechsel und somit das digitale Lichtspektakel am Himmel Chicagos kurz bevorsteht, begeben Mika, Randy, Dad und ich uns aufs Dach.

Der wetterfeste Efeu überwuchert die Sitzecke wie ein Baldachin. Dad entfernt den Schnee von den Bänken und will die Heizfunktion anstellen, die an die Solarpaneele gekoppelt ist. Da er im Winter selten hier oben sitzt, hat er mit der Technik zu kämpfen. Mika will ihm zu Hilfe kommen, doch Randy winkt ab. »Ich mach das schon. Kümmere du dich mal um deine Kleine.«

»So klein bin ich doch gar nicht mehr«, widerspreche ich.

Mika setzt sich neben mich, greift nach meiner Hand und ich verstumme augenblicklich. Er hat seine Körpertemperatur so warm eingestellt, dass ich seine Hand sofort auch mit der zweiten umfassen muss. Wie eine Tasse Tee, die genau die richtige Temperatur hat. Genau den richtigen Duft, genau die richtige Sorte. Ein angenehmes Glühen auf diesem eisig kalten Dach. Das Licht seiner LED sendet einen hellen Farbtupfer in die Nacht. Mit einem Mann zusammen zu sein, der über ein elektronisches Gadget verfügt, ist ungewohnt, aber schön.

»Was denkst du?«, frage ich, weil ich merke, dass er mich ansieht, ohne mich zu analysieren.

Er lässt seinen Blick in die Ferne schweifen. Unser Haus ist nicht besonders groß, doch vom Dach aus hat man einen ansprechenden Ausblick auf das hell erleuchtete Chicago, die hohen Wolkenkratzer, die tief liegende Wohngegend. Meine Heimatstadt zeigt sich heute Nacht von ihrer schönsten Seite.

»Der Ausblick ist wunderschön.« Mika dreht den Kopf und sieht mich an. »Du bist wunderschön.«

Ich lächle und bemerke, wie ich erröte. Ich lasse den Kopf an seine Schulter sinken und schmiege mich an ihn. Er streckt die Beine aus, zieht mich an sich und vergräbt die Nase in meinem Haar.

»Und ich denke daran, dass ich dich liebe, Jennifer Williams.«

Mein Magen sackt ab. Klare, braune Augen sehen in meine sturmblauen. In dieser Aussage glänzt absolute Aufrichtigkeit. Sie ist auf eine endgültige Art grausam schön. Doch es steht etwas zwischen uns. Etwas, das in der Natur der Sache liegt. Das mir bereits so lange auf der Seele brennt. Plötzlich stolpert es aus mir heraus.

»Aber ich werde alt. Werde mich verändern … während du Mika bleibst. Was tun wir dann? Wie gehst du damit um?«

Ein belustigter Ausdruck wandert über sein Gesicht, aber nur kurz. »Dieses Gefühl haben viele Menschen, oder? Die Angst, im Alter ihre Anziehungskraft zu verlieren.«

Wortlos öffnet sich mein Mund. Ich will ihm die Wahrheit

hinter dieser Angst erläutern. Wie attraktiv er ist mit seiner beiläufigen Perfektion. Dass ich auf lange Sicht nicht mithalten kann. Wie oft Menschen ihm hinterherschauen, wenn wir zusammen durch die Straßen gehen. Bemerkt er das nicht? Entgeht ihm das, weil er als Android dafür schlichtweg kein Gespür hat? Oder verpasst er es, weil er bei allem, was wir machen, immer mich im Auge hat?

Mika lächelt. »Du wirst Jen bleiben, genauso wie ich Mika bleiben werde.«

Verwirrt starre ich auf meine wippenden Füße. So einfach ist das Thema für ihn erledigt? Ich habe so viel Redebedarf hinsichtlich dieser Veränderungen.

Doch Mika zieht mich an sich und drückt die Lippen auf meine Haare. Leicht, kurz, zauberhaft. »Mach dir keine Gedanken.«

Ich will es versuchen. Nehme mir vor, an ihn zu glauben, an mich. An uns. Doch ein Rufen lenkt meine Aufmerksamkeit auf sich. Auch Randy und Dad heben die Köpfe.

»Verdammt noch mal, Harvey, mach die Tür auf! Ich weiß, dass du da bist.«

Dad und ich stürzen an den Dachrand und sehen hinab.

»Gregory?«, stößt Dad überrascht aus.

Sein Chef hebt den Kopf. Als er meinen Vater sieht, reckt er erleichtert die Arme empor. »Da bist du ja! Harvey, du …« Sein Blick fällt auf Mika und er zuckt zusammen.

Ein Ruck geht durch Dads Körper. Er zieht Mika an sich wie einen Welpen, den er beschützen will. Wohl, um zu zeigen, welch starke Vatergefühle er für ihn hegt. »Was möchtest du hier? Ich feiere Silvester mit meiner Familie.«

»Das dachte ich mir.« Gregory senkt den Blick, sieht auf seine Hände und dann mit einem traurigen Lächeln wieder zu uns hoch. »Deshalb bin ich hier. Ich möchte dich fragen, ob wir wieder zusammen feiern können, Harvey. Mit Randy. Wie früher. All die Jahre. Ich möchte, dass wir wieder befreundet sind.«

Ohne auf die Uhr zu sehen, flüstert Mika mir zu: »Wir haben noch fünfundneunzig Sekunden bis zum Jahreswechsel, Jen.«

Dad ächzt auf. »Woher der Sinneswandel?«

»Ich habe die Beweisdaten gesichtet. Ihr hattet natürlich recht. Oliver war der Drahtzieher bei dem Anschlag aufs Vortex und wäre es auch bei der geplanten Detonation im Blossom gewesen. Es hängen unzählige Anhänger mit drin, die es zu schnappen gilt. Ich will die Augen nicht mehr davor verschließen. Ich will mich aufs Wesentliche konzentrieren. Gerechtigkeit. Auch für die der Androiden.« Er sieht zu Boden. »Mika macht dich so glücklich, Harvey. Er macht Jen glücklich. Der, der unsere Freundschaft auseinandergetrieben hat, war nicht er, sondern ich. Bitte, bleib beim CPD. Du bist ein astreiner Cop.«

»Und das alles fällt dir ausgerechnet jetzt ein?« Nervös blickt Dad auf die Uhr.

Gregory grinst. »Besser spät als nie, oder? Mich mit dir zu versöhnen, ist mein Vorsatz fürs neue Jahr.«

Dad läuft, gefolgt von Randy, durchs Haus nach unten zu Gregory.

»Ich hoffe, sie vertragen sich«, flüstere ich und fokussiere mich auf Mika, der mir konzentriert in die Augen sieht, als achte er genau auf seine innere Uhr.

»Das tun sie ganz bestimmt«, wispert er zurück, wartet ein paar Sekunden und fügt dann hinzu: »Happy New Year, Jen.«

»Dir auch ein frohes neues Jahr, Mika.« Ich strahle ihn an und beobachte dann begeistert die unzähligen Drohnen, die über der Innenstadt emporsteigen und ein Lichtspektakel in den Himmel werfen. Dad hat mir mal erzählt, dass in seiner Jugend noch echte

Feuerwerkskörper in der Luft explodierten und tonnenweise Müll und Lärm erzeugten. Auch Haustiere wie Rocky haben sie verschreckt. Ich kann mir nicht vorstellen, dass diese Feuerwerke annähernd so herrlich waren wie die bunten Muster und Symbole, die die Drohnen in den Himmel malen. Digitale Gestalten entstehen, Blumen erblühen, Funken sprühen und duellieren sich mit dem pulsierenden Glück in meiner Brust.

Als ich wieder in Mikas Gesicht sehe, strahlt er genau wie ich. Während seine linke Hand nach meiner rechten greift, legt er die andere an meine Wange und küsst mich.

Aus den Augenwinkeln sehe ich, wie seine weißen Finger sich mit meinen verschränken. Ich lasse es geschehen, erwidere den Druck seiner Hand, taste nach seinen Fingern. Füge mich dem Schicksal. Meinen Emotionen. Den Gefühlen eines Androiden.

Doch plötzlich halte ich inne. Mit belegter Stimme frage ich: »Sag mal, magst du eigentlich Katzen?«

Er runzelt die Stirn. »Wie kommst du denn jetzt darauf?«

Beiläufig hebe ich die Schultern. »Nur so.«

Als ich zum Vorgarten hinunterschaue, sehe ich, wie Dad, Randy und Gregory sich in den Armen liegen. Ihre Schluchzer sind lautlos. Doch die Tränen auf Gregorys Wange schimmern im Licht der Drohnen. Als er meinen Blick auffängt, hebt er den emporgereckten Daumen. Und ich grinse ihn an. Denn auch wenn seine Reue überfällig war, so hat sie doch eine ganze Portion Mut von ihm abverlangt.

»Piper steht in eurem Zimmer, Jenny«, ruft Dad uns plötzlich zu.

»Piper?« Fragend drehe ich mich zu Mika um. Meines Wissens feiert sie im Blossom. Wie soll sie so schnell hergekommen sein?

»Er meint den Holoprojektor«, schließt Mika. »Komm! Lass uns sehen, was sie zu sagen hat.«

Ich folge ihm nach unten, wo tatsächlich ein holographisches Abbild von Piper über dem Projektor erscheint.

»Jen, wenn du da bist, melde dich sofort!«

Verwundert betätige ich den Schalter unter dem Holoprojektor, woraufhin Mika und ich von Lichtpunkten abgetastet werden.

Pipers Abbild jauchzt erfreut auf. »Da seid ihr beiden ja! Frohes neues Jahr!«

»Frohes Neues!«, entgegne ich. »Ich freue mich natürlich, dich zu sehen, aber warum meldest du dich über den Holoprojektor? Eine Nachricht auf der Comwatch hätte es auch getan.«

Piper lacht. Selbst ihr Abbild strotzt vor Aufregung. »Es ist nicht nur das. Ich muss euch etwas erzählen, Jen. Und zwar persönlich. Und sofort! Es geht um die Rechte von Androiden.«

Mika und ich wechseln einen Blick. Er fasst nach meiner Hand.

»Vor wenigen Tagen haben Arabella Bradshaw und ich zwei Gesetzesentwürfe verfasst.« Die Worte sprudeln nur so aus meiner besten Freundin heraus. »Der erste betraf das Arbeitsrecht. Wir wollten, dass die Arbeitssperre für Androiden außerhalb Nordchicagos aufgehoben wird. Der andere thematisierte das Eheschließungsgesetz in Illinois. Bis jetzt erlaubte die Verfassung Eheschließungen nur zwischen zwei Menschen. Wir haben einen zusätzlichen Paragrafen entworfen, der auch Lebewesen miteinschließt, die menschliches Denkvermögen haben. Beides haben wir dem Gouverneur vorgelegt. Du wirst nicht glauben, was passiert ist. Gerade eben habe ich eine Mitteilung auf dem Holoprojektor im Büro vorgefunden, in dem der Gouverneur auf unseren Antrag eingeht. Er will das Gesetz durchwinken, Jen! Ab April sollen Menschen und Androiden heiraten dürfen. Vorerst nur in Illinois, aber hier ist das Gesetz am wichtigsten, schließlich wohnen in unserem Staat die meisten Androiden. Wisst ihr, was das bedeutet?«

Atemlos umklammere ich Mikas Hand. »Du heiratest.«

»Genau. Und das direkt am ersten April.«

Ich japse nach Luft und ich erinnere mich an ihre Worte. Sie will nicht zögern, sobald das Gesetz durch ist. Sie will ihre Liebe feiern. So schnell es geht.

»Das sind wahnsinnig tolle Neuigkeiten, Pipes«, bestätigt Mika. »Wir sind natürlich mit von der Partie.«

»Das wollte ich hören«, jauchzt Piper. »Das wird der tollste Tag meines Lebens!«

Mikas Blick findet meinen, der Druck seiner Hand verstärkt sich. Und mir wird klar, dass diese Gesetzesänderung nicht nur für Piper und Ray relevant sein wird, sondern auch für uns.

Epilog

Sechs Jahre später

Die Wangen des kleinen Jungen nehmen einen lebendigen Rosaton an, als er sich auf den höchsten Punkt des Klettergerüsts zieht. Anmutig reckt er das Kinn empor und betrachtet die Umgebung unter sich wie ein Königreich. Die begrünte Skipiste des Chicagohills, den Skilift, die Bühne und das Publikum, das sich anlässlich des Konzertes hier oben angesammelt hat. Während sein Blick über die Menge schweift, verleiht die Morgensonne seinen orangeroten Locken ein wundersames Glimmen. Als sei er gar nicht von dieser Welt, sondern einfach vom Himmel gefallen. Und ein bisschen kommt es mir manchmal so vor. Der Junge veredelt unsere Leben mit einer gehörigen Portion seiner ganz eigenen Magie. Er bringt Aufregung und Chaos. Stress und Freude. Und Liebe. Ganz viel Liebe.

Als er uns erblickt, erhellt sich sein Gesicht und er winkt uns zu. »Hallo, Mom! Dad! Grandpa!«

Wir winken zurück.

»Schaut mal, was ich kann!« Heiter lässt Jaden sich hinunter und hängt kopfüber mit den Beinen am Klettergerüst. Seine Haare schweben einen guten Meter über dem Sand.

»Himmel Herrgott!«, flucht Dad und rappelt sich auf. Mika, der zwischen meinem Vater und mir im Gras sitzt, will ihm folgen, doch Dad hält ihn auf. »Bleib ruhig hier. Ich mach das schon.«

Mika bleibt widerwillig zurück. Der Wind zerzaust ihm die Haare, während er den Jungen nicht aus den Augen lässt. Das magentarote Dreieck an seinem Hals schimmert hell.

Mein Vater bleibt vor Jaden stehen und hebt ihn liebevoll tadelnd auf den Boden.

Ich stupse Mika an. »Dad kümmert sich. Mach dir keine Sorgen!«

Er atmet leise auf. »Du hast recht. Aber du kannst dir nicht vorstellen, wie gefährlich das gerade war.«

»Ich kann es mir sehr wohl vorstellen, und das ohne Wahrscheinlichkeiten für mögliche Katastrophen zu berechnen.« Ich zwinkere ihm zu.

Mika grinst. Mal wieder habe ich ihn auf frischer Tat beim Analysieren ertappt. »Weißt du was? Andere Eltern können ihre Kinder auch nicht scannen. Ich nehme mir vor, damit aufzuhören.«

Fragend ziehe ich eine Augenbraue hoch.

»Oder zumindest, es zu reduzieren«, ergänzt er. Uns beiden ist klar, dass er das keine Woche durchhält.

Ich schließe meine Hand um seine und lasse zu, dass er mich zwischen seine Beine zieht. An seinen Rücken gelehnt stecke ich die Füße ins Gras und schaue in den Himmel.

Immer mehr Konzertbesucher treffen ein. Androiden mischen sich mit Menschen. Ein paar Kinder neben uns schlecken Eis. Das Lachen von Dad und Jaden dringt an unsere Ohren.

Es ist, als könnte Mika meine Gedanken lesen, denn er spricht im nächsten Moment genau das aus, was ich denke. »Dieser Tag macht mir klar, wie viel in den letzten Jahren passiert ist. Wir verbringen unseren freien Tag tatsächlich auf dem Chicagohill, ohne vorher kontrolliert worden zu sein.«

Ich nicke und schmiege mich an ihn.

Die jahrelangen Mühen, die wir in die *Android Rights Association* steckten, tragen Früchte. Androiden dürfen nicht nur den Chicagohill besuchen, die meisten von ihnen gehen mittlerweile einer Beschäftigung nach. Die Arbeitssperre wurde aufgehoben, Gehälter wurden angepasst. Das Blossom ist noch immer mein Arbeitsplatz und Hauptsitz der *Android Rights Association*, aber viele Androiden konnten in eigene Wohnungen im Zentrum ziehen. Nichtsdestotrotz bleibt das Thema Gleichstellung stets relevant und verbesserungswürdig.

Seit Dad in die untere Etage gezogen ist und Mika und ich in der oberen wohnen, hat sich auch in unserem Privatleben viel verändert. Wir haben die Wände weiß gestrichen, so wie Mika es sich gewünscht hat. Vor fünf Jahren haben wir geheiratet, vor vier Jaden adoptiert. Doch wir vier wohnen nicht allein in dem kleinen Häuschen in Wicker Park.

Meine Katzen. Meine Mom füttert sie vorübergehend, sollte ich aber einsitzen müssen, wird sie sie nicht nehmen. Keiner meiner Freunde ist dazu bereit. Ema und Maya dürfen nicht ins Tierheim. Bitte, Jenna. Nimm sie zu dir!

Ich hatte es getan. Nachdem ich an jenem Silvestermorgen Olivers Anruf bekam, war ich an Neujahr in seine Loftwohnung gefahren, hatte die Fellknäuel in Transportboxen geladen und in unser Haus gesetzt. Ich empfand es als meine Pflicht. Schließlich war eine der beiden maßgeblich dafür verantwortlich, dass ich heil aus seiner Wohnung gekommen war.

Rocky liebte die Katzen. Dies beruhte leider nicht auf Gegenseitigkeit. Regelmäßig wiesen die Damen ihn fauchend zurück, was ihn nicht daran hinderte, schwanzwedelnd sein Futter mit ihnen zu teilen.

Rocky … Die Erinnerung an den gutmütigen Golden Retriever

versetzt mir einen Stich, denn er ist mittlerweile verstorben. Am bittersten war dies für Dad, der den Katzen zu Beginn nichts abgewinnen konnte, mittlerweile aber selten ohne eine der beiden auf dem Schoß vor dem Fernseher sitzt. Auch in seiner Rolle als Großvater geht er auf und ist mir eine gehörige Hilfe bei der Erziehung von Jaden.

Und Mika ist bei mir. Jeden Tag. Obwohl mittlerweile ein Update entwickelt wurde, das die Haut der Androiden modifiziert und ihr Erscheinungsbild optisch altern lässt, hat Mika davon noch keinen Gebrauch gemacht. Ich mag ihn, wie er ist. Wir halten uns diese Option jedoch offen. Doch eigentlich ist es mir gleich, wie er aussieht. Wie er ist, tut er mir gut. Mit ihm an meiner Seite kann ich wachsen. Wenn die Angst mich übermannt, was mit den Jahren immer seltener passiert, ist er da. Öffnet die Fenster, atmet mit mir, für mich. Jede Nacht umschlingt er meinen Bauch und hält mich im Arm, bis ich einschlafe. Noch immer vermag er es, mir durch eine bloße Berührung, einen Satz oder einen Blickkontakt den Atem zu rauben. So auch jetzt.

Mika umschließt meine Hand und sieht mir mit dieser unumstößlichen Ehrlichkeit in meine Augen.

»Diese Freiheit zu leben, ist durch Menschen wie dich möglich geworden, Jen. Du bereicherst meine Realität auf so vielen Ebenen. Und das nun schon seit sechs Jahren und einhundertsiebenundzwanzig Tagen.«

Mein Atem stockt. »Das kann ich nur zurückgeben, Mika. Dich, Dad und Jaden an meiner Seite zu haben, ist das Beste, was mir passieren konnte.«

Ich lege seine Hand auf meine Brust. Ich will sichergehen, dass er genau fühlt, was seine Worte in mir auslösen. Und er lächelt. Denn mein Herzschlag transportiert nicht mehr nur die Aufregung frischer Verliebtheit, sondern auch das Glück einer beständigen Liebe.

Die Haut seiner Hand zieht sich zurück, während ich seine Hand auf mein trommelndes Herz drücke. Er legt die Lippen auf meine und küsst mich. Nicht stürmisch, sondern ganz ruhig. Zärtlich und dankbar. Denn nicht nur ich habe in ihm meinen Seelenverwandten gefunden. Er fand ihn auch in mir.

»Jenny! Mika!« Dads Stimme holt uns zurück in die Realität. »Das Konzert fängt gleich an.« Jaden an der Hand kommt er auf uns zu, einen zärtlichen Ausdruck im Gesicht. Jaden haben wir adoptiert, als er zwei Jahre alt war. Mittlerweile ist er genauso alt wie Tim, ehe er starb. Auch, wenn die Jungen sich optisch nicht die Spur ähneln, hat Jaden Tims Platz eingenommen. Ein Teil meines Bruders lebt in meinem Sohn wieder auf. Und Benni der Hase verbringt jede Nacht in seinem Bett.

Nur langsam löse ich mich von Mika, woraufhin Dad sich mit gespielter Empörung an Jaden wendet. »Sag mal, Jadie … Knutschen die immer so viel?«

»Manchmal. Dad sagt, dass er Mom so zeigen kann, dass er sie liebt.«

»Als ob er ihr das nicht auch einfach sagen könnte.«

»Dad meint, das reicht nicht.«

Mein Vater schüttelt augenrollend den Kopf.

»Keine Ahnung, Grandpa. Ich finde das auch eklig«, entgegnet Jaden, als müsste er sich für seine Eltern rechtfertigen.

Mika und ich starren uns an. Dann lachen wir los.

»Als ob wir in seiner Anwesenheit dauernd knutschen«, flüstere ich, während wir Hand in Hand zu meinem Vater schlendern.

»Sei froh, dass er das noch eklig findet«, erwidert Mika. »Er wird so schnell groß.«

Die Band tritt auf die Bühne. Ihre magentaroten LED-Dreiecke leuchten so hell wie die meines Partners. Das Publikum, das im Gras sitzend auf den Auftritt gewartet hat, steht auf. *Here4u* begrüßen die Besucher des Chicagohills und legen los.

Ich wuschle Jaden lächelnd durch die Haare, woraufhin er hoffnungsvoll vor Mika auf und ab springt. »Dad? Darf ich auf deine Schultern?«

»Na schön. Aber halte dich gut fest, verstanden?« Mika geht vor ihm in die Hocke.

»Verstanden!« Grinsend lässt Jaden sich von seinem Vater auf die Schultern heben.

Während der Junge ausgelassen jauchzt, findet Mikas Hand meine. Mit der anderen umschließt er Jadens Bein.

Gemeinsam lauschen wir der Musik. Mein Vater, mein Ehemann, mein Sohn und ich. Meine Familie.

Uns steht ein turbulenter Tag bevor. Ein Tag voller Lachen, Toben, Action und Freude. Und vor allem voller Liebe. Im Grunde wird dies ein normaler Tag im Hause Williams, wie wir sie seit Jahren schon leben.

Ich drücke Mikas Hand fest und spüre, wie er sie zart zurückdrückt. Ich schaue zu Jaden hoch, der die Finger in den Haaren seines Vaters vergraben hat und mit leuchtenden Augen auf die Bühne zeigt, und ich denke: *Das ist genau das Leben, das ich führen möchte.*

ENDE

Danksagung

Wow. Es ist so weit. Du, liebe*r Leser*in, hast die letzte Seite von diesem Buch umgeblättert, hast die finalen Prozente des E-Books erreicht oder schaust außer der Reihe in die Danksagungen. Zu welchem Zeitpunkt auch immer du diese Zeilen liest, sie bedeuten, dass es geschafft ist. Mika und Jen wurden in die Buchwelt entlassen. Und deshalb halte ich es vor Freude kaum aus.

How to love an Android ist ein sehr besonderes Buch für mich. Es geht um Versöhnung und Gleichberechtigung. Akzeptanz sich selbst und seinem Partner gegenüber. Um Abgrenzung und darum, zu lernen, das anzunehmen, was einem guttut. Du, liebe*r Leser*in, hast dich auf diese Geschichte eingelassen. Und deshalb danke ich Dir als Allererstes! Ich hoffe, du hattest beim Schmökern genauso viel Spaß wie ich beim Schreiben.

Doch so ein Buch veröffentlicht sich nicht von allein. Darum möchte ich ein paar Menschen aufführen, die mir den Weg geebnet und mich begleitet haben.

Zu diesen gehört allen voran meine Verlegerin Vanessa und der VAJONA Verlag. Danke, dass ihr an mich und meine Idee geglaubt habt. Danke Vanessa und Maddie, dass ihr mir dabei geholfen habt, dieser Geschichte den letzten Schliff zu verpassen.

Elena, Nici und vor allem Tanja. Ohne euch wäre ich beim Schreiben ein bisschen einsamer und würde nicht so viel lachen. Danke fürs Zuhören, Gutzureden und Mutmachen.

Christin, die genau weiß, wie Oliver seine Narbe bekommen

hat. Denise, Queen of Brainstorming. Sonja! Elissa, die Jen und Mika ein Gesicht gegeben hat. Danke an meine Erstleserinnen Jasmin, Sandi und Anja fürs Mitfiebern. Meine Testleserinnen Sabine, Aylina und vor allem Tabea für ihr Feedback.

Und natürlich Max, weil er immer an mich glaubt.

Ich hoffe, wir lesen uns bald wieder! Kleiner als drei.

Melanie

Folge uns auf:

Instagram: www.instagram.com/vajona_verlag
Facebook: www.facebook.com/vajona.verlag
TikTok: www.tiktok.com/vajona_verlag
Website: www.vajona.de
Shop: www.vajona-shop.de